2O1 2 정은소설

이경재 · 양윤의 · 조연정 선정위원 선정

2012 젊은 소설

신춘문예 · 전통문예지 당선 소설가(3년차) 문제실험 소설

문학나무

앞으로의 성취가 더욱 기대되는 소설

『2012 젊은 소설』에 수록할 작품을 선정하기 위한 논의의 과정도 무척이나 땀이 나는 자리였다. 매년 느끼는 것이지만 다양한 개성으로 빛나는 수많은 작품들 중에서 10편의 작품을 고르는 작업은 차라리 고문에 가까운 일이다. 그만큼 올해도 수많은 작품들이 창작되었고, 그것들은 저마다 고유한 문학적 가치로 빛났다. 우선 다음과 같은 원칙을 분명히 했다. 등단 3년차 이내의 작가들이 쓴 작품 가운데 10편을 택하되, 그 작품이 모두 다른 작가의 것이어야 하고, 특정 잡지에 편중되지 않으며, 문학적 가능성을 최우선적으로 고려한다는 것이다.

무엇보다 '젊은' 소설에 초점을 맞추고자 했다. 이때의 젊음은 단순히 생물학적 나이만을 의미하는 것이 아니라 미학적 · 윤리적 · 정치적 차원에서 한국 문학의 새로운 단계를 열어 보이는 작품을 말한다. 지금의 성취는 물론이고 앞으로의 성취가 더욱 기대되는 소설, 오래된 완숙함보다는 차라리 새로운 미숙함을 담지하고 있는 소설들을 선정하기 위해 선정위원들은 심혈을 기울였다.

김엄지, 박솔뫼, 배상민, 백수린, 손보미, 이은선, 임성순, 정용준, 천정환, 최민석의 작품들은 그러한 고심의 흔적이고 결과물이다. 여기 포함된 작가들은 끊임없이 분발하여 선정위원들의 비평안과 기대가 틀리지 않았음을 증명해 주기 바라마지 않는다. 『젊은 소설』은 앞으로도 계속 그해의 한국 소설이 이룬 새로움의 진경이 될 것을 약속드린다.

2012년 2월

선정위원 | 이경재 · 양윤의 · 조연정

이경재 | 1976년 인천 출생. 서울대학교 국어국문학과 졸업. 동 대학원 박사. 2006년 『문화일보』 신춘문예 평론 부문 당선. 현재 숭실대 국어국문학과 교수, 『문학나무』 편집위원. 저서 『한국현대소설의 환상과 욕망』이 있다. e-mail：ssmart1@hanmail.net

양윤의 | 1978년 서울 출생. 동국대 국문과와 국제학과 졸업. 고려대 대학원 국문과 박사 졸업. 2006년 『중앙일보』 신인문학상 평론부문에 「이름 없는 사제의 숭고한 문장들-김훈의 『칼의 노래』, 『강산무진』을 중심으로」가 당선되어 등단. 현재 순천향대학교, 숭의여대 출강. 주요 평론으로 「미완의 귀향과 벌거벗은 구원을 위하여」, 「베타의 시간」 등이 있다. e-mail：quixote78@daum.net

조연정 | 1977년 서울 출생. 서울대학교 국어국문학과 졸업. 동대학원 석사 박사. 2006년 『서울신문』 신춘문예 평론 당선. 현재 서울대학교 강의교수.
e-mail：yeoner@naver.com

2012 젊은소설

신춘문예 · 전통문예지 당선 소설가(3년차) 문제실험 소설선집

| 차례 |

2012 젊은 소설

기도와 식도

말을 소화할 때와 호흡해야 할 때를 아는 것, 그것이 중요하다

김엄지

창작 노트 | 매일 꿈을 꾸고 가끔 운다. 가끔 꿈에 네가 나온다.

약력 | 2010년 『문학과사회』 「돼지우리」로 신인상 수상. e-mail:thea18@naver.com

기도와 식도

그날, 그 승용차에 탑승했던 우리 셋은, 서로에게 아무런 기대가 없었다. 나의 엄마와 이혼한, 전 아빠. 즉, 전부 혹은 친부. 나보다 4살 어린, 배다른 여동생. 여중생인 여동생은 자퇴 중이었고, 나는 대학 문제로, 아빠는 새로운 애인 때문에, 각자 입을 다물고 있었다. 그날의 외출은 외식을 위한 것이었다. 나는 가끔 여동생에게, 멀미는 나지 않니? 물었고, 동생은 가끔 아빠에게 용돈과 관련된 투정을 부렸다. 아빠는 가끔 웃었고, 웃음소리는 의미의 무게와 비례하듯 가볍게, 공중에서 흩어졌다. 우리는 서로에게, 누구에게도, 대답하지 않았으므로 편안했고, 그러므로 그나마 견딜 수 있었다. 뒷자리에 앉은 나는 창가에 비스듬히 몸을 기대고 눈을 감았다. 자고 싶었다. 그럴 수 있다면, 자는 것이 최선이자 최단의 방법이었다. 그러나 최선과 최단의 방법을 택한 것은 내가 아니었다.

아빠가 즉사했다는 사실은 엄마에게 전해 들었다. 여동생은 뇌사 상태이며, 나는 하루를 꼬박 잤다고 했다. 엄마는 말하는 동안에 아무런 표정도 짓지 않았는데, 그래서였을까. 나 역시 아무렇지 않았다. 다만 오른팔 전체에 감긴 깁스의 무게가 느껴져 불편했다. 엄마는 깁스를 조심스럽게 쓰다듬었다. 엄마는 나의 오른팔 뼈가 전체적으로 으스러졌다, 했다. 수술은 일곱 시간 동안 진행되었으며 성공적이라는 말도 덧붙였다. 일곱 시간이라니, 조각난 뼈 맞추기는 대형 공룡 퍼즐 맞추기보다, 적어도 그보다는 어려울 거야. 엄마, 그렇지? 나는 엄마처럼 아무런 표정도 짓지 않고, 엄마에게 물었다. 엄마는 별다른 대답 없이 당분간 움직이지 마라 당부했다. 화장실은? 엄마는 받아준다고만 대답했다. 고마워, 엄마. 나는 좀더 잘게.

내가 좀더 자는 동안 여동생은 각막과 신장, 심장과 간을 기증하고, 태워졌다고 했다. 어디에 뿌렸대? 물었지만, 아무도 대답해주지 않았다. 어쩌면 엄마도 아주 몰랐을지 모른다. 엄마의 측근, 아빠의 측근, 누구도 대답해주지 않았고, 나는 묻는 동안에 지쳐, 그만 묻기로 마음먹었다. 그사이 조각난 팔뼈는 잘도 잘도 붙었다. 나는 화장실도 잘 갔고, 왼손으로 밥 먹는 법도 익혔다. 언제였을까, 문득 고민이 하나 생겼는데, 깁스를 풀었을 때 양팔의 두께가 너무 많이 차이 나면 어쩌나 하는 것이었다. 석고 안의 오른팔, 도대체 가늠이 되질 않았다. 얼마나 말라 있을지, 혹시 털이 부숭부숭 자라나 있지는 않을지. 나는 엄마에게 랩을 사달라 부탁했다. 멀쩡한 왼팔 역시 비슷한 조건을 만들어주기 위해서는 랩으로 칭칭 꽁꽁 감는 수밖에. 엄마는 들은 척도 하지 않았다. 나는 내 발로, 병원 내매점을 찾아갔다. 랩은 없었다. 어이가 없었다. 랩도 없다니요? 이렇게 큰 병원에, 이렇게 큰 매점인데요? 없는 건, 없는 거죠. 없는 건 어쩔 수 없어요, 아가씨. 매점의 매니저나 될까, 말끔히 정장을 차려입은 그가 사라지고, 나는 냉장주스코너에 비친 나를 가만히 들여다보았다. 지저분했다. 머리를 좀 감아야겠다. 그리고 머리를 좀 굴려보자. 어디에서 랩을 구할 수 있을까.

랩은 끝내 구하지 못했고, 나는 4킬로그램이 늘었고, 깁스를 풀었다. 예상 밖이었다. 그래도 그렇지, 나는 드러난 오른팔을 내려다보며 중얼거렸다. 한 달 반 만에 빛을 본 살갗은 신문지빛이었고, 겨우 붙어 있는 죽은 생닭의 껍질처럼 탄력을 잃어 너덜해 보였다. 짐작하기에 열네 살 여자아이의 팔만큼 얇아져 있었고, 그래서 더 길어 보였고, 털은 생각보다 많이 자라나 있지 않았다. 그러니까 내 오른팔은, 코끼리 코 같았다. 나는 손을 편 것도 주먹을 쥔 것도 아니었다. 때문에 주먹 모양도 아니었고, 편 모양도 아니었다. 나는 피아노 건반을 누르듯이 천천히 손가락을 저마다 아래위로 움직였다. 오른손의 검지와 중지 그리고 약지가 보이지 않았다. 짧게 남은 손가락 뿌리와 손등의 힘줄이, 힘을 줄 때마다 움직이기는 했다. 왜 손가락 얘기는 안 했어? 나는 엄마를 올려다보았다. 시원하니? 엄마는 나를 내려다보며 되물었다. 나는 아무 대답도 하지 않았다. 시원하기는 했다. 게다가 조금 추운 것도 같았다.

다시 깁스를 하고 싶었다. 춥기도 하고, 너무 가볍기도 하고. 손가락은 세 개나 잘렸는데, 몸은 왜 4킬로나 쪘을까? 수능을 치를 수는 있을까? 어떻게 해야 수능을 치르지 않을까 고민하던 나였는데, 픽 웃음이 나왔으나 오래 머물지는 못했다. 나는 새로운 버릇처럼, 습관처럼 손가락을 꼼지락거렸다. 꼭 세 개가 잘려야 했다면,

더 보기 좋게 잘릴 수는 없었을까. 꼭 아빠는 즉사해야 했을까? 여동생은 각막이며 간이며 신장, 심장, 남에게는 다 빼주고, 내게는 왜 손가락 세 개도 못 주고 갔을까? 그래도 난, 그 애 언닌데……. 태우기 전에 손가락을 이식받을 자격은 충분했는데.

엄마, 꼬깔콘 좀 사줘요. 나는 병실 침대에 누워, 왼손으로 TV 리모컨을 꾹꾹 누르며 말했다. 깁스를 풀었는데도 할 검사가 뭐 그리 많이 남았는지 나는 쉽게 퇴원되지 못했다. 그렇다고 딱히 퇴원 욕구가 치솟는 것은 아니었다. 엄마는 내 병수발을 꽤 잘하는 편이어서, 얼른 꼬깔콘을 구해다 주었다. 나는 질소가 꽉 차 빵빵한 과자 봉지를 오른팔로 끌어안고 TV 채널을 계속해서 돌렸다. 왜 먹지는 않아? 엄마가 내 과자 봉지에 손을 대려 했다. 나는 흠칫 피하며, 먹고 싶을 때 뜯을 거야, 엄마를 흘겨보았다. 엄마는 이야기를 덧붙이지 않고 자기 자리로 돌아갔다. 병실에서 엄마 자리는, 병실에 남은 사무용 의자인데, 그녀는 그곳에서 밥을 먹고, 졸기도 하고, TV를 보며 깔깔 웃기도 했다. 엄마는 내 침대 밑에 있는 보조 침대를 사용하지 않았다. 엄마는 밤이면 신설동으로 갔다. 밤에는 병수발이 필요치 않다 생각한 건지, 내가 눈을 감으면 반드시 자는 것이라 생각하는 건지, 11시가 지나면 슬그머니 일어나 병실 밖을 나섰다. 엄마가 엘리베이터를 타고 내려가는 소리가 들리면 나도 병실 밖을 나섰다. 유리벽 아래로 보이는 엄마는 1호선 전철역으로 빠릿빠릿 걸어갔다. 엄마도 추운가? 신설동에는 엄마의 애인이 살고 있었다.

왜 집을 합치지는 않을까? 몸은 잘도 합칠 거면서. 집을 합치는 일은 물론 몸을 합체하는 것보다 어렵고 또 거쳐야 할 절차가 많기는 하지만. 하기야 좋은 집은 어디에나 꼭 있기 마련이니, 마지막에 합치는 것이 현명할 터. 역시 엄마는 지혜롭다. 아, 배가 고파. 나는 잃어버린 지갑이 번뜩 떠오른 것처럼, 꼬깔콘을 찾으러 병실로 돌아갔다. 불 꺼진 병실의 침대는 네 개이고, 세 개의 침대가 비어 있었다. 누구를 불러 재울 수도 있었지만, 아직은 아니라는 생각이었다. 그렇게 매일 누군가를 부르고 싶었지만, 매일이 아직으로 끝났다. 나는 캄캄한 병실에서 꼬깔콘을 아그작작 씹으며, 잘린 오른 손가락 세 뿌리에 꼬깔콘 한 개씩을 끼워 넣었다. 손가락 뿌리에 꼭 맞는 꼬깔콘이 아니라면 입에 넣어 씹었다. 왼손보다 오른손에 과자 가루가 더 많이 부스럭거리는 밤이었다.

처음으로 내가 병실로 부른 아이는 지혜였다. 지혜는 중학교 동창이었지만 짝꿍은 아니었다. 우리는 각자 다른 고등학교로 배치되었지만 1년에 서너 번은 꼭 마주쳤다. 지혜는 만날 적마다 키가 자라나 있었다. 너 키가 더 자랐니? 지혜는 살이 빠져서 더 커 보이는 것 같다고 대답했다. 대학은 갔니? 지혜는 복어처럼 볼에 잔뜩 바람을 넣었다가 품, 소리를 냈다. 대학? 대학은 되먹지 못한 애들이나 가는 거야, 되먹지 못하니까 대학이나 기어 들어가서 기웃기웃 돈 씹고 시간 재우지. 지혜는 진심으로 보였다. 그리고 진심이었을 것이다. 지혜는 그런 아이였다. 팔꿈치 위로부터 팔꿈치 아래까지, 이탈리아 지도 모양으로 화상 흉터가 있었지만, 하복을 아무렇지 않게 입는 당당한 아이였다. 소풍을 갈 적엔 민소매 원피스도 깜찍하게 차려입었다. 언젠가 지혜는, 예쁘잖아, 난 팔찌를 끼지 않아도 주목받을 수 있어, 말했었다. 맞는 말이었다. 그럼 이제 뭐 하니? 아르바이트? 나는 또 지혜에게 물었다. 여행이나 가려고. 어디로? 나는 눈을 동그랗게 뜨고 지혜의 동그란 눈을 쳐다보았다. 시카고

나 동경? 음, 스위스도 생각 중이야. 프랑스도. 지혜는 말하는 내내 손가락으로 몇 가닥 머리칼을 틀어잡고 배배 꼬았다. 갑자기 무슨 여행을 그렇게 많이 가려고? 나는 의아해서 물었다. 내가 아는 지혜의 사정으로는 해외여행은 고사하고 며칠간의 제주도 여행도 힘든 처지였다. 5개월 전, 마지막으로 만났을 적에도 내게 급히 8만 원을 빌린 지혜였다. 여기저기 빌린 돈으로 여행을 떠나는 걸까, 싶을 때 지혜가 말했다. 지난달에, 어, 딱 한 달 됐어. 엄마가 죽었어. 보험금이 1억 5천이야. 지혜는 팔에 그려진 이탈리아 지도를 설명하듯이 말했다. 하, 나 어디로 갈까? 지혜와 나는 마주보고 한참 고민하다가 시카고가 좋겠다는 답을 내렸다. 지혜는 영어를 못한다는 점에서, 시카고에 갈 필요가 있었다. 나는 지혜가 그곳에서 누구와도 말을 섞지 않기를, 그리고 그렇게 그저, 다시 돌아오기를 바랐다. 나는 오른손에 남은 엄지와 새끼손가락을 접어 주먹 모양으로 만들고, 환자복 주머니 깊숙이 넣었다. 그때부터 나는 버릇처럼, 습관처럼 주먹을 만들었다. 그리고 그때부터 내 보험금은 얼마나 될까, 습관처럼 헤아리고 또 헤아렸다.

　엄마는 뭐 가입한 거 없어? 나는 점심밥 후에 점심 약을 삼켰다. 옛날에 YMCA 활동했었지. 엄마는 고등학교 클럽 가입 약력까지 조근조근 설명할 투였다. 나도 뭐 가입하고 싶다……. 나는 말끝을 흐렸다. 엄마 나 피아노학원 다시 다닐까? 엄마는 눈이 휘둥그레져서는, 눈동자만 움직였다. 나 어릴 적에 피아노도 좀 쳤고, 피아니스트가 꿈이기도 했어. 다시 배우고 싶어. 엄마는 차마 그럴 수는 없을 것이라고 말하지는 않았다. 대신, 창피하지 않겠니? 작고 느리게, 속삭이듯 말했다. 크지도 작지도 않은 4인용 병실에 엄마와 나, 둘뿐인데 왜 작게 말하는 거야? 그리고 엄마가 YMCA 외에도 이것저것, 예를 들면, 계 모임이나 직접적으로는 보험에 가입했을 텐데 왜 말하지 않는 거야? 묻고 싶지만, 묻지 않았다. 묻고 싶은 것을 누구에게나 어디서나 함부로 묻고 다니면, 한 번에 묻히는 게 인생이라고, 여고생 지혜가 한 말이 떠올랐다.

지혜는 첫 병문안 후에 일주일에 한 번씩은 들렀다. 그러는 동안 나는 더, 더 살이 불었다. 헐렁하던 환자복이 맞춤복처럼 딱 맞았다. 마른 회색 오른팔은 살이 올라 윤기가 흘렀고, 잘린 손끝도 붉은색에서 분홍빛으로 아물어가고 있었다. 엄마, 나는 언제 퇴원해? 그즈음 난 엄마에게 직간접적으로 보험비와 아빠의 상속에 대해 끈질기게 묻고 있었다. 엄마는 그때마다 얼른 엘리베이터를 타고 빠릿빠릿 1호선이 흐르는 지하로 사라졌다. 유리벽 밑 엄마를 볼 때면, 나도 지하철이 타고 싶었다. 간절히, 순환하고 교차되고 싶었다.

엄마가 사라진 시간의 대부분은 지혜와 함께했는데, 그즈음 지혜도 나의 오므린 주먹을 보게 되었다. 길게 이야기하진 않고 내게 부럽다고 했다. 넌 가위바위보를 할 때에 이길 확률이 커. 손을 펴 봐. 지혜는 제 손바닥 위에 내 오른손을 올려놓고 쫙 폈다. 가지가 뭉텅 잘린 나무같았다. 이거 봐. 넌 주먹하고 보만 내면 돼. 넌 보를 내고도 가위라고 우길 수 있어. 상대가 가위가 아니라고 따진다면, 넌 그냥 얼굴로 말해. 펴진 네 손바닥을 내려다보는 거지. 그럼 상대가 알아서 판단할 거야. 신기한 손이네요. 가위도 되고, 보도 되는군요. 이렇게까지 까발려 묻는 인간은 없을 거니까 걱정 말구. 지혜는 펼쳐진 내 손 위에 제 손을 얹고 쓰다듬었다. 그건 비겁한 거 아니니? 그리고 난 멀쩡한 왼손이 있어. 항변하고 싶었지만 참았다. 묻고 싶은 것을 함부로 물었다가는, 한 번에 묻히는 게 인생이라고, 지혜가 일러줬으니까.

넌 환지통 같은 거 없어? 찌릿찌릿하고 당기고 쑤시고 그렇다던데? 지혜는 잘린 나의 가운뎃손가락 뿌리를 슬쩍 건드렸다. 찌릿찌릿하고 당기고 쑤시는 증상이 환지통이라면, 다행히 난 해당되지 않았다. 불편한 곳은 따로 있었다. 그보다 팔뼈가 잘못 붙은 것 같아. 가끔 결리고 시려. 나는 왼손으로 오른팔을 주물렀다. 할머니들 같이? 지혜는 뭔가 심상찮다는 눈으로 한참 내 얼굴을 들여다보았다. 그리고 이어서 말했다. 아니야, 네가 팔뼈 좀 부스러졌다고, 손이 좀 잘렸다고 할머니가 됐을 리는 없어. 뭐라고 말해야 좋을까. 지혜는 병실 바닥을 내려다보며 몇 가닥 머리칼을 틀어잡고 배배 꼬았다. 하기야 그래, 남아서 붙어 있는 게 더 지저분하고, 더 아픈 거지. 지혜가 내 오른팔을 주물렀다. 시원했다. 병실 창밖에 부딪히는 바람 소리가 민방위 싸이렌처럼 들렸다. 정말 민방위훈련이었을 지도 모른다. 우리는 그것을 확인하기 위해 병원 밖으로 나섰다. 지혜는 내 목에 제 스카프를 둘러주고 내게 분홍색 카디건을 입혔다.

붉은 신호등 앞에 우리는 손을 잡고 파란불을 기다렸다. 너도 같이 가자. 지혜가 내 손을 꽉 잡았다. 어딜? 지혜는 내 손목을 붙들고 빨간불에 횡단했다. 빨간불이잖아. 나는 경고했다. 선택 사항이야, 목소리가 들렸다. 선택 사항이라 말한 사람은 지혜도 나도 아니었다. 우리보다 빨간불을 먼저 건넌 남자였다. 베이지색 바바리를 입은, 그의 커다란 갈색 얼굴이 우리를 향해 뒤돌아보며 말했다. 선택 사항이라고. 목소리는 내 앞 붉은 신호보다 더 크게 들렸다. 빨간불이잖아, 여동생이 말했던 것 같다. 나는 여전히 눈을 감고 창가에 기대어 있었었다. 빨간불은 빨리 가라는 뜻이란다, 아빠의 웃음 섞인 목소리. 우리는 그렇게, 가볍게 공중으로 흩어졌던 것, 같다. 나는 지혜의 손을 뿌리치고 병실로 돌아와 머리끝까지 이불을 덮었다. 그리고 얼굴 위에 베개를 얹었다. 그날, 나는 길바닥 위에 흘러 있었다. 축축하고 따뜻하고 질척이는 것들이 내 얼굴과 몸에 엉겨 있었다. 나는 그때 색을 구분할 수 없었고, 아빠와 나를, 동생과 나를, 구분할 수 없었다. 뒤엉킨 채 우리는 서로에게 대답했다. 누군가 우리를 발견할 거야. 짓눌린 아빠의 머리통에서 튀어나온 혓바닥이 팔딱거렸다. 아니, 나는 포기했어, 아빠가 언니를 데리고 온 날부터 뭔가 뒤틀렸어. 아빠 탓이야. 빨간불이 빨리 가라는 뜻이라니, 대책 없는 인간! 동생은 자는 것처럼 엎드려 누워 소리쳤다. 나는 그 둘 사이에서 여전히 아무 대답도 하지 않았으므로 편안했고, 그러므로 그나마 견딜 수 있었다.

견딜 수 없었던 것은 저녁 반찬으로 엄마가 소시지를 볶아온 것이었다. 신설동의 아저씨가 오늘 점심에 소시지를 먹었던 걸까? 엄마는 차갑게 식어 기름이 번들거리는 그것 위에 케첩을 뿌렸다. 기다란 수제 소시지를 손가락 한마디 크기로 썰고, 그 위에 케첩을 뿌리고 또 썰고 또 케첩을 뿌렸다. 배는 고팠는데 속이 울렁거렸다. 나는 먹지는 못하고 접시 위에 잘린 소시지를 젓가락으로 휘적휘적 장난을 쳤다. 엄마는 병실에 남은 사무용 의자에 앉아 TV를 보았다. 나는 현미밥으로 손바닥 모양을 정교히 만들고 소시지들로 손가락을 만드는, 일종의 자가미술치료를 하고 있었다. 소시지를 움직일 때마다 식은 기름과 케첩이 범벅이 되어 뚝뚝 흘러내렸다. 그러다가 검지와 중지, 약지를 없애기도 하고, 엄지와 새끼를 없애기도 했다. 언젠가, 어느새 내 앞에 선 엄마는 나를 가만히 내려다보고 있었다. 엄마는, 왜 먹지는 않냐는 물음은 하지 않았다. 물었다면 대답했을 텐데. 사람들은 엄마처럼 가끔씩 헷갈린다. 물을 때와 대답할 때. 물을, 기도로 삼킬 때. 식도로 공기를 넘기고 트림할 때 불고기 냄새가 나는 건 내 탓이 아니라는 양. 목구멍은 먹고 토하라고만 있는 게 아니에요. 그러나 나는 아무 소리도 내지 않았다.

엄마와 의사는 내게 많은 질문을 했고, 나는 성실히 대답했고 체크했으며, 정신병동으로 옮겨졌다. 정신병동은 지내기 수월한 곳이었다. 내 칫솔을 훔쳐다 자기 침대 밑에 숨기는, 모든 환자의 칫솔을 자기 침대 밑에 숨기는 아이. 간호사는 그 아이에게 강박과 불안 어쩌고 하는 병명을 내게 설명했다. 저 아이는 세상의 모든 칫솔을 모으는 꿈이 있을 뿐이에요, 말하고 싶었지만 퇴원 시기가 길어질까, 차마 입 밖으로 소리 내지 못했다. 그 간호사는 아이와 마찬가지로 나를 설명하길, 강박과 불안, 외상 후 스트레스, 약간의 편집 증세와 과민증 어쩌고 하는 병명을 붙여대기 바빴다. 참으로, 그래서 어쩌라고. 약은 순전히 수면제인 듯, 먹기만 하면 고개가 뚝뚝 떨궈지고 곧 잠들었다. 잠이 들기 전에 입가에 침이 돌지 않는다는 것을 알았지만, 물을 마시기도 전에 잠이 들어버렸다. 그래서 다행히 체중은 줄어들고 있었다.

지혜와 엄마가 함께 나를 면회하러 온 날, 나는 아무것도 묻지 않고 기다란 초록색 책상을 이리저리 훑어보기만 했다. 입을 벌리면 거미줄처럼 마른침이 쩍쩍 늘어날 것 같았다. 물을 마시면서까지 이야기를 나누고 싶지는 않았기 때문에, 나는 입을 다물고 있었다.

나는 고개를 돌려 경비원 같은 남자 간호사에게 손을 흔들었다. 면회를 끝내고 싶다는 뜻이었다. 그조차 이상해 보였는지 나는, 약이 더 늘었다. 도대체 밤과 낮이 없으며 화장실과 끼니가 나도 모르게 돌아가는 이 상황은 뭔가……. 그래서 두 번째 면회 때는 마른입으로 거미줄 같은 침이 쩍쩍 늘어나든 말든, 엄마 나 그만 자고 싶어, 꺼내줄래? 말했으며, 지혜에게는, 내가 그때 길을 같이 건너지 않아서 그런 거니? 물어보았다. 지혜의 말이 맞았다. 묻고 싶은 것을 함부로 물었다가, 나는 한 번에 묻히고 있었다. 잠과 잠 사이, 잠과 잠 밑으로 묻히고 묻혀, 체중이 37킬로그램에 달하게 되었다. 꿈의 몸무게를 달성하기는 했지만, 목욕을 할 적에 내 몸은, 아사 직전의 코끼리처럼 살갗과 가죽이 회색으로 늘어져 있었다.

모든 창문에 박혀 있는 창살들. 더이상 창살을 뽑고 싶지 않을 때. 뽑아도 달라지는 것은 없다는 것을 알았을 때, 나는 퇴원을 했다. 계절이 바뀐 것도 같았다. 그러나 나는 아직 아무것도 하고 싶지 않았다. 하지만 엄마는 내게 여러 가지를 권했다. 학교에 복학하기, 각종 학원에 다니기, 과외하기, 신경과에 주기적으로 방문하기 등등. 엄마는 내가 적어도 두 개의 항목을 동시에 해나가길 바랐지만, 나는 신경과에 주기적으로 방문하기만을 약속했다. 다시 입원이 되어도 상관없었다.

나는 주로 신경과에서 상담과 미술치료를 받았으며, 팀 오브 무지개에서 활동했다. 팀 오브 무지개를 한국말로 풀자면, 무지개의 팀, 무지개 모임 정도로 해석할 수 있었다. 물론 이 단체는, 장애인 단체였다. 지혜는 나를 말렸다. 네가 거기까지 들어가지 않아도 장애인이라는 사실이 이미 파다하다는 것이었다. 어디까지, 어디까지

내 소문이 파도처럼 넘치고 부딪혀서 파다하게 퍼졌을까……. 누가 알고 있는데? 짧게 물었다. 지혜는 모두가 다 알고 있으며, 또 알게 될 것이라고 대답했다. 그게 뭐. 그게 뭐. 그게 뭐. 나는 왼손으로 두 눈을 가로로 길게 길게 비볐다. 피곤하니? 우리집에서 잘래? 지혜는 좋은 친구지만, 완전한 안성맞춤으로 딱 좋은 친구는 아니었다. 지혜는 가끔 너무 적극적이었다. 아니, 엄마가 걱정해. 내일은 의수도 맞추러 가야 하고……. 나는 손가락 세 개를 잃은 대신 거짓말 솜씨가 세 배 정도 늘었다. 뻔뻔해진 걸까? 손가락 세 개와 뻔뻔함 세 배는 교환해도 상관없는, 뭐, 그다지 밑지는 기분은 아니었다. 앞으로도 나는 더 뻔뻔해져야 할 터였다. 누군가 내 손에 대해 묻는다면, 시카고나 동경, 스위스나 프랑스 무용담을 풀어놓으며, 바위나 눈사태. 퐁듀를 먹다 세 손가락이 익었다거나……. 그래서 그냥 먹어버렸다거나……. 동생에게 손가락을 이식해 주었다거나. 그쪽에서 내 케이스를 특별히 봐두어 내 동생과 미팅을 잡는다면? 그런다 해도 다른 여자아이의 손가락에 점점이 이식한 흔적을 화장품으로 그려 만나면 그만. 그런데 그 아이, 내 동생은 외로운 게 무언지 알았을까? 알았다면, 그 반대 것도 알았을 텐데. 외로움의 반대는 나도 아직 모르는데. 조금만 더 뻔뻔해지면 알 수 있겠지. 양면 색종이처럼 서로 맞붙어 있지는 않아. 뒤집을 수도 없지. 그저. 그래서 나는 하나도 너에게 미안하지 않아. 나는 죽은 여동생의 이름을 속으로 부르며 아랫입술 속살을 꼭 깨물고, 꾹꾹 깨물어 뜯었다. 차고, 짜고 비린 냄새가 입안에서 겉돌았다. 새벽이었다. 아침이 되었을 때, 나는 베란다에서 화장실로 들어갔다. 머리를 감을 때마다 손톱 없는, 짧은 세 개의 손가락이 바쁘게 움직였다. 습관일지라도 잊지 않아 줘서, 고마웠다. 아직 나는 예뻤다. 동생 몫까지 예쁘고 싶었다. 아빠같이는…… 절대로. 아빠 같은 남자는…… 죽어도. 죽어도는, 아빠가 내게 마지막으로 남겨준 깊이였다. 그래서 나는 감히, 아빠 같은 남자는 죽어도, 싫다.

무지개 모임은 싫지 않았다. 나를 끝까지 기억해줄 법한 사람이 없다는 점에서 특히 좋았다. 모임의 팀원은 금세 금세 탈퇴했고, 새 얼굴도 금방 들어왔다. 나는 제법 꾸준히 모임에 참가하는 모범생 중에 범생이었다. 무지개 모임의 최소한 룰은, 각자 색깔에 맞추어 의견을 제시하고 모두가 수렴해야 한다는 것이었다. 나는 채소를 잘 먹지 않으므로 초록색을 택했다. 동생이 혹시나 다시 태어난다면 모든 초록으로 태어나기를 바라기도 했다. 페인트 공장의 그린 2.0일지라도.

거실에서는 끊임없이 부스럭거리는 소리가 났다. 엄마나 쥐, 쥐나 엄마였을 것이었다. 어떨 때 엄마는 쥐보다 작은 소리로 움직였다. 쥐는 밤마다 내 방 천장 속에서 우그르르 구르르 걸어 다니고, 뛰어다니고, 내 머릿속에 발자국을 꾹꾹 남겼다. 그러나 나는 천장을 뜯지 않았다. 혹시나 먼지투성이의 엄마가 내 침대 위로 떨어질지도 몰랐다. 내가 집에 들어올 적에 엄마는 집에 있었던가, 신설동에 있었던가. 엄마가 집에 있다 한들, 할 말은 많지 않았다. 오늘 팀 오브 무지개는 조금 지루했어요, 나는 초록이 되었고요, 정도였다. 나는 모로 누워 시멘트 벽에 바짝 붙었다. 코와 가슴, 배와 허벅지 앞면, 발등이 벽에 붙었다. 눈을 감고 천천히 숨을 들이쉬었다. 벽에서 축축하고 시원한 냄새가 났다. 시멘트 알갱이들이 내 몸에 섞였다가, 나갔다가, 섞였다. 그러다가, 이러다가 정말 굳을지도 몰

라. 깨이고 싶어서, 깨지고 싶어서, 그때 또 손가락 몇 개를 잘려야 할지, 몰라.

아직도 모르겠어? 버스 안에서 지혜는 내 옆얼굴에 대고 크게 말했다. 몰랐지만, 모른다고 대답하지 않았다. 지혜가 화를 낼 것 같았다. 지혜의 생각대로 나는, 지혜의 말을 듣고 있지 않았다. 어디로 가는데? 얼룩덜룩하게 달리는 버스 바닥을 내려다보며 작게 물었다. 역시 지혜는 화를 냈다. 귀도 먹었니? 나를 흘겼다. 어디 가는데? 나는 다시 물었고, 지혜는 엄마가 있는 납골당으로 가는 길이라고, 몇 번을 말하냐고, 은연중에 50번은 말했을 텐데……텐데, 하며 후회하고 있었다. 아마 나를 데리고 가는 것을 후회하는 것 같았다. 너, 아빠는 어디에 묻혔대? 아마 화장하셨을 텐데? 우리 엄마 있는 데 있을지도 몰라. 지혜는 침을 뱉듯이 툭툭 퉤퉤 말했다. 나는 고개를 돌려 지혜를 정면으로 바라보았다. 아니야. 없을 거야. 봐. 내 손가락도 없어졌잖아. 나는 지혜의 눈 아래에 내 오른손을 쫙 펴 보였다. 내 손가락처럼, 이제 다 없어. 그러니까 지혜야, 너희 엄마도 이제 없어. 지혜는 얼굴이 벌게져서 나를 때릴 듯 눈을 부릅떴다. 없는 게 아니야. 지혜는 눈알이 튀어나오도록 숨을 몰아쉬었다. 그럼 너희 엄마가 어디에 있는데? 하늘? 나는 울퉁불퉁하게 흔들리는 버스 지붕을 올려다보았다. 지혜는 후우- 하아- 심호흡을 하면서 처언천히 대답했다. 간격이, 있어. 지혜의 말을 압축하자면, 죽은 사람과 산 사람은 간격 유지가 필수인데, 그래서 비록 엄마는 어디에서도 볼 수 없지만, 간격만은 필수이기 때문에, 반드시 간격만은 존재한다는 것이었다. 그리고 그 간격은 엄마가 있다는 것에 대한 유일한 증거라는 것이었다. 지혜는 말하는 내내 씩씩거리면서 버스 바닥에 가래를 뱉었으며, 내 얼굴에도 가래를 뱉을 것처럼, 손톱으로 할퀼 것처럼, 피를 본 상어처럼, 이를 드러냈다. 지혜의 말이 도대체 무슨 말인지 알 수 없었고, 알고 싶지도 않았다. 지혜의 목소리는 커져만 갔고 곧 내가 큰소리로, 울었다.

아직 울 수 있다는 것은 큰 축복이에요. 이제는 익숙해져버려서 울 수 없는 사람들이 얼마나 많다고요. 기도해야 합니다. 열심히 기도해야 참 눈물을 흘릴 수 있습니다. 무지개 모임에서 나이가 가장 많은 회원이, 회원들 앞에서 말했다. 그 회원은 회색이었다. 회색은, 얼굴빛과 머리칼이 회색이었다. 나는 회색을 보면서, 회색을 선택하는 사람도 있다는 것에 놀랐다. 그러나 그녀가 하는 말은 별로 놀랍지 않았다. 늘, 잘 알아들을 수 없는 이야기를 꼭 존댓말로 했다. 회색은 치매였다. 치매도 장애일까 궁금했지만 아무에게도 묻지 않았다. 내가 묻지 않으면 사람들도 나를 묻지 않았다. 묻는 것보다 묻혀버리는 쪽이 나았다. 회색은 쉬는 시간마다 찬송가를 불렀다. 가사는 때마다 달랐지만, 음은 언제나 같았다. 회색은 신음하듯이 노래했다. 어떤 사람들은 회색처럼 신음하듯이 노래한다. 물론 토하듯이 노래하는 사람도 있고, 삼키듯이 노래하는 사람도 있다. 울면서 노래하고, 웃으면서 노래하고, 화내면서 노래하고, 새처럼 노래하고, 돌고래처럼 노래하고, 기린처럼 웃고, 코끼리처럼 울고. 울고, 울고 돌고, 돌면 나도 신음할 수 있을까? 회색이 말하는 참 눈물이라는 것을 흘려보고 싶었다. 회색의 말대로 열심히 기도하면 참 눈물을 흘릴 수 있을까? 그러나 나는 아무것도 간절하지 않아서 기도를 할 수 없었다. 그래서 울었다. 참 눈물이 아닌 것이 뺨 위로 땀처럼 흘러내렸다.

왜 울고 있어요? 무지개 모임의 초록 2가 내게 물었다. 초록 2는 나와 같은 초록색이고, 청각 장애인이었다. 왜 울고 있어요? 초록 2가 한 번 더 수화를 했다. 나는 내가 수화를 알아듣는다는 것을, 그때 처음 알았다. 신기한 일이었다. 나는 한 번도 수화를 배워본 적이 없었다. 왜 우는지 대답해주고 싶었지만, 나는 수화를 할 줄 몰랐다. 게다가 나는 손가락이 세 개나 잘려서 수화를 할 수도 없었다. 나는 주먹을 쥐었다. 주먹 안에 참 눈물 같은 땀이 고였다. 곧 몸 구석구석이 축축해졌다. 건물 밖에는 비가 내렸고, 나는 우산을 가져오지 않았다. 이왕 젖은 김에 아주 젖고도 싶었지만, 머리카락 이 걱정되었다. 그때 마침 무지개 모임의 팀장이 빳빳하고 두꺼운 팸플릿을 회원들에게 나누어 주기 시작했다. 우리는 두 달 후에 합창제에 참가합니다. 팀장이 말했다. 팸플릿은 합창제에 대한 안내 내용이었다. 안내에 따르자면, 불교 주최의 합창대회이고, 크리스마스 이브에, 다른 지방에서 진행되며, 우리가 부를 곡명은 옴마니 반메훔이었다. 나는 안내 팸플릿을 머리에 얹고 집으로 돌아갔다.

엄마 신설동 아저씨랑 결혼해도 될까? 집으로 돌아가 유부초밥을 저녁으로 먹는 중이었다. 나는 뭐라 할 대답이 없었다. 할 대답이 없다기보다 대답하는 법을 잊어버린 기분이었다. 딱히 취할 모션도 떠오르질 않아 유부초밥을 오래 씹었다. 입안에 단침이 가득 고였다. 긍정적으로 생각해줬으면 좋겠어. 그리고 곧 네 보험비 나와. 엄마가 처음으로 보험비를 언급했다. 거래에 익숙한 여자. 역시 엄마는 지혜로웠다.

지혜는 벼르고 벼르던 여행을 미루고 또 미뤘다. 비자, 구체적 계획, 체류 기간 등. 묻지 않았지만 훌륭하게 혼자서 대답했다. 혼자서 주절주절 대답하는 지혜를 보고 있으면, 외로워졌다. 외로울 때마다 나는 주먹을 쥐었다. 그러면 잘린 세 개의 손가락 뿌리에 뿌듯하게 힘이 들어갔다. 쓰지 않는 손가락에, 이제는 없는 손가락에 힘이 들어갈 때면 외롭기도 하고 뿌듯하기도 했다. 그러니까 나는 외로워질 때마다 뿌듯했고, 뿌듯할 때에는 주로 외로웠다. 지혜가 여행 이야기를 할 때마다 나는 주먹을 쥐었다.

내가 주먹을 쥐고 있는 동안, 바람은 깨질 것처럼 불어쳐댔고 내게는 본격적으로 선물이 들어오기 시작했다. 장갑. 나는 반짝반짝 반듯하게 포장된 곽만 봐도 짐작할 수 있었다. 손가락장갑. 가죽, 털실, 앙고라, 면, 호피무늬, 빨강, 초록, 검정, 모두, 손가락장갑이었다. 차라리 벙어리가 나왔을 텐데. 나는 선물을 받을 적마다 입을 다물고 있었다. 무지개 모임에서 합창을 할 적에도 나는 입을 다물었다. 그래서였을까. 언젠가, 어느새 무지개 모임의 팀장이 내 앞에서서 수화를 했다. 아마 나를 초록 2와 같은 청각 장애라 생각하는 것 같았다. 어쩌면 나를 초록 2와 헷갈렸는지도 모른다. 사람들은 가끔 이렇게나 헷갈린다. 소리로 말할 때와 손으로 말할 때. 손가락장갑과 벙어리장갑 중에서. 나는 선물 받은 장갑들을 버리려다가, 가위로 자를까 하다가, 엄마를 줄까 하다가, 지혜에게 모두 주었다. 지혜는 좋은 내색도 싫은 내색도 하지 않고, 군말 없이 받아갔다.

회색은 군말 없이 옴마니반메훔을 연습했다. 회색은 옴마니반메훔도 신음하듯이 불렀다. 그래서 더 열중하는 것처럼 보였을 수도 있다. 회색은 언제나 자기를 마중 나오는 며느리를 알아보지 못했다. 아들도 알아보지 못했다. 손자는 제일 빨리 잊어버렸을 것이다. 그런데 용케도 예수만은 기억하고 있었다. 합창 연습 쉬는 시간마다 존대로 설교하고 찬송가를 불렀다. 회색의 쉬는 시간은 예수가 전부였다. 신음하는 회색의 얼굴을 보면, 나는 마지막에 무얼 기억할 수 있을지 궁금했다. 하지만 이건 정말 답이 없었다. 기억이 기호에 맞추어서 남는 것은 아니지만, 나는 아직 마지막까지 기억하고 싶은 기억이 없었다. 앞으로 그런 기억이 생기리란 보장도 없어서, 또 주먹을 쥐었다.

간단한 안무를 짜보겠습니다. 옆 사람 손잡으세요. 무지개 모임의 팀장이 소리쳤다. 나는 꼭 쥔 주먹을 풀지 않았다. 팀장의 말이 끝나기 무섭게 회원들은 옆 사람과 손을 잡고 흔들어댔다. 뭐가 저리 신나서 흔들기까지 할까. 손을 잡지 않은 사람은, 팀장의 말을 듣지 못하는 초록 2와 듣지 못하는 척하는 나, 둘뿐이었다. 초록 2와 내가 앞줄만 아니었으면, 초록 2와 내가 옆에 나란히 서 있지 않았더라면 티가 덜 날 텐데. 자꾸만 주먹 안에 땀이 고였다. 나는 내가 두리번거리고 있다는 것을 느끼고 목에 힘을 주었다. 힘은 목에 주었는데, 주먹에 더욱 힘이 들어갔다. 엄지와 새끼, 잘린 세 개의 손가락 뿌리에서 뿌듯뿌듯 소리가 들리는 것 같았다. 뿌듯뿌듯, 소리는 초 단위로 커져갔고, 나는 초 단위로 점점 더 외로워져서 그만 주먹에서 힘을 빼버리고 말았다. 힘을 빼자마자 손바닥이 저릿했다. 손바닥이 아직 얼얼할 때, 그래서 손가락들을 자꾸만 움직이고 있을 때, 옆에 선 초록 2가 내 새끼손가락에 자기 새끼손가락을 걸었다. 그것은 낚아채는 속도였다. 초록 2는 매듭지어진 우리의 새끼손가락을 앞뒤로 흔들었다. 뭐가 좋아서 흔들기까지 할까. 나는 팔에도 어깨에도 힘을 빼고, 초록 2가 흔드는 대로 흔들렸다. 오른쪽 가슴까지 흔들렸다. 초록 2는 약속을 많이 해본 솜씨였다.

초록 2에게 너무 휘둘렸는지, 그날 이후에 잘린 손가락들이 아팠다. 지혜가 말한 환지통이리라 확신했다. 여태껏 아팠던 것과는 다른 종류였기 때문에, 환지통이라고 확신할 수 있었다. 잘린 손가락의 피부가 가만히 있어도 땅기고 저렸다. 어디에 닿으면, 어디든 닿으면 더욱 그랬다. 이미 손가락이 잘렸는데도 불구하고, 손가락을 뽑아가는 것처럼 갑작스러울 때도 있었다. 팔이 잘리지 않은 것이 다행이라고, 생각했다. 다행이라는 생각은, 정말 다행이었다. 사실 동생이나 아빠처럼 죽는 것보다야, 어디 잘리는 것이 나았다. 어디 잘려보지도 못하고 죽어버리다니. 역시 아빠는 한심하고, 동생은 역시 아까웠다. 그러나 내가 살아 있다는 이유만으로 한심하지 않고 아깝지 않은 것은 아니었다. 일정 부분 한심하고 아깝기는 나도 마찬가지였다. 그제야 아빠와 동생이 아주 남이 아니구나 싶었다. 그래서 아빠와 동생이 어디에 있는지 엄마에게 다시 물었다. 이번에 엄마는 친절하게 대답해주었다. 엄마는, 지혜의 엄마가 있는 납골당의 위치를 내게 설명해주었다. 나는 대답에 대한 고마움의 표시로 신설동 아저씨의 안부를 물었다. 그런데 엄마가 너무 길게 대답하는 바람에 앞으로 3년 동안 신설동 아저씨의 안부가 궁금하지 않을 것 같았다.

아빠와 동생의 뼛가루가 들어 있는 사물함은, 서로의 옆에 나란히 있었다. 왜 같은 사물함에 넣지 않았을까. 동생은 뼈가 아직 다 여물지 않아서 크지 않았을 텐데. 뼛가루도 많지 않았을 텐데. 그런저런 생각을 하다가 금방 집으로 돌아갔다. 그날 저녁 메뉴는 사골국이었다. 신설동 아저씨에게 끓여주고 남은 국일까, 집에서는 끓이지 않았는데. 아무튼 뽀얗고 고소했다. 뼈 비린내가 거슬려서 후

추를 많이 뿌리기는 했다. 그래서였는지 더 맛있었다. 엄마는 내게 한 그릇 더 먹겠냐고 물었는데, 한 그릇 더 먹고도 싶었지만, 어쩐지 뼛국을 너무 많이 먹으면, 잘린 손가락뼈가 자라나 피부를 뚫어버릴지도 모른다는 생각이 들었다. 지레 겁을 먹어서인지 그날 밤에 살갗이 찢길 것처럼, 살갗 밑에서 뼈가 자라나는 것처럼 아팠다. 그래도 잠은 들었다. 꿈도 꿨다.

꿈에서 나는, 나의 잘린 손가락을 보았다. 세 개의 손가락이 도로 위에서 데굴데굴 굴러다녔다. 피가 다 빠져서 희고 단단해 보였다. 꼭 기다란 총알 같았다. 나는 그거라도 주워 가면 병원에서 봉합해줄 것이란 믿음으로, 손가락을 주우러 도로 위를 이리저리 뛰었다. 이리저리 굴러다니는 총알 같은 손가락은, 정말 총알일지도 모르겠다는 생각이 들었고, 그래도 주우려 했지만, 거의 주울 수 있었을 때, 승용차 한 대가 내 총알인지 내 손가락인지 모르겠는 것을 밟고 지나갔다. 나는 앉아서 울었다. 승용차는 아빠의 것이었다. 아빠 차는 빨간불을 무시하고 그대로 달리다가 내 손가락인지 총알인지를 밟은 것처럼, 도로를 지나는 개를 깔아버리고, 노루도 깔아버리고, 전복되어버렸다. 아빠의 차 속에 있던 나는 다시 손가락이 잘리고, 나는 손가락을 쫓아서 또 뛰었다. 내리는 비 때문에 손가락의 피는 너무 빨리 빠져버리고, 딱딱해져서 긴 총알처럼 도로 위를 데굴데굴 구르고, 나는 손가락을 주우러 뛰고, 거의 다 주웠을 때, 승용차는 또 내 손가락인지 총알인지를 깔아버리고, 나는 울고, 역시 그 승용차는 아빠의 것인, 더러운 꿈이었다. 나는 침대에 누워서 방바닥에 침을 뱉었다.

손가락은 자주 아프고, 더러운 꿈이 빈번해졌다. 아프거나 더럽거나 둘 중에 하나만 겪으려고, 일부러 잠을 자지 않아도 보았다. 잠을 자지 않으면 꿈을 꾸지 않으니, 손가락만 아프면 그만이었다. 일부러 잠만 자려고 노력했던 날도 있었다. 그러면 더러운 꿈만 내리 꾸면 되는 것이었다. 꿈에서는 없어진 손가락이 아픈, 그런 이상한 일은 없었다. 나는 정신과에 다시 가볼까, 통증의학과엘 가볼까 하다가, 둘 다 가지 않고, 무지개 모임에만 열심히 참가했다. 합창 시간에 초록 2에게 흔들리는 동안은 손가락이 덜 아팠다. 기분에 그런 것이 아니라 확실히 그랬다. 잠잘 적에도 초록 2가 내 머리를 흔들거나, 몸통을 흔들어주면 꿈도 꾸지 않을 수 있을 것 같았다. 그렇지만 초록 2도 남들 자는 시간에 잠은 자야 하니까, 무리한 부탁을 할 수 없었다.

지혜가 여행을 미루고, 엄마가 결혼을 벼르고, 초록 2가 나를 흔드는 동안 무지개 모임의 합창 발표일이 일주일 후로 다가왔다. 나는 긴장되지도 설레지도 않았다. 합창제는 내가 사는 곳과 다섯 시간 떨어진 지방에서 열렸고, 이번 해에는 레이니 크리스마스를 기대할 수 있을 것이란 일기예보에 따라, 나는 합창제에 참가하고 싶지 않았다. 합창제가 열리는 크리스마스 이브와 이브 전날에도 비가 예고되어 있었다. 예고된 일이 어긋나길 바라는 기대도 없었기 때문에 더욱, 다섯 시간 떨어진 지방까지 가고 싶지 않았다. 아마 지혜의 부탁이 아니었더라면 가지 않았을 것이다. 지혜는 해외여행은 포기했으며, 국내여행을 가겠다고 운을 띄웠다. 내게 크리스마스 이브와 크리스마스를 함께 보내줄 수 있느냐 물으며, 다섯 시간 떨어진 그 지방의 바다가 보고 싶다고 했다. 크리스마스와 바다는 아무런 상관도 없고 또 어울리지도 않아. 내가 말했지만, 이상한 논리였다. 지혜의 표정이 화가 난 것도 같았고, 기가 죽은 것도 같았다. 왜 해외에는 가지 않으려고? 물으려다, 지혜의 얼굴을 다시 보고 관뒀다. 그냥 그렇다고, 나는 조용히 이어 말했다. 지혜는 나의 합창 무대가 보고 싶다고 말했다. 뜬금없었다. 뜬금없었지만 따져 묻지 않았다. 무엇을 물어도 지혜는 잘 대답할 것이었다.

버스 안에서 무지개 모임의 팀장은 간식으로 꿀떡과 음료수를 나누어 주었고, 회색은 그것을 먹고 두 번 토했고, 초록 2는 내 옆자리에서 죽은 것처럼 잤다. 나는 초록 2의 옆에서 자는 것처럼 죽고 싶었지만, 그렇게 복된 일이 내게 일어날 리 만무했다. 나는 회색처럼 토하지 않기 위해서 꿀떡을 꼭꼭 씹어 삼켰다. 꿀이 터질 때마다 혀가 알알했다. 예보대로 다섯 시간 동안 버스 창에 빗줄기가 그어졌다.

무대에 오르자, 흔들리는 나의 선물들이 보였다. 내가 지혜에게 준 장갑들이 객석의 공중에서 흔들리고 있었다. 호피와 빨강과 초록과 검정의, 분명히 내가 선물 받은 장갑들이었다. 장갑 끼고 손을 흔들어주면, 내가 좋아할 것이라 생각한 것 같았다. 그들의 생각이 어쨌건, 나는 거북하고 부담스러웠다. 저 한 무리의 손들은 나를 보고 있음이 뻔했다. 그리고 내가 그들을 알아볼 것이라는 것도, 그들은 알고 있을 것이었다. 크지 않은 객석이었다. 뿌리만 남은 손가락뼈가 뻑적지근했다. 곧 노래가 시작되려 했다. 어째서 손을 흔드는 것일까. 그들을 알아본 이상, 연습 때처럼 입 다물고 서 있을 수는 없었다. 나는 거북한 한 무리의 장갑들을 실망시키지 않기 위해서 입을 뻥긋거리기로 마음먹었다. 족히 10미터는 떨어졌을 저들이 내가 무어라 부르는지 들릴 리 없지만, 무어라도 뻥긋거리려니, 과연 무어라 뻥긋거릴지 마음이 급해졌다. 잘린 손가락뼈에서 뿌듯뿌듯 소리가 들리는 것 같았다. 주먹을 쥐지는 않았다. 이미 초록 2가 내 새끼손가락에 제 손가락을 걸고, 약속같이 앞뒤로 흔들기 시작했기 때문이다. 그래서 아프지는 않았지만, 아빠와 동생이 미웠다. 아빠와 동생도 한 무리의 장갑 속에 섞여서 손을 흔들고 있을 것 같다는 생각 때문이었다. 지혜의 말대로 간격이 있기는 한 것 같았다. 그 간격이 지혜 말대로 필수인지는 모르겠는데, 거슬리는 것은 확실했다.

반주가 시작되고, 옴- 소리에 나도 옴 소리를 내었다. 마- 소리에 나도 마 소리를 내었다. 니- 소리에 니 소리를 내었고, 반- 소리에 나도 반소리를, 메- 소리에는 어김없는 메를, 훔소리에도 훔소리를 따라서 내었다. 그다음부터는 웅얼웅얼 입을 뻥긋거리고 아무렇게나 소리를 뭉개서 내었다. 소리를 따라서 시야도 뭉개졌다. 객석의 손들은 점점 더 천천히 흔들렸고, 처음이자 마지막으로 들었던 동생의 노래가 떠올랐다. 가사가 생생했다. 나는 그 가사를 옴마니반메훔에 맞춰 불렀다. 부를수록, 껌을 삼킨 것처럼 목구멍 안에 이물감이 가득해졌다. 그래서 나는 땀 같은 눈물을 뻘뻘 흘렸다. ✸

언어言魚의 교차로에서

  언어言語를 언어言魚로 비유하는 자들은 대체로 시인이다. 하지만 김엄지가 「기도와 식도」에서 형상화하는 언어도 어떤 통로를 타고 흘러간다는 점에서는 언어言魚라 칭할 수 있다. 말의 수로를 흐르는 많은 언어들이 실수로 길을 잘못 들기도 하고 급류를 타기도 하면서 의미의 반전이나 예상하지 못한 리듬을 낳기도 한다. 그것은 몸속에 나 있는 길을 따라 흐르기도 한다. 그 가운데, 말하는 도구인 입과 관련된 길은 기도와 식도이다. 기도氣道는 공기가 지나가는 길이고 식도食道는 음식이 드나드는 통로이다. 언어가 식도로 흘러 소화되어야 할 때가 있고, 기도로 흘러 공기처럼 들고나야 할 때가 있다. 말을 소화할 때와 호흡해야 할 때를 아는 것, 그것이 중요하다고 김엄지는 말하고 있는 것 같다. 그 순간이 뒤바뀌는 상황에서 책임질 수 없는 의미의 착란이 발생하고 있으니 말이다.

  대형 교통사고가 났다. 뭉개진 그 자동차 속에는 여고생인 '나', 엄마와 이혼한 아버지, 아버지의 배다른 딸, 이렇게 세 명이 타고 있었다. 운전대를 잡은 아버지가 "빨간불은 빨리 가라는 뜻"이라 해석함으로써 기호체계를 무시하고 달렸다. 아버지는 즉사했고 여동생은 뇌사 상태에 빠졌으며 나는 오른팔이 으스러졌다. 이 사고는 위험에 무감해진 생활 습관이 언어의 길을 엉뚱한 곳으로 인도한 결과이다.

구사일생으로 살아남은 '나'는 친구 지혜가 엄마가 죽어서 받은 보험금으로 해외여행을 계획하고 있다는 걸 알게 된다. '나'는 엄마가 수령한 아버지(전남편)의 보험금과 '나'에게 남겨진 아버지의 유산이 궁금해졌다. '나'는 우회적으로 돈에 관해 묻고, 엄마는 대답을 회피한다. 통하지 않는 이 언어의 흐름은 '나'가 정신 병원에 입원함으로써 아예 종결되어 버린다. '나'의 순수한 말은 의도하지 않게 진단의 대상이 되어버렸기 때문에. 말이 (의도와는) 전혀 다르게 해석된 경우이다. 엄마와 의사는 '나'에게 수면제를 처방하고 정신병동에 가둠으로써, 영영 입을 막아버렸다.

엄마는 이미 경고한 적이 있다. 빨간 신호등을 본 여동생이 아버지에게 경고했듯이. 피아노를 배우고 싶다는 '나'의 말에 안 돼 라고 말하지 않고 "창피하지 않겠니"라고 속삭임으로써. 그것은 엄마의 경제적 사정이 안 된다는 뜻이 아니라, 너의 상태를 알아야 한다는 잔인한 의도를 숨긴 말이었다. 또한 엄마는 '나'의 질문에도 이미 대답했다. '나'가 보험금에 대해 물어볼 때마다, "그때마다 얼른 엘리베이터를 타고" 엄마의 애인이 살고 있는 신설동으로 "빠릿빠릿 걸어"감으로써. 묻고 싶지만 묻지 말았어야 할 것들이 있다는 것을, "묻고 싶은 것을 누구에게나 어디서나 함부로 묻고 다니면, 한번에 묻히는 게 인생"이라는 사실을 '나'는 기억해야 했다. 이 경우 '나'는 삼켜야 할 말들을 내뱉은 셈이다. 다시 말해 식도로 넘겨야 할 말들을 기도로 넘겼던 것.

우리는 실수하지 않기 위해서, 대답해야 할 때와 질문해야 할 때를 분별해야 한다. 또한 말하지 않았으나 말해진 것들을, 말했으나 다 말해지지 않은 것들을 유심히 살펴야 한다. 그것이 불가능한 일임에도 불구하고. "사람들은 엄마처럼 가끔씩 헷갈린다. 물을 때와 대답할 때. 물을 기도로 삼킬 때. 식도로 공기를 넘기고 트림할 때 불고기 냄새가 나는 건 내 탓이 아니라는 양. 목구멍은 먹고 토하라고만 있는 게 아니에요. 그러나 나는 아무 소리도 내지 않았다."

마지막 언어의 교차로는 장애인 모임에 들어간 '나'가 합창단에 참여하는 장면에서 제시된다. 합창을 관람하러 온 친구 지혜를 위해, '나'는 입을 다물기보다는 노래하는 시늉을 하기로 마음먹는다. 단원들이 "옴마니반메훔"을 부르자, '나'는 입을 뻥긋대다가 끝내는 죽은 동생이 예전에 불러주었던 노래를 부르기 시작한다.

'옴마니반메훔'은 불교의례에서 부르는 주문呪文이다. 여섯 글자 안에 진리를 담고 있다 하여 육자진언이라고도 불린다. 거기에는 명상, 인내, 계율, 지혜 등 불도자가 추구해야 할 덕목이 담겨있다. 그것은 지혜, 연민, 평정 등 불도자에게 내리는 축복을 상징하는 말이기도 하다. 그러니까 '옴마니반메훔'은 기도祈禱의 언어이다. 그런데 '나'는 이 소리를 '뭉개서' 내거나 엇박자로 따라 부르면서 노래를 조금씩 어그러뜨리기 시작한다. 점차적으로 어그러져가는 주문(기도문)이 반복되는 이상한 노래로 바뀌는 것이다. 이 노래를 언어유희라고 부르기는 애매하다. 새로운 의미를 파생시키는 계획된 교차가 아니기 때문이다.

'나'는 그저 물고기가 내뿜는 물방울처럼 무無를 벙긋거리고 있는 것이다. 저 특정한 단어의 변주와 반복은 어떤 어그러짐과 망가짐,

뭉개지는 의미들을 전시할 뿐인데, 그를 통해 짜부러진 풍경이 눈앞에 다가온다. 가까이 더 가까이. 때문에 저 우스꽝스러운 노래를 부르면 부를수록 "껌을 삼킨 것처럼 목구멍 안에 이물감이 가득해"지고 "땀 같은 눈물을 뻘뻘 흘"릴 수밖에 없게 되는 것이다. 저 마지막 언어의 교차로는 진언과 유희의 간격이며, 나아가 죽음과 삶의 간격이다. 친구 지혜는 이 사이를 갈라놓는 간격을 믿었지만("죽은 사람과 산 사람은 간격 유지가 필수"), 진언은 이 간격을 없애고 놀이노래는 이를 산 자의 쪽으로 끌어당긴다. 그래서 이 교차는 죽은 아빠와 죽어가는 동생을 불러("아빠와 동생도 한 무리의 장갑 속에 섞여서 손을 흔들고 있을 것 같다는 생각 때문이었다."), '나'의 앞에 데려다놓는다.

「기도와 식도」에는 모두 세 번의 교차가 있다. 기호의 의미를 정반대로 해석함으로써 참사를 겪었던 언어의 오해가 첫 번째 교차라면, 세속적인 질문과 그것의 세속적인 대답을 통해서 엇나간 의도의 교차가 두 번째이다. 마지막으로 기도祈禱의 언어와 유희의 언어를 교차하면서 삶과 죽음의 세계의 간격을 없애버린 교차가 세 번째이다. 김엄지는 이러한 교차의 순간을 태연하게 바라보면서, 좋고 나쁨, 옳고 그름, 순수하고 세속적임이라는 가치들을 위계화하지는 않는다. 삶은 본질적으로 끊임없는 언어의 교차와 의미의 오류로 요동치고 있는 것이기 때문에. ✤

— 선정위원 | 양윤의

2012 젊은 소설

그럼 무얼 부르지

내가 더하거나 내게 겹쳐지지 않는 시간

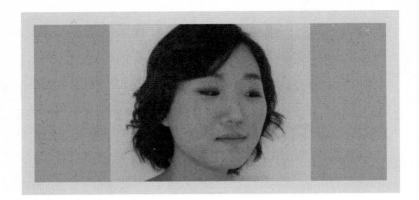

박솔뫼

창작 노트 | 이전과는 다른 방식으로 썼기 때문인가 쓰면서 의구심이 많았다.
평소 나는 소설이 달리고 싶으면 달리도록 지켜보며 그걸 즐거워했다.
반면 이건 절대로 뜨거워지면 안 돼 달리면 안 돼 하고 매 순간 일정하게 온도를 낮추려
했다.

원고를 계간지에 보내고 나서도 내가 이걸 왜 보냈나 왜 이런 걸 발표하려고 했지 하고
일주일은 후회했다.
나는 커다란 식빵을 만들고 싶었고 그걸 위해서는 밀가루를 여러 번 반죽해 봐야 했다.
이건 그다지 나쁘지 않은 반죽. 하지만 그다지 나쁘지 않은 것은 나쁜 것보다 못하고 그
생각은 지금도 변함이 없다.
다만 이걸 쓰며 해볼 수 있던 게 있었고 그게 지금까지 이어지고 있다는 건 흥미롭다.

약력 | 2009년 자음과 모음 신인문학상 수상. 2010년 장편소설 『을』 발표.
e-mail:songbook1123@gmail.com

그럼 무얼 부르지

해나를 만난 것은 샌프란시스코에서였다. 정확히 말하면 버클리
인데 버클리 대학 인근에서 한 달에 한 번씩 모이는 모임에 간 적이
있다. 해나는 그 모임에서 만났다. 그 모임은 한국에 관심이 있는
사람들이 모여 한국어를 배우는 모임으로 한국어가 익숙지 않은 교
포들이 주로 많았다. 한국어-영어가 섞이는 모임이라 유학 온 지
얼마 되지 않은 학생들도 몇 있었다. 그때 나는 여행 중이었는데 카
페에서 한국어로 된 책을 읽고 있는 나에게 누군가 이런 모임이 있
는데 나오지 않겠느냐고 권해서 나가게 되었다. 그 사람이 누구였
는지는 이제 가물가물하다. 읽고 있던 책은 기억하는데 친구에게서
빌린 잘 팔리는 프랑스 작가의 소설이었다. 그 옆에는 바닥을 드러
낸 카푸치노가 있었다.

버클리 대학 근처에 있는 테이블이 넓은 카페, 목요일 오후 8시였
다. 그날의 밤공기가 가볍고 건조했다는 것이 기억난다. 모임은 대

체로 정해진 순서대로 진행되는 듯했다. 그날의 순서인 사람이 자신이 발표하고 싶은 것들을 발표하고 거기 있는 단어들을 영어는 한국어로 한국어는 영어로 설명해 주는 식이었다. 그날은 해나의 차례였다. 해나는 어머니는 한국인이었지만 아버지는 미국인이었다. 어머니는 10년 전에 돌아가셨고 그 이후 아버지는 시애틀 출신의 미국인 여자와 재혼했다. 그래서 너는 지금 부모와 함께 사니? 아니. 아빠와 아빠의 아내는 엘에이에 살아. 나는 버클리에서 혼자 살고. 처음 본 나에게 이런저런 이야기를 하기 시작했다. 할머니 할아버지는 언제 미국에 왔고 그리고 어머니는……, 하는 이야기가 이어졌다. 나는 설명할 게 아무것도 없었다. 그런가? 하는 표정으로 해나의 이야기를 듣기만 했다. 이야기를 마친 해나는 고개를 돌려 지난주엔 이런 걸 발표했지 그리고 이런 일이 있었지 웃으며 말했다. 나에게 알려주려 했다. 사람들은 아 맞아 그거 웃겼지 대답했다.

해나는 가방에서 스테이플러가 박힌 프린트 물을 꺼내 사람들에게 건넸다. May, 18th에 관한 자료라고 했다. 아 5·18이 May eighteenth구나 당연한 것을 신기하다고 생각하며 그래? 거기는 내 고향인데 말했다. 해나는 정말이야? 감탄하고는 나를 바라보았다. 왜 놀라워하는 거지 감탄하는 거지 어째서 눈을 크게 뜨는 거지 생각하다 웃으며 그래 나는 거기서 태어났어 덧붙였다. 그러고 보니 내가 샌프란시스코를 여행하던 그때는 5월이었다. 장소는 버클리 인근 카페로 예상치도 못한 곳이었다. 내가 태어난 곳에서 30여 년 전에 있었던 일을 듣게 되는 장소로는 말이다. 나는 한국인들은 정말 선풍기를 틀어 놓고 자면 죽는다고 생각하니? 설마 산소 부족이 이유라고 생각하는 거야? 같은 이야기를 하는 줄 알았는데. 그런 가벼운 이야기를 하는 줄 알았는데. 어쨌거나 거기서 듣는 오월의 이야기는 마치 아일랜드의 피의 일요일이라거나 칠레의 피노체트가 저지른 일과 억압받았던 그곳의 사람들의 이야기를 듣는 것처럼 명백하고 비교적 의문의 여지가 없는 일처럼 들렸다. 마치 영어가 사건에 객관을 주고 있기라도 한 것처럼 말이다. 해나가 가져온 프린트 물은 5·18재단에서 만든 영어로 된 자료와 『뉴욕 타임스』에 실린 기사를 편집한 것이었다.

　자료를 나눠 받은 사람들은 이제 읽을 차례라는 표정이었다. 사람들은 익숙하게 돌아가며 한 문단씩 읽었다. 빽빽한 글씨로 된 A4 용지가 서너 장쯤 되었는데 의외로 금세 다 읽을 수 있었다. 주문한 음료가 나왔다는 소리가 들렸고 몇이 일어나 음료를 가져왔다. 그때 내 맞은편에 있던 머리 긴 여자애는 커다란 밀크셰이크를 시켰고 나는 카푸치노를 시켰다. 낮은 잔의 카푸치노의 맞은편에는 기다란 유리잔의 밀크셰이크가 있었다. 모두들 한 모금씩 마시고 해나를 바라보았다. 사람들이 제자리에 앉은 것을 보고 해나는 설명하고 그러니까 이때 한국은 하고 시작하는 이야기들. 그런 것들을 말했다. 그 이야기는 틀리지 않았지만 한국어로 듣는 것과 영어로 듣는 것 사이에는 몇 개의 장막이 있었다. 하지만 그 장막은 나에게만 있는 것으로 해나에게는 없는 것이었다. 나는 커피를 한 모금 마시고 다시 자료를 보았다. 흰 종이에 빽빽한 글씨와 몇 개의 사진, 뭉개진 얼굴의 남자와 트럭 위에서 깃발을 흔드는 젊은 남자, 무릎 꿇은 사람들을 내려다보는 군인 그런 사진들이었다. 다시 커피를 한 모금 마셨다. 그때 누군가 광주가 어디 있는 도시냐고 물었고 해나는 한국의 지도를 그렸다. 형태를 그렸다고 하는 것에 더 가까울 것이다. 해나는 간단히 그린 한국의 지도에서 광주를 짚었다. 해나는 광주가 어디인지 정확히 짚을 수 있었다. 여기, 서울의 남쪽 부산의 서쪽. 아, 몇 명이 고개를 끄덕였다. 샌프란시스코로 어학연수를 온 대학생이 massacre의 뜻을 물었다. 이거 무슨 뜻이지? 계속 나오는데 모르겠네. 누군가 쉽게 설명했다. 잔인한 방법으로 많은 사람들을 죽이는 것. 한국어로는 뭐니? massacre, 학살하다. 대학생은 각주를 달 듯 massacre에 줄을 긋고 그 밑에 적었다. 학살하다.

해나와는 이메일 주소를 교환했다. 그리고 그 자리는 끝이 났다. 뭔가 좀더 다른 이야기들이 나왔던 것도 같은데 기억나는 것이 없다. 아마 다음 차례는 누구였지? 아 나 그날 일이 있어. 아 그래? 나 그럼 내가 먼저 할게. 어디서 보지? 네가 정해서 메일 보내. 알았어. 그런 이야기를 했을 것이다. 헤어질 때 해나는 나에게 종이 몇 장을 건넸다. 시가 있었다. 이걸 읽고 싶었는데 못 읽었어. 나는 종이를 받아 들고 숙소로 되돌아왔다. 숙소는 차이나타운을 지나야 나왔다. 그때 밤의 색은 푸른색이었고 거리는 푸른색 아래 가늘게 이어지고 있었다. 신호등이 바뀌고 천천히 걸어가고 있을 때 어떤 중년 백인 남자와 눈이 마주쳤다. 중년 백인 남자는 내게 중국인이니 대만인이니 일본인이니 묻고 같이 술을 마시러 가자고 했다. 나는 어느 나라 사람인지 그 이름이 나오면 반응해야지 하고 고개를 끄덕일 준비를 했으나 끄덕일 수 없었다. 이 사람을 따라가 술을 마시고 무엇을 시키든 시키는 대로 해버려야지 누군가 내 안에서 속삭였다. 그런 마음으로 기다려도 고개를 끄덕일 차례는 오지 않았다. 나는 대답할 순간을 놓쳤다. 일어난 일은 아무것도 없었다. 아무 대답 없이 신호등을 건넜다. 멈춰 서 있는 그 남자를 지나쳐 숙소로 돌아왔다. 침대에 누워 종이를 펼쳤다. 그 시는 김남주의 「학살 2」였다. 한국어와 영어로 각각 타이핑된 그 시는 외국 사람의 시 같았다. 60년대 후반 멕시코나 칠레의 대학에 군인들이 들어섰을 때 그것을 숨죽이며 지켜본 누군가가 쓴 것 같았다. 거리에서 사람들이 사라지는 것을 보게 된 누군가 그 누군가가 쓴 것 같았다. 게르니카에 대한 글 같았다. 1947년의 타이베이에 대한 글 같았다. 밤의 골목에서 누군가 얻어맞는 시였다. 누가 때렸다고 하는 시. 누군가가 때리고 누군가는 맞고 죽이는 사람이 있으며 죽는 사람이 있다. 그리고 우는 사람은 아주 많다. 그런 시였다.

다음 장에는 누군가가 눌러쓴 것 같은 글씨가 보였다. 어떤 글이 있었는데, 그러니까 선언문이었다. 민주주의 수호 이런 말이 보였다. 복사된 선언문 위에 해나의 덧붙인 설명이 있었다. 단기 ####년은 19**으로 바뀌어 있었다.

해나를 다시 만난 것은 3년 후인데 그 사이 나는 일본의 교토로 여행을 갔다 온다. 이에 대해 언급하는 것은 두 가지 이유가 있는데 우선 그 사이 여행은 그것이 전부였고 또 다른 하나는 광주에 대해 언급하는 사람을 그곳에서도 보았기 때문이었다. 그 사람을 만난 것은 교토 신조 카와라마치 근처에 있던 바였다. 버클리 대학 근처 카페와 교토의 신조 역 근처 바, 둘 중 어느 곳이 더 의외이려나. 30여 년 전에, 내가 태어난 도시에서 있던 일에 대해 불현듯 듣는 것으로 말이다. 역시나 바에서 만난 이 사람의 이름도 기억하지 못하는데 커다란 덩치에 60대 초반 정도로 보이는 남자였다. 안경을 썼고 짙은 청색의 셔츠를 입고 있었다. 어떤 표정 같은 것은 기억이 난다. 눈의 주름 같은 것도 함께. 어쩌면 그 사람은 내게 이름을 말해 주지 않았을지도 모른다. 아니면 말해 주었대도 내가 부른 적이 없어 기억할 수 없거나. 그 사람은 바의 주인이었고 바에는 나뿐이었고 한동안 나뿐이었다. 나는 생맥주를 마셨고 그 사람은 커다란 냄비에 니혼슈를 데워 마셨다. 나는 끓는 냄비를 바라보다 붉어지는 그 사람의 얼굴을 바라보다 다시 끓는 냄비를 바라보다 하는 것을 반복했다. 그러다보니 끓고 있는 술이 정말로 알코올 용액 그 자체로 느껴졌다. 맥주는 이렇게 차가운데 데운 술은 몹시 뜨거우며 그것을 마시는 사람의 얼굴도 어쩐지 뜨거워 보여.

너는 어디서 왔는데?
한국.
한국 어디?
어딘지 말해도 모를걸요?
어딘데?
광주. 서울의 남쪽. 부산의 서쪽.
아.

그 사람은 물을 한 모금 마시고 니혼슈 옆에서 끓고 있던 무를 건졌다. 장 안에서 달걀과 함께 끓고 있던 무. 무는 장과 함께 오랫동안 끓였기 때문에 짙은 갈색이었다. 정말로 짙은 갈색이었기 때문에 앞서 말한 '장과 함께 오랫동안 끓였기 때문에'를 '장과 함께 오랫동안 끓여져야만 했기에'라거나 '장과 함께 오랫동안 끓여져 버렸기 때문에', '장과 함께 끓이지 않으면 안 되었기 때문에'라고 말해야 할 것 같았다. 이 짙은 갈색을 설명하려면 말이다. 그 사람은 건진 무를 작은 접시에 담아 내게 주었다. 자기 앞으로도 하나 놓았다.

거기 어딘지 알아.
정말?
내 친구는 「코슈 시티」라는 노래도 만들었어. 이렇게 쓰는 거지?

바 테이블에 놓여 있던 티슈 한 장에 볼펜으로 光州 City 하고 썼다. 나는 고개를 끄덕였다. 어떤 노래냐고 묻자 그때 군인들이 이 도시로 와 사람들을 많이 죽인 그것에 관한 이야기라고 했다. 아, 나는 짧게 반응하고 다시 맥주를 마셨다. 光州에서 사람들이 많이 죽었지? 제주도에서도 사람들이 많이 죽었지? 지나가는 말처럼 말했다. 술을 넘기며 말했다. 술을 한 모금 넘기며 사람들이 많이 죽은 이야기를 했다. 그 사람은 주방에서 나와 뒤편의 테이블 밑에 쌓인 책들을 뒤지더니 어딘가 구석에 꽂혀 있던 사진집을 하나 들고 왔다. 교토의 거리였고 노천카페였다. 누군가가 의자에 앉아 신문을 펴서 읽고 있었다. 선글라스를 낀 젊은 남자였다. 신문에는 무릎을 꿇고 있는 남자가 트럭에 실려 가고 있는 장면이 크게 실려 있었다. 무릎을 꿇고 있는 남자는 정장을 입고 있었고 회사원처럼 보였다. 나는 그 페이지를 오래 보았고 그때 누군가가 바의 문을 열고 들어왔다.

그 이듬해 봄에 해나를 다시 만났다. 처음 샌프란시스코에서 만난 이후로 해나는 가끔 메일을 보내왔다. 어떨 때는 영어였지만 대체로 한국어로 쓴 메일이었다. 안녕, 잘 지내니? 이런 말들도 가끔 어색하게 느껴졌다. 해나의 한국어가 아주 어색한 것은 아니었지만 가끔 스윽 읽으면 한국어 덩어리들이 각각 뭉쳐져 화면에 점점이 찍혀 있는 것처럼 보였다. 그건 나름대로 묘한 분위기가 있었다. 보낸 사람을 특이한 어린애처럼 보이게 했다. 조금 편협한 이야기기는 하지만.

해나는 서울에 있는 대학의 어학당에서 한국어 공부를 하고 있다고 했다. 다음주에 광주에 갈 거야. 네가 광주에 있다면 만나고 싶어. 나는 지금 서울에 있다고 답장했다. 하지만 다음주에 갈 일이 생길 것 같아. 그럼 만나자. 연락해. 안녕. 내 답장도 어쩐지 우글거리는 한글의 덩어리 같아 보였다. 어디선가 떼어 와서 컴퓨터 화면에 붙여 놓은 조합들. 하나로 뭉쳐지지 않는 작은 덩어리들.

해나와 나의 목적은 도청 앞에서 열리기로 한 광주 시향의 말러 교향곡 2번 5악장 「부활」의 연주를 듣는 것이었다. 그해는 80년 5월 광주에서 30년이 지난 해였다. 기념할 만한 해였기 때문에 그런 연주가 야외에서 열리는 것이었다. 해나는 그 전날 광주에 미리 도착해 망월동 묘역에 들를 것이라고 했다. 나는 몇 가지 의문이 들었지만 나중에 물어봐야지 생각하다 말았다. 해나를 만난 곳은 충장로에 있는 우체국 앞이었다. 사람들은 모두 이곳에서 만나 다른 곳으로 향했다. 오랜만에 본 해나는 머리가 짧아져 있었고 검은 옷을 입어서인지 차분해 보였다. 우리는 인사를 하고 짧게 포옹을 했다. 우리가 보기로 한 연주는 비가 와서 취소가 되었대. 해나는 말했고 나는 아쉽기도 했지만 그럼 이제 몇 년 전 한 번 본 게 다인 해나와 무얼 해야 할지 약간 당황스러웠다. 어쩌지? 문자, 글쎄 밥을 먹을까 하는 대답이 돌아왔다. 그날은 비가 올 듯 말 듯한 날씨였지만 밤공기는 습하지 않고 상쾌했다. 우리는 근처 중국집으로 가 잡채밥을 먹고 나와 잠시 걸었다.

광주는 조용했고 딱히 다른 날과 다르지 않았다. 특별히 소리 내어 무언가를 말하는 사람은 없었다. 의외로 이곳에서 무언가를 말하는 사람은 없었다. 어떤 날은 큰 목소리로 무언가를 말했지만 다른 때는 입을 다물고 아무것도 말하지 않았다. 아무 말도 하지 않았다 대개는. 우리는 도청을 향해 걷다가 조금씩 떨어지는 빗방울을 맞다가 아 비네 비다 라고 낮게 말을 하다 손바닥을 위로 향해 허공에 내밀었다. 빗방울이 손바닥에 떨어졌다. 나는 손바닥을 털면서 걸었다. 비는 곧 그쳤다. 우리는 이 기간 동안만 특별히 공개된 구도청 안을 걸었다. 1층에는 당시 오월의 영상이 상영되고 있었다. 20대 남성 둘이 나란히 서서 당시의 영상을 보고 있었다. 두 남자는 손을 나란히 붙인 채 얌전히 서서 보고 있었다. 나란히 서 있는 나란한 흰색 셔츠 나란한 두 사람이었다. 그 뒤로는 50대로 보이는 일본 남자 한 명이 또 다른 20대 남성과 일본어로 대화를 하고 있었다. 20대 남성은 한국인으로 보였는데 통역을 해주고 있는 듯했다. 그들을 뒤로하고 2층으로 올라갔다. 해나와 나 외에는 아무도 없었다. 텅 빈 복도. 어두운 복도. 회색 무거운 회색 복도. 시멘트 건물, 벗겨진 페인트 그 둘의 냄새. 이 회색 복도에서 정말로 무슨 일이 있었는지 입 밖으로 소리 내어 말을 하는 사람은 드물다. 정말로 이곳에서 무슨 일이 있었는지 아는 사람들은 다른 이야기를 해줄지도 모른다. 이제까지의 이야기와 다른 이야기를 말이다. 밖을 보았다. 비가 다시 올지도 몰라. 그런 생각을 하다 도청을 나왔다.

다시 충장로로 돌아온 나와 해나는 구시청 쪽으로 갔다. 구도청을 지나 구시청 쪽으로 크지도 않은 구도심 안을 걷기만 했다. 구도청 구시청 구도심 모든 보지 못한 과거의 거리를 긴 시간을 아는 사람처럼 부르며 걸었다. 늘어선 술집들 중 가장 조용해 보이는 곳으로 들어갔다. 우리는 맥주를 시켰고 주인은 곧 맥주와 유리잔을 가져다주었다. 성능이 좋아 보이는 오디오가 바의 왼편에 있었고 그 주위로 음반들이 늘어서 있는 바였다. 해나는 나오는 노래를 흥얼거렸다. 맥주를 한 모금 마시고 노래를 따라 부르고 고개를 돌려 구석구석을 살펴보고 있었다. 그때 흘러나오던 음악은 보사노바나 가벼운 재즈였을 것이다. 해나는 서울에 있는 어학당 선생님 이야기를 했고 지난주엔 이런 걸 하며 놀았어 이런 이야기를 했다. 우리는 맥주를 한 병씩 더 주문했고 맥주를 가지고 온 주인에게 해나는 지금 나오는 음악 다 좋아요 하고 웃으며 말했다. 주인은 재즈를 좋아하시느냐고 물었다. 둘은 이런저런 연주자들의 이야기를 했다. 나는 문득 그 전해에 교토에 갔던 것을 생각했다. 봄이었지만 아직 날씨가 쌀쌀했고 어느 날인가는 눈발이 날리기도 했다. 교토는 모든 것이 오래되고 정리되어 있는 것으로 보여서 그 안의 사람들이 잘 보이지 않는 도시였다. 하지만 그 때문인지 풍경 속의 사람들이 상대적으로 생생해 보이고 젊어 보일 때도 있었다. 도시에 비해 말이다. 그때 「光州 City」라는 노래를 만들었다는 사람은 지금 어디서 무얼 할까. 그걸 알려준 사람은 이제 그 음반을 구할 수 없다고 말했다. 유명한 밴드가 아니니까. 어딘가에 있을지도 모르겠지만 아마 다시 듣긴 힘들 거야. 그렇게 말했지. 그 이야기를 할 때쯤 누군가 바의 문을 열고 들어왔다. 마르고 세련된 차림을 한 중년 남자였다. 귀를 덮는 은발에 어깨가 딱 맞는 정장을 입고 있었다. 그 사람은 매실이 들어간 술을 주문했다. 그 사람은 매실이 들어간 술을 마셨고 주인은 데운 니혼슈를 마셨으며 나는 차가운 생맥주를 마셨다. 나는 어디서나 맥주를 마셨고 어디서나 사람들은 음악 이야기를 한다.

「光州 City」라는 노래 알지?
「光州 City」?
어. 82년쯤인가 나왔을걸.
하쿠류인가? 하쿠류의 노래?
응. 그렇지.
아 그때 공연 많이 봤는데.
본 적 있어?
그럼. 뭐 그런 노래도 많았는데. 오키나와라든가 천안문이라든가.
오키나와에 관련된 노래는 많았지.
응. 그랬지.

그때 누군가가 들어섰는데 마르고 세련된 차림을 한 중년 남자는 아니었다. 귀를 덮는 은발에 어깨가 딱 맞는 정장을 입고 있는 남자는 아니었다. 당연하지 라고 생각하며 맥주를 한 모금 더 넘겼다. 방금 들어온 사람은 근육이 붙은 커다란 몸에 아디다스에서 나온

티셔츠에 면바지를 입고 있었다. 그 남자는 나와 해나를 쓰윽 보더니 주인 쪽으로 갔다. 이미 다른 곳에서 마시고 온 얼굴이었다. 붉다. 아마 만지면 뜨겁겠지. 그 사람은 바 주인과 친한 듯 주인의 맞은편에 앉아 맥주를 달라고 했다. 그 남자의 왼편에는 40대 남녀가 끌어안고 키스를 하고 있었다. 한 덩어리처럼 붙어 떨어지지 않아 어떤 얼굴을 하고 있는 사람들인지 알 수 없었다. 방금 들어온 남자는 아무런 관심이 없다는 표정으로 맥주병을 손에 쥐고 고개를 끄덕이기 시작했다. 혼자 중얼거렸다. 그제야 잠시 떨어진 남녀는 목이 말랐는지 각자 술잔을 입에 가져갔다. 키스를 마친 남자가 말했다. 잔을 높이며, 그 노래 틀어요. 그 노래. 그 노래는 그해에 서울에 있는 광장에서 부를 수 없게 된 노래였다. 왜인지 납득이 가지 않는 이유로 부를 수 없게 되었고 그 때문에 노래를 부르고 싶은 사람들을 구차하게 만들었다. 왜 부르면 안 되나? 부르게 하라 이런 질문과 발언의 과정을 거치게 했으므로 결론적으로 모멸감을 느끼게 했다. 맥주를 마시지도 않고 맥주병만 들고 고개를 끄덕이고 있던 남자는 천천히 고개를 돌려 묻는다. 그 노래? 키스를 마친 남자는 잔을 여전히 높게 들고 있다. 그래! 들어야지 오늘 같은 날! 그 노래를 들어야지.

그 노래를 들어서 뭐 해?
그래도 언제 들어.
그 노래를 들어서 뭐 해요? 여기서나 트는 거잖아.
왜 들으면 안 되요? 안 되는 거야?
듣기 싫으니까. 정말 듣고 싶지가 않으니까.

그럼 무얼 듣지? 무얼 불러야 하지?

맥주를 한 모금 마시고 그런가? 그런 거야? 중얼거리던 남자는 잔을 내리고 여자를 끌고 나갔다. 바 주인은 어색한 표정을 했다. 지금 흘러나오는 노래가 끝나자 음반을 바꿨는데 레퀴엠이었다. 바 주인은 레퀴엠을 틀었다. 노래가 금지되면 은유가 이용됩니까. 나는 키스하던 남자의 말을 중얼거려 보았다. 무얼 듣지? 무얼 듣나. 무얼 부르지? 무얼 무얼 무얼 말하다 보니 부엉부엉 하는 것 같았다. 해나는 벽에 몸을 기대고 무릎을 모아 끌어안았다. 해나는 상념에 빠져 있는 모습을 했다. 나는 그게 싫지도 화나지도 지겹지도 않았다. 더운 기분이 들었다. 그 노래를 틀지 말라고 했던 남자는 다시 일어나서 이런 노래 좀 틀지 말라고 낮은 목소리로 말했다. 레퀴엠이 뭐야. 맥주는 조금도 줄지 않았다. 남자는 혼자 중얼거리다 바를 나갔는데 맥주는 줄지 않았고 여전히 취한 채였고 주인은 만 원짜리를 내미는 남자의 돈을 자꾸 안 받겠다고 했다. 남자는 만 원을 던지고 나갔다. 우리는 가만히 있었다. 나는 편의점에 잠깐 갔다 오겠다고 말하며 잠시 바를 나왔다. 여전히 상쾌한 밤공기가 손가락 사이로 빠져나가고 있었다. 편의점을 두 바퀴쯤 돌고 캔커피를 하나 샀다. 편의점 앞 파라솔에 앉아 커피를 마셨다. 이 캔커피는 검은색 캔에 들어 있는 전혀 달지 않은 캔커피였다. 검은색 캔에 흰색 글씨로 BLACK이라고 쓰여 있었다. 네가 어떤 기대를 하든 나는 달지 않을 것이므로 달지 않을 것이라는 기대를 하면 나는 너를 만족시키리라, 웅변하고 있는 모양이었다. 달지 않은 캔커피 쓴 커피를 다 마셨다. 손바닥을 폈다. 투둑 하고 떨어지는 빗방울이 손바닥에 닿았다. 천천히 두 번째 빗방울이 떨어졌다. 세 번째 빗방울, 간격을 두고 네 번째 빗방울도 떨어졌고 나는 모인 빗방울을 빈 캔에 흘려보냈다. 일어나 다시 바로 향했다. 이것 봐, 큰비는 오지 않잖아. 나는 오늘 취소된 공연을 생각했다. 큰비는 오지 않아. 간격을 두고 떨어지는 몇 개의 빗방울뿐이잖아.

해나 옆으로 돌아가 앉았다. 바에는 우리 둘뿐이었다. 주인은 우리에게 커피를 가져다주었다. 또 커피네? 주인은 방금 커피메이커에서 내린 커피를 건네주었다. 커다란 머그컵을 손에 쥐니 손안이 따뜻해졌다. 방금 빗방울을 모으던 손바닥이었다. 따뜻한 커피를 마시며 나는 가방 안의 수첩을 꺼내 괜히 뒤적거렸다. 핸드폰도 확인했다. 내보일 만한 것은 없었다. 중요한 것은 없었다. 해나는 가방에서 사탕 껍질 같은 걸 버리려고 꺼냈다. 전단지도 꺼냈다. 그리고 종이 한 장을 꺼냈다. 유인물 같은 것이었다. 이거 누가 묘역에서 나눠 주었어. 그런데 주변에 사람이 없어서 나만 받았어. 나는 구겨진 종이를 건네받았다. 시였다. 나는 몇 년 전 버클리에서 해나가 내게 시를 건네주었던 것을 기억해 냈다. 김남주의 「학살 2」였고 나는 그것이 60년대 후반 남미의 상황을 그린 시 같다고 생각했다. 그때는 5월이었고 두 번째 시를 받게 되는 때도 5월이며 그 사이로 몇 년의 시간이 흐르고 그 중간에 교토가 점처럼 찍혀 있지만 그 모든 것은 끊어지지 않고 하나의 공기로 흐르고 있었다. 나는 3년 전의 시선으로 3년 후를 보았으며 내게는 그것이 자연스러웠는데 그 사이를 지나는 바람이 그대로였으며 사람들은 음악을 이야기하고 나는 차가운 맥주를 마시며 그것은 언제나 변하지 않을 것들 중 하나였으며 나는 누가 죽이고 누가 죽고 그리고 아주 많은 것들이 남아 있고 그런 것들을 아는 사람들을 만나고 있었는데 시간은 그 사이를 바람처럼 유유히 지나가고 있었다. 두 밤은 습기가 없는 상쾌한 밤이었고 나는 해나로부터 시를 받는다. 겹쳐지는 밤이었다. 나는 종이를 접어 손에 들었다. 커피와 맥주를 번갈아 가며 마시다 종이를 펴 테이블 가운데에 두었다. 우리는 머리를 맞대고 읽었다. 김정환의 「오월곡五月哭」이라는 시였다. 우리는 검지로 한 줄 한 줄 읽었다. 나의 검지 옆에 해나의 검지가 움직였다. 나의 검지는 해나의 검지를 밀듯이, 해나의 검지는 나의 검지에 붙어 있는 듯한 모양으로 움직였다. 우리가 시의 끝 부분인 "은밀한 죄악의 밤조차 진저리 쳤던 대낮이었습니다"라는 부분에 이르자 두 검지는 종이를 두드렸다 툭툭 하고. 서로의 손가락도 두드렸다. 손가락을 두드릴 때는 종이를 두드릴 때 같은 소리가 나지 않는다. 나는 펜을 꺼내어 이전에 해나가 했던 것처럼 줄을 그었다. "우리들 가난의 공동체여"라는 부분과 "제3세계여 공동체여"라는 부분이었다.

우리들 가난의 공동체여.
제3세계여 공동체여.
(이 둘은 이어진 부분은 아니다.)

공동체는 community, 제3세계는 third world 해나는 영어로 적는다. 공동체와 제3세계는 몹시 세계 공용 단어 같아서 그 두 단어에 밑줄을 그은 김정환의 시는 김남주의 「학살 2」처럼 꼭 광주의 이야기만은 아닐지도 몰라 이건 60년대 남미의 이야기일지도 모르지 하는 생각이 들게 했다. 모든 명확한 세계들이 내게서 장막을 치고 있었다. 해나는 그때 버클리 대학 근처 카페에서 누군가 광주가 어디 있지? 하고 물었을 때 광주의 위치를 정확히 짚었다. 아까의 그 검지로, 대충 그린 한국의 지도에서 여기야 하고 광주를 짚었다. 누군가 massacre의 뜻도 물었는데 또 다른 누군가는 쉽게 설명해 주었어. 잔인한 방법으로 많은 사람들을 죽이는 것. 한국어로는 뭐니? massacre, 학살하다. 대학생은 각주를 달듯 massacre에 줄을 긋고 그 밑에 적었지. 학살하다 하고. 그리고 또 다른 누군가는 그러면 brutal은 한국어로 뭐니? 아 그건 잔인하다. brutal한 방법으로 많은 사람들을 죽이는 게 massacre. 나는 그런 명확한 세계에 없었다. 마치 아주 복잡한 지도를 보고 있는 것처럼 거기는 어디지? 하고 들여다보아야만 했는데 그렇다고 무언가가 보이는 것도 아니었다. 나는 그렇게 들여다보는 사람이었으므로 당사자는 아니며 또한 명확한 세계의 시민도 아니었다. 내 앞에는 장막이 있고 나는 장막을 걷을 수 없으므로.

검지를 들어 문장의 밑부분을 밀기 시작했다. 손톱이 시의 발을 긁고 있었다.

나는 그때 교토의 신조 역에서 걸으면 5분쯤 걸리는 어느 바에 앉아 있었다. 한동안 바의 주인과 나뿐이었고 내가 맥주를 두 잔쯤 마셨을 때 어깨에 꼭 맞는 정장을 입은 은발의 남자가 들어왔다. 그 남자는 매실이 들어간 술을 주문했고 우리는 셋이서 이야기를 나눴다. 그리고 잠시 후 나는 그 말끔한 중년 남자를 보며 묻는다.

어떻게 다 알아요?

뭐를?

광주에서 사람들이 죽은 거요. 거기에 사람들이 있었던 거요.

다 알지.

데운 술을 마시던 남자가 정리하듯 말한다. 우리는 나이가 많은 사람이니까. 그때 살아 있던 사람이니까. 광주에서 사람들이 많이 죽은 거 알지, 제주도에서도 사람들이 많이 죽었다 그것도 알지. 나이 많은 아저씨들이니까 다 알지. 나는 웃었고 나이 많은 아저씨 둘도 웃었다. 그 두 사람은 내게 너는 광주 사람이니까 너도 다 아는 사람이지 했는데 나는 그런가? 하고 혼잣말을 내뱉으며 실실 웃었다. 나는 맥주를 두 잔 더 마시고 그 바를 나왔다. 어쩌면 한두 잔 더 마셨을 수도 있다. 어쨌거나 나는 거기 서 있는 사람은 아니고 거기 서 있는 건 누구라고 말할 수 있는 사람도 아니었고 손가락으로 광주가 어디 있는지 짚을 수 있는 사람도 아니었고 단지 손바닥을 허공에 내미는 사람이었다. 저기 누가 서 있어 하고 뒤돌아 걸으며 혼잣말을 내뱉는 사람. 빗방울을 모아 캔에 흘려보내는 사람.

해나는 움직이는 나의 검지를 바라보았고 나는 계속 검지를 밀었다. 바의 주인은 저기, 하고 우리를 부른다. 우리는 뒤를 돌아보았는데 그때 그 사람은 우리에게 저녁을 먹었느냐고 물었다. 우리는 왜 그런 걸 묻지 이 새벽에? 그런 표정을 한 채로 고개를 끄덕였다. 먹었어요 진작. 남자는 어쩔 수가 없다는 표정으로 또한 말하지 않고서는 참을 수 없다는 표정으로 이야기를 시작했다. 아뇨, 다름이 아니라 이 근처에 죽이 맛있는 집이 몇 군데 있거든요 떡이 맛있는 그러니까 떡집도 있어요 국수가 맛있는 집도 있고 아 아까 말한 죽은 팥죽인데 팥죽이 특히 맛있어요 호박죽도 있고 깨죽도 있고 그냥 쌀죽도 있고 그런데 닭죽은 없어요 닭죽은 아마 삼계탕 집에 가야 할 거예요 팥죽에는 새알이 들어간 것도 있고 그 위에는 가끔 삶은 밤을 올려 주기도 해요 그리고 밥이 들어간 것도 있지만 역시 면이 들어간 게 제일 맛있어요 그 집에서 쓰는 팥은 묵은 팥이 아니라 새 팥이에요 새 팥으로 팥죽을 만들어요 묵은 팥은 맛이 없어요 새 팥으로 팥죽을 끓여야 맛있어요 묵은 팥은 뭔가 눅눅한 묵은 맛이 나잖아요 떡집은 매일 아침에 새로 떡을 뽑는데 지나가면 가래떡을 먹어 보라고 주기도 하는데 정말 맛있어요 저는 무지개떡 같은 건 잘 안 먹는데 거기는 무지개떡도 맛있어요 백설기도 맛있고 시루떡도 맛있어요 바람떡도 맛있고 송편도 맛있어요 그리고 어떨 때는 거기서 식혜를 만들고 있기도 해요 근데 역시 가래떡이 제일 맛있고 그 다음으로 인절미가 맛있는데 인절미를 달라고 하면 거기서 막 콩가루를 묻혀 줘요 뜨거운 떡에 고소한 콩가루를 묻혀 줘요 아 그리고 뭐든지 맛있는 걸 먹으려면 시장으로 가야 하는데 양동시장 통에 맛있는 죽집이 있고 아까 말한 집이랑 다른 집인데 떡이 맛있는 떡집도 있어요 국수라고 하면 보통 메밀국수인데 시내에 있는 국숫집 맛있는데 아시지요 거기 옛날에는 반 판도 팔았어요 국수 반 판 그렇지만 시장에 가면 다른 국숫집도 있어요 그런데 국수를 먹을 바에는 그냥 팥죽을 먹는 게 낫다 싶을 때가 있어요 아니 보통은 그래요 팥죽에 칼국수 면이 들어가잖아요 그걸 먹는 게 낫지 않나 싶을 때가 있어요 그래서 다시 아까 맨 처음에 말한 죽집으로 가요 새 팥으로 쑨 팥죽을 먹으러 가요.

　죽과 떡과 국수의 이야기가 계속되었다. 바의 주인은 레퀴엠이든 음반 같은 건 진작 빼버렸다. 레퀴엠을 끝까지 듣지 않고 꺼버렸다. 그리고 튼 음반은 팻 매스니 같은 거였다. 그날의 밤에 어울리는 연주였다. 다름 아닌 가끔 허공에 손바닥을 내밀면 빗방울이 시간의 간격을 두고 툭툭 떨어졌고 손을 흔들면 손가락 사이로 상쾌한 밤의 공기가 빠져나가는 그런 밤에 어울리는 음반이었다. 우리는 멍한 얼굴로 고개를 끄덕이다 한 번씩 먹고 싶다 하고 반응해 주며 죽과 떡과 국수의 이야기를 들었다. 주인은 말할 수 있는 것이 죽과 떡과 국수밖에 없는지도 몰랐다. 끝나지 않을 것 같은 떡과 죽과 국수의 이야기. 가끔 보면 한 달에 아니 두 달에 한 번 정도인가 어쩌면 1년에 10년에 한 번 정도일 수도 있어요. 아직도 종을 딸랑이면서 두부를 파는 할아버지가 있어요. 정말이에요. 나는 거짓말 같은 이야기라고 생각하며 고개를 끄덕였어.

그리고 계속되는 끝나지 않을 것 같은 떡과 죽과 국수의 이야기.

해나는 여름이 지나고 샌프란시스코로 돌아갔다. 연락은 끊겼다. 나는 해나의 전공을 모르고 해나의 직업을 모르고 해나도 내가 뭐 하는 사람인지 모른다. 가끔 해나의 이메일 주소가 기억이 날 때가 있기는 하다. 나는 3년 정도 되는 시간을 하나로 뭉쳐서 바라보는 사람이었는데 시간이 지나자 해나를 중심으로 더 긴 시간들이 뭉쳐졌다. 어떤 밤, 같은 공기를 가지고 있는 밤들은 하나로 모였다. 하나의 시간으로 모였다. 예를 들어 광주, 해나를 만난 곳은 광주였다. 광주의 그 밤에 특별히 크게 소리 내어 무언가 말하는 사람들은 없었다. 우리가 오래 오래 들어야 했던 것은 떡과 죽과 국수의 이야기뿐이었다. 그 사람은 다른 중요한 이야기는 없다는 듯이 그 이야기를 했다. 마치 이야기가 끊어지면 안 될 것처럼 말이다. 나는 그후로 꽤 긴 시간을 보내지만 그토록 떡과 죽과 국수의 이야기를 열정적으로 오랫동안 이야기하는 사람을 만날 수는 없었다. 나는 그사람만큼 음식에 대해 길게 이야기할 수는 없었다. 앞으로도 그럴 것이다. 하지만 전혀 달지 않은 블랙 캔커피에 대해서는 자세히 말할 수 있었다. 전혀 달지 않아, 그걸 기대하고 마시면 완전히 만족시켜 주는 캔커피지. 해나의 검지는 어떻게 생겼는지 희미하고 하지만 해나의 이름은 기억하고 있잖아. 내게 처음 한국에 관심 있는 사람들이 모여 한국어를 말하는 모임이 있어 하고 권했던 사람은 이름도 얼굴도 기억나지 않는다. 바에서 데운 술을 마시던 사람은 붉은 얼굴이 기억난다. 그 사람은 내게 너는 광주 사람이지 했는데 그 말을 들었을 때 나는 내 옆에 누가 있기라도 한 것처럼 고개를 돌렸다. 고개를 돌린 쪽의 옆자리는 비어 있었다. 나는 광주 사람이라는 소리를 듣자 고개를 돌렸는데 꼭 아닌 것만 같아서 그랬다. 나는 광주에서 태어나고 자랐으며 그 이야기를 듣자 데운 술을 마시던 사람은 기다렸다는 듯이 할 이야기는 그것밖에 없다는 듯이 80년에 광주에서 있었던 일을 이야기했다. 이어서 내게 너도 광주 사람이지 하고 말했는데 그때 나는 순간적으로 아득함을 느끼고 고개를 휙 돌리고 반응도 하지 않고 맥주만 마셨다. 반대편의 말끔한 중년 남자는 매실이 들어간 술을 금세 비웠으며 몇 년의 시간이 지났지만 나는 매실이 들어간 술을 마신 적이 없다.

언젠가 시간이 좀 더 흐르고 내 방에서 구겨진 종이를 발견했다. 그것은 김남주의 「학살 2」라는 시였다. 나는 언젠가 김정환의 시를 읽을 때처럼 김남주의 시도 검지를 밀며 읽기 시작했다. "오월 어느 날이었다"가 반복되는 그 시는 "아 게르니카의 학살도 이리 처참하지는 않았으리/아 악마의 음모도 이리 치밀하지는 않았으리"로 끝이 났다. 한밤중 군인들이 도시로 밀려 들어와 사람들을 죽이는 것 사람들이 죽임을 당하는 것 비명을 지르는 것 통곡을 하는 것을 쓴 그 사람은 50이 되기 전에 병으로 죽었으며 그 사람이 죽은 때는 90년대로, 누군가 환멸의 시기라고 말하던 때였으며 6, 70년대 스페인과 멕시코가 어땠는지 무심하게 썼던 칠레의 대표적인 작가인 로베르토 볼라뇨는 50 즈음에 죽었으며 그것과 무관하게 그 시는 여전히 60년대 남미의 이야기처럼 보였고 아일랜드의 피의 일요일을 노래한 것처럼 보였는데 광주의 그날도 공교롭게 일요일이었다고 하며 내가 자꾸만 남미와 아일랜드를 들먹인다고 해서 남미와 아일랜드를 잘 안다는 이야기는 아니다. 그런 뜻은 아니다. 맛있는 떡과 죽과 국수를 잘 아는 사람처럼 남미와 아일랜드를 잘 아는 사람이라는 뜻은 아니다. 전혀 달지 않은 캔커피에 대해 이야기할 수 있는 것처럼 말할 수 있다는 것도 아니다. 해나를 광주에서 만났던 날 광주는 조용했고 큰소리로 무언가를 말하는 사람은 아무도 없었다. 그 사실을 말할 수 있는 것처럼 말할 수 있다는 것도 아니다. 아니다. 아니다. 다만 내 앞으로는 몇 개의 장막이 쳐져 있고 나는 그 앞으로 직선으로 나아갈 수 없다는 것, 그것만은 확실하다는 이야기다. 나는 3년 정도의 시간은 하나로 볼 수 있으며 3년 전은 3년 후의 시선으로 볼 수 있으며 그러므로 나는 모든 시제를 지울 수 있으며 그렇게 볼 수 있는 시간들은 점점 늘어나지만 나의 시선은 김남주가 이야기한 "광주 1980년 오월 어느 날"에는 가 닿지 않는다는 말인데 이건 좀 신기할 수도 있지만 실은 당연한 이야기다. 확실한 이야기이다. 어떤 같은 밤들이 자꾸만 포개지는 나의 시간 속에서도 말이다. 몇 번의 5월의 밤이 포개지는 나의 시간 속에서도 말이다.

　다음 장은 누군가 눌러쓴 선언문인데, 해나는 몇몇 부분을 고쳤다. 설명도 덧붙였다. 단기####년은 19**년으로 바뀌어 있었다. ####년 광주 시멘트 건물 회색 복도 오월 마지막 남은 며칠, 그것은 역시나 내가 모르는 시간으로 내가 더하거나 내게 겹쳐지지 않는 시간들이었다. ✱

장막 너머를 상상하다

박솔뫼의 「그럼 무얼 부르지」는 '광주'에 대한 소설이다. 소설은 두 개의 시선을 엮어서 광주를 바라보게 한다. 하나는 바깥의 시선이다. 주인공이 미국에서 만난 교포 '해나'와 일본에서 만난 술집 주인의 시선이 그것이다. 두 인물은 국경의 바깥에서 세계사에 수렴된 작은 역사로서 '광주'를 이해하고 있다. 해나가 5.18 재단에서 만든 영어자료를 통해 광주를 접했다면, 60대의 술집 주인은 세대적, 개인적인 체험을 통해서 광주를 이해한다. 둘의 시선을 통해 보면 광주는 일종의 측정 가능하고 서술 가능한 지리학의 대상이거나 사건의 대상이다.

다른 하나는 안의 시선으로 주인공인 '나'의 시선이다. '나'는 해나가 가진 객관적 실증성도, 일본인 남자가 가진 경험적 확증성도 갖고 있지 못하다. 광주 토박이인 '나'는 80년대 한국의 상황이 "60년대 후반의 멕시코나 칠레" 혹은 "40년대 타이베이"의 상황과 어떻게 다른지, 광주에서 일어났던 사건이 "칠레의 피노체트가 저지른 일"과 "아일랜드의 피의 일요일"과 어떻게 다른지 말할 수 없다.

두 시선의 어긋남을 통해 광주의 특수한 상징이 드러난다. 고유 명

사인 80년 오월 '광주'는 (해나가 말하듯) 대량학살("massacre")을 저지른 역사적 장소로 설명되기도 하고, (일본인 남자가 말하듯) '光州 City'로 표기될 수도 있으나, 번역될 수는 없다. 5월의 '광주'가 '홀로코스트'에 비견될 수는 있지만, 그 둘이 동일시될 수는 없다. 술어화되지 않는 무엇이 고유명 안에 있기 때문이다. 또한 번역되기 위해서는 원어와 역어 사이에서 일정한 거리를 취하고 의미를 확정해야 하는데, '나'는 의미를 고정하려들지 않는다. '나'는 "그런 명확한 세계에 없었다."라고 말함으로써, 사적인 기억으로 광주를 특권화하지 않는다. 그저 "내 앞으로는 몇 개의 장막이 처져 있고 나는 그 앞으로 직선으로 나아갈 수 없다는 것, 그것만은 확실하다는 이야기"라고 고백할 뿐이다. 고유명은 외국어(외부의 시선)로도 모국어(내부의 시선)로도 번역되지 않는다. '광주'의 고유성은 하나의 체계(랑그)로 흡수되지 않는다. 고유명은 언어의 일부이고 언어의 내부에 있지만, 언어에 '대해' 외부적이다.[1] 다시 말해, '나'는 '광주'를 텅 빈 기표로 인식한다고 말할 수 있다.[2] 언어는 받아들이는 사람의 경험이나 정보 혹은 의향에 따라서 제각기 다른 무게를 갖는다고 말할 수도 있지만, 그 중요함과 가벼움은 언제나 왜곡되고 착종될 수밖에 없다. 그러한 불가피함은 언어 내부에 기입된 외부, 즉 언어 자체의 타자성을 보여주는 대목이다.

'나'와 해나는 3년 만에 광주에서 재회한다. 80년 5월의 '광주' 이후 30년이 흐른 후, 그들은 광주에서 무엇을 보았을까?

---

1) 가라타니 고진, 『탐구2』, 권기돈 역, 새물결, 1998, 39쪽.
2) '광주'라는 '텅빈 기표'에 대해서는 다른 지면에서 설명한 바 있다. 양윤의, 「지향성 발생기계-박솔뫼론」, 『문학동네』, 2011 겨울호.

텅 빈 복도. 어두운 복도. 회색 무거운 회색 복도에서 정말로 무슨 일이 있었는지 입 밖으로 소리 내어 말을 하는 사람은 드물다. 정말로 이곳에서 무슨 일이 있었는지 아는 사람들은 다른 이야기를 해줄지도 모른다. 이제까지의 이야기와 다른 이야기를 말이다. 밖을 보았다. 비가 다시 올지도 몰라. 그런 생각을 하다 도청을 나왔다.

'광주'라는 텅 빈 기표는 텅 빈 복도처럼 어떤 이야기로 채워지기를 기다리는 듯 보이기도 한다. 그러나 "정말로 이곳에서 무슨 일이 있었는지 아는 사람들"이 이야기를 들려준다고 하더라도 "내가 모르는 시간"의 간극은 여전히 있을 것이다. 그럼에도 불구하고 '나'는 광주를 중심으로 어떤 시간이 고인 것을 깨닫는다. "5월의 밤이 포개지는 나의 시간"이 생겼다. 이를 '나'의 우주가 세계와 접속하는 순간이라 말할 수 있지 않을까. 겹겹이 가로막은 장막 그 너머를 상상할 수 있는 순간이라 말할 수는 없을까. 그 장소는 (해나와 같은) 세계 지도로도, (일본인 남자와 같은) 개인적 증언으로도 설명되지 않는다. 어쩌면 역사가 개인 안에 흘러들어와 새롭게 체험되는 신비가 거기 있을지도 모르겠다. ('나'는 의도하지 않았지만) 그 체험을 우리는 무어라 부를 수 있을까. 물론 어떤 단정도 조심스럽게 피한 채로. ✻

— 선정위원 | 양윤의

2012 젊은 소설

어느 추운 날의 스쿠터

사람은 다치면 알아서 재생이 되지만 스쿠터는 그렇지 않다

배상민

창작 노트 | 20대건 30대건 '생계형'이라는 낱말이 붙는 노동을 하는 이들의 계절은 언제나 겨울이다. 이들이 딱히 잘못한 것도 없는데 세상은 '생계형들'에게 온기를 허락해 주지 않는다. 심지어 세상은 가본 적도 없는 나라에서 일어난 일들을 핑계로 이들의 처지를 정당화한다. 그러니 어쩔 수 없다. '생계형'은 '생계형'끼리 손을 붙잡고 서로서로 온기를 나누는 수밖에. 나 또한 생계형 노동을 하는 한 명의 인간으로서 이들과 손을 잡고 겨울을 나고 싶다. 이 소설은 내가 나를 비롯한 세상의 모든 '생계형'들에게 건네는 악수였다.

약력 | 1976년 경남 진해 출생. 2009년 『자음과모음』 신인문학상 중단편 부문 「조공원정대」 외 2편. 2012년 1월 장편소설 『콩고콩고』 출간 예정. e-mail:bsm24@hanmail.net

어느 추운 날의 스쿠터

유난히 지독한 추위에도 불구하고 1월의 지구대 안은 짜증스러웠
다. 후덥지근할 정도로 틀어놓은 열풍기 탓만은 아니었다. 오히려
그보다 더 짜증을 부채질 했던 것은 지구대 안팎의 상황이었다. 지
구대 밖에서는 민방위훈련 때문에 도로가 통제되어, 오가는 차들이
전부 발이 묶인 가운데 민방위 방송이 흘러나오고 있었다. 민방위
방송 출연자들은 국민들이 현재 북한의 포사격 위협에 노출되어 있
으니 적들의 돌발적인 위협에 대해 하루 빨리 자각해 주기를 간절
히 호소하고 있었다. 나는 민방위 방송을 들으면서 치밀어 오르는
화를 꾹꾹 눌러 참았다. 민방위훈련 때문에 생업인 피자 배달을 할
수 없어 도로 통제 요원에게 항의를 했다가 그 길로 지구대에 끌려
왔기 때문이었다. 여기에 들어서던 순간 피자 배달은 완전히 물 건
너가버렸다. 어쩌면 피자 가게 사장은 이 일을 핑계 삼아 내 일당에
서 피자 값을 제하려고 들지 모른다. 적어도 나에게 있어서 돌발적

인 위협은 민방위훈련 그 자체였다.

지구대 안의 상황도 민방위훈련만큼이나 짜증스러웠다.

"fuck you Korea!"

술 취한 두 명의 미국인들 중 한 명이 한국말로 왜 배달 오토바이를 훔쳤냐고 묻는 경찰관을 향해 가운뎃손가락을 날렸다. 그는 백인치고는 키가 작고 곱슬곱슬한 머리를 하고 있었는데 마피아 갱단의 똘마니 같은 인상이었다. 다른 한 명도 키가 작고 곱슬머리였지만 남미계인 듯 피부가 가무잡잡했다.

지구대 왼쪽 구석에 있는 벤치에 앉아 있던 나는 배달 오토바이를 훔쳤다는 말에 두 미국인들을 바라보았다. 훔칠 게 없어서 배달 오토바이를 훔치다니. 저들은 장난으로 그랬겠지만 오토바이를 잃어버린 배달원은 어쩌면 그 가게에서 잘렸을지도 몰랐다. 미국인들이 무심코 던진 돌에 선량한 배달 개구리가 맞은 꼴이었다. 같은 배달원의 입장에서 분노하지 않을 수 없었다. 나는 두 미국인들을 매섭게 노려봤다. 하지만 둘은 이 나라의 수도 한복판에서 경찰을 상대로 'fuck you'를 날린 게 신이 났는지 서로 하이파이브를 하며 낄낄 대느라 나의 분노에 찬 눈동자 따위는 신경도 쓰지 않았다.

"소. 속. 이. 어. 디. 에. 요?"

초등학생도 영어를 하는 글로벌 시대가 이 지구대만큼은 비켜갔는지 취조를 맡은 경찰관은 또다시 또박또박 한국말로 물었다. 남미계가 못 알아듣겠다는 듯 이죽거리며 어깨를 으쓱했다. 경찰관은 쑥스러운 듯 머리를 긁적였다. 나는 양아치임에 분명해 보이는 저들이 미국인이라는 이유로 잔뜩 주눅 들어 있는 경찰관의 태도가 못마땅했다.

"Are you US army?"

이번에는 예상을 깨고 취조를 맡은 경찰관이 영어로 된 질문을 했다. 몇 분간 메모지에 영어 문장을 쓰고 외운 결과였다. 짧지만 그로서는 최선의 영어였다는 듯 표정에서는 약간의 자부심마저 배어났다. 하지만 그 짧은 영어는 엄청난 영어 폭풍을 불러왔다. 두 미국인들은 이 경찰관이 영어를 알아듣는다고 생각했는지 어마어마한 양의 영어를 어마어마한 양의 욕과 함께 쏟아 냈다. 랩처럼 쏟아지는 영어의 반이 'fuck'이라든가 'asshole'같은 단어로 채워져 있었다. 섣불리 영어로 된 질문을 던졌던 경찰관은 이런 상황을 미처 예상하지 못했는지 얼굴이 하얗게 질려갔다.

두 미국인들이 쏟아 내는 말은 그들의 뒤에 앉아 있는 내 귀에까지 휘몰아쳐 왔다. 대학시절 힙합가수를 꿈꿨던 나였다. 욕이 잔뜩 섞인 랩 같은 두 미국인의 영어는 의외로 토익 듣기평가보다 편안하게 들려왔다. 완벽하게 알아듣지는 못했지만 둘의 이야기는 대충, 한때 여기 있는 US. army에서 근무하며 목숨을 걸고 지켜준 fucking할 Korea의 stupid한 police들이 asshole같은 motorcycle을 좀 탔기로서니 경찰서에다가 감금하는 이런 shit한 상황이 말이 되냐는 거였다.

취조를 맡은 경찰관은 평생 한 번 들어볼까 말까한 영어 욕을 수도 없이 얻어먹고 나자 울 것 같은 표정으로 주위를 둘러보았다. 하지만 주변의 경찰관들도 이런 경우는 처음 대하는지 서로 얼굴만 바라보면서 어떻게 처리해야 할지 모르겠다는 표정들을 짓고 있었다.

그러나 두 미국인들의 말을 대충이나마 알아들은 나는 그들이 주한 미군으로 근무한 알량한 경력을 내세워서 훔친 오토바이를 타고 술에 취해 마구 내달린 걸 봐달라고 하는 것은 너무 뻔뻔한 요구라고 생각했다. 나는 가운뎃손가락을 아주 소극적으로 뻗어 그들에 대한 항의를 표시했다. 그리고 폈던 손가락을 달팽이 뿔처럼 재빨리 움츠렸다.

'fuck you America!'

사실 그들이 단지 뻔뻔하게 굴었기 때문에 가운뎃손가락을 올려 준 것은 아니었다. 그들을 보기 전부터 나는 미국에 대해 서운한 감정이 많았다. 돌이켜 보면 미국에 대해 그런 감정이 들기 시작한 건 꽤 오래된 일인데, 군대에 있을 무렵 내가 짝사랑하던 그녀가 영어 회화를 배우다가 미국인 강사와 눈이 맞았다는 소식을 전해 왔을 때부터였던 것 같다. 그리고 올해, 미국에서 건너왔다는 세계 굴지의 피자 회사 지점이 내가 일하는 피자 가게 옆에 떡하니 자리를 잡고 나서부터는 미국에 대한 서운함이 극에 달했다. 이놈의 피자 회사 지점이 우리 가게 옆에서 피 말리는 배달 경쟁을 유발했기 때문에 나는 늘 배달 시간에 쫓겨야 했다. 이 피자 회사를 떠올리면 자연스럽게 미국이 떠올랐고 어느샌가 나는 미국과 이 피자 회사가 한통속이라고 생각하게 되었다.

내가 일하는 피자 가게 옆으로 세계 굴지의 피자 회사 지점이 자리를 잡은 것은 올해 1월이었다. 원래 우리 동네는 약속이나 한듯이 뭐든 하나씩만 있었다. 세탁소 옆에 미용실, 미용실 옆에 동네 마트, 동네 마트 옆에 피자 가게가 줄지어 있는 식이었다. 우리 동네는 강변으로 나 있는 도로와 시내로 통하는 도로가 네모반듯하게 둘러싸고 있어서 마치 섬처럼 고립되어 있다. 그래서 동네 사람들은 뭘 사거나 시켜먹으려고 할 때 굳이 길 건너에 있는 다른 곳의 가게를 찾기보다 가까운 동네 가게를 이용하곤 했다. 그러니까 우리 동네에는 각기 다른 업종의 가게가 하나씩만 있으면 모두 충분히 먹고 살만한 곳이었다. 그런데 예상치도 않게 새해 벽두부터 같은 업종의 가게가 둘이나 생겨버린 것이다.

처음에 우리 가게는 이 피자 회사 지점을 좀 우습게 봤다. 경쟁을 할 필요가 없던 시절에는 주문이 밀려 배달이 조금 늦어도 오히려 손님들이 친절한 미소를 지어주었고 쿠폰이 없어도 피자 중독자인 양 주문을 해댔다. 그래서 손님들이 그렇게까지 이 피자 회사 지점으로 몰릴 거라고 생각하지 않았다. 그런데 세계 굴지의 피자 회사라는 데서 비굴하게도 '무료 쿠폰 제공' 및 '무조건 30분 내에 배달'이라는 슬로건이 적힌 전단지를 뿌리자마자, 그렇게 친절하던 손님들의 표정이 싸늘하게 식어갔다. 심지어 대놓고 쿠폰도 안 주는 가게라고 손가락질을 하는 손님도 생겨났다. 조금 늦어도 미안한 기색으로 미소만 지으면 모든 사과를 대신할 수 있었던 시대는 순식간에 사라지고, 오직 속도와 쿠폰만이 피자의 모든 것을 결정하는 시대가 되고 말았다.

이쯤 돼서야 피자 가게 사장과 우리 배달원들은 이 피자 회사 지점이 들어섰다는 것 자체가 실로 심각한 위협이라는 것을 눈치채지 않을 수 없었다. 하지만 우리가 이 위협을 깨달았을 때는 이미 매출이 대책 없이 곤두박질치고 있었다. 그야말로 민방위 방송에서 외쳐대는 돌발적인 위협이 아닐 수 없었다.

사장은 떨어지는 매출에 한숨을 토했고 우리 배달원들은 손님들의 거만함에 울분을 토했다. 그러나 한숨과 울분만으로는 이미 앞서 나간 시대를 되돌릴 수 없었다. 자식하고 마누라만 빼고 다 바꾸라는 어떤 대기업 회장님의 말이 기어코 우리 가게 사장의 귀에도 파고들기 시작했다. 장사가 한창 잘될 때는 시시때때로 다방을 들락거리며 마누라 바꿀 계획에 부풀어 있던 사장은 마침내 새 마누라를 포기하고 가게를 바꾸기로 결심했다.

사장은 쿠폰 제공은 물론이고 25분 내에 배달이 되지 않으면 피자 무료 제공이라는 획기적인 제안이 담긴 전단지를 뿌렸다. 그런데 세계 굴지의 피자 회사도 놀래서 주춤거릴 만한 이 제안의 뒤에는 세계 굴지의 피자 회사 배달원들이 뇌졸중으로 쓰러질 만한 파격적인 경영방침이 정해져 있었다. 떨어지는 매출을 붙잡기 위해 소주로 밤을 지새며 궁리에 궁리를 거듭하던 사장은 마침내 어느 월요일 아침 배달원들 2열 횡대로 세워 놓고 말했다.

"지금부터 무조건 25분 내에 배달하도록. 못하면 잘릴 줄 알아."

배달원들은 모두 깜짝 놀랐다. 그토록 오랜 시간 동안 경영에 대해 고민을 거듭하던 사장이었다. 그런 그가 피자 굽는 방법을 개선하겠다든가 배달원 수를 늘리겠다는 등의 그 어떤 합리적인 방안을 모두 배제한 채 이런 주먹구구식의 방침을 내놓을 줄은 누구도 예상하지 못했다. 하지만 잘리기 싫으면 따르지 않을 수 없는 방침이기도 했다.

사장의 경영 방침은 크게 두 가지 면에서 가게의 분위기를 바꾸었다. 첫 번째 변화는 사장의 눈언저리에서 감지되었다. 매출이 되살아나자 사장의 눈가에는 보톡스 주사도 듣지 않을 눈웃음이 자리 잡았다. 덕택에 계산대 근처의 기운은 항상 밝고 화사했다. 두 번째 변화는 우리 배달원들의 눈빛에서 감지되었다. 배달은 곧 목숨을 건 전쟁이 되어버렸다. 피자는 늘 같은 시간대에 굽혀져 나왔기 때문에 시간을 줄이기 위해서는 배달원들이 총알처럼 달려가는 수밖에 없었다. 배달원들의 눈에는 삵쾡이 같은 안광이 번쩍거렸다.

갑자기 바뀐 노동 조건은 배달원들의 구성도 바꾸어 놓았다. 히딩크 이전의 한국 축구에서나 강조하던 끈기와 투지를 상실한 배달원들은 벚꽃잎처럼 우수수 떨어져 나갔다. 그리하여 나이 먹고 취직도 되지 않아 여기서나마 붙어 있지 않으면 먹고 살기 힘든 생계형 배달원과 스피드를 즐기기 위해 오토바이를 타는 레저형 배달원만이 존재하게 되었다. 나는 어중간한 대학을 몹시 낮은 학점으로 졸업한 후유증으로 말미암아 레저형에서 생계형으로 전환한 경우에 해당했다. 처음에는 노느니 재미삼아 시작한 아르바이트였을 뿐이었다. 하지만 몇 년간 취업에 실패하고 나자 자연스럽게 배달 일을 직업으로 삼게 되었다.

나와 같은 생계형 배달원들은 용돈만 모으면 나가는 레저형들과는 비교가 안 될 정도의 투철한 직업의식을 갖고 있었다. 우리가 이런 직업의식을 갖게 된 데에는, 우리의 배달 테크닉이 곧 한국 피자의 경쟁력과 직결되고 이를 바탕으로 한국의 피자가 세계 굴지의 피자 회사에 맞설 수 있게 될 것이라는 가게 사장의 애국적 선전 선동 때문이 아니라, 피자를 배달할 사람들이 피자를 주문할 사람들보다 많다는 데 보다 근본적인 이유가 있었다. 내 나름대로 나눈 우리나라의 직업분류 기준에 따르면 어지간해서는 안 잘리는 정규직이 있고 계약 기간이 만료되면 자를 수 있는 비정규직이 있으며 단한 번 배달이 늦었다는 이유만으로도 자를 수 있는 피자 배달원이 있었다.

본의 아니게 투철한 직업의식이 주입 된 결과 나를 비롯한 생계형 배달원들은 배달에 목숨을 걸었다. 일요일에 쉰다는 건 꿈도 꾸지 못했고 태풍이 온다고 해도 A급이 아니면 배달을 나갔다. 사장이 A급 태풍이 왔을 때 배달을 못 나가게 한 이유는 배달원보다 스쿠터를 보호하기 위해서였다. 사장은 사람은 다치면 알아서 재생이 되지만 스쿠터는 그렇지 않기 때문에 자기 몸보다 더 아껴야 한다는 논리를 갖다 댔다. 법도 어지간하면 보호해 주려고 하던 우리의 인권이 돈 앞에서는 스쿠터만도 못했다.

그런데 웬만한 천재지변과 그 어떤 교통난을 뚫고도 묵묵히 배달 일을 완수해 내던 내게 뜻밖의 강력한 태클이 걸려 왔다. 바로 민방위훈련이었다. 배달할 피자를 두 판이나 싣고 건널목에서 대기하고 있는데 귓전에 사이렌이 울렸다. 문득 불길한 예감이 들었다. 곧이어 공무원으로 보이는 사람들이 도로 가운데 서서 차량을 통제하기 시작했다. 순식간에 도로는 텅 비고 차들은 도로 한켠으로 밀려났다. 곧이어 무슨 경보인가가 발령이 되고 서울이 현재 북한의 포 사격 위협에 시달리고 있다는 예상치 못한 정보가 동사무소 확성기를 통해 울려 나왔다.

사이렌이 울린 다음 신호등이 세 번이나 바뀌었다. 하지만 도로는 여전히 통제되고 있었다. 1월의 추위 속에 무작정 건널목 앞에서 대기하는 것은 몹시 짜증나는 일이었다. 사람들은 모두 눈살을 찌푸리고 도로를 통제하고 있는 공무원들만 바라보고 있었다. 방송에서는 사람들의 짜증을 아는지 모르는지 북한의 포 사격의 위험성을 인식하지 못하는 국민들의 무관심을 개탄하는 안보 전문가의 음성이 흘러나오고 있었다. 내 생각에 위험성을 인식하지 못하는 쪽은 안보 전문가였다. 방송이 길어질수록 사람들은 도로 가운데 서 있는 공무원들에게 당장이라도 포 사격을 가할 것처럼 노려보고 있었다.

시간이 흘러 갈수록 나는 화장실에서 차례를 기다리는 설사병 환자처럼 입술이 바짝바짝 말랐다. 약속된 25분 중 벌써 21분이 지나가고 있었다. 이제는 내 옆에 포탄이 터져서 사람들이 죽어 나가도 피자를 먼저 배달해야 될 판이었다. 나는 서서히 민방위 전체에 대한 적개심을 불태우기 시작했다. 아무리 생각해도 한국 피자 경쟁력을 위해 박한 시급에도 수시로 목숨을 걸고 도로를 달리는 내게 국가가 이런 식으로 태클을 거는 것은 부당했다. 뭔가 강력한 항의를 해야겠다고 마음먹었다.

초등학교 학급어린이회의 시간 이후 처음으로 뭔가 건의를 해 보기 위해 손을 들었다.

"저 좀 지나가면 안 될까요?"

나는 내 앞에 서 있는 대머리 공무원에게 당당하게 말했다. 대머리 공무원은 나를 한 번 힐끔 보더니 냉정하게 고개를 가로 저었다. 그의 얼굴에는 짜증스럽다는 표정이 역력하게 떠올라 있었다. 그 표정 때문에 살짝 머쓱해진 나는 당당하게 들어 올렸던 손을 수줍게 내렸다. 그러는 사이 벌써 1분이 흘렀다. 도로는 여전히 풀릴 기미를 보이지 않고 있었다.

작전을 바꾸기로 했다. 나는 최대한 애처로운 표정을 지으며 다시 손을 들었다.

"저기요. 저 급한데요."

대머리 공무원은 내 표정을 흘끗 보더니 시계를 한 번 봤다. 그리고 내 등뒤에 있는 지구대 쪽으로 고갯짓을 했다.

"아직 멀었으니까 지구대 가서 싸고 와."

대머리 공무원의 말이 떨어지자 내 주변에 있던 사람들이 나를 안쓰럽다는 표정으로 바라보았다. 어떤 할머니는 어서 싸고 오라는 격려의 말을 건네기도 했다. 나는 대머리 공무원 때문에 주변 사람들이 오해하고 있다는 사실에 당황한 나머지 조금 더 부적절한 말을 건네고 말았다.

"그게 아니라 볼일이 급하다니까요."

대머리 공무원은 울컥 짜증을 내며 말했다.

"그러니까 지구대 가서 싸고 오라고. 젊은 사람이 참 답답하네."

그의 말에 나 역시 기분이 상했다. 말귀를 못 알아듣는 건 내 잘못이라고 쳐도 반말에다 짜증까지 내는 모양새가 영 비위에 거슬렸다. 나의 말도 장단을 맞추듯 삐딱하게 나가기 시작했다.

"아저씨 말귀 못 알아들어요? 지금 배달 때문에 바쁘거든요."

말을 마치자마자 보다 효과적인 항의를 위해 스쿠터 엔진 소리까지 부룽부룽, 내기 시작했다. 대머리 공무원은 삑, 호루라기를 불어서 주의를 줬다. 하지만 나 역시 약이 올라 있던 상태라 그의 주의를 무시하고 건널목을 건너갈 듯 말 듯 엑셀을 당겼다가 풀기를 반복했다. 대머리 공무원은 가래를 한 번 뱉은 다음 내게로 걸어왔다.

"민방위가 장난인 줄 알아?"

"누가 장난이래요? 일 때문에 바쁘니까 사정 정도는 봐 달라는 거잖아요."

나도 지지 않고 대꾸했다. 대머리 공무원은 나를 위아래로 훑어보기 시작했다. 아마도 내가 만만한 놈인지 아닌지를 확인해 보려는 의도 같았다. 나도 지지 않고 그의 대머리를 기분 나쁜 듯 째려 봤다. 사실 눈을 마주치기에는 약간 겁이 났다. 하지만 얼마 안 가 그의 대머리가 눈보다 바라보기에 더 힘든 조건을 갖추고 있다는 걸 깨달았다. 1월의 희미한 햇살에도 대머리는 거울처럼 반짝거렸 다.

나도 모르게 시선을 움찔거리며 아래로 내리 깔았다. 대머리 공 무원은 내 시선의 변화를 감지하자마자 나의 기가 꺾였다고 판단했 던 것 같다. 그는 다시 한 번 나를 몰아 세웠다.

"여기 안 바쁜 사람 있어? 다 국가 방침이 그러니까 참고 따르는 거 아냐? 진짜 전쟁이라도 나면 네가 책임질 거야?"

슬슬 그의 언성이 높아지면서 어투도 충고조로 변했다. 이대로 가다간 완전히 기 싸움에서 밀려버릴 것 같았다. 나도 한 성깔 한다 는 것을 보여 주기 위해 쓰고 있던 헬멧을 벗고 그를 노려보았다. 둘 사이에 팽팽한 긴장감이 돌기 시작했다.

이때 삑삑, 호루라기 소리가 다급하게 들렸다. 나와 대머리 공무 원은 동시에 소리나는 쪽으로 고개를 돌렸다. 때마침 검은색 세단 한 대가 도로 통제를 비웃기라도 하듯 서서히 모퉁이를 돌아 우리 쪽으로 다가오고 있었다. 대머리 공무원은 나에게 흘낏 시선을 준 다음 본때를 보여 주겠다는 듯 검은색 세단 쪽으로 씩씩하게 걸어 갔다. 그리고 거세게 호루라기를 불면서 차를 가로 막았다. 검은색 세단이 멈추어 서자 그는 뒷문으로 걸어가 창을 내리고 신분증을 제시할 것을 요구했다.

우아하다고밖에 표현할 길이 없는 속도로 검은색 세단의 뒤쪽 창 이 열렸다. 그 순간 뒷좌석에 앉은 사람을 알아보았는지 대머리 공무원은 물오른 새우마냥 허리를 탄력 있게 90도로 접었다. 그리고 어지간한 항공사 스튜어디스보다 훨씬 친절한 미소를 지어 보였다. 세단 뒷좌석에 탄 사람은 대머리 공무원을 보지도 않고 혼잣말로 '지금 좀 바쁜데……'라고 중얼거렸다. 대머리 공무원은 몰라 뵈어서 죄송하다는 정중한 사과와 함께 다시 한 번 고개를 숙였다. 그와 동시에 창은 다시 닫히고 검은색 세단은 스르륵 미끄러지듯 대머리 공무원과 내 앞을 지나갔다.

나는 대머리 공무원의 행동을 지켜보면서 더욱 심사가 배배 꼬였다. 자기가 무슨 담배 필터라도 되는 것처럼 사람을 걸러서 내보내는 태도가 영 아니꼬웠다. 갑자기 대머리 공무원에 대한 투지가 불타올랐다. 나는 그에게 다가가 삿대질을 하며 항의하기 시작했다.

"둘 다 똑같이 일 보느라 바쁜데 누구는 되고 누구는 안 되는 법이 어딨어요?"

나의 다그침에 대머리 공무원은 허를 찔린 듯 움찔 놀랐다. 그러나 그는 이내 정색을 하고 호통을 쳤다.

"너, 너같이 피자 배달하는 거하고 국회에서 나랏일 보는 게 같은 줄 알아?"

나는 대머리 공무원의 표정관리에도 불구하고 그가 흔들리고 있다는 걸 감지했다. 기회를 놓치지 않고 몰아붙이면 도로 통제를 풀어 줄지도 몰랐다. 아직 시간은 2분 정도 남아 있었다. 나는 약을 올리듯 슬슬 빈정거리기 시작했다.

"그래도 공무원이 그러면 안 되지. 법은 공평하게 적용해야지."

대머리 공무원은 약이 올랐는지 머리끝까지 빨갛게 달아올랐다.

"너 몇 살이야? 어디다 대고 반말이야?"

그가 이 말을 내뱉는 순간 나는 일이 쉽게 끝날 것 같지 않다는 예감이 들었다. 이야기가 이렇게 논점을 일탈하면 최소 삿대질에서 최대 멱살잡이까지 고려해야 되는 상황으로 몰린다. 나는 재빨리 상황 판단을 했다. 더이상 말싸움을 하다가는 피자를 제시간 내에 배달할 수 없을 것 같았다. 그렇기 때문에 일단 화난 척 돌아선 다음, 스쿠터를 몰고 재빨리 건널목을 건너가기로 마음먹었다.

"그만둡시다. 예?"

나는 말싸움 기술상 견제 잽에 해당하는 말을 툭 내던지고 스쿠터에 앉았다. 그리고 기습적으로 시동을 걸고 막 출발하려고 했다. 그런데 그 순간 대머리 공무원이 내 뒷덜미를 잡았다. 그러자 스쿠터는 앞으로 튀어 나가고 나는 뒤로 물러나면서 엉덩방아를 찧었다. 그리고 스쿠터가 비틀비틀 나가다가 힘없이 픽, 쓰러지는 광경을 무력하게 바라보았다. 내 몸에 상처가 나는 건 상관없었다. 가게 사장 말대로 빨간약만 바르면 재생이 가능하다. 하지만 스쿠터가 부서지면 재생이 불가능하다. 그것은 내 배달 인생도 그날로 막을 내린다는 의미였다. 순간 이성을 잃었다. 나는 벌떡 일어서서 대머리 공무원의 멱살을 쥐었다. 대머리 공무원은 뜻밖의 사태에 깜짝 놀란 듯 눈만 끔벅거렸다.

화난 마음에 대머리 공무원의 멱살을 잡기는 했지만 나 역시 누군가의 멱살을 잡고 있는 것이 당황스럽기는 마찬가지였다. 그렇지만 그에게 뒷덜미를 잡혔다는 사실이 생각나서 호락호락 놓아 주기도 싫었다. 결국 나는 이러지도 저러지도 못한 채, 속으로 그가 잘못했다고 사과해 주기를 바라면서 매섭게 노려보기만 했다. 하지만 대머리 공무원은 사과할 마음이 없는 듯 나의 눈길을 피해 주변을 두리번거리다가, 지구대 앞에서 담배를 피우고 있는 경찰관을 발견하고 다급하게 손짓을 했다. 경찰관은 대머리 공무원의 손짓을 보고는 호기심 어린 표정을 지으며 우리에게 다가 왔다. 급작스레 경찰관이 끼어들자 나는 슬며시 쥐었던 멱살을 풀었다.

경찰관은 우리의 이야기를 다 들은 후에 별일도 아니니 서로 화해하라고 했다. 사실 나는 한 번의 전과가 있기 때문에 지구대에까지 끌려가는 걸 원하지 않았다. 그러나 대머리 공무원은 경찰도 같은 공무원이라 자기편이라고 생각했는지 나에게 공무집행 방해죄를 물어야 한다고 큰소리를 쳤다. 공무집행 방해죄라는 말을 듣자 가슴이 섬뜩했다. 대학시절 시위를 하다가 전경에게 끌려가 재판을 받은 적이 있는데, 그때 인정된 죄목 중 하나가 공무집행 방해죄였기 때문이었다. 얌전히 있다가는 공무집행을 상습적으로 방해하는 놈으로 몰릴 것 같았다. 나 역시 대머리 공무원에게 상해죄를 물어야 한다고 큰소리를 치기 시작했다. 얼마 안 가 우리는 다시 고래고래 소리를 지르며 삿대질을 해댔다.

경찰관은 피곤하다는 눈빛으로 나와 대머리 공무원을 번갈아 보다가 또 다른 제안을 했다.

"이 친구 민방위 끝날 때까지 잠깐 지구대에 붙잡아 놨다가 훈방시킵시다."

그 말을 듣자마자 나와 대머리 공무원은 삿대질을 멈추고 서로를 마주보았다. 나는 전과 때문에 지구대에 붙들려 간다는 게 불안하기는 했지만 어차피 배달은 물 건너 간 상황이라 일을 더 크게 만들기 전에 경찰관의 제안을 받아들이고 싶었다. 나는 독 오른 눈빛을 재빨리 선량하게 누그러뜨렸다. 그러자 대머리 공무원이 내 눈빛을 읽었는지 이번 한 번만 봐준다는 말로 생색을 내며 그 제안을 받아들였다.

지구대는 예의 두 미국인들 때문에 시끄럽고 번잡스러웠다. 가만 보니 마피아 갱단의 똘마니 같은 이는 주로 'asshole' 계열의 욕을 즐겨 사용했고 남미계는 'stupid'라는 말을 입에 달고 살았다. 나는 속으로 마피아 갱단의 똘마니에게는 똥꼬, 남미계에게는 머저리라는 별명을 붙여 주었다. 어쨌거나 똥꼬와 머저리의 속사포 같은 욕 덕택에 경찰관들이 내게 신경을 쓰지 못한다는 사실은 무척 다행스러웠다. 하지만 신원 조회라도 하자고 들면 어쩌나 하는 생각에 슬금슬금 경찰관들의 눈치를 보지 않을 수 없었다.

대학교 4학년 때 나는 집시법 위반 및 공무집행 방해와 폭력 행사 등의 꽤 복잡한 죄명을 달고 징역 6개월에 집행유예 1년의 형을 받은 적이 있었다. 학생 운동이라는 게 꼬리뼈처럼 겨우 흔적만 남아 있던 2000년대 후반 상황을 고려하면 이 죄명은 운동권 쪽으로 당선된 총학생회 회장도 받기 힘든 거였다. 따라서 힙합 가수를 꿈꾸며 군대도 가지 않고 버티던 내가 이런 형을 받을 확률은 길가다가 벼락을 맞을 확률과 비슷했다. 그런데 하늘은 무심하게도 살면서 한 번 맞을까 말까한 기적을 끝끝내 경찰서 유치장으로 내리셨다.

그해 겨울, 몇 번에 걸친 미팅과 소개팅 끝에 드디어 나의 이상형을 만나게 된 게 화근이었다. 긴 생머리를 가진 그녀는 무척 청순한 얼굴을 하고 있었다. 그녀가 처음 내 앞자리에 와서 앉을 때는 이런 행운이 굴러 들어온 것이 도저히 믿기지가 않아서 허벅지를 살짝 꼬집어 볼 정도였다. 그녀는 보조개가 너무나 귀여운 미소를 지으며 인사를 했다. 그리고 담배에 불부터 붙였다. 너 힙합 한다며? 난 운동해. 그녀가 담배 연기를 내뿜으며 내게 건넨 첫마디였다. 담배 연기에 살짝 휩싸인 그녀의 얼굴은 안개에 가려진 듯 신비로웠다. 나는 제대로 대꾸도 하지 못하고 고개를 끄덕거렸다.

"무슨 운동해? 요가?"

약 1분 동안 그녀에게 넋을 잃고 있다가 겨우 꺼낸 말이었다. 그녀는 담뱃재를 톡톡 털며 그런 운동이 아니라고 했다. 그녀는 지리산 반달곰만큼이나 희귀한 운동권 학생이었다. 특히 신자유주의에 맞서 언제든지 투쟁할 각오가 되어 있다고 묻지도 않은 포부까지 밝혀 주었다. 나는 그녀의 포부를 떠나서 이렇게 예쁜 애가 똑똑하기까지 하다는 데 깊은 감명을 받았다.

또 그녀는 나처럼 힙합을 좋아한다고 했다. 그러나 우리는 힙합을 좋아하는 이유가 좀 많이 달랐다. 그녀는 힙합이 흑인 하층민의 저항정신을 담은 음악이라 좋아한다고 했지만 나는 들으면 신이 나서 좋아할 뿐이었다. 힙합을 참 좋아하는 그녀는 미국은 극도로 싫어했다. 그녀는 전세계에서 전쟁이 일어나고 신자유주의 물결 때문에 노동자들의 해방이 요원한 가장 근본적인 이유가 바로 미국의 거대 자본 때문이라고 굳게 믿고 있었다.

힙합 때문에 이야기가 잘 통한 덕분인지 우리는 친구로서 만남을 이어갔다. 나는 그녀가 친구 따위보다는 애인이 돼주길 원했지만 일단 만나 주는 게 고마워서 순순히 친구가 되었다. 우리는 의외로 자주 만났다. 그녀가 나를 수시로 집회며 시위에 불러냈기 때문이었다. 그녀는 이렇게 다양한 활동을 하다 보면 언젠가는 나도 의식화 될 것이라고 믿어 의심치 않았다. 하지만 나는 늘 이렇게 붙어

다니다 보면 언젠가는 입술도 붙여 볼 수 있을 거라고 생각하던 중이었다.

그런데 이듬해 봄 촛불 시위가 일어났다. 그녀의 말에 따르면 대통령이 미국에 가서 제대로 검토도 하지 않고 미국소를 대뜸 수입해버렸기 때문에 일어난 일이라고 했다. 나는 그동안 그녀로부터 정치가라는 사람들은 한심한 자들이 대부분이라는 주입식 교육을 받아 왔던 터라 미국산 소가 뭐가 문젠지는 잘 모르겠지만, 여하튼 한심한 자가 저지른 짓이니 좋을 리는 없다고 결론지었다.

당연한 수순이지만 그녀는 나의 손을 꼭 잡고 촛불의 최전선으로 씩씩하게 나섰고 나는 그녀의 손이 너무 따뜻하고 부드러워서 시위에 나서게 됐다. 하지만 그렇게 흐뭇한 기분으로 나선 시위에서 나는 일생일대의 매운맛을 봐야 했다. 그녀와 내가 서 있던 시위대의 맨 앞줄에 갑자기 최루액이 섞인 물대포가 쏟아졌다. 대오는 순식간에 흩어지기 시작했다. 나는 본능적으로 그녀의 손을 잡고 도망을 쳤다. 그러나 인파에 파묻히면서 그녀의 손을 놓치고 말았다.

지금 생각해 보면 어디서 그런 용기가 났는지 모르겠다. 나는 그녀를 찾기 위해 전경들이 진압봉을 휘두르고 있는 아수라장의 가운데로 뛰어들었다. 그리고 전경들에게 머리채를 잡힌 채 몸부림치며 끌려가고 있는 그녀를 발견했다. 너무나 소중하고 예뻐서 손조차 함부로 잡지 못했던 그녀가 무참하게 끌려가는 모습을 보자 나는 이성을 상실해버렸다. 주변에 버려져 있던 시민단체의 깃발을 들고 전경들을 향해 돌진했다. 하지만 그녀에게 채 다다르기도 전에 다른 전경 네댓 명에게 에워싸여서 죽지 않을 만큼 두드려 맞았다. 나의 눈앞에서 그녀는 머리채를 잡힌 채 닭장차에 실려 사라졌다.

그 후 판사는 내게 군대에 가기 딱 좋을 정도의 형을 언도해 주었다. 화가 난 아버지는 판결이 나자마자 순수 입대 영장을 받아 놓고 기다리고 있었다. 대가리에 노란 물 들이는 걸로 속 썩이기 시작하더니 끝끝내 빨간 물까지 들어온 놈 탈색시키는 데는 그저 군대가 최고라는 게 아버지의 지론이었다.

군대에 가기 전에 단 한 번 그녀를 만나 보았다. 그녀는 내 손을 꼭 잡고 편지 하겠다고 말했다. 결과적으로 보면 나는 그녀의 손밖에 잡아 보지 못했다. 그것도 우정의 악수로써 말이다. 이런 것을 군대에서는 '삽질'이라고 불렀다. 삽질은 해도 해도 전혀 발전이 없는 짓을 일컫는데, 이를테면 짝사랑하는 여자와의 악수 같은 것에 적용하는 말이었다.

그녀는 한동안 꼬박꼬박 편지를 보내 주었다. 처음 그녀가 보내온 편지에 따르면 미국에 있는 은행들이 부실한 주택 담보 대출로 인해 갑자기 줄도산을 하면서 세상에는 미국발 금융위기라는 놈이 왔다고 했다. 그리고 이 금융위기라는 놈 때문에 우리나라도 경기 침체가 왔다고 했다. 그 때문에 또 다시 노동자들이 IMF때처럼 무참히 해고당하고 있다고 분개했다.

두 번째 편지에서는 정부에서 나라가 어려우니 국론을 분열시키는 불만 따위는 내뱉지도 못하게 한다고 했다. 인터넷에 경제 위기에 대한 글만 올려도 잡아가는 세상이라고도 했다. 결국 운동하기가 너무나도 어려워서 그녀 역시 토익과 영어 회화 학원을 등록을 하지 않을 수 없었다고 했다. 세상에서 둘도 없이 나쁜 나라라고 이를 갈던 나라의 말을 배우는 게 몹시도 괴롭다는 하소연을 덧붙였다.

군대에 간 지 일 년쯤 지났을 때 그녀에게서 마지막 편지가 왔다. 그녀는 너무 괴로운 나머지 마음의 안식을 얻기 위해 성당에 나갔는데, 거기서 원수를 사랑하는 법을 배웠다고 했다. 그리하여 그녀는 성경의 가르침에 따라 그녀에게 영어 회화를 가르쳐 주던 미국인 학원 강사를 사랑하게 되었노라고 적었다. 그녀는 내가 그녀의 사랑을 축복해 줄 거라 믿어 의심치 않는다고 했다. 하지만 나는 절대 축복해 주지 않았다. 손만 잡아 본 여자의 사랑을 축복해 주는 것이 삽질에 해당하는 짓인 줄 이미 알고 있기 때문이었다.

지금 와서 곰곰이 생각해 보면 내 사랑에 대한 심각한 위협은 그녀가 사랑했던 미국인 영어 강사가 아니라 그녀에게 영어를 배우도록 강요한 금융위기라는 놈이었다. 이놈이야 말로 돌발적인 위협이었던 셈이다. 하지만 그때도 누구 하나 경고 사이렌은 울려 주지 않았다.

전역 후에 보니 세상이 그녀를 원망할 수만은 없게 변해버렸다는 사실을 알게 되었다. 한때 정규직이었던 아버지의 친구들은 모두 피자 가게 내지는 치킨 가게 사장님으로 신분 상승을 이루었다가 대부분 일 년 안에 가게를 접고 경비로 전락하는 쓴맛을 봐야 했다. 대학을 졸업할 무렵이 돼서는 어느새 중년 경비, 젊은 노점상, 고학력 청소부, 배울 만큼 배운 백수들로 넘쳐났다. 잘하는 거라고는 힙합밖에 없던 나는 자연스럽게 그들과 합류했다. 졸업 후 딱 한 번 올라 가 본 면접에서 자신 있는 것 한 가지만 해 보라는 면접관의 말에 자신 있게 비트 박스와 랩을 선보여 그들을 경악시킨 것이 내 이력의 전부였다.

지구대에서 멍하니 넋을 놓고 앉아 있는 동안 귓가에 민방위 해제를 알리는 사이렌 소리가 울렸다. 나는 경찰관들의 눈치를 보며 쭈뼛쭈뼛 몸을 일으켰다. 그때까지도 경찰관들은 똥꼬와 머저리 때문에 정신이 팔려 나를 알아보지 못했다. 나는 경찰관들 모르게 지구대를 빠져 나갈 요량으로 슬슬 문을 향해 걸어갔다. 내가 막 문을 열려는 찰나 갑자기 똥꼬와 머저리가 문을 향해 달려 나왔다. 그들은 뒤에서 나는 인기척을 못 들었는지 내가 문 앞에 있다는 사실을 알지 못했던 모양이었다. 순간적으로 그들과 나의 몸이 엉키면서 우리는 지구대 문 앞에서 넘어지고 말았다. 똥꼬와 머저리의 몸에서는 술냄새가 훅 끼쳐 올랐다. 그런데 이 돌발적인 상황에 놀란 쪽은 나뿐만이 아니었다. 경찰관들도 다급한 나머지 차고 있던 권총을 일제히 빼들었다. 똥꼬와 머저리 그리고 나는 반사적으로 손을 번쩍 들어 올렸다. 똥꼬와 머저리의 겨드랑이에서 암내가 훅 끼쳐 올랐다.

똥꼬와 머저리는 우리나라 경찰의 무장 상태 역시 미국 못지 않다는 사실을 깨닫자마자 몸가짐을 단정히 했다. 나 역시 암내 나는 그들 곁에서 숨도 제대로 쉬지 못하고 다소곳이 앉았다. 뜻밖의 사태로 똥꼬와 머저리가 협조적인 자세로 나오자 둘의 취조를 맡은 경찰관은 다시 조서를 꾸미기 시작했다. 다른 경찰관들은 여전히 똥꼬와 머저리에게 총을 겨냥하고 있었다.

나는 겨우 대머리 공무원과 말싸움한 죄밖에 없는데 이렇게 생명의 위협까지 느껴야 하는 상황과 맞닥뜨리게 된 게 억울했다. 그래서 나를 훈방시키기로 한 경찰관에게 다가가 원래 내가 민방위가 끝나면 풀려나는 조건으로 들어왔음을 상기 시켜주었다. 하지만 그 경찰관은 내 말을 한 귀로 흘려들었는지 엉뚱한 말을 물어 왔다.

"혹시 대학 다녀요?"

"얼마 전에 졸업했는데요."

내 대답에 그는 한영사전 한 권을 내밀었다. 그리고 단지 내가 대학을 나온 지 얼마 되지 않았다는 이유로 통역을 부탁했다. 토익 점수가 몹시 낮은 탓에 영어는 도저히 자신이 없었다. 하지만 똥꼬와 머저리를 겨누고 있는 총구 중 한두 개는 나를 겨냥하고 있는 듯도 해서 감히 거절하지 못했다.

취조를 맡은 경찰관은 우선 이름이 어떻게 되는지 물어 봐 달라고 했다. 아무리 나의 토익 실력이 낮아도 그 정도는 한영사전 없이도 충분히 통역이 가능했다. 나는 머릿속으로 영어 문장을 가다듬은 다음 조심스럽게 입을 열었다. 처음으로 하는 미국인들과의 대화라 목소리가 나도 모르게 살짝 떨렸다.

"What's your name?"

"저는 조지입니다. 제 친구는 빌입니다."

뜻밖에도 똥꼬가 한국말을 했다.

"한국말을 할 줄 알아요?"

내 물음에 조지와 빌은 똑같이 고개를 끄덕였다. 그러자 경찰관들이 수런거리는 소리가 들렸다. 미국인과 대화를 하는데 영어를 쓰지 않아도 된다는 사실에 놀라워하는 수런거림이었다. 하긴 여태껏 군인으로서 또 강사로서 한국에 몇 년씩 체류한 미국인이 한국말을 하지 못할 거라고 생각하고 있었던 게 오히려 말이 안 되는 일이었다.

조지와 빌이 한국말을 할 줄 안다는 사실을 알게 됐음에도 불구하고 취조를 맡은 경찰관은 내가 계속해서 질문을 해 주기를 바랐다. 조금 전 영어 욕을 듣고 놀란 가슴이 아직 진정되지 않은 모양이었다. 나는 그의 지시에 따라 간단한 사실 관계를 확인했다. 조지와 빌은 술에 취해 배달 오토바이를 훔쳐 달아났던 사실을 모두 인정했다. 이어서 나는 그들이 왜 배달 오토바이를 훔치게 됐는지도 물어 보게 되었다. 조지와 빌은 대답 대신 깊은 한숨을 내쉬었다. 그리고 나서 서로 눈치를 살피다가 빌이 침통한 표정으로 입을 열었다.

"학원에서 일하려면 college diploma 있어야 합니다. 우리는 high school만 graduation 했습니다. 그래서 college diploma 없습니다. 그런데 학원이 우리가 college diploma 없는 걸 알았습니다. 학원에서 쫓겨났습니다. 나하고 조지 갈 데 없습니다. 괴로웠습니다. 그래서 술 마시고 motorcycle 훔쳤습니다."

조지와 빌은 고개를 떨어트렸다. 잠시 잊고 있었던 자신들의 처지가 다시 떠올랐는지 기가 한풀 꺾인 모습들이었다. 그제야 경찰관들은 둘에게 겨누고 있던 총을 내렸다.

살벌하던 지구대의 분위기가 조금 누그러지자 조지가 경찰관들을 둘러보며 부탁했다.

"American embassy에 연락해 주십시오. 그곳의 도움을 받고 싶습니다."

취조를 맡은 경찰관이 갑자기 타이핑하던 손을 멈추고 나를 멀뚱멀뚱 쳐다보았다.

"embassy가 뭡니까?"

"대사관 아닐까요?"

"확실해요?"

"추측인데요."

취조를 맡은 경찰관의 표정이 험악해졌다. 나는 재빨리 한영사전을 찾았다. 역시나 대사관이었다. 나는 토익에서 만점이라도 받은 것처럼 어깨를 활짝 펴고 대사관이 확실하다고 말해 주었다. 그는 말없이 전화기를 들었다.

취조를 맡은 경찰관이 미국 대사관과 연락을 취하는 동안 나는 두 미국인들과의 대화에 자신감을 얻은 나머지 뭣하러 이렇게 먼 한국에 또 올 생각을 했냐고 시키지도 않은 질문을 했다. 조지와 빌은 이번에도 서로 눈치를 보며 머뭇거리다가 번갈아 가며 떠듬떠듬 입을 열었다. 그들은 한국에 오기 2년 전에 미국의 한 자동차 공장의 조립 라인 앞에서 이런 이야기를 나눴다고 했다.

"이봐 빌. 우리 공장이 구조 조정한다는 소문이 돌고 있어."

"정말?"

"그렇다는 군."

"에이 설마……. 여긴 미국 제일의 자동차 공장이야. 직원들을 자르기야 하겠어?"

"하긴. 뜬소문이겠지."

하지만 한국에 오기 직전, 조지와 빌은 단골 술집인 Mo's Bar에서 맥주를 앞에 놓고 다음과 같은 이야기들을 이어 갔다고 했다.

"어떻게 살아야 할지 모르겠어……."

조지가 머리를 감싸 쥐고 말했다. 그러자 빌도 힘없이 고개를 끄덕거렸다.

"공장은 사라지고 피자 배달로는 집 살 때 받은 대출 이자 갚기도 힘들고……."

"빌어먹을 경기 때문에 집을 내 놓아도 팔리기를 하나……."

"동네 꼴이 말이 아니야. 이사 가면서 버린 개들이 온 동네에 똥을 싸질러 놔서 집을 보러 오다가도 돌아간다는 거야."

"집값이 이렇게 떨어질 줄 알았으면 무리하게 대출 받는 게 아니었는데."

"맞아. 집만 사 놓으면 한몫 잡는 줄 알았지……."

"똥꼬 같은 공장."

"머저리 같은 은행."

이쯤해서 조지와 빌은 맥주를 힘없이 부딪치며 건배를 했다.

"그런데 말이야. 한국에 있을 때 거기서 영어를 가르치면 돈을 좀 만질 수 있다는 이야기를 들은 적이 있어."

빌의 말에 조지가 귀를 쫑긋 세웠다.

"정말이야?"

"정말이래. 적어도 여기서 피자 배달하는 것보다는 낫다던데."

"하지만 그런데서 일하려면 대학 졸업장 같은 게 필요하지 않을까? 우리는 고등학교 졸업장밖에 없잖아."

"그건 걱정하지 마. 대학 졸업장을 위조해 주는 브로커가 있대. 아주 감쪽같다는 거야."

"그런 식으로 취직해도 정말 괜찮을까?"

"별 수 없잖아. 다른 뾰족한 수라도 있어?"

빌의 물음에 조지는 아무런 대답을 할 수가 없었다고 했다.

"별일 없을 거야. 미국이라고 하면 환장하는 한국이잖아."

"하긴……."

그렇게 해서 조지와 빌은 한국에 오게 되었다고 했다. 둘의 이야기를 듣던 나는 그들도 한때 피자 배달원이었다는 사실에 묘한 동질감을 느꼈다. 나도 모르게 손을 들어 곁에 있던 빌의 어깨를 두드려 주었다. 빌이 나를 향해 엷은 미소를 지어 주었다.

　대사관과의 이야기가 잘 풀렸는지 취조를 맡은 경찰관은 나에게 그만 가도 좋다는 말을 했다. 나는 조지와 빌의 암내가 가뜩이나 거북했기 때문에 그 말을 천사의 복음처럼 받아들였다. 조폭같이 90도로 인사를 꾸벅 한 후에 총총걸음으로 지구대를 빠져 나왔다.

　지구대에서 나오자마자 가장 먼저 스쿠터를 살펴보았다. 다행히 약간 긁힌 흔적을 제외하고는 특별히 부서진 곳은 없었다. 시계를 봤다. 이미 배달 시간은 30분이나 초과한 상황이었다. 나는 가게로 되돌아가기로 했다. 스쿠터에 시동을 걸면서 지구대 안을 흘끔 들여다보았다. 조지와 빌은 고개를 떨군 채 말없이 앉아 있었다. 나는 스쿠터의 시동을 껐다. 그리고 배달 박스에서 아직 온기가 남아 있는 피자와 차가운 콜라를 꺼냈다. ✻

지구대에서 만난 한미韓美 양국의 피자 배달원

　배상민의 「어느 추운 날의 스쿠터」는 한 편의 단막극을 연상시키는 소설이다. 주스토리시간은 민방위훈련이 갑자기 발동되어 해제되기까지의 얼마간이다. 피자 배달원인 '나'는 갑자기 발동된 민방위훈련 때문에 피자 배달을 할 수 없어 도로 통제 요원에게 항의를 하다가 나중에는 몸싸움까지 벌이고 지구대에 끌려온다. 그가 그토록 민방위훈련에 민감하게 반응한 이유는 25분 내로 피자를 배달해야 한다는 피자 가게의 규정 때문이다.

　지구대 안에서는 두 명의 미국인이 술에 취해 경찰관들을 향해 영어로 온갖 욕을 퍼붓고 있다. 두 명의 미국인들은 배달 오토바이를 훔친 혐의로 지구대에 끌려온 것이다. 둘은 모두 남한에서 미군으로 근무한 경력이 있는 사람들로, 그들이 내뱉는 욕설의 핵심은 "US.army에서 근무하며 목숨을 걸고 지켜준 fucking할 Korea의 stupid한 police들이 asshole같은 motorcycle을 좀 탔기로서니 경찰서에다 감금하는 이런 shit한 상황이 말이 되냐는" 것이다.

　위의 미국인들처럼 은인인 척 한국인에게 온갖 추태를 연출하는 미국인들에게 반감을 드러내지 않기는 힘들다. 「어느 추운 날의 스쿠터」는 미국에 대한 반감과 그러한 반감을 가능케 한 상황에 대한 기술로 이루어져 있다. 첫 번째로 주인공이 미국에 반감을 느낀 것은 대학시절 짝사랑하던 여자가 영어 회화를 배우다가 미국인 강사와 눈이 맞아 떠나갔을 때이다. 흥미로운 것은 '나'에게 신자유주의를 전세계에 퍼뜨리는 미국에 대한 강렬한 반감을 처음 갖게 해준 당사자가 다름 아닌 그녀라는 사실이다. 두 번째는 주인공이 일하는 피자 가게 옆에 지점을 냄으로써 주인공으로 하여금 피 말리는 배달경쟁에 나서게 한 미국의 거대 피자 회사와 맞닥드렸을 때이다. 미국에서 거대 피자 지점이 건너오기 전까지만 해도 주인공의 피자 가게는 동네의 유일한 피자 가게로서 나름 여유롭게 운영되었다. 그러나 세계 굴지의 피자 회사가 '무표 쿠폰 제공' 및 '무조건 30분 내에 배달'이라는 슬로건이 적힌 전단지를 뿌리자마자 "오직 속도와 쿠폰만이 피자의 모든 것을 결정하는 시대"가 시작된다. 이제 주인공이 다니는 피자 가게도 동네 사람들에게 쿠폰을 제공하는 것은 물론이고 25분 내에 배달이 되지 않으면 피자를 무료로 제공한다는 제안까지 하기에 이른다. 이러한 방침의 효과는 금방 나타나서 사장의 눈가에는 보톡스 주사도 듣지 않는 눈웃음이 자리잡고, 대신 25분 내에 배달을 하지 못하면 해고당하는 배달원들의 눈에는 삵쾡이 같은 안광이 번쩍거린다.

어중간한 대학을 낮은 학점으로 졸업한 '나'는 '어지간해서는 안 잘리는 정규직'과 '계약 기간이 만료되면 자를 수 있는 비정규직'과 단 '한 번의 잘못으로도 잘릴 수 있는 비정규직' 중에서 마지막 직업군의 삶을 선택한다. 주인공이 전역한 후의 세상은 완전히 달라져 있다. 정규직이었던 아버지의 친구들은 피자 가게 내지는 치킨 가게 사장이 되었다가 대부분 일 년 안에 가게를 접고 경비로 전락해야만 했다. 대학을 졸업할 무렵이 되어서는 중년 경비, 젊은 노점상, 고학력 청소부, 배울 만큼 배운 백수들로 넘쳐났고, 잘하는 거라고 힙합밖에 없던 주인공 역시 그들과 합류하게 된 것이다.

피자집 사장은 A급 태풍이 오면 배달을 못 나가게 하는데, 이유는 배달원이 아닌 스쿠터를 보호하기 위해서이다. 사람은 다치면 알아서 재생이 되지만 스쿠터는 그렇지 않다는 것이 사람보다 스쿠터를 더 아끼는 사장의 논리이다. 이러한 사장 밑에서 25분 내에 피자를 배달해야 하는 주인공이 민방위훈련을 만나 속이 타들어가는 것은 명약관화한 일. 주인공의 신경은 갈수록 날카로워지고 결국 사람들을 통제하는 대머리 공무원과 멱살을 잡는 일까지 벌이게 된다. 그러한 초조함과 성냄에는 검은색 세단에 탄 나으리는 곱게 보내주는 대머리의 이중성도 한몫 단단히 한다.

이 일로 지구대까지 끌려온 '나'는 대학시절 공무집행 방해죄로 재판을 받은 적이 있기 때문에 긴장한다. '나'는 힙합 가수를 꿈꾸며 군대도 가지 않던 그리하여 집회 같은 것과는 거리가 먼 대학생이었다. 그런 주인공이 집시법 위반 및 공무집행 방해와 폭력 행사 등의 복잡한 죄명을 달고 징역 6개월에 집행유예 1년의 형을 받은 이유는 소개팅에서 만난 그녀 때문이었다. 신비로울 정도로 아름다운 그녀는 "지리산 반달곰만큼이나 희귀한 운동권 학생"이었고 미국발 신자유주의에 맞서 언제든지 투쟁할 각오가 되어 있었다. 그녀 때문에 불려나간 촛불시위에서 머리채가 붙들린 채 끌려가는 그녀를 바라보며 이성을 잃어버린 결과 '나'는 징역 6개월에 집행유예 1년의 형을 받는다. 그녀는 전세계에서 전쟁이 일어나고 노동자들의 해방이 요원한 가장 근본적인 이유가 미국의 거대 자본 때문이라며 극도로 미국을 싫어했다.

군대에 가있는 처음 얼마 동안 그녀는 꼬박꼬박 편지를 보낸다. 첫 번째 편지에서는 2008년 미국발 금융위기 때문에 노동자들이 무참히 해고당한다는 사실을, 두 번째 편지에서는 정부에서 국론을 분열시키는 불만 따위는 내뱉지도 못하게 한다는 사실을 전한다. 그러면서 세상에 나아가기 위해 토익과 영어 회화 학원을 다니는 것이 무척 괴롭다는 하소연을 덧붙인다. 그녀의 마지막 편지에는 원수를 사랑하는 성경의 가르침에 따라 그녀에게 영어 회화를 가르쳐 주던 미국인 학원 강사를 사랑하게 되었다는 내용이 담겨 있다.

'나'는 대학을 졸업한 지 얼마 안 되었다는 이유로 지구대 안에서 미국인들의 통역을 맡는다. 그런데 온갖 영어 욕설로 지구대 안을 쩌렁쩌렁 울리던 그들은 한국말에 능통하다. 이 순간부터 두 명의 미국인들은 분노와 적대의 대상이 아닌 연민과 연대의 대상으로 변화하고, 작품의 주제에도 변화가 일어난다.

고등학교만 나온 그들은 먹고 살기 위해 주한미군으로 근무했고, 제대한 후에는 미국의 한 자동차 공장의 조립 라인에서 일을 했으나 곧 구조조정 당할 위기에 처한다. 그들은 피자 배달일을 하기도 하는데, 그래봐야 대출 이자 갚기도 힘들다. 그들은 살기 위해 무작정 학원 강사를 꿈꾸며 한국에 돌아온 것이다. 한국은 무엇보다 "미국이라고 하면 환장하는" 나라이기 때문이다. 그러나 그들은 학원에서 college diploma가 없는 것이 발각되어 쫓겨나고, 그 괴로움에 술을 먹고 오토바이를 훔친 것이다.

이들의 말을 듣고, 특히 그들이 한때 피자 배달원이었다는 사실에 '나'는 묘한 동질감을 느낀다. 두 명의 미국인은 네이션 스테이트(Nation-State)의 시대인 근대에 가장 힘이 센 나라의 국민이지만, 계급적인 차원에서는 고통 받는 전세계 99%의 사람들 중 하나였던 것이다. '나'는 지구대에서 풀려 나오면서 갑자기 스쿠터의 시동을 끈다. 이어서 소설은 "그리고 배달 박스에서 아직 온기가 남아 있는 피자와 차가운 콜라를 꺼냈다."는 문장으로 끝낸다. 피자와 콜라를 들고 주인공이 향할 곳이 어디인지는 물을 필요도 없다. 배상민의 「어느 추운 날의 스쿠터」는 이 지구상의 그 누구도 그 어느 곳도 비껴갈 수 없는 신자유주의의 광풍과 그 해결책으로서의 따뜻한 연대 가능성을 제기하고 있는 우리 시대의 드문 정치적 작품이다. ✷

— 선정위원 | 이경재

밤의 수족관

나는 다 괜찮아

백수린

창작 노트 | 어둠 속을 오랫동안 헤매고 다닌 적이 있다. 소설의 씨앗은 그러던 중에 바람을 타고 내게 날아왔다. 소설로밖에는 말해지지 않는 것들이 있다고 믿는다. 그런 것들은 언뜻 보면 그저 모래알로만 보일 것이다. 모래알 틈에 섞인 씨앗들을 나의 어두운 눈이 자꾸만 발견해낼 수 있기를. 그러한 씨앗을 품고 글을 쓸 때에야 비로소, 모니터 앞에 웅크리고 앉아 있는 나의 고독한 행위에도 감히 노동이라는 이름을 붙일 수 있을 것이다. 소설 속 여자는 여러 계절 동안 거리를 헤맸다. 밖이 다시 추워졌는데 그녀가 신발을 잘 꿰신고 있을지 문득 걱정이 된다. 발이 시리지나 않는지.

약력 | 1982년 인천 출생. 2011년 『경향신문』 신춘문예로 등단.
e-mail:paper_petal@hanmail.net

밤의 수족관

우리는 아쿠아리움의 수족관 사이를 거닐며 시간을 때우고 있어. 약속 시간은 훨씬 전에 지났지만 당신의 전화가 오기를 기다리면서. 이곳에 들어온 것은 할일이 없어서였어. 당신과 만나기로 한 장소는 아쿠아리움 건너편 호텔의 프라이빗 레스토랑이었지. 그곳은 우리의 첫 번째 데이트 장소이기도 했어. 미리 예약만 하면 은밀한 데이트를 할 수 있다는 점에서 당신과의 데이트 장소로는 안성맞춤이었지. 당신은 연락도 없이 약속 시간에 나타나지 않았어. 집으로 돌아가야 하는 것인지 아닌지 잠깐 갈등을 하다가 조금만 더 기다려보기로 마음을 먹었어. 귀국 이래 처음으로 당신과 밖에서 만나기로 한 터라 화장을 하고 옷도 차려입으니, 연애하던 때의 기분이 들어 하루 종일 설렜거든. 그 탓일까. 오늘은 무리해서라도 당신과 꼭 외식을 하고 싶었어. 그래서 영화 제작자와의 미팅에 붙잡혀 있는 것이리라 추측을 하면서도 당신을 기다려보기로 한 거야. 당신이 예약해놓은 테이블에 먼저 가서 앉아 있어도 상관없었겠지만 왠지 초라한 기분이 들 것 같았어. 바람맞은, 스타의 여자라니. 자칫 쓸데없는 루머의 씨앗이 될지도 모르잖아. 거리에는 금요일 저녁답게 사람이 너무 많았어. 사람들이 많은 곳에서 당신을 기다리고 싶지는 않았지. 오래전, 처음 당신의 연인이 된 그 순간부터 나는 사람들이 많은 곳은 피해야 한다는 것을 몸으로 익혔어. 난감해하며 주변을 두리번거리고 있던 차에 아쿠아리움 간판이 눈에 들어왔던 거야. 아쿠아리움을 찾은 것은 거의 십수 년 만인 것 같아. 오랜만에 찾은 아쿠아리움은 참 아름답네.

우리는 지하에 위치한 제2전시실에 막 들어왔어. 입구에 가까운 제1전시실보다 더 깊숙한 곳에 있어 이곳은 정말 심해 밑바닥만큼 적요해. 이곳은 예상했던 대로 어둡고 한적해서 당신을 기다리기에는 딱 적당한 장소야. 몇몇의 연인들이 수족관 사이를 거닐고 있지만 그중 누구도 내 모습에 관심을 갖지 않아. 저들끼리 은밀한 이야기를 속삭이느라 여념이 없는 거겠지. 푸른빛을 발하는 대형 수족관 사이를 천천히 걸으며 그 안에서 헤엄치는 물고기들을 나는 가만히 응시해. 화가 나면 몸을 풍선처럼 부풀리고 온몸의 가시들을 세워 스스로 방어한다는 벌룬피시나 머리에 솟은 뿔로 자기 몸을 지킨다는 샛노란 롱혼드카우피시 같은 것들을. 물고기들은 우주를 유영하는 별무리처럼 떼를 지어 다녔어. 적당한 어둠과 벽면의 해조 그림 탓일까. 얇은 유리벽 건너편의 물고기들은 마치 지금 내 주변을 떠다니는 것만 같고, 나는 정말 깊은 바다 속을 거닐고 있는 듯한 착각에 빠져. 신혼여행을 갔던 이국의 바다에서 스노클링을 했을 때처럼 말이야. 나는 곧이라도 물고기들을 움켜쥘 수 있을 것만 같은 기분에 사로잡혀 허공으로 손을 뻗어봐. 그렇지만 막상 손에 닿는 것은 차가운 유리벽이지. 나는 그 사실에 소스라치게 놀라. 내 손가락이 유리벽에 닿으면 먹이인 줄 알고 달려드는 물고기들. 물고기 떼는 그것이 수족관 밖의 내가 찍고 있는 지문에 불과한지도 모르고, 끊임없이 유리벽을 향해 몸을 부딪쳐. 차가운 표면에 화석처럼 새겨지는 내 지문들. 수족관 위로 수초처럼 어른거리는 내 그림자. 불똥처럼 어둠 속을 향해 돌진하는 여린 살의 물고기들.

있잖아, 당신도 들었지? 물고기들은 기억력이 삼 초밖에 안 된다잖아. 아닌가? 금붕어만 그런 거던가? 갑자기 헷갈리네. 어쨌든 기억력이 단 삼 초뿐인 생명체의 삶이란 어떤 것일까. 불현듯 궁금해져. 삼 초 후면 소멸될 것이 자명한 불안과 두려움이라면 삶은 훨씬 수월해질까. 아니, 어쩌면 지금의 행복과 짜릿함이 삼 초 후면 또다시 흔적도 없이 사라질 거라는 불안에 삶은 고통의 연속이 되어버릴지도. 분명한 것은 기억이 오직 삼 초밖에 지속되지 않는다면 그 생명에게 역사 같은 것은 존재할 수 없으리라는 거야. 그렇지? 결국에는 사랑도, 슬픔도, 아니 자기가 어떤 존재인지에 대한 확신마저도. 그것들은 모두 기억에 의해 지속될 수 있는 것일 테니까.

가만, 그러고 보면 내 기억력이 삼 초짜리가 되어버리려는 것은 아닐까? 새삼 겁이 나네. 당신이 눈치채지 못했겠지만 얼마 전부터 나는 자꾸 뭔가를 깜박깜박하기 시작했거든. 이유는 모르겠지만. 신발장에 핸드백을 넣어놓더니만, 전자레인지에 빈 그릇을 돌리지를 않나, 휴대전화를 잃어버리고 며칠 뒤에는 지갑을 또 잃어버리기도 했지. 사실 나는 기억력 하나는 남부럽지 않은 정도로 뛰어나다고 생각하는 사람이었는데. 도대체 어쩌다 이렇게 된 것인지 모르겠어. 다만, 나는 급류에 휘말린 물고기라도 된 듯 당혹스럽고 두려울 뿐이야.

어느새 나는 어항 속을 맴도는 물고기처럼, 전시실을 몇 바퀴째 맴돌고 있어. 내가 당신과 밥 한 끼를 먹기 위해 이렇게 시간이나 때우는 한심한 여자가 되리라고는 아무도 상상하지 못했을 거야. 어렸을 때의 나는 남자에게 매달리는 법이 없었으니까. 혹자는 유명인 남편이 무섭긴 무섭구나, 빈정거리기도 하겠지. 하지만, 사실 당신이 유명인이든 아니든 상관은 없었어. 나는 다만 당신이라는 사람 자체를 열렬히 사랑했던 것뿐이니까. 어쩌면 당신을 내 마음대로 만날 수 없다는 사실이 내 사랑을 지속시켜주었는지도 모르지. 어쨌든, 은색 비늘을 반짝이며 쏟아지듯 헤엄쳐다니는 정어리 떼 앞에 세 번째로 멈춰 설 때까지도 당신에게서는 연락이 없었어. 서운한 마음이 들었지만 당신이 일부러 그러는 게 아니란 것을 알았기 때문에 나는 뭐라고 말을 할 수가 없었지. 연애 시절부터 지금까지 당신은 늘 바빴고, 기다려야 하는 사람은 언제나 나였지. 나의 기다림이 우리 관계를 지속시켜준다는 사실을 나는 알고 있었어. 알고는 있지만, 있잖아, 아주 가끔은 가슴이 아파. 때로는 당신이 그것을 알아주었으면 좋겠어.

벌써 여덟 시가 다 되어가네. 나는 더 기다릴 수 있었지만 아이가 너무 배고플 것 같았지. 아이를 향해 몸을 돌렸어. 아빠가 늦나 보다. 우리 먼저 밥 먹으러 갈까? 그런데, 이게 어떻게 된 일이었을까. 내 오른쪽에 얌전히 서 있어야 했던 아이는 어디에도 없었어.

그래, 아이. 우리의 딸은 아무 데도 없었어.

처음 얼마간 나는 그저 주변을 두리번거리기만 했어. 아이가 근처 수족관 앞에서 물고기에 정신이 팔려 있겠거니 했던 거지. 그렇게 믿고 싶었던 것이었을지도. 그렇지만 아이는 내 시야가 닿는 곳 어디에도 없었어. 화장실에라도 간 것일까? 아니면 어린이 체험관? 어린이 체험관이라는 푯말을 본 이후부터 아이는 그곳에 가고 싶다고 투정을 부렸어. 나는 사람들이 많을 것 같아서 아이의 청을 외면했지만. 아이가 있을 만한 곳들을 찾아 정신없이 발걸음을 옮겼어. 아이를 잃어버렸다는 사실을 뒤늦게 깨닫자 견딜 수 없는 공포감이 밀려왔어. 제자리에서 기다리고 있어야 하는 것은 아닐까? 하지만 너무 불안했어. 죄송합니다, 혹시 연두색 셔츠를 입은 여자아이 못 보셨어요? 사람들은 참 무심하고, 냉정하더라. 동정 어린 눈으로 나를 바라보며 고개를 젓는 사람들은 있었지만, 그들의 눈빛에서도 나는 모종의 비난을 읽어냈어. 그래, 그래. 어쩌면 그저 자책감이 만들어낸 착각이었는지도 모르지. 딸을 잃어버리는 엄마라니. 얼마나 한심해. 게다가 아이는 고작 다섯 살에 불과한데 말이야. 눈물이 왈칵 나오려는 것을 꾹 참았어. 울어버리면 아이를 잃어버렸다는 사실을 인정하는 것이 될 것만 같았거든. 아이는 어디선가 웃으며 내 앞에 나타날 것 같았어. 엄마, 나 찾았지? 하면서, 혀를 내밀고. 그렇지만, 아이는 어디에도 없었어.

나는 결국 아쿠아리움 측에 안내방송을 부탁해. 아이의 인상착의를 안내원에게 설명하고, 꼭 찾아야 한다고 신신당부를 했어. 안내원은 과장되게 친절한 말투로 너무 염려 마세요, 곧 찾으실 수 있을 거예요, 라고 말했지만 진심 따위는 느껴지질 않았지. 쓸데없는 소리 말고 방송이나 빨리 해달라고 소리를 지르고 싶은 마음이었어. 안내원은 내가 알려준 대로 방송을 했어. 연두색 상의를 입은 단발머리 여자아이를 찾습니다. 보호하고 계신 분은…… 입이 바싹 말랐어. 당신에게 전화를 걸까. 나는 잠시 망설였어. 실종된 수많은 아이들, 유괴된 뒤 끔찍하게 토막살인당했다는 어떤 아이의 기사 같은 것들이 두서없이 머릿속에 떠올랐어. 괜한 생각 말자고, 체머리를 흔들어봐도, 망상이 자꾸만 꾸역꾸역 솟았어. 당신에게 전화를 몹시 걸고 싶었지만, 당신이 해줄 수 있는 것은 아무것도 없다는 데 생각이 미쳤어.

안내데스크의 직원이 멍하니 앉아 있는 나를 딱하다는 듯 바라보고 있네. 직원이 내게 물어.

"아이를 어디서 잃어버리신 건가요?"

"그거야……."

나는 직원에게 내가 제2전시실에 있었다고 말을 해. 처음에는 제1전시실로 갔었어. 그렇지만 그곳에는 사람들이 비교적 많았고, 물고기들은 좀 시시한 편이었어. 제2전시실의 어둠 속을 거닐며 내가 물고기의 기억력 따위에 대한 망상에 빠져 있을 때, 지루해진 아이가 어딘가로 가버린 걸까? 나는 도대체 왜 아이의 손을 놓은 거지?

한 시간 같은 십 분이 지났어. 아이를 발견했다는 사람은 어디에서도 나타나지를 않아. 실종신고라도 해야 하는 걸까? 하지만, 그랬다가는 금방 당신의 아이인 게 소문이 날 텐데. 일을 크게 만들고 싶지는 않아. 당신과 사랑에 빠진 이후 내가 배운 것은, 뭐든지 세상에 알려지지 않을수록 좋다는 것이었지. 아이가 멀리 가진 않았을 거야. 그렇게 믿는 수밖에 없다고 생각하면서도 나는 더이상 넋놓고 안내데스크 옆에만 앉아 있을 수가 없었어. 다리가 후들거렸지만, 자리에서 일어났어. 나는 거리로 나서야만 했어. 아이가 어디선가 울고 있을 거라고 생각하면 견딜 수가 없었어. 아이는 고작 다섯 살이야. 또래보다 똑똑한 편이기는 해도, 그래봤자 다섯 살. 게다가 당신이 얼마나 애지중지하는 아이야. 세상 어느 부모가 자기자식을 예뻐하지 않겠느냐마는, 당신의 아이 사랑은 각별하잖아. 두 번의 유산 끝에 생긴 아이여서였을까? 당신이 그렇게까지 아이를 예뻐할 거라곤 생각도 못했었지. 원래 당신은, 나와 달리, 아이를 원하지 않았으니까. 비밀결혼도 모자라 감춰야 할 비밀을 더 만들며 살고 싶지는 않다고, 당신은 말했어. 아이가 생기면 지금 같은 생활을 청산하고 내 존재를 세상에 알릴 수 있게 되리라는 내 기대와는 달랐던 거지. 유산이 거듭될 때마다 우리 사이에는 약간의 거리감이 생겼어. 당신은 오히려 유산을 반기는 것 같았고, 나는 그것이 몹시 서운했거든. 세 번째 임신을 했을 때 나는 얼마나 조심했었는지 몰라. 혹시라도 또 유산을 하는 것은 아닐까, 당신에게 선뜻임신 사실을 알리지도 못했어. 그렇지만 다행히 아이는 태어나주었어. 그리고 정말 감사하게도 막상 아이가 태어나자 당신은 세상을다 가진 사람처럼 행복해했어. 아이가 당신을 빼닮은 탓이었을까. 나 역시 그런 당신을 보며 얼마나 행복했는지.

나는 안내데스크에 내 연락처를 맡기고 아쿠아리움을 빠져나왔어. 건물 밖으로 나서자 어디로 가야 할지를 잊어버린 사람처럼 막막한 마음이 들었어. 바깥은 너무 넓었고, 여전히 사람들은 너무 많앉어. 나는 조금이라도 지체했다가는 아이가 어떻게 되기라도 할 것처럼, 불안한 마음에 계획도 없이 거리로 나섰어. 어디로 가야 하는 걸까? 경찰서? 나는 길거리를 두리번거려. 누군가가 내 아이를 데리고 거리로 나섰을지도 모른다는 두려움에 사로잡혀서. 아이가 어딘가로 끌려가고 있는 것은 아닐까? 사람들 눈에 나는 얼빠진 여자처럼 보일 거야. 하지만, 그게 무슨 상관이겠어. 아이만 찾을 수 있다면 나는 정신병자 취급을 받더라도 아무렇지도 않아.

어쩌다보니 지하철역까지 왔어. 아이가 지갑도 아니고, 오는 길에 흘리고 왔을 리도 없는데 나는 지푸라기라도 잡는 심정으로 몇 시간 전에 내린 지하철역 주변을 서성거려. 역까지 오는 내내 언젠가 헤맨 적 있던 미로 속을 걷는 듯한 기시감에 나는 몇 번이나 사로잡혔어. 도시의 밤은 때때로 두려움을 자아내지. 익숙했던 풍경들조차 낯설어지잖아. 나를 뺀 모든 사람들이 내 뒤에서 수런거리는 느낌. 유리로 된 건물들이 어둠 속에서 붕괴하는 듯한 환상. 어둠의 물결 속을 부유하는 형상들. 오는 길 어디에도 아이는 없었어. 나는 점점 더 두려운 마음이 들어. 당신과 가요 순위 프로그램의 1위 자리를 놓고 다투기도 했던 가수는 노래했잖아. 왜 슬픈 예감은 틀린 적이 없나, 하고 말이야. 나는 불길한 예감이 한 번도 틀린 적이 없었어. 당신에게 알려야 하는 것은 아닐까 또다시 고민이 되기 시작해. 당신은 분명 아무 일도 할 수 없을 정도로 크게 걱정을 하겠지. 당신은 광고 촬영과 영화 제작자와의 사전 미팅이 잡혀 있다고 했어. 지난번에 천만 관객을 돌파한 K감독의 신작에 주인공 일 순위로 당신이 지목되고 있다고도 했지. 나도 대본을 읽어보았지만, 역시 흥행감독이 되는 데는 다 그럴 만한 이유가 있는 거더라. 이야기가 얼마나 흥미진진한지, 단숨에 시나리오를 다 읽어버렸잖아. 나는 당신이 꼭 그 영화의 주인공이 되었으면 좋겠어. 그러니까 아이 이야기는 조금 있다가, 당신이 내게 전화를 해주면 그 때 말하는 게 나을 거야. 당신의 아내로 산다는 것은 책임감이 따르는 일이니까.

응, 알아. 처음 당신의 연인이 되었을 때, 그때부터 나는 알고 있었지. 내게 주어진 행운에 얼마나 큰 책임감이 따르는지를. 우리는 클럽에서 만난 뒤 일 년 가까이 연애를 했어. 파파라치들은 참 지독하게도 우리 뒤를 따라붙었지. 당신의 기획사 사장은 우리의 스캔들을 무마하기 위해 참 많은 돈을 써야만 했어. 항간을 떠들썩하게 했던 X파일에는 당신이 나와 동거중이라고 쓰여 있었잖아. 당신은 그 무렵, 한 토크쇼에 나가 능청스럽게 연기를 했어. 저도 그런 소문 들었어요. 말도 안 되는 악성 루머죠, 하하. 어쩌면 당신의 기획사 사장이 나를 그토록 싫어했던 것은 당연한 일이었을지도 모르겠어. 이유는 달라도 사장과 나는 당신을 소유하기 위해 경쟁하는 사이였으니까.

가끔, 당신과의 관계를 주변에 알릴 수 있었다면 내 인생이 어떻게 달라졌을까 궁금할 때도 있었어. 하지만 설사 내가 친구들에게 말했다 하더라도, 아마 누구 하나 믿어주지 않았을 거야. 오랫동안 좋아했던 스타와 팬의 사랑이라니. 영화 『노팅힐』도 아니고, 현실성이 너무 떨어지잖아. 나는 아무것도 모르는 주변 사람들의 비아냥과 의심으로 인해 우리의 사랑이 퇴색되는 것을 원치 않았어. 그러니까 사랑을 지키기 위해서 비밀을 갖는 것쯤은 감수할 수 있었지. 존재의 부정을 기꺼이 감내할 만큼, 내 사랑이 깊고 크다는 사실을 당신이 영원토록 잊지 말았으면 좋겠어.

당신, 당신을 처음 보았던 날을 기억해. 그때 나는 겨우 초등학교에 다니던 어린 소녀에 불과했지. 브라운관에서 앳된 얼굴로 노래하던 당신. 어떤 사람들은 불 같은 사랑 따위는 현실에 존재하지 않는다고 말해. 그런 사람들은 그것이 모두 영화에나 나오는 이야기라고들 하지. 그렇다면, 어렸던 내가 당신을 본 순간 느꼈던 감정은 도대체 무엇이었을까? 나는 브라운관 안에서 나를 향해 윙크를 날리던 당신의 모습을 보고 첫눈에 반했어. 그리고 당신을 한결같은 크기로 사랑했지. 언제나 내가 당신을 더 좋아한다는 것이 분할 만큼.

당신은 아주 어린 나이에 일약 스타덤에 올랐어. 몇 년간의 화려한 가수생활을 끝마친 후에는 배우로 전향해 드라마와 영화 양쪽을 종횡무진했지. 군입대 때문에 한 번 위기를 맞기도 했지만 그런 것 치고는 비교적 별 무리 없이 배우로 정착한 드문 케이스였어. 당신은 그 비결을 묻는 질문에 언제나, 피나는 노력과 팬들의 사랑 덕택이라고 대답을 했지. 그것은 그냥 인사치레가 아니라 사실이기도 했어. 당신의 팬들은 유독 의리가 있는 것으로 유명했잖아. 당신은 팬들이 당신을 기억해주기 때문에 당신이 존재할 수 있다는 사실을 잘 알고 있다고 했어. 저마다의 팬들이 간직하는 기억의 조각들로 당신의 존재는 계속 유지될 수 있다고 말이야. 나에 대한 기억을 당신에게 남기고 싶다고 처음 생각하게 된 것 역시 그런 마음에서였어. 당신이 나를 기억해주는 한, 나는 존재할 수 있을 테니까. 내가 우리의 추억을 기억하고 있다는 사실 자체가 우리의 추억이 존재했음을 증명해주듯.

나는 역무실의 철제문을 노크도 없이 벌컥 열어젖혔어. 안에 있던 유니폼 차림의 남자가 놀란 눈으로 나를 쳐다봐.

"혹시 연두색 옷 입은 여자 아이, 못 보셨나요?"

나는 다급한 목소리로 역무원에게 물어봤어. 아이가 여기에 있을 리 없다는 것을 알면서도. 아이를 잃어버린 곳은 틀림없이 아쿠아리움이잖아. 그렇지만, 이런 상황에서 사람들은 누구에게서나 구원을 찾게 되는 법이야. 머리가 산발이 된 채 숨을 헐떡이는 나를 보는 역무원의 얼굴이 순간 경직돼. 아이를 보지 못했다면서도 그는 역무실에 설치된 CCTV 화면을 유심히 살펴봐. 나 역시 그 뒤에 서서 내가 몇 시간 전에 지나왔을 플랫폼과 에스컬레이터를 봐. 아이는 CCTV 화면 어디에도 없었어. 이제 역무원은 다급하게 여기저기에 무전으로 연락을 취하고 있어. 혹시 여자애 하나 못 봤나? 연두색 옷을 입었다는데. 무전기를 통해 잡음 섞인 사람들의 목소리가 들려와. 역무원이 나를 향해 언제쯤 아이를 잃었느냐고 물어.

"그러니까……."

그런데 있잖아. 당신, 당신도 그런 경험을 해봤는지 모르겠지만. 갑자기, 늘어난 자기테이프가 뒤엉키듯, 나는 도대체 아이를 언제, 어디서 잃어버렸는지 알 수가 없게 되는 거야. 아이가 정말 나와 함께 아쿠아리움에 가기는 한 걸까? 그곳에 들어갈 때 아이와 함께였다는 확신이 갑자기 없어져버려. 아이를 잃어버린 것은 한참 전인데 내가 의식하지 못했던 게 아닐까? 나는 당신과의 약속에 늦을까봐 허둥지둥 정신이 없었고, 그리고 나서는 당신의 연락이 오지 않는다는 데 온통 정신을 팔고 있었거든.

말을 잇지 못하자 역무원은 내가 아이를 잃었다는 쇼크로 대답을 바로 못하는 줄 알았는지 물을 한 컵 떠다줘. 어쩌면 정말 쇼크 때문에 정확한 시점이 제대로 생각이 나지 않는 것일지도 몰라. 지금도 물컵을 쥔 손이 바들바들 떨리는 것을 보면 충분히 그럴 가능성도 있을 거야. 대체 언제 아이의 손을 놓았던 것일까. 나는 이제 천천히 기억을 되짚어 봐.

내가 집을 나선 것은 여섯 시 이십 분쯤이었어. 지난주 있었던 접촉사고 때문에 당신이 귀국 선물로 사준 차를 정비소에 맡겼잖아. 택시를 탈까 하다가, 차가 너무 막힐 것 같아 지하철을 타기로 마음먹었어. 당신도 알다시피 아이는 차가 막히면 멀미를 심하게 하잖아. 아이에게는 연두색 셔츠를 입혔어. 아이는 외출할 때마다 그 옷을 입겠다고 고집을 부리니까. 다른 옷을 입히려고 하면 어찌나 울어대는지. 오늘만큼은 아이와 쓸데없는 씨름을 하고 싶지 않아서 미리 그 옷을 빨아두었어. 분명, 그러니까 그때는 분명 아이가 나와 함께 있었을 거야.

지하철역에 도착한 것은 여섯 시 삼십오 분쯤. 집을 나서는데 경비원과 마주쳐 잠시 이야기를 나눴어. 그때 아이가 내 옆에 있었는지 없었는지는 확실히 기억이 나지 않아. 그러면 나는 아이를 집 앞에 두고 온 것일까? 아니야, 그럴 리는 없지. 만약 아파트 입구에 아이를 두고 왔다면, 경비원이 아이를 데려가라고 내 등뒤에서 소리치지 않았을 리가 없잖아. 아이를 뒤늦게라도 발견했다면 경비원은 내게 연락을 해주었을 거야. 경비원들은 거주민들의 비상연락처를 다 알고 있으니까. 결국 나는 아이를 집에서 지하철역까지 이어진 길거리나, 지하철 안, 혹은 호텔 레스토랑까지 오는 거리, 그것도 아니면 아쿠아리움 안에서 잃어버렸다는 얘기가 돼. 그러나 도대체 어디에서 아이를 잃어버린 것인지는 도통 모르겠어.

나는 울 것 같은 얼굴이 되어 아이를 역사에서 잃어버렸는지, 여기까지 오는 지하철에서 잃어버렸는지 잘 모르겠다고 솔직하게 말을 해. 어쨌든 지하철을 타고 두 시간 전쯤 여기에 도착했어요. 나는 내가 알고 있는 유일한 정보를 확신에 차서 말해. 아, 나는 얼마나 형편없는 엄마인지. 역무원은 어떻게 아이를 언제, 어디서 잃어버렸는지도 모를 수가 있느냐고 힐난하는 듯한 얼굴로 나를 봐. 나는 스스로 그런 비난을 받아도 마땅하다고 생각해. 아이가 어딘가에서 떨고 있다고 생각하면, 아니 차라리 떨고만 있으면 다행이게. 만약 아이가 당신의 아이임을 세상 사람들이 안다면, 그렇다면 당신의 돈을 노리고 누군가 아이에게 해를 입힐 수도 있을 텐데. 순간, 온몸에 소름이 돋아. 아, 아이가 정말 무사해야 할 텐데.

역무원은 친절하게도 역사에 아이를 찾는 안내방송을 해주고, 역사에서 일하는 직원들에게도 모두 무전 연락을 해주었지만, 아이를 보았다는 사람은 나오지 않아. 아쿠아리움에서도 여전히 연락은 없어. 나는 하는 수 없이 역무실에 내 전화번호를 남기고 다시 지하철을 타. 집으로 가는 길을 되짚어 보려는 거야. 집 근처 역에서부터 집 앞까지. 그 길만이 나에게 남은 유일한 희망이었으니까. 당신, 당신은 지금쯤 미팅을 끝냈을까? 전화를 해보고 싶은 마음이 굴뚝 같아. 그렇지만, 지금 당신을 걱정시켜서는 안 되지. 내가 해볼 수 있는 일은 다 한 후에. 그때 나는 당신에게 연락을 할 거야. 당신에게 알릴 필요가 없이 아이를 찾을 수만 있다면, 그렇다면 얼마나 좋을까.

흔들리는 지하철에 몸을 싣고 집으로 향하고 있어. 사람이 너무 많네. 나는 벽에 몸을 기댄 채 사람들을 봐. 사람들은 한곳을 바라보고 있었어. 빛들로 얼룩진, 사람들의 얼굴. 출입구 위편에 설치된 작은 화면 탓이야. 총천연색의 빛들이 쏟아지는 화면 안에는 완벽한 몸매의 여자 하나가 정신없이 춤을 추고 있어. 그 여자가 팔고 있는 것이 핸드폰인지, MP3플레이어인지, 아니면 다른 무엇인지는 좀처럼 알 수가 없어. 다만, 내 눈에는 음소거가 된 화면 속 여자의 춤사위가 어딘지 안쓰럽고, 너무 높은 굽 탓에 발목이 부러질 듯 위태로워 보일 뿐이야. 눈이 너무 아프다. 나는 창밖으로 무심히 시선을 옮겨. 밤처럼 어두운 창. 욕망과 피로로 물든 얼굴들이 유리 위로 뭉개져내려. 지하철이 덜컹대는 소리는 수족관 속 여과기의 진동 소리를 닮았지. 울긋불긋한 얼굴들이 수초들 사이에서 흔들리고 있어. 손을 대면 흩어지고 말 물그림자처럼. 그때, 어디선가 당신의 이름이 들려와. 화면 속 여자와 유사한 차림새를 한 젊은 여자가 역시 똑같이 차려입은 옆사람에게 당신의 신작 영화에 대해 말하고 있어. 화려하고, 눈부신 당신. 당신이라는 사람의 사랑을 홀로 독차지한다는 것은 날카로운 칼날을 몰래 삼키는 것과도 같지. 아무와도 공유할 수 없는 섬뜩한 고통이 가끔씩 내 안을 찢기라도 하듯, 훑으며 지나가. 당신을 내 사람이라 말을 할 수 없고, 내가 당신의 사랑이라 밝힐 수 없다는 데서 기인한 고통. 당신이 우리의 결혼 사실조차 비밀로 하고 싶다 했을 때, 나는 그것마저도 내가 감당해야 할 몫이라고 생각했어. 스타의 뒤에서 사는 그림자 같은 삶. 역사 속 유명한 스타를 사랑한 여자들은 모두들 숙명처럼 그런 삶을 짊어지고 살아가게 되어 있잖아. 당신은 언제나 때가 되면 우리의 결혼 사실을 밝히겠다고 약속했었지. 그런데, 당신. 그때는 대체 언제 오는 거야? 귀국해도 좋다는 당신의 말에 홍콩 생활을 정리할 때만 해도 나는 그때가 코앞으로 다가온 거라 생각했는데. 영화나 드라마를 홍보하기 위해 연예정보 프로그램이나 예능 프로그램에 나가면 당신은 우리 둘만 아는 사인을 종종 해 보였지. 카메라를 보고 갑자기 윙크를 한다거나 손끝으로 하트를 만든다거나 하는 식의. 사람들은 그게 팬들에게 하는 인사라 생각하겠지만, 나는 알았어. 그것이 나에게만 하는 사랑의 표시라는 것을. 나는 당신과의 사랑을 세상에 알릴 수 없어 가슴이 아플 때마다 그런 기억들을 꺼내어보며 우리의 사랑이 윤이 나도록 닦고 또 닦았어.

　당신, 당신은 지금 뭐하고 있어? 내 생각……하고 있는 거지? 아아, 너무 피곤하다. 잠깐 지하철 벽에 몸을 기댄 사이, 그 짧은 순간에 갑자기 긴장이 풀렸는지 온몸이 무너질 듯, 허물어져. 그렇지만 지금 쓰러져서는 안 되지. 비록 무책임하고, 불성실했지만 나는 한 아이의 엄마니까. 정신을 차리고 아이를 언제 마지막으로 보았는지 기억해내기 위해 애를 써봐. 불현듯, 지하철역의 개찰구 앞에서 내가 연두색 셔츠의 첫 번째 단추를 잠가준 기억이 떠올랐어. 틀림없어. 혹시라도 저녁 바람에 아이가 감기라도 들까봐 나는 아이의 단추를 채워주었던 거야. 그것이 아이에 대해 내가 기억할 수 있는 가장 선명한 기억이야. 그 말은 내가 개찰구까지는 아이와 함께 왔다는 뜻이겠지? 그렇다면 아이를 잃어버린 것은 그 후였을 텐데, 나는 언제까지 아이와 함께 있었던 것일까? 한참을 골몰하고 있는데 이번에는 내가 수족관 앞에서 아이의 손을 꼭 잡고 있었던 것만 같은 기억이 떠올라. 야광처럼 빛나는 그린크로미스 떼 앞에 섰을 때, 그때는 분명 수족관 유리벽에 손바닥 자국을 찍어보는 내 옆에서 아이 역시 그 조그만 손바닥을 찍고 있었던 것 같아. 우리의 손바닥이 닿을 때마다 소스라치며 놀라 산호초 뒤로 숨던 초록색 물고기들. 그렇다면 그때까지는 분명 아이가 내 곁에 있었던 걸 거야. 결국 아이를 잃어버렸던 곳은 아쿠아리움이었던 걸까? 그곳을 좀더 샅샅이 찾았어야 했을까? 어린이 체험관을 가겠다고 떼쓰던 몸짓. 그곳의 직원들이 우리 아이의 존재를 까맣게 잊고 있는 것은 아닐까? 갑자기 서럽고 분한 마음이 들어. 나는 아쿠아리움에 전화를 걸고, 아이를 찾았느냐고 따져 물어. 직원들은 아직 아이를 발견하지 못했다고 답해. 안내원의 동요 없는, 상냥한 목소리를 듣자 화가 갑자기 치밀어. 찾아본다고 말만 하고 찾지 않고 있는 것은 아니냐, 어디어디를 찾아봤느냐, 방송만 무책임하게 해놓고 손놓고 기다리고 있는 것은 아니냐, 나는 전화에 대고 소리를 질러. 지하철의 승객들이 모두 놀란 눈으로 나를 쳐다봐. 지하철문이 열리고, 나는 무슨 역인지도 모르면서 일단 지하철에서 내려. 다시 그곳으로 되돌아가봐야 해. 아이를 생각하면 자꾸만 눈물이 날 것 같아. 누차 말하지만, 아이를 찾기만 한다면 나는 몰상식한 여자로 보이더라도 전혀 겁나지 않아.

하지만 나의 이런 간절한 바람도 하늘을 감동시키지는 못한 걸까. 기적은 일어나지 않으려나봐. 아쿠아리움에 돌아왔지만, 아이는 여전히 없다고 해. 게다가 아쿠아리움은 곧 닫을 시간이래. 직원들은 내게 아이를 찾지 못해 유감이라며 무엇을 어떻게 도와줄까 묻지만 나는 알아. 그들은 내가 어서 사라져주기만을 바란다는 것을. 하지만 나는 모든 인파가 다 빠져나가고, 아쿠아리움의 불이 모두 꺼질 때까지 전시실을 샅샅이 훑어. 거대한 어항들로 이루어진 미로. 직원들이 초조한 눈으로 나를 쳐다봐. 나는 허망한 마음으로 발걸음을 멈춰. 박제된 심해어가 나를 내려다보고 있어. 고생대 데본기부터 중생대 백악기까지 살았다는 실러캔스. 너무도 생생히 살아 있는 것 같지만 죽어 있을 뿐인 물고기의 눈. 아아, 내게 절망밖에 무엇이 더 남아 있을까. 나는 아이를 잃은 시점이 언제인지 생각해내기 위해 끊임없이 머릿속으로 지나간 시간의 필름을 되돌려보고, 또 돌려봐. 생각하면 할수록, 수족관 앞에서 아이의 손을 놓은 것만 같은 기분이 들어. 처음에는 그저 기분뿐이었던 것이 필름을 재생하면 재생할수록 점점 더 구체적이고 입체적인 기억으로 되살아나는 것 같아. 제2전시실에서 수족관 유리벽을 건드리기 위해 손을 뻗으면서, 아이를 잡고 있던 오른손을 놓았던 장면. 아이의 작고 통통한 손이 내 손아귀에서 벗어나 허공으로 미끄러지는 장면이 슬로모션처럼, 자꾸만 자꾸만 반복되어 떠올라. 아이를 이곳에서 잃어버린 것이 틀림없을까? 그렇지만 확신을 가지려고 하는 순간, 다시 생각해보면 그런 일은 전혀 일어난 적 없는 것처럼 생소하고 낯설기만 해. 언제부터 나의 기억력이 이렇게 형편없는 수준으로 전락해버렸을까.

아까도 말했지만 나는 정말 기억력이 뛰어난 편이었어. 어렸을 때부터 친척집 전화번호는 물론, 친척들의 주소와 생년월일까지도 모두 한 번 들으면 결코 잊는 법이 없었지. 그래서 엄마는 나를 걸어다니는 수첩으로 활용하기도 했어. 커서도 기억력에 관해서라면 자신이 있었어. 나는 친구들이 했던 사소한 말들이나 행동들까지 모두 기억해내는 사람이었어. 그것은 당신에 관해서도 마찬가지였지. 나는 당신의 생일, 취미와 특기, 혈액형과 가족관계는 물론이고, 당신의 콤플렉스, 실수담, 사소한 스캔들까지 모두 다 기억했어. 아주 오래전부터, 당신과 결혼하고 싶다고 내가 말하기만 하면 주변 사람들은 나를 몹시 걱정했어. 내가 당신에 대해 너무 많이 아는 게 가장 큰 문제점으로 부각되었지. 사람들은 내가 알고 있는 모든 것들이 당신의 허상에 불과하다고 말했어. 그렇기 때문에 내 바람대로 우리가 결혼을 한다 해도 나는 당신의 실체를 알고 실망하게 될 거라고 말이야. 그렇지만, 나는 정말 묻고 싶었어. 도대체, 실체란 것은 무엇이야? A라는 사람과 B라는 사람이 있다고 가정해봐. 그때, A라는 사람은 오로지 B라는 사람의 기억 속에서만 존재하는 것이 아닐까? B라는 사람이 A라는 사람의 기억 속에만 존재하듯이. 그것은 당연한 거지. 그러니까 만약, 누군가가…… 그래, 영화 『이터널 선샤인』에서처럼, B에 대한 A의 기억을 다 지워버리면, 그러면 B는 A에게 존재하지 않는 사람이 되어버리지 않을까? 눈을 감으면 눈앞의 모든 것이 사라지듯이 말이야. 그러니까 나는 실체가 무엇인지는 알고 싶지도 않았어. 그런 게 있다고 믿지도 않았고. 만약에 C라는 사람이 있다면, C에게 존재하는 A와 B에게 존재하는 A가 같은 사람일 수 있을까? 누군가는 그렇다고 말할 수도 있겠지. 그렇지만, 나는 아니라고 생각했어. 그렇기 때문에 내 기억들은 당신이라는 실체를 가리는 허상이 아니라 오히려 당신이 내 안에 존재할 수 있게 해주는 증거들이었어. 그러니까 나는 무엇도 두렵지 않았던 것 같아.

하지만 오늘, 내 기억들은 나를 배반해. 나는 아이를 어디에서 잃어버렸는지조차 기억해내지 못해. 나는 다 포기하는 심정이 되어, 인근의 경찰서로 발길을 옮겨. 아쿠아리움 직원이 일러준 대로 점포들이 양옆으로 늘어선 거리를 따라 한참을 걸어. 당신이 광고하기도 했던 의류매장과 신발매장들 탓에 거리는 틀림없는 한밤중인데도 대낮처럼 환해. 24시간 형광등 불빛을 뿜어내는 한밤중의 어항처럼. 수많은 쇼윈도 위에 내 모습이 끊임없이 어른거려. 화장품을 판촉하는 여자들의 헐벗은 다리들도. 저 멀리, 전광판에서는 휴대전화를 광고하는 당신의 얼굴이 빛나고 있어. 가끔씩 대로변을 질주하는 자동차의 굉음. 전조등을 밝힌 자동차들이 눈을 희번덕거리며 달려드는 듯 보인 것은 분명 나의 착각이었겠지. 아마 경찰서에 가는 것이 처음이라 그랬을 거야. 지구대가 발하는 인공의 하얀 불빛이 어딘가 섬뜩해 나는 좀 무서웠어. 그렇지만, 용기를 내야지. 우리 아이는 나 때문에 더 무서운 일을 겪고 있을지도 모르는걸. 이토록 사나운 도시의 한복판에 떨고 있을 내 아이. 나는 지구대 안으로 들어서. 한 경찰관이 로비 바로 옆에 달린 당직실에 혼자 앉아 있어. 무슨 일이시죠? 아직 이십대로 보이는 젊은 경찰관은 사무적인 어조로 내게 물어. 나는 떨리는 목소리로 또 한 번 말을 해.

"아이를 잃어버렸어요."

당신, 혹시 경찰서에 와본 일이 있어? 아, 와봤겠구나. 두 번째로 찍은 영화에서 당신은 소매치기였잖아. 경찰서에 잡혀왔던 장면을 보았던 게 이제야 생각나네. 그렇지만 영화 때문에 와본 경찰서는 아이를 잃어버려서 온 경찰서와는 다른 느낌이겠지? 이곳은 참 춥고, 삭막하다. 마치 종합병원의 응급실처럼. 이런 분위기를 완화시켜보려고 누군가 갖다놓은 것인지는 모르지만, 당직실 한구석에는 벤자민 화분 하나와 커다란 어항이 하나 놓여 있어. 은행이나, 우체국에도 종종 놓여 있는 그런 촌스러운 어항. 그것을 보자 또다시 아이를 아쿠아리움에서 잃었다는 실감이 나서 나는 견딜 수가 없어. 경찰관은 피로한 얼굴로 어항을 등지고 앉아 내게 자초지종을 물어. 그런데 참 이상한 일이야. 제복 차림의 경찰관은 친절한데도 나는 질문과 대답을 반복할수록 죄인이 된 것 같은 기분이 들어. 언제, 어디서 아이를 잃어버렸느냐는 질문에 내가 명확히 대답을 하지 못하기 때문이겠지. 내 대답이 시원치 않으면 시원치 않을수록, 경찰관의 태도는 점점 더 딱딱하고 고압적이게 변해 가. 나는 취조당하는 범죄자가 된 기분이야. 경찰관은 한숨을 쉬더니, 내게 물어.

"그러니까요. 아이를 데리고 나왔다는 거예요, 아니라는 거예요?"

아니, 이건 또 무슨 말도 안 되는 질문이야? 나는 너무 황당해서 경찰관이 무슨 말을 하는지도 이해가 가지 않았어.

"당연히 데리고 나왔죠. 아까 지하철을 타기 전에 셔츠의 맨 윗단추를 잠가주기도 했는걸요."

나는 조금 불쾌한 기색을 내비치며 한마디, 한마디에 힘을 주어 대답했어.

"애 아쿠아리움 입장권은 있습니까?"

"아뇨."

"왜 없어요?"

"아이는 이제 겨우 다섯 살이니까요."

나는 당당하게 대답했어. 아이나 빨리 찾아줄 것이지 이 경찰은 무엇을 의심하는 것인지 모르겠어. 경찰관은 또 말을 해.

"근데 하시는 말을 들으면 도대체 애를 데리고 나왔다는 건지, 아닌지 도통 알 수가 없다, 이 말입니다."

나는 점점 풀이 죽었어.

"그러니까 애를 데리고 나왔는지, 나왔으면 어디까지 같이 있었는지 확인해줄 건 아무것도 없단 거죠?"

"네……."

경찰관의 단호한 목소리에 나는 너무 당황스러웠어. 이것은 도대체 무슨 장난일까? 나는 분명히 당신을 만나기 위해 집을 나서기 전, 아이의 옷을 갈아입혔어. 아이가 좋아하는 그 연두색 옷으로. 그리고 우리 둘은 같이 나와서 지하철을 탔어. 지하철에서 내려서는 잠깐 동안 호텔 로비에서 당신을 기다리다가 아쿠아리움에 갔고, 물고기들을 구경하다가 처음으로 아이의 손을 놓은 것 같은데. 그렇지만 또다시 나의 확신은 무너져. 그때 놓은 게 아닐까? 거기에 가기 전에는 아이가 나와 함께 있었던 게 맞을까? 아이의 단추를 채워준 기억은…… 설마 다른 날의 기억을 내가 오늘 일로 착각하고 있는 걸까? 혹시 처음부터 아이와 함께 나오지 않았던 것일까? 그러면 아이는 집에 있는 것일까?

"아이가 집에 있는 것일까요?"

나는 울상을 지으며 경찰관에게 물었어.

"그걸 내가 어떻게 압니까."

경찰은 무심한 표정으로 실종아동찾기 사이트를 들여다봐. 홈페이지 어디에도 우리 아이를 보호하고 있다는 기록은 나와 있지 않아.

"미아 신고 하시겠습니까?"

당황한 나는 집에 전화를 걸어보았어. 아이가 집에 있다면 전화를 받겠지 하는 마음에서였어. 하지만 아무도 전화를 받지 않았어. 규칙적인 신호음만 아이의 부재를 알리는 사이렌처럼 내 귓가에서 악을 써댔어. 그래, 그러니까 내 말이 맞아. 경찰관의 심문에 헷갈리기는 했지만, 아이와 함께 나온 것만은 틀림없어. 나는 하는 수 없이 당신에게 전화를 걸어야겠다고 생각해. 당신이 속상해하겠지만, 이제는 더이상 달리 할 수 있는 일이 없어. 미아 신고를 하기 전에는 당신에게 말을 해두는 게 좋을 거야. 혹시라도 기자들이 당신의 아이가 없어진 사실을 알아채고 기사를 써대면 더 안 좋은 일이 일어날지도 모르잖아. 숨겨놓은 아이라니. 당신의 이미지에 얼마나 타격을 입힐까. 대비를 해야지.

하지만 당신은 전화를 받지 않아. 아직도 미팅중인가? 당신이 바쁘면 매니저라도 전화를 받을 텐데. 나는 당혹스러운 마음에 다시 당신의 번호로 전화를 걸어. 그렇지만 결과는 마찬가지야. 설마 당신에게도 무슨 일이 생긴 걸까? 경찰관은 계속 나를 빤히 바라봐. 미아 신고를 할 거냐, 말 거냐 빨리 결정하라는 재촉의 의미겠지?

나는 당신에게 왜 전화 연결이 되지 않을까 영문을 몰라 하면서, 하는 수없이 나 혼자서라도 미아 신고를 하기로 결심해. 아이의 안전이 우선이니까. 아이를 지키는 것이 당신을 위해 내가 지금 할 수 있는 일일 테니까. 그렇다면 당신의 아이라는 것 역시 밝혀야 할까? 알려서는 안 될 것 같다는 생각과 아이를 한시라도 빨리 찾기 위해서는 당신의 아이임을 밝히는 게 나을지 모른다는 생각이 번갈아 나를 괴롭혀. 결국, 어차피 미아 신고까지 하고 나면 소문이 나버릴지도 모른다는 생각이 들어. 그럴 바에는 차라리 지금 밝혀서 빠른 수사 협조를 요청하는 편이 나을지도 몰라. 나는 오래 망설인 끝에 덧붙여. 이 아이가 당신의 아이인데, 언론에 노출이 되면 안되니까 조심해주셨으면 한다고. 그러자 경찰관은 나를 놀란 눈으로 쳐다봐. 당연하지. 이 나라에서 당신의 이름을 모르는 사람은 아무도 없고, 당신에게 아이가 있을 거라고는 아무도 상상하지 못할 테니까. 순간, 나는 괜한 말을 한 걸까 덜컥 겁이 나. 하지만 당신의 아이라면 사람들은 틀림없이 아이를 더 열심히 찾아줄 거야. 일단 아이를 찾는 게 가장 우선이니까. 당신도 다 이해해줄 거야, 분명히.

내 말을 듣고 난 경찰관은 싱긋 웃으면서 내게 말을 건넸어.

"그러니까, 아이를 어쩌셨다고요?"

다행히 당신의 아이란 말 탓인지 경찰관은 다시 친절한 어조가 되었어. 믿을 만한 사람인가봐. 안심이 되니까, 갑자기 긴장이 풀려버렸어. 아이를 아직 찾은 것은 아니지만 적어도 나를 짓눌렀던 막중한 책임감의 일부가 경찰관에게로 조금 넘어간 듯한 기분이 들었던 거겠지. 그 탓인지 눈물이 왈칵 나와 나는 울먹이며 말을 해.

"아이를 잃어버렸어요. 그러니까…… 분명히 아까 아이와 함께 나온 것 같은데…… 그게 오늘 기억인지, 어제의 기억인지 모르겠어요. 아까 아쿠아리움에서만 해도 분명 아이와 함께 있었던 것 같은데, 자꾸 생각하니까 지하철에서부터 없었던 것 같기도 하고."

나는 점점 더 횡설수설이었어. 그런데 이상하지? 사태의 심각성을 이해한 줄 알았던 경찰관은 자꾸 빙글빙글 웃기만 해. 게다가 나는 도대체 경찰관이 하는 말을 알아들을 수가 없어. 경찰관은 말하고 있어. 나는 당신의 아내가 아니며 우리한테는 아이가 없다고. 네? 뭐라고요? 나는 경찰관의 말을 정말로 이해할 수가 없어. 저기요, 정신 차리시고 어서 댁으로 돌아가세요. 물론 믿을 수가 없겠지. 나는 경찰에게 말해. 당신의 인기를 유지하기 위해 아직 세상에 발표하지는 못했지만 우리는 오래전에 결혼을 했고, 우리 사이에 아이가 있다고. 곧 공식적으로 발표할 때까지, 세상에 알려지면 안 되니까 비밀을 유지해줬으면 좋겠다고. 오죽 아이가 걱정되면 이렇게 비밀을 털어놓겠느냐고. 그러나 경찰은 내 말을 믿으려 하지 않아.

"증거 있어요?"

증거? 증거라는 게 뭐야. 혼인신고서? 하지만, 우리는 비밀 결혼식을 했는걸. 당신을 위해 아무에게도 알리지 못한 채. 당신은 법적으로 미혼이어야 했으니까. 경찰관은 계속 말해, 나는 당신의 아내가 아니고, 우리에게는 아이가 없다고. 자꾸 우기면 감옥에 갈 수도 있다고. 도대체 이렇게 다급한 상황에서 나를 왜 믿어주질 않느냐며 나는 당신의 번호가 찍힌 단축 번호 1번을 누르고 휴대전화를 경찰관에게 건네줘. 당신이 여전히 전화를 받지 않는지 전화기를 귀에 댄 채 경찰관은 계속 빙글빙글 웃어.

당신, 당신은 알아? 이 사람이 왜 이렇게 웃기만 하는지? 왜 미아 신고 처리를 빨리 해주지 않는지? 우리 아이가 어디에서 어떻게 되고 있는지도 모르는 이 긴박한 상황에. 설마 정말 경찰관 말처럼 나는 당신의 아내가 아닌 걸까? 우리에게는 아이가 없는 걸까? 그럴 리가 없잖아. 증거? 증거 같은 것은 없지만. 그치만 당신, 만약 우리에게 아이가 없다면 내게 지금도 선명하게 떠오르는 이 생생한 기억은 대체 뭐야? 아이가 좋아하는 연두색 옷의 감촉. 내 손에 꼭 들어오는 아이 손의 따뜻함. 아이를 번쩍 들어올리는 당신의 미소 같은 것에 대한 내 기억들 말이야. 우리의 관계가 실재임을 증명할 유일한 증거가 내 기억뿐이라 해도 나는 하나도 불안할 게 없었어. 그런데, 당신. 우리의 아이가 존재하지 않는다는 것은 무슨 말일까? 내게는 팔딱거리는 물고기처럼 생동감 넘치는, 아이에 대한 기억이 있는데. 당신, 당신은 알아? 사람들이 왜 아무도 나를 도와주지 않는지? 나는 정말 알 수 없어. 너무 답답한데, 그래서 당신에게 묻고 싶은데 당신은 여전히 전화를 받지 않아. 당신이 너무 바쁜 걸까? 대체 무슨 일이 일어나고 있는 걸까? 나는 불안한 기분에 사로잡혀 의자에서 일어나. 다리에 힘이 들어가지 않아. 마치 마티니를 마시고 취하기라도 한 것처럼. 휘청, 내 시선이 무너져내리는 그 찰나, 나는 우스꽝스럽게도 어항 속 금붕어와 눈이 마주쳐. 마치 그것은 오래전부터 나를 노려보고 있었던 것 같아. 플라스틱으로 만들어진 조잡한 물풀 사이에서 입만 뻥긋거리는 황금빛 물고기. 그와 동시에 눈앞의 경찰관이, 사방의 사물들이, 벽이, 도시가 빙글빙글 돌며 나를 향해 비웃기 시작해. 그들이 내게 뭐라 하든, 알지? 나는 정말이지 아무렇지도 않아. 당신의 아내라는 것은 많은 일을 감내해야만 하는 그런 자리지. 그러니까 그런 것쯤은 얼마든지 감수할 수 있어. 진짜야. 나는 다 괜찮아. 그런데 있잖아. 다 괜찮지만 자꾸 큰소리로 묻고 싶어만지는 것은 왜일까. 당신, 내 말 듣고 있는 거지? 정말 내 말 듣고 있는 거지? 응, 그래. 나는 정말 묻고 싶을 뿐이야. 이렇게.

내 아이는 도대체 지금 어디에 있다는 말입니까. ✈

토도로프가 한국문학에 가르쳐 준 것

백수린의 「밤의 수족관」은 토도로프가 말한 환상소설(the fantastic)의 특징을 잘 보여준다. 토도로프는 환상소설이 세 가지 조건을 충족시켜야 성립한다고 주장했다. 무엇보다 중요한 요건은 자연의 법칙밖에 모르는 사람이 초자연적, 비정상적, 비현실적인 사건에 직면해서 경험하는 망설임(hesitation)이 드러나야 한다는 것이다. 이때의 망설임은 그러한 사건이나 현상을 어떻게 받아들여야 할지 몰라서 느끼는 독자의 망설임이다. 독자의 망설임이야말로 환상의 첫 번째 조건이다. 둘째로 작중인물의 망설임이 있어야 하며, 마지막으로 독자에게 특정한 독해의 방식을 강요해서는 안 된다. 즉 초자연적 성격을 띠는 사건을 우의적이거나 시적으로 해석하게 강요해서는 안 된다는 것이다. 「밤의 수족관」은 서사의 대부분에서 이러한 환상소설의 조건을 거의 완벽하게 구비하고 있다.

주인공 '나'는 자신의 아이와 함께 호텔의 프라이빗 레스토랑에서 당신을 만나기로 약속되어 있다. 약속 시간이 지났지만 나타나지 않는 당신의 전화를 기다리며 주인공은 수족관 사이를 거닐며 시간을 보낸다.

아이를 가진 아내가 남편과의 저녁 식사를 기다린다는 것은 너무나도 당연해 소설적 소재가 되기는 힘들 것이다. 문제는 '나'가 기다리는 당신이 한국을 대표하는 연예인이라는 점이다. 몇 년간의 화려한 가수생활을 끝마친 후에는 배우로 전향해 드라마와 영화 양쪽에서 종횡무진하고 있다. '나'에 따르면 그들은 클럽에서 만났고, 일 년 가까이 연애를 했다. 무명인 '나'와 톱스타인 그는 열렬한 사랑을 극비리에 나누었고, 둘 사이에는 너무나 아끼는 아이까지 생긴 것이다.

수족관을 서성이던 그녀는 어느 순간 자신 옆에 있어야 할 다섯 살짜리 딸아이가 없어진 것을 확인한다. 대부분의 서사는 그녀가 바로 이 다섯 살짜리 딸아이를 찾는 것으로 이루어져 있다. 독자의 망설임과 머뭇거림은 이때부터 시작되고, 그 정도는 점점 심해진다. 그녀가 딸을 어디서 잃어버린 것인지에서 시작해 나중에는 그녀에게 과연 딸이 있는 것인지, 더욱 근본적으로는 그녀가 과연 톱스타와 은밀한 동거를 하고 있는 것인지가 완전한 모호함 속에 놓이는 것이다.

처음 그녀는 수족관의 안내데스크 직원이 아이를 어디서 잃어버렸느냐고 물어도 제대로 대답하지 못한다. 이때까지만 해도 정상적인 사람의 혼란 정도로 이해하게 된다. 그러나 서사가 진행될수록 그러한 혼란의 수준은 정상의 범위를 훌쩍 넘어선다. 그녀는 실종신고를 하고 싶어하지만 그랬다가는 스타와 자신의 관계가 폭로될까봐 무척이나 주저한다. 그녀는 수족관을 나와 지하철의 역무실에 찾아가 아이를 찾지만, 돌려본 CCTV의 어디에도 아이의 흔적은 나타나지 않는다. 무엇보다 그녀 스스로도 다음과 같은 심각한 혼란에 빠져 있다.

　나는 도대체 아이를 언제, 어디서 잃어버렸는지 알 수가 없게 되는 거야. 아이가 정말 나와 함께 아쿠아리움에 가기는 한 걸까? 그곳에 들어갈 때 아이와 함께였다는 확신이 갑자기 없어져버려. 아이를 잃어버린 것은 한참 전인데 내가 의식하지 못했던 게 아닐까?

　이처럼 신뢰할 수 없는 주인공의 정신상태로 인해 "영화나 드라마를 홍보하기 위해 연예정보 프로그램이나 예능 프로그램에 나가면 당신은 우리 둘만 아는 사인을 종종 해보였지."와 같은 여자의 말도 신뢰하기 어렵다.
　작품이 진행될수록 그녀와 톱스타의 관계는 사실이라기보다는 그녀의 망상에 불과하다는 것이 뚜렷해진다. 그녀는 나중에 경찰서까지 간다. 경찰관은 "근데 하시는 말을 들으면 도대체 애를 데리고 나왔다는 건지, 아닌지 도통 알 수가 없다, 이 말입니다."라며, "애를 데리고 나왔는지, 나왔으면 어디까지 같이 있었는지 확인해줄 건 아무것도 없단 거죠?"라고 묻는다. 경찰서에서도 그녀는 "처음부터 아이와 함께 나오지 않았던 것일까? 그러면 아이는 집에 있는 것일까?"라며 혼란스러워한다.
　결국 그녀는 이 아이가 톱스타의 아이이며 언론에 노출이 되면 안 되니까 조심해달라고 고백한다. 수족관을 나와 지하철역에 도착해서도 남편에게 아이가 사라진 사실을 전할까 고민한다. 그러며 "당신의 아내로 산다는 것은 책임감이 따르는 일"이라고 생각한다. 이후부터 경찰관은 어이없는 웃음을 계속해서 보이고 그녀에게 "나는 당신의 아내가 아니며 우리한테는 아이가 없다고." 분명하게 말한다. 머뭇거림은 이로써 끝나고, 이러한 비정상적인 일들은 모두 그녀의 정신 이상에서 비롯된 것임이 분명해진다.

토도로프는 환상소설을 경이소설(the marvelous)과 괴기소설(the uncanny)의 중간 단계로 설정하고 있다. 텍스트가 제시하는 초자연적, 비정상적, 비현실적인 사건이 합리적인 방식으로 설명되면 괴기 문학이며, 비합리적인 방식으로 설명되면 경이 문학이라는 것이다. 경이소설, 환상소설, 괴기소설이라는 기본적인 삼분법 외에도 토도로프는 서사의 처음에는 비현실적인 것으로 보였던 사건이 마지막에 가서야 합리적인 설명으로 해명되는 환상적 괴기(the fantastic uncanny)와 비현실적인 이야기가 끝내 초자연적인 설명을 통해서만 해명되는 환상적 경이(the fantastic marvelous)를 설정하고 있다. 백수린의 「밤의 수족관」은 서사의 대부분에서 독자의 망설임이 유지되는 순수한 환상소설(the fantastic)의 면모를 보여준다. 그러나 서사의 결말에서는 그 모든 망설임이 결국 그녀의 정신병리로 인해 발생한 것이 드러남으로써, 결과적으로 합리적인 설명을 통해 모든 것이 해명되고 자연스럽게 망설임도 해소된다. 엄밀하게 말해 「밤의 수족관」은 환상적 괴기(the fantastic uncanny)에 해당하는 소설이라고 정리할 수 있다. 토도로프식 환상소설의 전통이 척박한 한국문학사에서 백수린의 「밤의 수족관」은 새로운 소설적 가능성을 시도한 작품으로 기록될 것이다.

— **선정위원 | 이경재**

2012 젊은 소설

그들에게 린디합을

계산이나 상상이나 구조를 벗어나는 어떤 지점이 남아 있다

손보미

창작 노트 | 린디합을 보고 있으면 마음이 막 말랑말랑해진다. 도저히 용서할 수 없을 것 같던 사람도 금방 용서할 수 있을 것 같아진다. 린디합퍼의 살랑살랑한 손놀림과 익살스러운 발동작을 보고 있으면 누구라도 그러하리라. 그래서 나는 가끔 생각한다. 그들도 린디합을 쳤으면 좋겠어.

약력 | 1980년 서울 출생. 2009년 『21세기 문학』 신인상, 2011년 『동아일보』 신춘문예로 등단.
e-mail:shoutspring@naver.com

그들에게 린디합을

  스윙댄스의 가장 대표적인 장르인 '린디합(Lindy hop)'의 명칭이 어디서 유래했는지 아는 사람은 그리 많지 않다. 대부분의 사람들이 'hop'이라는 용어 때문에 들썩거리는 움직임에서 유래했다고 생각하지만, 사실 이 명칭은 '들썩거림'과는 전혀 상관이 없다. '린디합'이라는 명칭이 처음으로 생긴 것은 1927년 5월의 일이다. 당시 『뉴욕 타임즈』의 기자였던 조 멜른은 무도회장에서 스윙재즈에 맞추어 춤을 추는 커플을 보았고, 그 춤에 완전히 빠져버렸다. 잠시 후, 조 멜른은 춤을 췄던 남자에게 다가가서 당신들이 춘 춤이 무엇이냐고 물었다. 그 질문을 받은 이가 바로 천재 댄서로 이름을 날리던 쇼리 조지(shorty george, 본명은 조지 스노우든, 키가 작다는 의미에서 붙여진 별명)이다. 모두 다 알다시피, 그는 훗날 프랭크 매닝과 더불어 린디합의 선구자로 불리게 된다. 하지만 그때 쇼리 조지가 그 춤은 이름도 없는 길거리 춤에 불과하다고 솔직하게 말하지 않은 것은, 그 춤에 특별한 애정이 있었기 때문은 아니었다. 그저 천재 댄서라는 자신의 이미지에 먹칠을 할 거라는 생각 때문이었다. 그때, 마침 옆 의자에 놓여있던 신문이 쇼리 조지의 눈에 들어왔다. 그날은 린드버그가 대서양을 최초로 횡단한 날이었다. 1면에는 이런 타이틀이 있었다. 'Lindy Hops The Atlantic (린디가 대서양을 넘어갔다)' 쇼리 조지는 그 타이틀의 가장 앞 두 단어를 말했다. '린디합'. 조 멜른은 '린디합'을 더 감상한 후, 집으로 돌아가 기사를 썼다. 타이틀은 이것이었다. '린디합이 뉴욕의 플로어를 장악하다!' 린디합은 그런 식으로 등장했다.

　　—『스윙에 대한 열네 가지 이야기』, 찰스 맨디 주니어

　스윙댄스는 흔히 '잃어버린 세대'라고 불렸던, 바로 그 시대 젊은이들의 춤입니다. 당시 기성세대들은 이 춤을 경멸했죠. 직업을 가질 생각도 없고, 참전할 생각도 없는 한심한 젊은이들이 자신의 처지를 망각하려고 추는 삼류 저질춤이라고요.

　　—『댄스, 댄스, 댄스』, 엘렌 듀비치와의 인터뷰 내용 중

1.
나는 항상 그들이 행복하기를 바란다. 더불어, 다시 한 번 길광용 감독님의 명복을 빈다.

2.
『댄스, 댄스, 댄스』라는 제목의 다큐멘터리를 만들겠다고 결심했을 당시, 길광용 감독은 서른일곱 살이었고, 관객 수가 500만을 넘

은 메가 히트작만 이미 세 편을 만들었던 스타 감독이었다. 어느 날 그는 "이 세상의 모든 춤을 아우르는 작품"을 만들고 싶다는 생각에 사로잡혔고, 3년이 넘는 시간 동안 혼자 카메라를 들고 남미와 유럽, 북미과 오세아니아를 왔다갔다 했다. 그동안 길 감독에게 어떤 일이 있었는지 구체적으로 알려진 것은 없다. 다만 건강이 아주 나빠졌으며, 거의 모든 재산을 탕진했다는 소문이 돌았다. 길 감독의 성격이 말할 수 없을 정도로 괴팍해졌다는 이야기도 돌았다. 길 감독이 귀국했을 당시, 그를 만났던 PD는 이렇게 말했다. "3년이라는 시간이, 이 세상의 모든 춤에 대해 알기에는 부족할지 모르겠지만, 한 인간이 미치기에는 충분한 시간 아닙니까?" 하지만 그때 길 감독이 겪었던 일 중 사람들 입에 가장 오르내릴 만한 것이 있었다면, 그건 아내와의 이혼이었다. 놀랍게도 이 일은 그 당시 누구에게도 알려지지 않았고, 몇 년 동안 비밀에 붙여졌다. 이 소식이 알려졌을 때, 많은 사람들은 어떻게 오랫동안 이 일이 알려지지 않을 수 있었는지에 대해 궁금해했다.

길 감독이 『댄스, 댄스, 댄스』를 완성하기까지 걸린 시간은 5년이다. 이 작품은 오랜만에 발표하는 길 감독의 신작이라는 기대에 힘입어, 다큐멘터리로는 이례적으로 서울에서만 일곱 개의 개봉관을 잡았다. 하지만 결과는 재앙에 가까웠다. 당시 가장 잘 나가던 영화잡지인 『현재의 영화』는 '악마와 내기라도 했나? 무모한 선택을 한 길 감독'이라는 (다소 유치한) 제목의 평론을 싣기도 했다. 그 글에서 그나마 악의가 느껴지지 않는 문장은 이것이다. "150분짜리 이 가공할 만한 다큐를 보고 있노라면, 도대체 뭐가 뭔지 알 수가 없어진다. 하와이의 훌라춤과 아르헨티나의 탱고가 아무런 논리도 없이 교차 편집된 장면을 보고 있노라면 '영화란 무엇인가?'라는 근본적인 질문을 할 수밖에 없게 된다." 또 다른 유력 잡지 『무비즈』에서 한 평론가는 이렇게 말하기도 했다. "이 영화는 병적인 집착의 결정체다. 이 춤에서 저 춤으로 아무런 설명이나 예고도 없이 왔다갔다 하고, 여러 종류의 음악이 오버랩된다. 셀 수 없이 많은 장소와 셀 수 없이 많은 사람들이 등장하지만, 정작 이 영화가 말하고자 하는 바는 무엇인지 알 길이 없다. 춤의 역사도, 댄서들의 열정도, 육체의 아름다움도 보여주지 않으려고 기를 쓰는 이상한 영화." 익명을 요구한 한 평론가는 빈정거림이 다분한 평을 내놓기도 했다. "새로운 영역의 '예술' 영화. 다큐도 아니고, 극영화도 아닌 이 이상한 '필름'을 이해하려면 적어도 100년은 지나야 할 것. 100년 후에도 사람들이 여전히 이 영화를 이해하지 못한다면? 그럼 할 수 없는 거고!" 이것은 어떤 면에서는 완전히 틀린 지적이었지만, 또 어떤 면에서는 완전히 옳은 지적이기도 했다. 우리 모두가 잘 알고 있듯이 이 익명의 평론가가 했던 예언(!)은 들어맞았다. 『댄스, 댄스, 댄스』는 미국의 영화 평론가이자, 길 감독의 친구이기도 했던 로버트 파슨스에 의해 재조명 되었고 미국에서 시작된 이러한 평가는 유럽을 거쳐 한국으로 돌아왔다. 올해 『현재의 영화』 신년특대호의 주제는 "영화의 새로운 역사, 『댄스, 댄스, 댄스』"였다. 물론, 이 영화가 재조명되기까지 100년이나 걸리지는 않았다. 그러기까지 걸린 시간은 '고작' 6년 정도였다. 영화가 개봉한 지 6년 후의 일이고, 길광용 감독이 자살한 지 4년 후의 일이다.

재작년 10월, 미국에서 최초로 길 감독의 회고전이 열린 이후로

『댄스, 댄스, 댄스』이외의 다른 작품들도 덩달아 비평적인 측면에서 관심의 대상이 되고 있다. 특히 올해 칸 영화제에서도 길 감독의 회고전이 열릴 예정이라는 정보가 흘러나오면서, 길 감독에 대한 관심은 정점을 이루었다. 심지어는 그의 생애를 영화로 제작하겠다는 이야기도 나오고 있다. 이러한 분위기를 타고 작년부터 쏟아져 나오기 시작한 이 영화에 대한 분석과 평가 속에는 귀를 기울일 만한 요소들이 분명히 있었다. 하지만 이상하게도 거의 모든 평자들은 『그들에게 린디합을』에 대해서는 완전히 무관심했다. 결론부터 말하자면 이러한 무관심이 부당했음은 물론이다. 표면적으로 봤을 때, 이 영화와 『댄스, 댄스, 댄스』의 공통점이라고는 단지 춤에 대한 영화라는 사실밖에 없는 것처럼 보인다. 물론 영화에 관심이 좀 있는 사람이라면 이 영화가 길광용 감독에게 바치는 헌사와도 같은 작품이라는 사실을 알고 있었을지도 모르겠다. 실제로 영화의 마지막에는 이런 자막이 뜬다. "이 작품을 돌아가신 고 길광용 감독님에게 바칩니다." 5년 전 『그들에게 린디합을』이 개봉했을 당시, 영화의 공동감독 중 한 사람이었던 문정우 씨는 이 영화가 『댄스, 댄스, 댄스』의 영향을 받았다는 사실을 숨기지 않았다. (그는 길 감독의 『댄스, 댄스, 댄스』의 조감독 출신이다) 오히려 터놓고 말하는 쪽이었다. "이 영화는 『댄스, 댄스, 댄스』의 대사 중 일부분에서 영감을 얻어서 만들어졌습니다." 문정우 씨가 영향을 받았다고 말한 나레이션은 영화에서 그대로, 다시 인용된다.

"스윙댄스는 아주 오랜 역사를 가진 춤은 아니다. 하지만 그것이 바로 이 춤의 매력이다. 어느 날 갑자기 등장했고, 그리고 어느 날 갑자기 사라졌다. 그리고 아무런 예고도 없이 다시 나타났다."

그러나 동시에 문정우 씨는 자신의 영화가 『댄스, 댄스, 댄스』와 그 이상으로 얽히는 것은 원하지 않았다. 비록 영화의 개봉시기가 이미 고인이 된 길 감독의 뒤늦은 이혼 기사가 신문에 대서특필되던 시기와 완벽하게 일치했다 하더라도 말이다. (게다가 길 감독의 이혼은 그가 조감독이었던 『댄스, 댄스, 댄스』를 찍던 중에 이뤄졌다. 이 기사가 『그들에게 린디합을』의 초반홍보에 결과적으로 좋은 영향을 끼쳤음은 부인하기 어려울 것이다) "하지만 실질적으로는 『댄스, 댄스, 댄스』와 제 영화는 아무런 관련이 없다는 사실을 분명히 하고 싶군요." 특히 그는 이런 말을 했다. "제가 『댄스, 댄스, 댄스』의 조감독으로 알려져 있긴 하지만, 실제로 영화를 만드는 데 참여한 것은 아닙니다. 사실 그 영화는 길 감독님의 일인 작품에 가깝죠." 따지고 보면, 문정우 씨의 말은 거의가 다 사실이다. 이것을 설명하려면 길 감독이 입국했을 당시로 되돌아가야 한다. 한국에 들어왔을 때 길 감독은 사실상 『댄스, 댄스, 댄스』를 만들 의지가 사라진 상태였다. 길 감독을 방문했던 석준 감독은 그 당시를 이렇게 회상한다. "글쎄요. 어떤 사람들은 길 감독이 미쳐서 돌아왔다고 하지만, 내가 보기에는 정상이었어요. 다만 『댄스, 댄스, 댄스』에 대해서는 전혀 언급을 하지 않더군요. 제가 그 영화에 대해 질문을 하거나 하면 곧바로 다른 이야기를 하려고 했어요. 하지만 그는 다정다감하게 내 이야기를 들었고, 자신의 이야기를 했어요." 석준 감독의 이러한 언급에는 과장이 약간은 섞여 있겠지만, 그래도 대부분은 사실일 것이다. 한국으로 들어온 후 길 감독은 사람들을 만나면 예의바르게 굴려고 애썼다.

이것은 그리 알려지지 않은 사실이지만, 사실 길 감독은 『댄스,

댄스, 댄스』뿐 아니라, 영화에 대한 모든 애착을 잃어버린 듯이 행동했다. 그는 3년 동안 찍어온 필름을 어딘가에 숨겨두었고, 아무에게도 공개하지 않으려고 했다. 심지어는 제작자에게까지 그랬다. 제작자 S씨(그녀는 자신의 실명이 이 글에 실리는 것을 원하지 않았다)는 그 당시를 떠올리는 것만으로도 그때 느꼈던 당혹스러움이 되살아나는 듯 고개를 절레절레 흔들었다. "나는 그를 압박할 수밖에 없었죠. 하지만 그는 고집불통이었고, 나중에는 내 전화를 받으려고 하지도 않았답니다. 어쩔 도리가 없었죠. 소송을 걸까, 생각하기도 했어요." 하지만 그 말은 거짓말이다. 영화가 만들어지지 않았다 하더라도 소송에 들어가는 일 따위는 없었을 것이다. 그녀는 이야기를 이어갔다. "어느 날 갑자기 길 감독에게 전화가 왔어요.『댄스, 댄스, 댄스』의 마무리 작업을 원한다고 하더군요. 그러면서 자신의 일을 도와줄 만한 사람이 필요하다고 말했어요. 영화관련 종사자가 아니어야 한다고 했고, 입이 무거운 사람이어야 한다고 했어요." S씨가 길 감독에게 소개시켜 준 사람이 바로 문정우 씨였다. 문정우 씨는 당시 S씨의 제작사에서 근무하던 사내 변호사 중 한 명이었다. 어째서 S씨는 하필이면 그를 길 감독에게 소개시켜주었던 걸까? 어쨌든, 길 감독이 나머지 작업을 했던 1년여 동안, 문정우 씨는 자질구레한 자료수집과 막바지 작업을 도왔다. 건강이 나빠서 장시간 비행이 무리였던 길 감독 대신 3개월 정도 외국에 나가 있기도 했다. 문정우 씨는『댄스, 댄스, 댄스』를 만들 당시 사람들에게 자주 "감독으로서 정말 훌륭한 분이다."라고 말했다.(이 얼마나 의미심장한 말인지!) 문정우 씨는『댄스, 댄스, 댄스』가 개봉한 직후 한국을 떠났다. 그리고, 3년 후 한국으로 돌아와『그들에게 린디합을』을 발표했다.

　대부분의 평자들은 위에서 언급한 사실 이외의『댄스, 댄스, 댄스』와『그들에게 린디합을』이 가지고 있는 공통점을 찾지 못했다. 아니, 찾을 생각도 하지 못했다는 것이 더 정확한 표현이리라. 두 영화의 공통점에 대해 처음으로 언급한 사람은 성일정 평론가였다. 그는 무척 날카롭고 정확한 안목을 가진 비평가로 평가받아왔지만, 어쩐지 두 영화의 공통점을 주장하는 글에서는 혼란스러움과 어지러움이 느껴진다.

　성일정 씨는『보편적인 영화』재작년 겨울호에 길광용 감독의 작품세계를 다룬「서사의 가장 마지막 기원」이라는 글을 발표했다. (『보편적인 영화』는 작년 여름호를 마지막으로 폐간됐다. 몇 개 안 되는 좋은 영화잡지 중 하나였는데, 안타까운 마음을 전한다) 그는 이렇게 썼다. "『그들에게 린디합을』을 보고 있으면, 이상하리만치 길광용 감독의 영화에서 받았던 느낌을 그대로 받게 된다. 영화의 기술적인 측면이나 사용하는 기법은(『댄스, 댄스, 댄스』에 일관적인 기법이라는 게 존재한다면 말이다) 비슷한 구석이 거의 없지만, 나는 이 영화의 세계관이 길광용 감독이『댄스, 댄스, 댄스』에서 보여주었던 그것과 완벽하게 일치한다는 생각을 떨칠 수 없다." 놀랍게도 성일정 씨는 이 주장에서 한 발 더 나아갔다. "혹시 이 작품이 길광용 감독의 유작은 아닐까?" 그 당시 많은 평자들이 지적했듯이 성일정 씨의 이런 주장은 '어처구니없게 느껴'지는 것이었다. 성일정 씨는 이렇게도 말했다. "『댄스, 댄스, 댄스』에서 스윙댄스를 다룬 부분을 보라. 다른 춤에 비해 턱없이 적은 분량이다." 그건 사실이다. 하지만 그것이 무슨 의미가 있단 말인가? "만약에, 이 작품의 공동감독으로 이름이 올라가 있는 (알려지지 않은) 다른 한 명이 길광용 감독이라면? 그가 전혀 새로운 방식으로 『댄스, 댄스, 댄스』의 주석을 단 것이라면?"

그렇다면 성일정 씨가 이 글에서 말한 다른 한명의 알려지지 않은 감독은 누구였을까? 『그들에게 린디합을』의 엔딩 크레딧에 '문정우'와 함께 올라와 있는 다른 감독의 이름은 '임안나'이다. 하지만 그 당시 임안나에 대해서 알려진 것은 **하나도** 없었다. 문정우 씨는 '임안나'에 대한 질문을 받을 때면 늘 노코멘트로 일관했다. 다만, 딱 한 번 "임안나 씨 때문에 『그들에게 린디합을』이라는 영화가 탄생할 수 있었다"라는 요지의 말을 한 적이 있긴 하다. 그렇다면 성일정 씨의 주장대로 '임안나'는 길 감독의 가명일까? 이걸 사실이라고 가정한다면 이 영화를 둘러싼 일련의 상황들이 좀 우스꽝스럽게 느껴지기 시작한다. 길 감독은 왜 자신의 이름을 숨겨야만 했을까? 그것도 임안나라는 지극히 여성스러운 이름으로? 굳이 자신이 죽고 나서 이 영화를 개봉하게 할 필요가 있었을까? 이러한 궁금증에 대한 해답의 실마리를 안겨줄 길 감독의 인터뷰가 하나 있다. 길 감독은 자신의 여섯 번째 작품이자, 723만의 관객 스코어를 기록한 영화인 『문리버』에 관한 인터뷰에서 이렇게 말했다.

춤에 대한 영화를 한 번 만들어보고 싶어요. 이런 생각을 하게 된 건 아내 때문이었죠. 아내는 장 자크 밀레노 감독의 『부유한 여인들』이라는 영화를 무척 좋아하는데, 그 영화에 춤을 추는 여자가 한 명 나옵니다. 춤을 추는 장면을, 아내는 하루에도 몇 번씩 돌려보곤 했어요. 아내는 그 춤의 이름이 린디합이라는 것을 알려주었고, 자신도 그런 기품있는 댄스영화에 출연하고 싶다고 말했죠.

재미있는 사실은 『부유한 여인들』은 댄스영화가 아니라는 점이다. 게다가 『부유한 여인들』에 춤추는 장면은 딱 한 번 나온다. 프랑스 전역을 떠들썩하게 했던 시체유기사건을 영화화한 이 작품에서, 프랑스계 미국배우 로리 모디아노는 브라스 밴드의 연주에 맞추어 배우이자 스윙댄서였던 프랭크 매닝과 린디합을 춘다. 하지만 이 영화는 장 자크 밀레노 감독의 작품 중에서도 범작으로 평가받고, 이 장면 역시 그리 널리 알려진 것도 아니다. 그리고 솔직히 말하자면 춤을 추는 로리 모디아노와 프랭크 매닝의 모습은 우아하지도 않다. 하지만 길 감독의 아내는 바로 그 춤에 빠졌고, 그 영화를 '기품있는 댄스영화'라고 불렀다. 길 감독의 이야기를 더 들어보자.

아내는 저와 결혼하고 나서 거의 모든 작품 활동을 그만두었는데, 그게 항상 미안했습니다. 그녀는 결혼 후 거의 집에서 제 뒷바라지만 했죠. 그녀가 없었다면 지금 이 자리까지 오기 정말 힘들었을 것 같습니다. 그런 의미에서 제 영화들은 **그녀의 영화**이기도 하죠. 그래서 가능하다면 그녀를 위해 **린디합**에 관한 영화를 만들고 싶어요.

사실 이 인터뷰에서 가장 주목할 만한 점은 길 감독이 결혼 후 처음이자 마지막으로 아내에 대한 구체적인 언급을 했다는 사실이다. 이날 길 감독을 인터뷰한 소설가 손나현 씨는 길 감독이 아내의 이야기를 갑자기 꺼내서 놀랐다고 말하며 이렇게 너스레를 떨었다.

"더이상 허지민 씨의 근황이나 소식을 알려주지는 않았지만, 길 감독이 직접 아내 이야기를 꺼냈다는 건 의외였죠. 내가 이토록 인터뷰를 잘하는 사람이었나, 하는 생각까지 들었다니깐요." 잘 알려졌다시피 길 감독과 그의 아내인 허지민은 길 감독의 데뷔작인『달콤한 잠』에서 처음 만났다.(『달콤한 잠』역시 최근 들어 길 감독의 역작으로 평가받고 있다.) 허지민은 열여섯 살의 어린 소녀에 불과했고, 길 감독 역시 스물여덟 살의 초짜 감독이었다.

『달콤한 잠』은 흥행에 성공한 영화는 아니다. 하지만 길 감독은 이 영화를 통해 감독으로서 입지를 굳히는 데 성공했고, 허지민은 배우로서 강한 인상을 남기는 데 성공했다. 허지민은 정말이지 반짝반짝 빛나는 소녀였다. 평소에는 재잘재잘거리며 꾸밈없이 행동했지만, 큐싸인이 떨어지면 금방 배역 속으로 빨려 들어갔다. 겨우 열여섯 살에 불과한 여자아이가 그토록 풍부한 표정으로 연기할 수 있다는 사실은 놀라웠다. 이 영화 덕분에 허지민은 훗날 자신을 일약 스타로 만들어 준『헐리우드 레이디』의 주인공을 맡을 수 있었다. 하지만 그들은 더이상 함께 작업하지 않았을 뿐더러 길 감독은 젊고 매력적인 천재 감독으로 항상 많은 여배우들에 둘러싸여 있었기 때문에, 여배우들 중 한 명일 뿐인 허지민과의 관계에 주목했던 사람은 아무도 없었다. 아마도 제작자 S씨는 그 당시 이 상황에 대해 어렴풋이나마 알고 있었던 것 같다. 나중에 S씨는 그 결혼에 대해 이렇게 말했다. "솔직하게 말하자면, 기분이 좀 상했죠. 왜냐구요? 나에게 비밀로 했기 때문이죠!"

길 감독은 자신과의 결혼 때문에 허지민이 배우활동을 그만둔 것처럼 이야기하고 있지만 그것도 사실이 아니다. 냉정하게 말하자면, 허지민의 배우생활은 그전부터 이미 끝난 상태였다. 『힐리우드 레이디』이후 이렇다 할 작품 활동을 하지 못했을 뿐더러 매일같이 알콜과 약물중독문제로 언론에 계속 이름이 오르내렸다. 그중에서 윔블던에서 준우승을 했던 테니스 선수와의 스캔들은 최악이었다. 그녀는 재기 가능성이 없었고, '너무 어린 나이에 성공했기 때문에 일찍 재능을 탕진하고 타락해버린 여자'로 사람들의 입에 오르내렸다. 길 감독과 허지민이 결혼을 발표했을 때, 사람들은 여러 가지 이상한 추측을 내놓았다. 결혼의 이유에 대한 온갖 황당한 소문이 나돌았고, 길 감독과 허지민의 결혼식이 비공개로 치러졌던 이유에 대해서도 마찬가지였다. 그리고 또다시 한 번 냉정하게 말하자면 그러한 소문을 억측이라고 비난할 자격이 허지민에게는 없었다. 많은 사람들은 허지민이 결혼 이후 연예계로 컴백할거라고 추측했지만, 그녀는 한 번도 공식석상에 얼굴을 내밀지 않았다. 심지어 길 감독이 『문리버』로 각종 영화제에서 상을 휩쓸었을 때에도 마찬가지였다. 다만 길 감독은 수상소감 마지막에 항상 이렇게 덧붙였다. "나의 아내에게 감사합니다. 사랑합니다." 그럼에도 불구하고 그들의 결혼생활이 불행하다는 기사는 주기적으로 나왔다. 기사의 내용은 너무나 치졸하고 역겨웠고 또한 너무나 구체적이었다. 하지만 그 이야기들을 지금 여기서 할 필요는 없는 것 같다. 다만 우리가 여기서 확실하게 알 수 있는 사실은 길 감독이 애초에 구상했던 영화는 댄스 전반이 아니라, **린디합**에 대한 것이었다는 점이다. 그리고 길 감독은 그 영화를 자신의 아내를 위해 만들고 싶어했다. 그렇다면 어째서 정작 『댄스, 댄스, 댄스』에서 스윙댄스는 그토록 성의 없게 다뤄진 것일까?

『그들에게 린디합을』이 그리 성공한 영화는 아니지만, 앞서 말했듯이 그나마 『댄스, 댄스, 댄스』나 길 감독과 엮인 덕에 조금의 관심이나마 얻을 수 있었다. 어떤 사람들은 문정우 씨에 대해, 길 감독의 명성을 이용하려고 한 사기꾼이라고 말하기도 했다. 하지만, 돌이켜 생각해보면 그 모든 상황에는 무언가 부자연스러운 면이 있었다. 『그들에게 린디합을』이 개봉됐던 시기도 그렇지만, 문정우 씨가 이 영화에 대해 말할 때는 뭔가 숨기고 있다는 인상을 받았다. 하지만, 대체적으로 『그들에게 린디합을』에 대한 대체적인 인식은 길광용 감독이라는, 자살로 삶을 마감한 젊은 감독에게 바치는 헌사 그 이상 그 이하도 아니었다. 작년 여름에 윤주윤 씨가 이 영화가 『댄스, 댄스, 댄스』를 교묘하게 베꼈다는 의혹을 제기하기 전까지는 말이다. 만약 윤주윤 씨가 그러한 의혹을 제기하지 않았다면, 『그들에게 린디합을』은 그런 식으로 사라져버렸을 것이다.

윤주윤 씨는 평범한 회사원이었고, 작년 5월, 미국에서 두 번째로 열렸던 회고전에 참석하기 위해 일부러 휴가를 내서 뉴욕에 갔을 만큼 열성적인 길 감독의 팬이었다. "첫 번째 회고전은 일 때문에 가지 못했습니다. 그때 어찌나 마음이 답답하던지. 저는 아주 오래전부터 감독님의 팬이었습니다. 감독님의 작품들이 재조명을 받기 전부터, 감독님이 살아계실 때부터요. 역사와 전통을 자랑하는 그런 팬입니다. 하하." 그런데, 길 감독의 회고전이 열리던 뉴욕의 한 극장에서 『댄스, 댄스, 댄스』를 보고 난 후 윤주윤 씨를 휩싼 감정은 감격이나 흥분이 아니었다. "아, 물론 그건 굉장한 경험이었습니다. 하지만 좀 이상한 생각이 들었어요. 『댄스, 댄스, 댄스』의 어떤 장면 장면을 어디선가 봤던 장면들이라는, 뭐 그런 생각요. 하지만 그건 당연한 느낌이었죠. 왜냐하면 난 『댄스, 댄스, 댄스』를 DVD로 소장하고 있었고, 그걸 몇 번이나 봤기 때문이에요. 그렇지만, 뭐랄까, 그건 정말이지 딱히 설명할 수 없는 이상한 기분이었어요." 하지만 그는 그것에 대해 곧 잊어버렸고, 회고전이 끝난 후에는 관광차 며칠 더 뉴욕에 머물렀다. 그런데 서울로 돌아오는 비행기 안에서 그는 다시 『댄스, 댄스, 댄스』에 대한 생각에 사로잡혔고, 집에 도착하자마자 『댄스, 댄스, 댄스』의 DVD를 보기 시작했다. 그가 『그들에게 린디합을』을 봐야겠다고 생각한 것은 깨어 있은 지 49시간이나 지난 후였다. "왜, 난데없이 그런 생각이 들었는지 모르겠어요. 전 개인적으로 『그들에게 린디합을』이 좋은 작품이라고 생각해요. 감독님에게 바치는 영화로 손색이 없다고, 감독님께 바칠 영화로 그 이상 적절한 것도 없을 거라고 생각했어요. 그런데, 그 영화를 보다 문득 깨달았어요."

성일정 씨는 『댄스, 댄스, 댄스』와 『그들에게 린디합을』은 이를테면 같은 세계관을 공유한 영화라고 말했다. 어쩌면 그 말은 사실인지도 모른다. 하지만 윤주윤 씨가 발견한 것은 그보다 훨씬 더 현실적이고 물리적인 것이었다. "『댄스, 댄스, 댄스』는 150분짜리 영화죠. 150분 중 스윙댄스에 대한 부분은 단 15분에 불과합니다. 그런데 스윙댄스를 다룬 부분을 보면 뭐랄까 성의가 없다고 할까, 영화 속에서 따로 논다고 해야 하나, 사실 이 영화는 여러 종류의 댄스가 뒤섞여서 처음부터 끝까지 순서도 없이 튀어나왔다가 사라졌다 하잖아요? 그런데 스윙댄스는 딱 그 부분만 나오면 더이상 나오지 않아요. 이상하죠. 정말 이상합니다." '역사와 전통을 자랑하는 팬'인 윤주윤 씨의 날카로운 지적처럼, 분명히 이 영화에서 스윙댄스를 다루는 부분은 좀 어색하다.(물론 앞서 말했듯이, 성일정 씨도 이 점을 지적한 바 있다)『댄스, 댄스, 댄스』의 스윙댄스부분과『그들에게 린디합을』을 번갈아 보면서 윤주윤 씨는 순간적으로 깨달았다. "『댄스, 댄스, 댄스』에서는 매년 미국 알링턴에서 열리는 스윙 대회를 보여줍니다. (더 정확하게는 린디합 대회이다. 정식명칭은 ILHC이며, International Lindy Hop Championship의 약자이다) 대회에 나온 댄서들의 모습을 그냥 아무 기교 없이 보여줄 뿐이죠. 그 외에는 엘렌 듀비치 여사와의 짧은 인터뷰 장면이 있고, 블루스 음악을 연주하는 흑인 밴드를 보여주는 장면(성일정 씨는 이 부분이 빔 벤더스 감독의『더 블루스 : 소울 오브 맨』에 대한 오마주라고 말하기도 한다), 마지막 스윙빠 장면이 전부입니다. ILHC 와 블루스 밴드를 빼면 나머지는 아주 짧게 스치듯이 보여줄 뿐이고요. 그런데, 놀랍게도『댄스, 댄스, 댄스』에 나왔던 댄서들이『그들에게 린디합을』에 그대로 나옵니다. 그들은 인비테이셔널 잭앤질(Invitational Jack and Jill : 여러 쌍의 커플이 순서대로 나와서 정해진 안무 없이 즉흥적으로 춤을 추는 것)에서 1등을 한 커플입니다." 하지만, 그건 어쩌면 당연한 일이 아닐까? 린디합에 대한 다큐를 찍는다면, 린디합 최고 댄서가 등장해야 하는 것이 아닌가? 윤주윤 씨는 이렇게 말한다. "아닙니다. 이건 그렇게 단순한 문제가 아닙니다. 왜냐하면『그들에게 린디합을』에 나오는 토마스 블라자르와 엘리스 메이는『댄스, 댄스, 댄스』에서 잭앤질을 할 때와 똑같은 옷을 입고 있거든요. 게다가 자세히 그 배경을 보면『댄스, 댄스, 댄스』와 똑같습니다. 얼핏 다르게 보이지만, 세세한 부분을 살펴보면 알 수 있습니다. 게다가 그들의 얼굴은 마치 방금 운동을 끝낸 사람들처럼 땀으로 번들번들거립니다. 도대체 이런 걸 뭘로 설명할 수 있을까요?" 그뿐 아니다. 『댄스, 댄스, 댄스』에서 엘린 듀비치 여사가 인터뷰를 했던 공원도, 그리고 사람들이 모여 춤을 추던 스윙빠도 『그들에게 린디합을』에 다시 나온다. 다만, 『그들에게 린디합을』에 다시 나온 공원은 해가 질 무렵이고, 스윙빠는 텅텅 비어 있다는 차이점이 있을 뿐. 윤주윤 씨는 이렇게 덧붙였다. "이건 단순한 우연이 아닙니다."

이 사실이 알려지자, 뒤늦게 많은 영화평론가들이 이 두 영화를 비교하는 데 열을 올렸다. "그 전에는 『댄스, 댄스, 댄스』나 『그들에게 린디합을』에 관심이 전혀 없던 사람들까지도 이 둘에 대해 이야기하고 싶어 난리를 쳤죠." 영화평론가협회의 회장인 심성주 씨의 말이다. "이런 사실이 영화계에 있는 사람이 아니라, 평범한 직장인에 의해 밝혀졌다는 것도 좀 자존심 상하는 일이기도 했구요." 그렇다면 성일정 씨는 어땠을까? 성일정 씨의 반응은 좀 의외이다. "그게 그렇게 중요한 일이라고 생각되지 않는군요." 대부분의 관계자들은 결국 『그들에게 린디합을』에서 쓰인 필름의 일부가 『댄스, 댄스, 댄스』에서 훔친 것이라는 결론을 내기까지 이르렀다. 하지만 그걸 확인할 방법이 없었다. 심성주 씨는 자신의 소견을 이렇게 밝혔다. "하지만, 적어도 우리는 그의 작품을 보호할 필요가 있다고 느꼈습니다. 필름을 도난당한 것이 사실이라면 처벌까지는 아니더라도 조치가 필요할 것으로 생각되었습니다. 나쁜 선례를 남길 수는 없었으니까요." 당시 길 감독 영화에 관련된 모든 권리는 그의 제작자이자 동료였던 S씨가 가지고 있다고 알려져 있었다. "아닙니다. 그건 사실이 아니에요. 저는 그의 오랜 친구로서 실무적인 일을 도왔을 뿐입니다. 적어도 돈에 대한 권리를 저는 가지고 있지 않습니다."
그렇다면 누구에게? "그건, 길 감독의 전부인이 가지고 있습니다."

이 무렵, 길 감독의 전부인인, 허지민은 서울에 없었다. "제가 알기로 지민이는 길 감독과 이혼한 직후 한국을 떠났어요." S씨의 말이다. "이혼한다고 했을 때 정말 놀랐습니다. 결혼한다고 이야기했을 때보다 더요." 이혼할 당시 길 감독과 허지민의 관계는 어땠을까? "아무런 문제가 없었어요. 이건 정말이에요. 길 감독은 지민이에 대한 루머들을 전혀 신경쓰지 않았어요. 때로는 이상하다고 느껴질 정도였죠. 결혼 후에도 그들에 대한 루머가 많았잖아요? 그들은 별로 신경 쓰지 않았어요. 신경 쓰지 않는 정도가 아니라, 농담거리로 주고받을 정도였다니까요. 그리고 정말로, 지민이는 길 감독과 결혼한 동안 가장 행복해보였어요." 이 말은 사실일까? 어디서부터 어디까지가 사실이고, 또 어디서부터 어디까지가, 쇼비지니스에 종사하는 사람들이 흔히 떠는 허풍에 불과한 걸까? 어쨌든 S씨는 길 감독의 실질적인 일들을 거의 도맡아했었고, 현재도 회고전에 관련된 문제들, 온갖 실무에 관련된 문제는 그녀의 손을 거치고 있는 실정이다. 그렇다면 그녀는 『댄스, 댄스, 댄스』와 『그들에게 린디합을』에서 보이는 이러한 교묘한 공통점을 전혀 몰랐을까? 그녀는 언제나처럼 거리낌없는 태도로 대답했다. "네, 몰랐어요. 아마 전 영원히 몰랐을 거예요." 이러한 상황을 외국에 있던 문정우씨에게 전해준 사람은, 역시 S씨였다. 그를 길 감독에게 소개시켜준 것이 그녀였으므로 약간의 죄책감도 들었으리라. S씨는 문정우씨가 길 감독의 필름을 훔쳤다고 생각했을까? "뭐…… 글쎄요." 계속 거리낌없이 대답하던 그녀가 최초로 확신 없이 대답하는 순간이었다.

　한국에서 이러한 소동이 절정으로 치달을 무렵, 마침내 문정우 씨는 『현재의 영화』를 비롯한 유수영화잡지의 편집장과 신문사 기자 몇 명에게 초대장을 보냈다. "『댄스, 댄스, 댄스』와 『그들에게 린디합을』에 대해 여러분이 가지고 있는 궁금증을 밝힐 예정입니다. '임안나' 씨도 함께 합니다." 일종의 간담회였다. 이 초대장을 받은 사람들은 처음에는 이것이 몹쓸 장난이라고 생각했다. "좀 우스꽝스러웠어요." H신문사의 기자인 K씨의 말이다. 하지만 G잡지의 편집장은 이렇게 말했다. "솔직히 좀 기대가 되었죠. '임안나'의 실체를 알 수 있는 최초의 자리이니까요." 그녀는 이렇게도 말했다. "아마, 거기에 있던 모든 사람들이 그런 생각이었을 겁니다." 간담회에 초대된 사람들 중에 영화업계나 쇼비지니즈와 상관이 없는 사람은 윤주윤 씨뿐이었다. "모르겠습니다. 그냥 너무 떨렸어요." 그는 여전히 그날의 긴장감이 되살아난다는 듯이 대답했다. 내가 생각하기에 누구보다도 참석해야 할 사람은 성일정 씨였지만, 그는 간담회에 오지 않았다. 간담회는 문정우 씨가 머물고 있다는 호텔의 펜트하우스에서 이루어졌다. 거실에는 페르시아에서 공수해 온 양모로 만들어진 부드러운 카펫이 깔려 있었고, 천장에는 거대한 프랑스제 샹들리에가 반짝거렸다. 실내에는 말러 교향곡 1번이 흐르고 있었다. "그 곡이 사람들의 마음을 처연하게 만들었죠. 뭔가 극적이었어요. 마치 계획된 것처럼." 비평가 R씨는 말한다. 초대받은 열댓 명의 사람들은 서거나 앉아서 준비된 다과를 먹었지만, 편해보이지는 않았다. R씨는 계속해서 말했다. "우리를 기죽이려고 하는 것 같았어요. 너희들이 나에게 뭔가를 원해? 그렇다면 보여줄게. 뭐 그런 느낌이요. 필요 이상으로 호화로운 곳이었고, 거기엔 분명 우리들을 약 올리려는 꿍꿍이가 숨어 있었다고 봐요." 하지만 그 모든 것을 꾸민 사람은 문정우 씨가 아니었다. 사람들은 입을 모아 말한다. "그날의 하이라이트는 무엇보다도 문정우 씨가 모습을 드러낸 바로 그때였겠죠."

하지만 나라면 좀 다르게 말하겠다. 그날의 하이라이트는 문정우 씨가 모습을 드러냈을 때가 아니라, 문정우 씨를 뒤따라 나오던 그녀의 모습이 보이기 시작한 바로 그 순간이었다고.

그들은 미리 준비된 의자에 앉았다. 거기에 있는 사람들은 한눈에 그녀가 누구인지 알아보았다. 연예계에서 자취를 감춘 지 십 년도 훨씬 지났지만, 그녀의 겉모습은 그대로였다. 매끄러운 피부, 사람을 깔보듯 내리깐 눈, 약간 비뚤어진 높은 콧대, 그리고 구불구불거리는 머리칼. 과거를 떠돌던 추문들이 아무것도 아니라는 것을 그녀는 온몸으로 보여주려는 듯했다. "어리둥절했죠. 우리는 당연히 문정우 씨 뒤에 나오는 사람이 누구일까 촉각을 곤두세우고 있었으니까요." 누군가는 이렇게 말했다. "솔직히 임안나라는 이름이 누군가의 가명일거라고는 추측했지만, 그게 바로 그녀일거라고는 누구도 상상하지 못했지요. 정말 충격적이었어요." 한편, 윤주윤 씨는 여전히 긴장한 듯한 어투로 말한다. "그녀는 정말 아름다웠어요." 약간 시니컬한 반응도 있었다. 『무비즈』의 기자인 K씨는 이렇게 말했다. "솔직히 같은 방에서 나왔다는 건, 그들이 함께 생활한다는 의미 아닙니까? 자신의 전남편 작품이 논란에 휩싸인 마당에 필름절도의혹을 받고 있는 문정우 씨와 함께 생활한다는 걸 그렇게 노골적으로 알리다니, 허지민스럽다고 해야 할까요." 문정우 씨를 뒤따라 나온 허지민은 별로 긴장하거나 흥분한 기색도 없이 어깨가 드러난 자신의 와인색 실크 원피스를 손으로 매만졌고, 클러치백에서 거울을 꺼내 자신을 비쳐보았다. 그리고 약간 비꼬는 듯한 말투로 느릿느릿하게 말했다. "이제부터 사진을 찍으셔도 좋아요." 하지만 아무도 사진을 찍을 생각은 하지 못했고, 그저 그녀를 바라보기만 했다. 문정우 씨가 말했다. "눈치 채셨겠지만, 『그들에게 린디합을』의 공동감독인 임안나는 바로 허지민 씨입니다. 질문을 하셔도 좋습니다." 하지만 거기 있는 사람들 중 어느 누구도 질문할 생각 같은 건 하지 못했다. 누군가는 말한다. "그때 우리는 허지민에게 완전히 압도되었던 것 같아요." 간담회의 상황을 묘사한 『무비즈』의 논평 일부를 한번 보자.

그 모임의 어떤 부분은 굉장히 익살스러웠고, 또 어떤 부분은 굉장히 잔혹했다. 그들은 기자들의 기를 죽이고 싶어했고, 또 어떤 의미에서는 그것을 그들만의 장난이라고 여기는 것 같았다. 거기에 있는 기자들 중에 도대체 누가 허지민과 문정우가 딱 붙어 앉아 있는 것을 보면서 고故 길광용 감독을 떠올리지 않을 수 있었을까? 당황하는 우리들을 보는 것만으로도 그들은 소기의 목적을 달성했다고 생각했으리라.

『현재의 영화』는 별 코멘트 없이 간담회의 내용을 잘 정리해두었다.

간담회가 진행되는 동안 허지민은 거의 한가지 자세로 앉아 있었다. 그건 아마 그녀가 가장 아름답게 보인다고 생각하는 자세였을 것이다. "문정우 씨는 필름을 훔치지 않았어요. 그 필름은 감독님이 생전에 저에게 맡기신 거예요." 허지민은 차분한 말투로 이야기를 이어나갔다. "여러분이 상상하는 것과 다르게, 저와 감독님은 이혼 후에도 종종 왕래를 하고 지냈어요. 감독님이 돌아가시기 8개월 전에 마지막으로 그분을 뵈었어요. 그분은 저에게 보관된 필름과 콘티를 주셨어요. 영화를 하나 만들라고 하셨죠. **제목은 『그들에게 린디합을』이라고 하셨어요.**" 문정우는 이렇게 덧붙였다. "전 그 당시 독일에 있었는데, 감독님의 호출을 받고 한국으로 돌아왔습니다. 그분은 굉장히 절박해보이셨습니다. 제 도움이 필요하다고 하셨어요. 그게 바로 허지민을 도와 『그들에게 린디합을』이라는 영화를 만드는 것이었습니다. 저희는 결국 함께 감독님이 원하는 작품을 만들기 위해 노력했습니다. 하지만 감독님과 이 작품에 대한 의견을 나눈 적은 없습니다. 그 후로 감독님은 저희와 아예 만나려고 하시지를 않으셨거든요." 문정우의 말이다. 이 말을 조합해보면 고故 길광용 감독은 자살하기 8개월 전쯤 허지민과 만나 자신이 찍은 영화의 필름과 콘티 등을 주었다. 그리고 독일에 있는 문정우 씨를 불러들여 그녀와 함께 『그들에게 린디합을』이라는 영화를 만들도록 했다는 것이다. 그렇지만, 길광용 감독이 그 작품에 그 이상 관여한 것은 없다는 뜻이기도 하다. 문정우는 계속 이야기를 이어나갔다. "그리고 『그들에게 린디합을』이 거의 완성되었을 무렵 감독님이 돌아가셨다는 이야기를 들었습니다. 그때 잠깐 이 영화를 어떻게 해야 하는지 고민에 빠졌던 것도 사실입니다. 그런데, S씨가 저희에게 유언장을 주었습니다. 거기에는 『그들에게 린디합을』을 개봉할 것, 그리고 엔딩 크레딧에 감독 이름으로는 저와 '임안나'를 올릴 것을 부탁하는 내용이 있었습니다." 간담회의 분위기는 겉으로는 차분했지만, 실제로 기자들은 질문 몇 개를 제지당했고, 허지민과 문정우는 자신들이 대답할 수 있는 것에만 대답했다. 하지만 일의 전말에 대한 궁금증이 거의 다 풀릴 만한 간담회였음은 분명하다.

3.
간담회가 있은 지 얼마 후, 대학로의 한 극장에서는 길광용 감독의 회고전이 열렸다. 극장 로비에는 길 감독의 영화스틸사진을 전시해 두었다. 영화의 개봉 시기와 반대로 진열해두었는데 색다른 즐거움이 있었다. 『댄스, 댄스, 댄스』『문리버』『우연양과 보편양』『나는 봤다』『고양이 삼총사』『상상하는 사람』그리고 마지막은『달콤한 잠』이었다.『달콤한 잠』- 깜깜한 방 안, 열린 문틈 사이로 어디선가 빛이 새어 들어오고 거기에 허지민의 뒷모습이 보인다. 아니, 허지민이 아니라,『달콤한 잠』의 주인공 안나.『그들에게 린디합을』의 공동감독의 이름은 바로『달콤한 잠』에서 허지민이 맡았던 극중 인물의 이름에서 따온 것이다. 간담회 때도 허지민은 그 사실에 대해 말했다. 하지만 왜? 길 감독은 왜 그러한 가명을 그녀가 사용하도록 한 것일까? 길 감독은 왜『댄스, 댄스, 댄스』의 조감독으로 문정우 씨를 선택했을까? 이 모든 것이 다 우연일까? 물론 윤주윤 씨는 이렇게 말할 것이다. "그건 단순한 우연이 아닙니다."

성일정 씨의「서사의 가장 마지막 기원」을 다시 한 번 인용하고 싶다.

"이를테면 사람이 아무도 없는 댄스홀을 롱테이크로 5분이나 보여줄 때, 그리고 시간이 더 흘러 심지어 음악도 더이상 들리지 않게 되었을 때, 우리는 그때 비로소 화면 속에서 무엇인가를 본다. 그건 길 감독이 도저히 표현할 수 없었던 일종의, 감정의 간격이다. 그는 5년에 걸쳐 댄스에 관한 영화를 만들었지만, 나는 그가 진짜 하고 싶었던 이야기는 댄스에 관한 것이 아니었을 거라고 확신한다. 그렇다면 그가 진짜 하고 싶었던 이야기는 무엇일까? 음악이 들리기 시작하고, 남녀가 댄스홀로 들어온다. 잠시 서로를 물끄러미 바라보다가 여자가 남자에게 다가가 그의 귀에 얼굴을 가까이 대고 무언가를 말한다. 다시 여자가 제자리로 돌아오고 그들이 춤을 막 추려고 시작하는 순간, 영화는 끝난다. 여자는 남자에게 무슨 말을 했을까? 내가 생각하기에 바로 그것이, 그러니까 바로 이 10분 남짓한 부분이 이 영화의 두 시간이 넘는 러닝 타임 중에서 오로지 길 감독이 말하고자 했던 진짜 이야기다. 좀더 적나라하게 말한다면 이 영화의 전체 러닝 타임 150분 중 140분은 단지 마지막 10분을 (그리고 어쩌면 『그들에게 린디합을』을) 맞이하기 위한 준비단계에 지나지 않았던 셈이다."

간담회가 끝난 후, 허지민과 문정우는 다시 독일로 돌아갔다. "이제 속이 시원하네요." S씨가 말했다. 하지만 정말 그럴까? 그 모든 궁금증이 다 풀린 것일까? 그들이 진짜 우리에게 이야기하고 싶었던 것이 무엇이었을까? 나는 여러분들에게 묻고 싶다. 여러분들은 『댄스, 댄스, 댄스』의 마지막 장면에 나오는 두 남녀가 누구라고 생각하는가? 윤주윤 씨는 이 질문에 이렇게 대답했다. "그 전에는 전혀 몰랐고 별로 신경을 쓰지도 않았지만, 그날 간담회에서 그들을 본 후 확실하게 알았습니다." 물론 그들은 자신들이 『그들에게 린디합을』을 찍을 때 처음 만났다고 했다. 하지만 난 그게 거짓말이라고 생각한다. 거짓말? 아니다. 그렇게 단순하지 않을 것이다. 나는 그들이, 『댄스, 댄스, 댄스』의 엔딩에 등장하는 남녀가 자신들임을 알려주고 싶어했다고 생각한다. 물론 그런 말은 한마디도 하지 않았지만 말이다. 그들은 분명히 우리들에게 그 사실을 알려주고 싶어했다고, 나는 그렇게 느낀다. 그들은 이전부터 아는 사이였고, 또 어쩌면 아는 사이 이상이었다고, 우리가 알지 못하는 이야기가 숨어 있다고. 하지만 S씨는 딱 잘라 말한다. "아니에요. 절대 아니에요." 그리고 홀가분한 표정으로 말을 이었다. "자, 이제 우리들은 길 감독님의 작품을 마음껏 회고하면 되는 거군요."

나는 여러분들이 『댄스, 댄스, 댄스』를 다시 봤으면 좋겠다. 지금 회고전이 열리는 극장으로 찾아가도 좋고, 아니면 집에서 봐도 좋다. 아니, 집에서 보는 편이 더 좋을지도 모른다. 그렇다면 마지막 부분을 여러 번 돌려볼 수 있을 테니까 말이다. 그렇게 그 영화를 보고 있노라면, 그러면, 여러분들은 성일정 씨처럼 『댄스, 댄스, 댄스』의 마지막 장면에서 무언가, 언어로는 도저히 설명할 수 없는 어떤 것을 '볼' 수 있게 될지도 모른다. 그리고 어쩌면 그들이 나누는 마지막 이야기를, (성일정 씨의 이야기를 빌리자면) 길 감독이 진짜 하고 싶어 했던 이야기를 '들을' 수 있을지도 모른다.

"그들에게 린디합을" ✗

진짜 이야기는, 이제부터

　미국 소설가 레이먼드 카버(Raymond Carver)는 독 없는 대화를 통해 읽는 이의 등공에 오싹한 한기를 전달하는 글이 얼마나 매력적인가를 이야기한 바 있다. 직접적으로 표현하지 않으면서도 깊은 여운과 정서적 울림을 남기는 작품은 참으로 매력적이다. 그 매력은 절제된 형식이 낳는 효과가 아닐까 싶다. 손보미는 적게 말하면서 많은 이야기를 전달하는 방법을 고안하는 작가다. 객관적인 태도를 취하면서 최대한 내밀한(주관적인) 진실을 보여주는 법에 대해서, 우연적인 사건의 배후에 놓인 운명을 적출하는 방법에 대해서, 순간의 묘사가 끌고 가는 보편적 정서에 대해서 말이다. 이것들은 소설 작법의 문제가 아니라, 세계에 대한 태도의 문제이다. 요컨대 손보미는 일상 속에 숨어든 균열 혹은 정합성 속에 깃든 불확실성에 주목한다. 권태로운 부부의 일상에서 거친 충동의 흔적들을 찾아내고(「폭우」), 평화로운 마을의 풍경 속에서 사내의 분노를 발견한다(「담요」). 그러면서도 시종일관 담담한 태도를 잃지 않는다. 고통과 상실감마저 일상을 이루는 하나의 측면일 뿐이라는 듯이. 작가는 무심한 듯 건네는 목소리가 때로는 더없이 충만한 위안이 될 수 있다는 사실을 보여주려는 것 같다.

『그들에게 린디합을』은 어떤 진실을 찾아가는 이야기다. 길광용이라는 한 유명한 감독이 자살로 생을 마감했다. 그의 유작이 5년 동안 제작한 다큐멘터리『댄스, 댄스, 댄스』이다. 얼마 후『댄스, 댄스, 댄스』의 조감독 출신인 문정우가 임안나와 함께 만든『그들에게 린디합을』이라는 영화를 발표한다. 죽은 길광용 감독을 추모하는 내용을 담은 영화였다. 그런데 성일정이라는 한 평론가가 표절 의혹을 제기한다. 두 영화 사이에 모종의 공통점이 있다는 요지였다. 이 논란은 죽은 길광용 감독이 그의 전前부인이었던 허지민에게 필름과 콘티를 주었고, 그녀가 임안나라는 가명으로 문정우와 공동으로 작업하여『그들에게 린디합을』을 만들었다는 것이 밝혀지면서 일단락된다. 사건의 전말을 밝힌 후에 서술자는 독자들을 향해 질문한다. "그 모든 궁금증이 다 풀린 것일까?" 아니다. 서술자는 말한다. "우리가 알지 못하는 이야기가 숨어 있다"고. 진실 찾기에 나선 서술자 '나'는 많은 증거를 찾아 정황을 재구성한다. 그러나 정황만으로 설명할 수 없는, 증거로도 논증할 수 없는 어떤 지점이 남아 있다. '나'는 언어로 설명할 수 없는, 저기에 남아 있는 그 무언가가 진짜 이야기라고 주장하고 싶다. 이것은 단지 '나'의 억측일까?

이 소설의 전반부는 성공적인 기록물의 외양을 하고 있다. 비밀에 가려진 몇 가지 사실들(임안나의 존재, 두 영화 사이의 모종의 관계, 스캔들 등)이 밝혀졌기 때문이다. 그러나 서사의 마지막 단락은 이 소설의 기반을, 그것의 성공적인 외양을 배신한다. 이 때문에 소설은 실패의 기록이 되었다. '진짜 이야기'가 베일 속에 감추어져 있으니 말이다. 형식과 내용의 이질적인 합체가 서사를 명확하게 파악하는 것을 방해한다. 취소할 수 없는 서사적 '과정'이 엄연히 존재하지만, 그와 동시에 철회할 수 없는 결정적 '무엇' 역시 존재한다. 독자는 모순적인 이 둘을 동시에 받아들여야 하는 이중구속의 상황에 처한다. 때문에 이 소설은 반전을 누리는 추리소설의 형식도, 추론의 객관성을 담보하는 기록물(다큐멘터리)의 형식도 '완전히' 취했다고는 볼 수 없다. 뒤가 열려 있는 결말, 질문으로 끝나는 결말인 셈이다. 이 질문은 작가에게도 되돌려져야 한다. "그렇다면 그가 진짜 하고 싶었던 이야기는 무엇일까?"

손보미의 소설적 작업이 갖는 의의 가운데 하나는 이 질문을 오랫동안 곱씹게 만드는 데 있다. 이 질문은 성실한 추론과 객관적인 조사를 통해 이해 가능한 토대를 구축한 이후에, 비로소 만날 수 있었던 마지막 질문이라는 점에서 값지다. 이 질문은 대답의 전제가 아니라 질문의 형식으로 남겨두어야 할 그 무엇 자체일 터. 성일정 평론가가 문제를 제기한 글의 표제가 「서사의 가장 마지막 기원」이라는 사실도 의미심장하다. 마지막(결말)과 처음(기원)이 만나는 이 제목은 이 소설의 제목이자 두 번째 영화의 제목인 『그들에게 린디합을』과도 관련된다. 이 영화는 죽은 감독의 최초의 유산이자 최후의 흔적이다. 죽은 감독의 '진짜 이야기'를 향한 질문이 한 편의 서사를 가능하게 했다. 서사의 마지막에 남는 하나의 문장, 마지막에 제기된 저 질문이 영화와 동명인 이 소설의 기원이라는 말이다. 이야기하지 못한 무언가(something)가 남아있다는 믿음이 바로 서사를 만들어내는 동력이었던 것이다.

손보미는 스토리텔링에 능한 이야기꾼이나 수다스러운 만담가

유형의 작가가 아니다. 입담가는 이야기를 쥐락펴락하며 전지적 시점으로 이야기 자체에 독자를 빠져들게 만든다. 손보미는 무지한 서술자를 내세워, 그가 이해하는 만큼씩만 천천히, 침착하게 퍼즐을 맞춰가게 만든다는 점에서 성실한 탐색가이다. 한 손으로 사건의 표면을 설명하면서 다른 한 손으로는 또 다른 심층을 가리키는 익살맞은 아이러니스트이기도 하다. 소설의 말미에 이르러 우리는 알게 된다. 언제나 계산이나 상상이나 구조를 벗어나는 어떤 지점이 남아 있다는 것을. '이야기할 수 없음'을 통해서만 강조되는 '이야기할 수밖에 없음'이 있음을. 그것 때문에 작가는 다음 이야기를 준비해야 하는 것이다. 그리고 그건 "참으로 멋진 일이다(It's really something)."(레이먼드 카버의 『대성당』 마지막 문장이다.) ✯

— 선정위원 | 양윤의

2012 젊은 소설

발치카 no. 9

오늘은 해가 지지 않을 것만 같았다

이은선

창작 노트 | 바다가 사라져 폐허가 된 항구도시에서, 내가 하는 말들이 철저한 이방의 언어가 되던 시간을 지나왔다. 내가 습득해야 할 말과 가르쳐야 할 말들 사이의 괴리가 그 시간을 지탱해주었다. 마른 모래 먼지들이 쉴 새 없이 날아와 몸과 마음이 조금씩 비틀리고, 부풀었다. 모래 바람을 타고 떠난 나의 말들이 이국의 언어가 되고, 나는 도무지 알아들을 수 없는 단어들이 누군가의 '말'이 되어 내 속에서 챙, 챙 맞부딪쳤다. 말의 말들이 뒤섞이자 내 얼굴이, 몸과 손끝의 감각들이 뒤바뀌었다. 아예 사라져버린 감각을 찾아보려 여러 날 마른 모래사장을 헤매었고, 오랫동안 잠을 자지 않기도 했다. 나도 '나'가 아닌, 너도 '너'가 아닌 것들이 내 몸을 통과하던 때였다.

소설의 힘은, 내가 지니지 못한 어떤 감각들을 어렴풋하게나마 이름 붙여줄 수 있다는 것이다. 내외부의 벽들 앞에서 언제나 한없이 무력해지곤 하는 나는 그 힘을 아주 여러 번 믿어 보기로 했다. 그리하여 다가올 어느 날엔가 내가 지어낸 문장들이 또 무너지려고 하는 '나'를 지탱해줄 수만 있다면,

평생,

마른 모래바람을 정면으로 맞고 선다고 해도 군말 없이 견뎌낼 수 있을 것이다.

암암한 눈빛들에게 내준 숙제 검사를 하지 못했다.

그것이 나의 숙제가 되었다.

약력 | 1983년 충남 보령 출생. 한신대학교 문예창작학과 및 동 대학원 졸업. 2010년 『서울신문』 신춘문예 등단. 주요작품에 「붉은 코끼리」 「카펫」 「까롭까」 「발치카 no. 9」 「살사댄서의 냉풍욕」. e-mail:altjs1687@daum.net

발치카 no. 9

no. 1

옆 사람의 기척이 느껴지지 않는다. 굳어가는 왼손과 한참을 실랑이하던 네가 가까스로 언 주먹을 펴고 있다. 반쯤 벌어진 손에서 옆 사람의 검지가 떨어져 내린다. 하필 네 코앞으로 굴러온 손가락. 얼굴의 절반이 이미 눈더미 속에 파묻혀 있는 상황이다. 그 속에서 네 살이 아닌 것처럼 얼어가던 오른쪽 눈이 살얼음 갈라지듯 쩍, 하고 떠진다. 눈앞의 것을 제대로 보기도 전에 차가운 눈이 너의 눈동자를 사정없이 파고든다. 두어 번쯤 눈을 감았다 떠도 상황은 크게 달라지지 않는다. 너는 천천히 몸을 움직여본다. 얼굴과 어깨, 반쯤 꺾인 허리와 자작나무 숲 쪽으로 널브러진 왼발. 들숨을 따라 몸속으로 찬 공기가 잔뜩 빨려 들어온다. 옆 사람의 반지에서 나던 쇠비린내 같기도 하고, 거품 꺼진 맥주 냄새 같기도 한 검지의 냄새다.

네가 그리 되던 시간, 수만 킬로 떨어진 고향에 있는 아비의 택시가 저 앞의 꽃노루를 향해 돌진한다. 운전기사들이 가장 기피하는 동물이 노루나 고라니였던가. 죽어서도 해코지를 하는 동물이, 기필코 다시 한 번 사고를 나게 만드는 영물이 노루라 했나. 그런데 네 아비, 대체 어쩌자고 택시 트렁크에 노루를 싣고 있는지 모르겠다. 비틀어 꺾인 노루 대가리가 앞발 사이로 축 늘어진다.

이곳의 네가 막 잠에 빠져든다. 눈 속에까지 파고든 달빛이, 눈이 반사되어 달 쪽으로 쏘아낸 빛이 조금씩 더 환해지고, 네 눈은 점점 더 깊은 꿈을 선택한다.

아비가 기침을 하고 있다. 차 안이 다 울릴 만큼 크고, 멎을 듯하며 계속 이어지는 기침이다. 입을 크게 벌리고 눈을 감을 때마다 핸들이 왼쪽으로 조금씩 돌아간다. 운전대를 잡지 않은 손으로는 가래침을 닦는다. 아비는 쉴 틈 없이 기침을 해대느라 차가 이미 중앙선을 넘은 것도 모르고 있다. 맞은편에서 전조등 한쪽이 고장난 승용차 한 대가 달려온다. 마치 작은 오토바이가 다가오는 것만 같다. 머지않아 아비의 차와 맞닥뜨리게 될 저 애꾸.

천천히 잠들어가는 네 위로 눈이 내려앉는다. 반쯤 뜨고 잠든 눈동자가 서서히 굳어가고 검지의 냄새마저 얼어버리는,

그런, 추위다.

no. 2

칠판 가득 T의 말을 써놓고 돌아섰다. 몇몇은 딴청을 피웠지만

대부분의 학생들은 칠판에 적힌 글자들을 열심히 받아 적고 있었다. 글자의 생김을 따라 그리고 있는 녀석들도 보였다. 교실을 한 바퀴 돌아보니 글씨와 그림이 제대로 구분되지 않는 것들이 많았다. 일일이 첨삭을 해주느라 수업의 진행이 무척 더뎠다. 옆 반은 벌써 두 번이나 같은 부분을 반복하는 중이었다. 이곳의 현지인 선생에게서 수업을 받는 학생들이었다. 선생이 선창을 하면 학생들이 제각각의 목소리로 그 말을 따라 했다. 중간 문을 가볍게 통과한 소리들이 교실 안을 마음껏 휘돌았다. 그것을 따라 장난을 치고 있는 녀석들에게 서둘러 주의를 준 뒤 나는 다시 칠판 앞으로 걸어갔다.

내 고향인 T의 말은 혀가 동그랗게 말린 채 말끝을 조금 내려 발음하는 특징을 가지고 있었다. 강과 바다가 많고 산과 산으로 마을을 구분한 뒤 이름을 짓는 곳이었다. 끝말이 자꾸 처지는 듯한 느낌 때문에 자세히 듣지 않으면 조금 쑥스러워지기도 하는 발음이었다. 최근에 여기저기서 T의 말을 배우려는 움직임이 일었다. P도 그러한 곳 중의 하나였다.

이곳 P의 말은 어떤 상황이든 말끝을 올려 내뱉는 직선적인 어투였다. 평지가 많고 산이 적었다. 바다를 찾아가려면 하루 이상은 자동차를 타고 가야 하는 광활한 곳이었다. 비단이 오가던 길목 한가운데에 위치한 까닭에 외부의 침입도 잦았다. 말이 전해지기 위해서는 더 정확하게, 더 빨리, 조금 더 세게 발음을 하는 수밖에 없었다. 화살촉처럼 말을 쏘아붙이다 말끝을 조금 눙쳐 올리는 것이 특징이었다.

저희와는 다른 곳의 말과 문화를 배워보겠다는 열의가 대단했다. 게다가 그곳에서 온 사람에게서 말을 배우고 있다는 사실을 무척 흥미로워하고 있었다. 내가 하는 말투나 옷차림을 비롯해 어떤 볼펜을 쓰고 있는지도 유심히 살폈다. 내 손에 끼어 있는 반지가 무슨 의미인지 묻기도 했다. 어머니가 준 것이라 대답하니 잘 믿지 않았다.

오늘은 장소를 묻고 그곳에 찾아가는 말을 배우는 시간이었다. 학생들의 서툰 발음이 제대로 된 단어를 찾아갈 수 있기를 바라는 마음에 나는 여러 번 되풀이한 단어를 또 한 번 읽어주었다. 중구난방의 목소리들이 칠판을 향해 모여들었다. 학생들의 입장에서 보자면 뜻 모를 말들이 잔뜩 적혀 있는 칠판은 초원 위의 흰 양을 그려놓은 그림판과 별반 다를 게 없을 거였다. 그들은 흰 양들이 풀을 뜯고 있는 모양을 가만히 눈여겨보고 따라 그리거나, 그대로 읽어보다가 나와 눈이 마주치면 쑥스러운 듯 고개를 숙였다.

우리가 있는 교실은 T의 언어만을 가르치기 위하여 만들어진 공간이었다. 커다란 교실 하나를 두 개의 반으로 나누어놓은 탓에 방음이 제대로 되지 않았다. 중간에 간이 문 하나를 설치하고 자그마한 격자창을 달아놓았다. 그 창으로 정 선생의 얼굴이 종종 나타났다. 내가 율랴라는 본명 대신 정이라는 이름을 붙여주었다. 서로 정좋게 지내보자는 의미였다. 정 선생의 목소리가 이쪽으로 고스란히 넘어왔다. 칠판의 양 떼가 소리 나는 쪽으로 몰려갔다. 무리를 따르지 않고 문 앞에서 해찰을 부리던 양 두 마리가 내가 말을 시작하자 얼른 칠판으로 돌아왔다. 글자 사이를 이리저리 헤매던 학생들이 조금씩 양들의 뒤를 따르기 시작했을 때, 수업의 끝을 알리는 종이 울렸다. 마법이 풀린 듯 학생들의 입이 활짝 벌어지더니 거침없이

P의 말이 쏟아졌다. 겁에 질린 내 양들이 칠판 앞으로 슬금슬금 다가왔다. 나는 정 선생이 나오기 전에 양 떼를 한곳으로 몰아 줄 서기를 단속하며 1층으로 내려왔다.

no. 3

자그마한 갈색 줄무늬 고양이다. 자작나무 둥치에 몸을 붙이고 이쪽을 유심히 지켜보던 퀭한 눈. 그것이 어느새 순간이동을 한 것처럼 네 옆에 와 있다. 올 때의 맹렬함과는 달리 네 곁을 서성이며 오랫동안 냄새를 맡는다. 그러다 선홍빛 혀를 내밀어 네 팔뚝을 핥기 시작한다. 네가 움찔하자 화들짝 놀라 옆 사람의 몸을 밟고 가뿐히 뛰어오르더니 어두운 숲으로 돌진한다.

머지않아 녀석이 다시 왔다. 전보다 더 조심스럽게 다가와 잽싸게 네 옆의 손가락을 입에 물고 달아난다. 오던 길로 가지 않고 옆 사람의 몸을 타고 오른다. 오른쪽 허벅지를 밟으려다 사타구니 사이로 좍좍 미끄러진다. 필사적으로 기어 올라와 왼쪽 허벅지와 무릎 관절 사이를 발톱으로 긁어놓은 뒤 자작나무 둥치로 몸을 숨긴다. 나무 위, 눈 덮인 새둥지처럼 몸을 동그랗게 말고 제가 물어온 것을 뜯느라 정신을 놓고 있다.

고양이가 난리를 치고 간 옆 사람의 아랫도리를 눈이 뒤덮는다. 눈 녹은 물이 너의 눈 속으로 조금씩 흘러들어온다. 갈증이 난다. 눈에서 흘러내리는 물에 혀가 닿지 않는다.

정신을 잃지 않아야 한다는 것 정도는 알고 있다. 얻어맞아 입속이 터지고, 수도 없이 머리를 부딪칠 적에도 너는 그 생각뿐이었다. 옆 사람의 검지가 네 손에서 뭉그러지고, 손톱이 손바닥을 파고들 적에도. 한참을 뜯들이던 너의 입이 작은 우주의 문이 열리듯 가만히 벌어진다.

끝내 입 밖으로 나오지 못한 말들이 네 몸속으로 다시 말려들어간다. 어떤 말도 할 수가 없다. 말을 하고 문장을 쓰는 일로 먹고 산 몸이다. 그러나 어떻게 소리를 만들었는지, 무슨 말을 하고 살았는지 전혀 기억나지 않는다. 다시 바람이 온다. 몸 위에 쌓인 눈이 바람을 타고 오스스 일어난다. 이것은 두 개의 눈사람을 오랫동안 보여주는 텔레비전 화면 속이다. 멀리서만 비추던 카메라가 천천히 너를 향해 다가간다. 너는 눈 속에 뿌리를 두고 지금 막 자라나는 사람 같다. 징글징글한 눈발이 카메라 렌즈에도 달라붙는다. 점점, 점······점 사라지는 질 나쁜 화면.

거센 눈발을 뚫고 따뜻한 연기가 피어오른다. 너의 코끝에서부터 시작된 연기는 양 귀, 입, 두 눈에서도 뿜어져 나온다. 네 몸의 불씨가 사력을 다해 뿜어내는 흰빛이다. 그것이 눈 쌓인 네 몸을 딛고 천천히 일어난다. 너, 인 줄 알았는데, 분명 네가 맞는데······ 너의······.

눈사람 사이로 쉴 새 없이 바람이 지난다. 바람을 타고 근원을 알 수 없는 냉기가 다가온다. 순식간에 옆 사람이 자리를 털고 일어난다. 어리둥절한 눈으로 네 쪽을 바라보는 말간 혼. 네 몸 위에서 머뭇거리던 연기가 몸을 길게 늘여 옆 사람에게 간다. 그녀를 데려가려는 냉기 속의 검은 것들이 너의 연기를 쳐낸다. 그 반동에 눈 위의 네 몸이 움찔한다. 다행히 왼손과 코뼈가 연기를 단단히 붙들고 있다. 놀란 연기의 입이 닫힐 줄 모른다. 옆 사람이 자작나무 숲으로 들어간다. 차마 그 뒤를 따르지 못하고 그녀의 몸 쪽으로 늘어지는 연기. 옆 사람의 손목과 손을 쓸어보다 텅 빈 검지의 자리에 멈춰 선다. 그것을 쥐고 있던 너의 손바닥 한가운데가 잠시 달아오른다.

어느 한때 그녀는 땅 위에 검지를 펼쳐 글자를 그렸을 것이다. 눈 쌓인 땅에 쪼그려 앉아 손도장을 찍거나 고향으로 거는 전화기의 단추를 꾹꾹 누르기도 했을 터. 일순간 너의 손바닥이 꿈틀한다. 어둠 속의 숲이 스산하게 일렁인다. 연기가 차마 더 머무르지 못하고 몸 쪽으로 돌아온다. 뭉개진 얼굴 위에 걸려 수초처럼 흔들리는 너의 연기.

너의 몸이 간신히 숨을 들이마신다. 작은 우주의 문이 조금씩 닫히고 있다. 막 들이쉰 숨이 가슴팍에 그대로 고인다.

아직은, 아닌 거다.

no. 4

정 선생이 나에게 새로운 시간표를 가져다주었다. 나는 수업 이외에 학과의 회의를 하거나 P의 말로 공문서를 다루어야 하는 일은 모두 그녀에게 의탁하고 있는 처지였다. 그녀가 선뜻 교실을 나가지 않고 머뭇거렸다. 시간표를 가져다 줄 때면 내가 남몰래 자그마한 선물이나 얼마간의 사례를 했던 까닭이었다. 내 나름의 고맙다는 표현이었으나 이제는 습관이 되어버린 일이었다. 나는 못 본 척하고 시간표만 들여다보았다. 때마침 학생들이 교실로 들어왔다. 정 선생이 내게 두 번이나 인사를 하고 갔다.

처음보다 더 늘어난 수업 시수와 여러 가지 일들이 겹쳐, 나는 아직도 체계적으로 P의 말을 배우지 못한 상태였다. 내가 가르치고 있는 반 학생들이 이곳의 말을 도와주기로 했다. 그날의 수업이 모두 끝나면 내가 있는 교실로 와 함께 공부를 하기로 한 것이다. 내가 하는 말과 학생들의 말이 뒤섞였다.

"썬새이님, 눈이 도수 가타여!"

말과 말이 엇갈리며 만들어내는 미묘한 차이에 우리들은 사소하게 웃었다. 방과후 수업에 참여하는 학생들이 점점 늘어갔다. 3개월 정도 지나니 도수는 호수로, 썬새이님은 선생님으로 바뀌었다. 내가 하는 P의 말도 꼭 그만큼씩 늘었다.

중간 문을 사이에 두고 나뉜 교실 탓에 방음이 항상 문제였다. 더군다나 같은 시간에 같은 과목 수업을 진행하는 것은 여러모로 무리가 따르는 일이었다. 정 선생에게 몇 번이나 시간표를 바꾸어달라고 말을 했지만 무슨 까닭인지 그것만은 들어주지 않았다.

내가 문장을 읽으면 우리 반 학생들이 따라 했다. 곧이어 같은 문장이 정 선생의 목소리로 되풀이되고, 그쪽 학생들이 선생의 말꼬리를 잡아챘다. 내가 읽는 문장들이 초원을 훑는 바람이 되어 옆 반으로 흘러갔다. 바람을 타고 돌아다닌 나의 양들이 때에 절어 돌아왔다. 나는 양 떼를 말끔히 씻겨 다시 내보내기를 반복했다. 내가 수업을 시작하지 않으면 정 선생도 어떻게든 시작을 미루었다. T의 언어를 전공한 것은 아니지만 그곳에서 얼마간 살다 왔다는 이유로 채용을 하게 되었다고 했다. 언어를 배우겠다는 학생들은 늘어나는데 가르칠 만한 사람이 없다는 것이었다. 학부장에게서 그 말을 들은 후부터 나는 더 크게, 조금 더 명확하게 몇 번이고 반복해서 읽는 일을 되풀이했다.

하루 일과가 끝나면 정 선생이 나를 찾아왔다. 다음 수업에서 공부를 해야 할 부분의 말을 읽고 쓰는 법을 배우기 위해서였다. 나는 체력이 허락하는 한 그녀의 수업에도 도움이 되고 싶었다. 나와 정 선생이 수업 준비를 하고 있으면 학교 안을 순찰하던 학부장이 교실을 다녀가곤 했다.

집으로 돌아올 때면 목이 쉬어 소리가 제대로 나오지 않았다.

가을 학기에는 목화 수확을 위해 모든 학교가 휴교를 했다. 학생들이 밭으로 나가 목화를 따는 일로 수업을 대신하는 것이었다. 오늘은 2주 동안의 목화 방학이 끝나는 날이었다. 양쪽 반으로 60명도 넘는 학생들이 우르르 몰려 들어왔다.

날씨가 흐린 탓에 여러 가지 소리들이 평소보다 선명하게 들려왔다. 선생의 말, 부산하게 자리를 옮겨 다니는 소리, 복도를 돌진하는 구두굽 소리, 휴대전화기의 벨 소리. 갖가지 소리들이 내 말끝을 따라다녔다. 시장 한가운데서 좌판을 깔고 앉아 있는 기분이었다. 수업을 시작한 지 15분이나 지났는데도 아직 책을 펴지 않고 장난을 치고 있는 녀석도 보였다. 옆 반의 정 선생이 더듬거리며 문장을 읽는 소리가 들렸다. 말끝을 저렇게 올리는 게 아닌데…… 전에 몇 번이나 주의를 주었던 부분이었다. P의 말투로 T의 문장을 읽은 까닭에 어쩔 수 없이 일어나는 현상이었다. 오늘따라 유난히 더 귀에 거슬렸다. 무조건 끝을 올려 발음하면 의문형이 된다고 몇 번이나 강조를 했지만 아직도 그것을 고치지는 못한 것 같았다. 쉽지는 않겠지만 선생의 입장이라면 그 부분은 기필코 구분을 해주어야 했다. 그것을 먼저 알아챈 우리 반 학생들이 철없이 웃었다.

같은 과목을 공부하는 우리 반과 옆 반의 학생들이 쓰는 말투가 판이하게 달랐다. 정 선생을 아무리 따로 불러 연습을 시켜도 혀의 감각이 자꾸만 되돌아가려는 것을 그녀도 어찌할 수 없는 것 같았다. 두 반 학생들이 전혀 다른 말을 하는 것 같아 자세히 들어보면 같은 문장이었다. 양쪽에서 종종 같은 문장을 읽을 때가 있었다. 그러면 한쪽은 말끝이 주욱 내려가고, 다른 한쪽은 하늘을 향해 말을 뿜는 것처럼 쫙 올라갔다.

나는 한동안 아무 말도 없이 서 있다가 칠판의 글자들을 모조리 지워버렸다. 정 선생의 얼굴이 중간 문의 격자창에 매달렸다가 나와 눈이 마주치자 황급히 사라졌다. 딱히 이때를 위해 준비한 것은 아니었으나 생각나는 대로 쓰다보니 어느새 노래 가사를 모두 적어놓고 있었다. 나는 컴퓨터의 전원을 켜고 스피커를 연결했다. 익숙한 노래의 전주가 들려오자 학생들이 환호했다. 흐트러지고 여기저기로 분산되었던 시선들이 단박에 칠판으로 고정되었다. 이곳에서 한참 인기 있는 T의 드라마에 나오는 노래였다. 몇 소절을 빼놓고는 대부분의 가사를 음으로만 따라하던 아이들의 눈이 반짝 빛났다. 어린 멧돼지들이 교실 안을 뛰어다니는 것 같은 소란이 일었다. 나는 어려운 가사 밑에는 따로 발음기호를 적어주었다. 신이 난 학생들의 목소리와 스피커에서 나오는 음악이 뒤섞였다. 나도 함께 어깨를 들썩이며 리듬을 탔다.

반쯤 열린 교실 문 바깥으로 학생들이 몰려와 있었다. 정 선생이 나와 복도에 있는 학생들을 다시 교실로 돌려보냈다. 정신을 차리고 얼른 사과를 하려고 했지만 이미 그녀가 자기 교실로 들어가버린 다음이었다. 아이들은 한 번 들뜬 기분을 쉽사리 가라앉히지 못했다. 소리 없이 놀면 되지 않느냐는 말들이 솟아올랐다. 나는 교실 밖으로 나가자고 제안했다.

　무궁화꽃을 피우고, 점심 빵 내기 묵찌빠도 했다. 너무 신나게 놀아버린 까닭에 다음 수업에 늦은 학생들이 교실 쪽으로 급하게 뛰었다. 나도 얼른 교실로 돌아왔다. 문이 활짝 열려 있어 정 선생인가 싶어 들어와보니 마리나였다. 제가 늘 앉던 자리에 창가에 놓인 화분처럼 가만히 앉아 있었다.

　"왔……니?"

　반갑게 인사를 하려고 했지만 목소리가 줄어드는 것은 어쩔 수 없었다. 무궁화꽃이 자꾸 피는데, 해가 질 때까지 꽃은 무궁하게 피는데…… 마리나가 끼고 있는 반지에 햇빛이 가 닿았다. 그 빛이 내쪽으로 되쏘아졌다. 나도 모르게 눈을 찌푸렸다. 어쩐지 오늘은 해가 지지 않을 것만 같았다.

no. 5

　너의 연기가 활시위처럼 팽팽하게 당겨지다 퉁, 하고 잦아든다. 다시 일어나 몸 주위를 맴돌며 하늘로 솟구쳐 오르기를 반복하던 그것이 눈더미 위로 흐르기 시작한다.

연기가 가 닿은 곳은 옆 사람의 검지가 놓여 있던 자리다. 여태 네게 머물러 있던, 네 몸이 살아온 기억들이 흐드러진 곳. 연기가 조심스럽게 기억 쪽으로 다가간다. 그러자 몸이 살짝 뒤챘다. 기척을 느낀 연기가 뒤를 돌아본다. 같이 가자는, 몸짓이다. 재빨리 손 쪽으로 바투 서는 흰빛.

네가 현관문의 손잡이를 그러쥔다. 여섯 시간 연속으로 수업을 하고 온 날이다. 지친 얼굴로 집 안에 들어선 네가 형광등 스위치를 올린다. 전기가 들어오지 않는다. 간혹 있는 일이긴 하지만 오늘은 왠지 더 짜증이 치미는 표정이다. 침대 위에는 베개와 이불이 아침에 네가 빠져나간 그대로 구겨져 있다. 냉장고 안에는 생수와 먹다 남은 술병 몇 개가 들어 있을 뿐이다. 식료품 상점으로 가기 위해 집을 나선다. 자동차 불빛이 이따금씩 어두운 거리를 밝혀준다. 우유가 떨어졌다는 주인의 말을 뒤로하고 너는 과자 몇 봉지를 집는다. 주인은 다른 때보다 두 배나 비싼 가격을 요구한다. 춥고 배가 고프다 못해 아프고, 한 푼이라도 더 받아내려고 애를 쓰는 주인의 상술에 화가 난다. 외국인이 지나간다며 손가락질하는 어린아이들도 보인다. 추운 거리를 지나 다시 집으로 돌아온다. 냉장고 안의 맥주를 꺼내 과자와 함께 밥 대신 먹는다. 휴대전화기를 집어 든다. 고향의 가족들 목소리가 거실로 옮겨진다. 안녕과 무사함을 묻고 나니 어쩐지 허전한 느낌이다. 아비와 통화를 한 게 언제였던가. 일을 하러 나가셨으니 다음에 통화하라며 가족들이 서둘러 말을 끊는다. 냉방에서 맥주를 마신 까닭에 너는 여러 날 앓아눕는다.
이러려고 온 게 아니라는 마음에, 기억 속의 사소한 일들로 네 연기가 흔들린다. 병에서 막 따라낸 맥주 거품처럼 기억이 몸을 부풀린다. 기억에 기억이 부어진다.

땅이 흔들린다. 너는 한두 번 그러다 말 줄 알고 집 안에서 하던 일을 계속한다. 식탁의 네 다리가 부르르 떨리며 옆으로 옮겨 간다. 책장 위의 책이 바닥으로 떨어진다. 놀란 네가 식탁 밑으로 몸을 숨긴다. 현관문이 열린다. 방금 돌아간 마리나와 롤라다. 방학 중인데도 너를 찾아와 말을 배우고 있는 학생들이다. 마리나가 얼른 네 방으로 들어가 카메라와 비상금을 넣어둔 지갑을 가지고 나온다. 롤라가 너를 부축한다. 땅이 요란하게 흔들린다. 양쪽에서 팔짱을 긴 그녀들이 자꾸만 주저앉으려는 너를 떠밀어 간다.

그 후로 너는 집에 혼자 있기를 꺼려한다. 같이 이곳으로 온 동료들과 너희 반 학생들이 번갈아가며 너를 돌보러 온다. 땅이 우는 소리를 들어버린 뒤로 너는 쉽게 잠들지 못한다. 그들이 어떻게 지갑과 카메라를 숨겨둔 곳을 알고 있었는지 궁금할 따름이다. 선잠에 든 밤이면 네 몸이 갈라진 땅속으로 꺼져 들어가는 꿈과 집 안의 물건들을 모조리 도둑맞는 환영에 시달린다. 아파트 한 채가 무너져 내렸다는 소리가 뒤늦게 전해진다. 몇 명이 실종되었다는 소문도 있지만, 말이란 원래 떠돌아다니며 제 몸을 스스로 부풀리는 것이라 여긴다. 여전히 깊게 잠들지 못하는 이국의 밤이다. 고향으로 돌아가고 싶다는 말은 애써 꺼내지 않기로 한다. 그렇게 시간을 타고 간다.

연기가 부르르 떨리며 갑자기 땅으로 꺼졌다 몸 위로 다시 솟아오르기를 반복한다. 흰빛이 다시 몸을 파고든다. 얼어가던 네 몸에 일순간 더운 피가 고이는 듯하다.

이곳의 기억을 보려는 게 아닌 것 같다. 무엇을 찾는 건가. 장과 콩팥, 숨이 고인 채 얼고 있는 폐, 심장, 가슴 골짜기. 그러나 어디에도 연기가 오래 머무르지 않는다. 허공에 뜬 채로 물끄러미 제 몸을 내려다보고 있다. 그제야 몸속 어미의 기억이 일렁이는 흰빛을 향해 두 팔을 벌린다. 몸에 마지막으로 남아 있던 온기다. 깊게 닫힌 숨구멍들이 일제히 열리며 몸안에 있던 공기가 폐부 깊숙한 곳에서부터 빠져나오기 시작한다.

그리 오래 걸리지는 않을 것이다.

no. 6

T와 P, 양국 간의 축구 경기가 있는 날이었다. 방과후에 모인 학생들과 함께 경기를 보기로 약속을 해두었다. 방학을 시작하기 전에 사비를 털어 들여놓은 텔레비전을 켰다. P의 선수들을 응원하는 학생들의 우렁찬 목소리가 복도로 흘러나왔다. 그때마다 교실 창문이 잠깐씩 흔들렸다. 학부장이 다급히 교실로 쫓아왔다. 짓궂은 학생들이 학부장을 의자에 앉혔다. 나는 아직 퇴근을 하지 않은 옆 반의 정 선생을 찾아갔다. 열린 문틈으로 누군가와 이야기를 나누는 게 보였다. 마리나였다. 나는 함께하자는 말을 건네지 못하고 뒤돌아섰다. 불현듯 찾아와 얼굴을 보인 후로 몇 번이나 다시 만날 기회가 있었지만 내가 번번이 약속을 미루었다. 정규 수업이 끝나면 방과후 수업이 이어졌다. 쉴 틈 없이 잡다한 업무도 처리해야 했다.

미안했지만 조만간 볼 수 있으리라 여기던 참이었다.

"거기 가면, 무어를 하나요?"

2년 전, 마리나가 내게 한 말이었다. 열심히 공부를 하고 있는 학생들의 모습에 내가 잔뜩 고무되어 있던 날이었다. 희망과 꿈이라는 단어를 적고 그것에 관하여 T의 말로 이야기를 하고 있을 무렵이었다. 내가 이곳으로 떠나왔듯, 이들에게도 꿈을 꾸고 있는 것들이 있을 것이었다. 단순히 다른 언어를 배우는 것이 희망이 될 수는 없었다. 하지만 지금 살고 있는 세계와는 다른 길을 열어준다는 것에 대해서는 의심하지 않았다. 그런 의미에서라면 내가 하는 일이 누군가에게는 희망이 될 수 있으리라 믿었다.

"꿈꾸어 가면, 살아집니까?"

나는 그저 가르치는 일에만 몰두하기도 벅찼다. 나를 따르는 학생들을 보는 일이 즐거워 휴일이나 방학 때도 학교에 나갔다. 그렇게 살면 될 줄 알았다.

"우리가 T에 가면 공부 됩니까? 부자 되어 살아집니까?"

나는 끝내 답을 하지 못했다. 말을 배우기만 하는 것이 능사가 아니라는 뜻이었다. 이 말들이 우리들의 삶에 어떤 의미가 있는 것이냐는 물음이었다. 배우다 보면 저절로 길이 생길 거라고. 어느 순간 그것들이 우리에게 빛이 되는 때가 있을 거라는 뻔한 말로 위로를 할 수도 없었다. 나를 바라보는 아이들의 우묵한 눈이 한층 더 진지해졌다. 호기심에 시작한 일이라도 깊어지다보면 고민이 되기 마련이었다. 나 역시 그러한 질문들로 여기까지 와 있는 셈이었다. 그 마음을 너무도 잘 알고 있는 까닭에 나는 아무런 대답을 하지 못했다. 사는 곳을 옮겨 간다고 해서 답을 찾을 수 있는 것이라면, 지구

끝까지라도 가보라고 권하고 싶었다. 그러나 생각과 현실의 차이를 우리가 지금 함께 익히고 있는 몇 개의 단어들로 설명할 수 있는 것일까. 이곳에 와 선생 노릇을 하고 있는 나는, 그들을 위로하고 보듬어야 하는 처지의 나는 그 질문에 대답을 해줄 만한 사람인가. 아무런 말도 할 수 없던 그 순간에 도리어 나는 그들에게 위로를 받고 싶었는지도 모른다. 누군가의 질문에 답을 해주어야 하는 나의 말들에 관하여. 또 그 말을 해야 하는 입장인 나 자신을.

학생들은 어디로든 떠나고 싶어 했다. 여기가 그리 못 살 곳은 아니었으나, 여러 나라들에 비해 경제적으로 뒤처져 있는 것은 사실이었다. 어느새 그들의 관심은 꿈과 희망을 넘어, 돈을 벌어 윤택하게 사는 것으로 바뀌어 있었다. 그 문제를 해결해줄 수 있다고 믿는 곳 중의 하나가 T였다. 아니 딱히 그곳이 아니더라도 상관없어 보였다. 제가 있는 곳에 발붙이고 살기가 힘들다면 그곳이 어디인들 떠나고 싶지 않을까. 마음의 지진으로도 딛고 선 땅이 갈라질 수 있는 법이었다. 그러니 가야 하지 않을까. 일찍부터 현실적으로 변해버린 그들을 탓할 수는 없는 노릇이었다. 다만 그것을 이루기 위해 지금 여기서 해야 하는 중요한 일들을 놓치지 말라고 다독여주는 수밖에 없었다. 그것만이 내가 할 수 있는 전부였다.

얼마 후 마리나가 T로 떠났고, 몇몇 학생들이 그 뒤를 이었다. 진짜로 돈을 벌기 위해 길을 나선 이들도 있었다. 무엇으로든 계획을 가지고 어딘가로 떠난다는 것 자체가 큰 용기라고 박수를 쳐주었다. 나보다 더 좋은 선생을 만나 지금껏 알지 못했던 새로운 길을 찾아 돌아올 수도 있지 않은가. 그곳에 머물다 정말로 하고 싶은 일을 발견하게 될지도 모를 일이었다.

내가 이곳으로 와서 처음으로 했던 그 말들이 돌아온 것이었다. 바쁘다는 이유로 약속을 미뤘던 것이 후회가 되었다. 자꾸 미루기만 하는 나의 마음을 굳이 따져보고 싶지 않았다.

축구 경기를 보며 흥분한 학생들을 다독이느라 음료수와 과자를 잔뜩 샀다. 중요한 장면이 나올 때마다 뜬금없는 물 광고, 신발 광고가 30초가 넘도록 이어졌다. 그것이 끝나고 나면 골이 들어가 있었다. 경기가 무승부로 끝이 났다. 하지만 학생들의 천방지축은 쉽사리 가라앉을 기미를 보이지 않았다. 함께 즐거워하던 학부장에게서 열심히 일해주어 고맙다는 말을 들었다.

마리나는 더이상 나에게 쪽지를 남겨두거나 전화를 걸어오지 않았다. 내가 알고 있는 번호는 이미 결번이었다. 수소문해서 전화를 해보았지만 번호를 잘못 알아온 모양이었다. 수업을 하러 교실에 들어갔더니 전보다 더 많은 학생들이 앉아 있었다. 무슨 일인가 싶어 반장인 구잘을 불러 세웠다. 나에게 수업을 받고 싶다고 찾아온 학생들이었다. 세 명 정도를 제외하고는 대부분 정 선생의 반에서 공부를 하는 이들이었다. 안 된다고 딱 잘라 말했다.

"우리도, 여기 싶어요?"

아, 저 말투. 방과후 수업에라도 참여하게 해달라는 청도 거절했다. 수업 시간이 훨씬 지났는데도 학생들이 돌아가지 않고 떼를 썼다. 정 선생이 우리 교실로 들어왔다. 그 얼굴을 똑바로 바라볼 수가 없어 나는 더욱 학생들을 다그쳤다. 그들이 모두 교실을 나갈 때까지도 정 선생은 아랫입술을 지그시 깨문 채 내 얼굴을 오랫동안 바라보았다. 미안하다고 사과를 해야 하는지, 무언가 오해가 있는 거라고 변명을 해야 하는지 알 수 없었다. 어색한 분위기를 무마하기 위해 내가 얼른 교재를 폈다. 거칠게 문 닫히는 소리와 복도에서 들려오는 정 선생의 호통이 마구잡이로 뒤섞였다. 옆 반의 수업이 시작되는 소리는 끝내 들려오지 않았다.

하루 종일 마음이 쓰였다. 수업을 하는 도중에도 계속 중간 문의 격자창을 바라보았다. 본의가 아니었다 하더라도 사과를 해야 옳았다. 방과후 수업을 취소했다. 옆 반으로 가보니 정 선생 대신 다섯 명의 학생들이 모여 자습을 하고 있었다. 처음 보는 얼굴들이었다. 수업이 끝나면 따로 정 선생에게 개인 지도를 받는 학생들이라고 했다.

T에서 따로 돈을 받는 처지인 나와는 다른 입장이었다. 얼마 되지 않는 수업 수당으로는 생활을 하기 어려웠을 것이다. 이 일을 알았더라면 방과후 수업 따위는 절대로 시작하지 않았을 거였다. 함께 일한 지 2년 가까이 되었어도 동료의 집 전화번호 하나 모르고 있다는 사실에 내 자신이 참 한심했다. 잠을 제대로 잘 수가 없었다. 그동안 내가 이곳에서 한 일들이 두서없이 재생되었다. 끊임없이 이어지는 기억들 때문에 날이 밝아오는 것마저도 과거의 일처럼 느껴졌다. 목이 타 생수 대신 맥주를 마셨다. 내내 비어 있던 속이 알싸하게 시끄러워졌다.

정 선생의 수업이 폐강되었다. 그 사실을 알지 못한 채 등교를 한 학생들이 교실 앞에서 웅성거렸다. 개인적인 이유로 사직을 했다는 학부장의 말이 있었다. 당분간은 내가 대신 수업을 해야 했다. 거절을 할 수도, 그렇다고 나마저 수업을 그만둘 수도 없었다. 중간 문을 떼어냈다. 교실에 있는 컴퓨터와 텔레비전의 전원 코드가 잘려 있는 것을 청소를 하던 구잘이 발견했다. 다른 학생들이 보지 않게 내가 서둘러 전선을 거두어들였다. 나는 모두 돌아간 교실에 남아 날카롭게 잘린 전선의 단면을 날이 어두워질 때까지 들여다보았다.

no. 7

　연기가 서서히 몸을 벗어난다. 마지막으로 네 몸에 남은 것은 여러 가지 소리들이다. 피가 멎는 소리, 근육이 경직되어가고 바스러진 코뼈가 잡고 있던 모든 것을 놓아버리는 소리, 몸속을 비집고 들어앉아 있던 비밀스런 말소리, 마지막 숨-빗소리. 끝내 네 몸에서 빠져나오지 않으려 애를 쓰다 결국에는 몸과 함께 얼어가는 너의 목소리. 이제는 몸이 아니라 시신이다. 연기가 아니라 혼백이다.
　너의 우주가 몸의 모든 문을 닫고 불을 끈다. 혼이 어디로, 어떻게 가야 하느냐며 빈 몸을 보챈다. 이대로 갈 수는 없다는 듯이 몸 위로 척척 내리꽂힌다.

　누군가 교실 안으로 들어오려다 문밖에 멈추어 서 있다. 정 선생인가 싶어 네가 얼른 나가본다. 아무도 없다. 방과후 수업을 하지 않기로 한 지 사흘째다. 너는 몸에 밴 습관 탓에 일찍 집에 돌아가기를 꺼려한다. 너에 대한 무성한 말들과 따가운 시선을 뚫고 여전히 이 시간이면 교실로 오는 학생들이 있다. 고맙지만 당분간은 정규 수업 시간에만 만나기로 약속을 한다. 오후에 한바탕 진눈깨비가 날리더니 저녁 어스름이 되어서는 함박눈이 쏟아진다. 너는 문서 정리를 서두른다. 정 선생이 있었더라면 도움을 받을 수 있을 텐데. 이제는 여기 없는 사람, 많이 미안한 사람. 너는 발끝만 쳐다보며 교문 쪽으로 바쁘게 걷는다. 눈이 잔뜩 쌓인 도로 위에는 단 한 대의 차도 보이지 않는다. 한참을 기다려도 지나가는 사람 하나 없다. 학교 건물의 괴괴한 어둠이, 가로등 밑에 서 있는 너의 등뒤를 가만히 떠받친다. 너는 허리를 더욱 꼿꼿하게 세운다.

자동차의 불빛이 보인다. 네가 손을 내뻗는다. 어깨 관절이 어긋나는 소리가 들린다. 천천히 불빛이 다가온다. 먼저 태운 손님이 있는 까닭에 너는 뒷좌석에 올라탄다. 목적지를 말해주고는 그대로 고개를 숙여버린다. 한동안 차가 출발하지 않는다. 조수석에 탄 이가 무어라 지껄이는 소리가 들린다. 애써 단어를 꿰맞추어 뜻을 알아내는 일도 이제는 지겹다. 너는 귀가 있어도 안 들리는 사람처럼 앉아 있다. 운전사가 뒤를 돌아보며 네 얼굴을 살핀다. 어디에서 왔느냐 묻는다. 네가 T라고 짧게 대답한다. 운전사와 조수석에 앉은 이가 잠깐 눈을 마주친다. 그들이 재차 묻는다. 너는 아무 말도 하기가 싫다는 표정으로 무조건 고개를 끄덕인다. 그때 자동차 앞으로 익숙한 얼굴이 스친다. 깜짝 놀란 네가 앉은 자리에서 몸을 반쯤 일으킨다. 조금 더 자세히 보려 하지만 여의치 않다. 정 선생인가? 긴가민가하다. 내려가 확인이라도 해보고 싶다.

누군가 차문을 연다. 머리 위에 잔뜩 눈이 쌓여 있는 여자다. 운전기사가 여자의 행선지로는 가지 않겠다고 버틴다. 여자는 돈을 더 주겠다며 기어이 자리를 비집고 앉는다. 기사와 여자가 돈을 두 배 세 배로 늘려가며 한참 시간을 끈 후에야 차가 출발한다. 창 쪽으로 돌린 네 얼굴이, 바깥처럼 굳어 있다.

"선생님!"

인사를 해야 하는데, 너는 창문에 얼굴을 붙여놓기라도 한 듯 가만히 있다. 학교에서 너희 집까지는 그다지 멀지 않은 거리. 그렇게 조금만, 조금만 더 가면 되는데…… 차가 익숙한 길을 벗어나 자작나무 숲 한가운데를 가로지른다. 아마도 앞사람을 내려주고 가려는가 보다. 무슨 말을 해야 할까. 잠깐 집에라도 들러 차나 한 잔 마시자고 해야 하는 건가. 쌓인 이야기가 너무나 많다. 하고 싶은 말들로 네 몸이 곧 허물어질 것만 같다.

"잘 지냈어요?"

존댓말을 해야 하는지, 편하게 말을 놓아야 하는지 몰라 네가 더이상 말을 잇지 못한다. 아이의 얼굴이 많이 상해 있다. 너도 모르게 손을 뻗는다. 손 위에 손이 얹힌다. 흠집이 많이 난 반지가 보인다. 그곳에서 결혼을 했는가, 무슨 일로 이렇게 빨리 돌아왔는지 묻고 싶다. 마음고생을 하지는 않았나. 그래, 우리가 그런 사이가 아니었지. 순식간에 옛 마음으로 돌아가버리는 너. 아이의 모든 것을 보듬어주고 싶다. 네가 생각에 잠겨 있는 사이에 차가 멈춰 선다. 차 안의 공기가 조금 전과 많이 다르다. 앞사람이 조수석 의자를 힘껏 뒤로 젖힌다. 겁먹은 마리나가 네 옆으로 바짝 다가앉는다. 손과 손이 깍지를 낀다. 반지와 반지가 걸린다.

너희들은 순순히 가방을 내어준다. 그들이 두 개의 가방을 뒤져 지갑을 꺼내는 사이 마리나가 제 휴대전화기를 꺼내 전원을 끈다. 민첩한 손놀림으로 바지 속 허벅지 밑에 전화기를 감춰둔다. 아무 일도 없었다는 듯 다시 맞잡은 두 사람의 손에 땀이 질척인다.

너의 외투를 뒤져 휴대전화기를 가져간 그들이 마리나에게도 묻는다. 차 안에서 문을 열 수 있는 손잡이는 이미 떼어져 있다. 운전을 하던 이가 시동을 끄더니 전조등마저 꺼버린다.

차문이 열린다. 네 개의 손과 두 몸이 실랑이를 벌이는 사이에 마리나의 바지가 뜯긴다. 은색 전화기가 나온다. 마리나가 호되게 얼굴을 맞는다. 그녀가 차 밖으로 끌려 나가지 않으려고 발버둥친다. 운전석에 앉은 이도 너를 향해 다가온다. 겁에 질린 네가 마리나의 몸을 꽉 껴안는다. 너의 목이 톱니바퀴처럼 마리나의 어깨에 맞물린다. 그러나 떼어내려는 힘이 더 세다. 마리나의 몸이 차문을 빠져나가려는 그 순간에도 너희의 손은 떨어질 줄을 모른다. 팽팽하게 허공으로 떠오른 손들. 꽉 낀 반지가 쇳소리를 내며 완강하게 버티고 있다. 화가 난 이들이 너와 마리나의 머리를 양쪽에서 붙잡은 채 맞부딪친다.

터어엉.암전.다시텅텅펵텅.쇠비린내.트특펑.마리나의손이빠져나가는소리.끄으윽,네가그녀의손가락만잡고간신히버티는소리.살려,주세요.너의비명소리.빠,빠마기째?마리나가사력을다해외치는소리.살려빠마씨팔빠마살려줘빠마이개새끼야기째.텅, 터-엉, 터어엉.

뚝!

경쾌하게맥주병따는소리.

칼등이차창을스치는소리.

마리나를내팽개치는소리.

…………네손에……남은…,

…………마리나의……검…지.

정신만은 잃지 않으려 네가 입을 벌린다. 왼 주먹을 꽉 움켜쥔다. 입속에 고여 있던 피가 흘러내린다. 눈더미 위에서 떨고 있는 작은 몸 위로 거대한 바위가 올라앉는다. 차 안의 네가 괴성을 지르며 차 밖으로 빠져나오려 애를 쓴다. 너는 철창에 갇혀 사방에서 창을 맞고 있는, 탈출에 실패한 맹수처럼 울부짖는다. 거대한 바위들이 양쪽에서 굴러와 차문을 바순다.

고치처럼 웅크린 네 몸 위로 그들의 발길질이 이어진다. 피를 토하면서도 너는 아직 정신을 잃지 않은 게 다행이라고 생각한다. 눈 위의 마리나가 움직이질 않는다. 누군가의 신발이 네 얼굴을 짓이긴다. 그래도 꼭 쥔 손만은 펴지 않는다. 대체 그들이 무엇 때문에 그리도 화가 난 것인지 너는 알지 못한다. 죽어서도 끝나지 않을 형벌처럼 신명나게 매를 맞는다. 살려달라는 말 한마디 하지 못한다.

네 몸이 눈 위에 처박힌다. 허리까지 쌓인 눈더미에 네가 모종처럼 심어진다. 숨죽인 마리나의 옆이다.

눈 속으로 꺼져가던 기억들을 깔고 앉은 혼이 후드득후드득 떨고 있다.

no. 8

나의 어린 멧돼지들이 생기를 잃은 초원 위에서 뛰어놀았다. 한 무리의 새로운 멧돼지들이 다가왔으나 서로 편을 갈라 으르렁거렸다. 내 말소리는 거대한 교실 하나를 채우기에는 역부족이었다. 마이크를 사용해 수업을 시작했지만 전처럼 재미있게 놀이를 하거나 노래를 부르지는 않았다. 60명의 학생들을 일일이 첨삭해주고 나면 수업 시간이 훌쩍 지나 있었다. 어떻게든 정 선생을 찾아가야겠다는 생각을 하고 있을 때였다.

"썬생님."

정 선생 반의 학생이었던 예나였다. 나에게 봉투를 하나 건넸다.

"저도 공부하고 싶어요. 보내줘요. 도와주세요."

나는 크게 한숨을 내쉬었다. 예나의 말이 갑자기 빨라졌다.

"T에 가고 싶어요. 거기서 공부 많이 하고, 돈도 벌어요. 오래된 남편 좋아요. 죽으면 여기 와서 사랑해요. 어디도 좋아요. 나도 돈 많이 벌고 싶어요."

내가 할 수 있는 일은 고작 말을 가르치는 것이었다. 그것이 아니라고 아무리 설명을 해도 그녀는 곧이듣지 않고 제 말만 해댔다. 내가 그동안 학생들과 나누었던 말, 내가 하지도 않은 말들이 앞에 서 있는 조그마한 노루 같은 아이의 입을 통해 흘러나왔다. T에 관한 일이라면 아주 사소한 것까지도 나와 연관이 되어 있다고 믿고 싶은 것 같았다. 나를 통해서라면 T로 가는 일이, 그곳에서 쉽게 돈을 버는 일이 가능하다고 했다. 기가 막혀 그냥 듣고만 있다가 봉투를 다시 돌려주었다. 소문과는 달리 아무런 힘이 되어주지 못해 미안할 따름이었다. 하필이면 그때 격자창 위로 학부장의 얼굴이, 마리나의 얼굴이 순서대로 떠올랐다 사라졌다.

함께 이곳으로 온 동료들이 나를 불러내어 저녁을 사주었다. 나는 방금 들은 말인데, 소문은 이미 학교 담장을 넘어간 지 오래였다. 그들이 위로랍시고 전해오는 말속의 나는 단순히 언어만을 다루는 사람이 아니었다. 학생들을 T에서 온 사람에게 소개를 하고 얼마간의 돈을 받아 챙기는 이였다. 취업, 공부, 결혼 그 어떤 것도 상관없이 모두 다 뒷거래를 해주는 거간이었다. 함께 밥을 먹고 있는 이들의 말속에서도 무언가를 확인하고자 하는 의도가 보였다. 왜 나에게, 내 학생들에 관하여 그런 말을 해대는가. 그곳에 간 사람들이 모두 다 나를 통해서, 나에게만 말을 배워간 것은 아니지 않느냐고 항변했다. 당신들도 여기에 나와 똑같은 일을 하러 온 것이 아니냐, 되물었다. 나도 모르는 일들에 대해서는 말할 가치도 없었으나 이미 나는 동료들 사이에서도 외국인 선생들의 물을 흐리는 사람이었다. 대체 그 발화점은 어디일까.

반주로 맥주 두어 병을 곁들였다. 그것을 시작으로 밥 대신 술을 마셨고 급기야는 술이 술을 먹었다. 술병들이 여러 차례 치워졌고, 우리는 아예 술집으로 자리를 옮겼다. 다른 때보다 도수가 높은 술을 주문했다. 화장실에 다니러 갔다 황급히 술집을 빠져나왔다. 화장실로 가는 도중에 나는 이상한 것을 보았다. 본 것을 다시 확인하러 가고 싶지 않았다. 집으로 돌아오던 내내 속의 것들을 토해내느라 여러 번 걸음을 멈추었다.

출근을 해야 할 시간인 줄 알면서도 나는 계속 잠을 청했다. 열이 높고 근육통이 있다고 생각했다. 허리가 아파 돌아누울 때만 잠깐씩 일어났다가 다시 잠을 잤다. 주말이 지나고, 개교기념일도 지난 화요일이었다. 집밖으로 단 한 발자국도 나가지 않았다.

나를 발견하고 이쪽으로 다가오는 여자아이 하나, 술집 화장실 한 칸을 차지하고 토하고 있던 우리 반 반장 구잘. 다른 곳보다 비싼 값에 주로 외지인들을 상대로 하고 있는 곳이었다. 거기에 나의 학생들이 있었다. 내 말투로, 내가 가르친 단어로 사내들을 향해 웃고 있던 학생들이 꿈속에까지 찾아왔다. 그들의 사생활을 모두 다 알 수는 없을 테지만 그동안의 나는 무엇을 하고 있던 건가. 대체 어떤 것을, 무슨 말을 가르치며 살고 있었나. 학생들의 생활에 관하여 함부로 판단을 내릴 수는 없는 거였다. 하지만 내 안에 있는 누군가가 이건 아니지 않느냐며 물끄러미 나를 응시했다. 더이상 그 눈을 쳐다보고 싶지 않았다.

어느 틈에 중간 문이 다시 세워져 있었다. 학부장이 찾아와 새로운 선생이 오게 되었다는 말을 전해주었다. 다시 내 시간표가 변경이 되었다. 나에 관한 말들이 조금 잠잠해질 때까지 다른 수업이나 학생들과 함께하는 취미 활동을 중단하라는 말이 이어졌다. 그게 아니라고 말해보려 했지만 학부장의 얼굴은 이미 굳어 있었다. 중간 문을 타고 넘어오는 목소리만으로도 나는 그녀가 누구인지 알았다.

마리나의 수업은 아침부터 저녁까지 이어졌다. 그녀는 방과후의 특별 수업까지 도맡았다. 나는 절반도 넘게 줄어든 학생들과 수업을 했다. 전과 다른 시선이 내 등뒤로 내리꽂히는 것도 고스란히 받아들였다. 나는 묵묵히 수업 시간을 채웠다.

말의 말들.
선생님, 우리 같이해요.
입을 거치면 복리로 계산된 이자처럼 불어나 있는 말들.
공부하면, 여기를 떠날 수 있나요? 이대로는 싫어요.
잡으려 할수록 더 커지는 말의 몸통.

어디든 갈 거예요. 돈 더 벌어요. 선생님, 나도 보내주세요.
발화자도 알 수 없는, 의욕적으로 부푼 몸만 떠다니는.
선생님이니까…… 해줄 수 있잖아요! 도와주세요.
나에게로 가장 늦게 돌아온.
저…… 왔어요.

　줄어든 학생들 대부분이 마리나의 반으로 옮겨가 있었다. 조금
다르게 반복되고 있는 일이었다. 갑자기 정 선생이 보고 싶었다.
　성실하게 출석을 하던 이들도 내 수업에 대한 불신을 숨기지 않
았다. 마리나 말고도 T에 갔다 돌아온 아이들이 많았다. 누군가는
임신을 한 채 버려졌고, 누군가는 실컷 매를 맞고 돌아왔다. 공부를
하러 간다며 나에게 추천서를 받아 떠난 뒤 이미 오래 산 남자들의
꽃 같은 신부가 되었다가 머지않아 다시 돌아왔다. 잘 지내고 있는
학생들은 대부분 이쪽과 연락을 끊거나 간혹 얼마간의 돈을 집에
부쳐오는 것으로 안부를 대신했다. 내 학생들이 외지에서 겪은 일
들이 무용담처럼, 풍문처럼 쏟아졌고 그 일은 지금도 진행 중이었
다. 모르던 일들은 아니었다. 간혹 제가 원하던 일을 하게 되었다는
소식을 전해 오는 녀석들도 있었다. 자리가 잡히면 또 연락을 하겠
다며 신나게 전화를 끊었다. 좋은 일보다는 나쁜 말들이 더 오래 기
억되고 더 멀리 나아갔다. 과연 이 모든 일들에 관하여 나에게는 책
임이 없다고 할 수 있는 건가.
　갈증이 나 집에서 가져온 물통을 꺼냈다. 미지근해진 보리차 같
았다. 김이 빠지니 쓴맛이 더했다. 순식간에 물통의 것이 없어졌다.
약간의 현기증이 일며 한결 편안한 기분이 들었다. 조금 더 가져올

걸 그랬나. 교실 안의 창문들이 모두 사선으로 기울었다. 창틀이 어긋나자 유리가 빠직빠직 금이 갔다.

나는 학교를 나왔다.

no. 9

바람이 멎는다. 몸 주위를 서성이던 너의 혼이 자작나무 숲의 어둠을 파고든다. 눈 쌓인 둥지 위로 사뿐히 올라선다. 둥지 위의 눈이 후루룩 떨어진다. 잔 위로 넘친 맥주 거품 같다. 쏴아르륵한 소리와 함께 여러 말들이 솟아오른다. 말의 말들이 거품에 뒤섞인다. 거품이 한껏 부풀어 오른다. 혼이 허리를 숙여 둥지 위에 입을 갖다 댄다. 둥지 한가운데서 톡톡톡톡 기포가 터져 눈 쌓이는 소리가 된다. 죽은 기억들이 되살아난다. 말 거품이 꼬리에 꼬리를 물고 땅으로 쏟아져 내린다. 자작나무 숲은 여전히 어둡고 차게 울렁인다. 눈에 취한 혼이 하늘에서 쏟아지는 거품을 타고 제 몸 쪽으로 흘러내린다. 그와 동시에 어둠을 찢는 요란한 소리가 들려온다. 혼이 불콰한 얼굴로 소리 나는 쪽을 돌아본다.

서로 다른 그림자가 앞다투어 오고 있다. 사람의 그림자 하나, 자그마한 꽃노루 그림자 하나. 대가리가 곧 목에서 떨어질 것처럼 들렁거리는 녀석이다. 아비보다 먼저 그것이 너에게 달려든다. 꽃노루 이빨이 네 혼에 박힌다. 서둘러 다가온 아비가 죽은 힘으로 그것을 쳐낸다. 여기까지 오는 동안 녀석에게 뜯겨 너덜너덜해진 아비의 혼이다. 꽃노루가 옆 사람의 몸 위로 떨어진다. 재빨리 아비를 따르며 물 만난 수초같이 덩실거리는 너의 혼.

　와하하하하. 학생들이 너를 보고 웃는다. 네가 자꾸 P의 말을 틀린다.

　아비가 어서 가자는 손짓을 한다.

　네가 다시 뒤를 돌아본다. 눈 쌓인 자그마한 둔덕 두 개가 보인다. 누구에게랄 것도 없이 미안한 마음이 든다. 그 마음을 어디에 두고 떠나야 할지 모른다.

　학생들이 너의 말을 따라하는 소리가 눈발처럼 흩뿌려진다. 네가 그린 양 떼가 너를 찾고 있다. 정 선생의 말소리와 마리나의 얼굴이 뒤섞인다. 그건 아니지, 하며 네가 웃는다. 그 지경인데도 틀린 말은 교정해주고 싶다. 둔덕 위로 내려앉은 네 목소리가 서둘러 흰빛을 쫓는다. 뒤늦게 너를 따르던 양 떼가 운다. 말에 취한 양 떼가 제 목소리를 잃고 운다. 어두운 칠판이 숲처럼 흔들린다.

　혼이 가는 소리가, 숨-빗소리로 허공에 떠오른다. ✶

독한 꿈

　이은선의 「발치카 no. 9」은 모두 아홉 개의 절로 이루어진 소설
이다. 홀수 절에서는 만신창이가 된 '너'라는 2인칭 인물이 눈 속에
파묻힌 채 서서히 죽어가고 있다. 반쯤 뜬 눈에만 간신히 의식이 살
아 있을 뿐 온몸은 이미 굳어 있다. '너'에게는 희미하게 "혼이 가
는 소리"가 들린다. '너'에게 무슨 일이 있었던 것일까. 짝수 절에
서 '너'의 이야기가 '나'라는 1인칭 시점으로 뒤바뀌어 서술된다. P
에서의 이야기이다.

　"말끝을 올려 내뱉는 직선적인 어투"의 말을 쓰는 낯선 P에서
"말끝을 조금 내려 발음하는 특징을 가"진 T의 말을 가르치는 원어
민 교사가 있다. 그녀는 산과 강과 바다가 많은 T로부터 "평지가 많
고 산이 적"은 광활한 내륙지방 P로 왔다. "목화 방학"이 있으며
'율랴'나 '마리나'라는 이름이 흔한 P는 우즈베키스탄쯤으로 예상
되는 중앙아시아의 러시아령 국가이다. T는 한국이겠다. P를 비롯
하여 경제적으로 뒤처진 주변국들에서는 "최근에 여기저기서 T의
말을 배우려는 움직임이 일었"고 많은 학생들이 원어민 교사인
'나'를 찾아왔다. P의 젊은이들이 T의 말을 배우고자 한 것은 다른

문화에 대한 단순한 호기심 때문만은 아니었다. "학생들은 어디로 든 떠나고 싶어했다." 그들의 관심은 오로지 "돈을 벌어 윤택하게 사는 것"이었으며 "그 문제를 해결해줄 수 있다고 믿는 곳 중의 하나가 T였"던 것이다. 어쩌면 T의 말은, 그리고 그곳으로부터 건너 온 '나'는, 그들에게 유일한 "꿈과 희망"으로 여겨졌는지도 모른다. 학생들에게 뿐만 아니라 T의 말에 서툰 현지인 교사에게까지 성심 성의껏 T의 말을 가르치던 '나'는 "내가 할 수 있는 일은 고작 말을 가르치는 것"이라고 생각했지만 '나'로부터 T의 말을 배우는 학생 들은 더 많은 것을 기대했던 것이다.

'내'가 한 일은 무엇인가. 원하는 학생들에게 한마디라도 더 가르 쳐 주기 위해 방과후의 시간까지 할애해 열심히 T의 말을 가르쳤을 뿐이다. '나'에게 말을 배워 T로 떠나는 학생들을 그저 다독여주었 을 뿐이었다. "무엇으로든 계획을 가지고 어딘가로 떠난다는 것 자 체가 큰 용기라고 박수를 쳐주었"을 뿐이다. 그러는 와중에 '나'와 한 교실을 나누어 쓰던 현지인 교사의 수업이 폐강된다. 꿈을 안고 T로 떠났던 아이들은 심하게 훼손되어 돌아온다. "누군가는 임신을 한 채 버려졌고, 누군가는 실컷 매를 맞고 돌아왔다." 공부를 하러 간 아이들이 늙은 남자의 어린 신부가 되었고, 그곳에서 연락이 두 절되기도 하였다. '나'는 최선을 다해 말을 가르쳐주었을 뿐인데, 그런 '나'에게는 단순히 말을 가르치는 사람만이 아니라는 소문이 덧씌워진다. P의 학생들을 T에 소개해주는 브로커라는 소문이 속 수무책으로 퍼져나갔던 것이다. 폐강된 현지인 교사의 반은, T로 떠났다가 결국 상한 얼굴로 되돌아온 '마리나'가 담당하게 된다. 그 녀는 '나'에게서 T의 말을 배운 학생이다.

홀수 절에서 이미 죽은 채로 '나'의 옆에 누워있는 사람이 바로 '마리나'이다. '나'와 '마리나'는 우연히 함께 택시를 탔다가 처참히 폭행당하고 무참히 버려졌다. 어쩌면 우연한 사고를 당한 것이었는지도, 어쩌면 다른 누군가의 "꿈과 희망"을 본의 아니게 짓이겨버린 것에 대해 보복을 당한 것이었는지도 모른다. "공부하면, 여기를 떠날 수 있나요?"라는 학생들의 간절한 물음에 대해서도, "선생님, 나도 보내주세요"라는 무언의 요구에 대해서도 무심했던 '나'에게 이 모든 사태에 대해 책임이 전혀 없다고 할 수는 없을 것이다. P의 학생들 사이에서 벌어지고 있는 일에 연루되지 않고자 한 것, 말을 가르치는 일의 의미에 대해 숙고하지 않은 것이 지금 '내'가 처한 불행을 설명할 수도 있는 것이다. 물론 그것은 억지일 수 있다.

'나'나 '마리나'에게 벌어진 사태는 '지금-여기'가 아닌 다른 곳을 꿈꾸었다는 행위 자체의 불행한 결말을 보여주는 것인지도 모른다. 꿈의 보복은 언제나 이토록 잔인하다. 희망을 갖는 자들에게는 어김없이 독한 절망이, 환상을 품는 자들에게는 어김없이 가혹한 환멸이, 그들을 기다리고 있다. 이 소설의 여러 가지 짝패들은 이 같은 꿈의 보복을 효과적으로 보여주기 위한 장치들이다. 죽어 있는 '마리나'를 마주한 채 죽어 가는 '너'는, 즉 T로부터 P로 건너온 '나'는, 누군가에게 허황된 꿈을 심어주었을 수 있지만 스스로도 다른 삶을 꿈꾸어보았을 '나'는, 또 다른 '마리나'에 불과하다. '마리나'를 바라보며 죽어가는 '너'는 자신의 죽은 꿈을 바라보고 있는 셈이다.

'발치카 no. 9'은 알코올 도수가 가장 높은 맥주이다. 독한 술일

수록 금방 취하고 깨어나기도 힘들다. 이은선의 「발치카 no. 9」은 삶의 유일한 꿈이 '연기'처럼 부서질 때의 독한 아픔을 서늘하고도 아름다운 문장으로 묘사한다. 이은선의 작품을 읽으며 우리는 문학의 역할을 다시 한 번 생각하게 된다. 누군가의 꿈을 짓밟아버리는 또 다른 누군가를 고발하는 것이 문학의 궁극적 목적은 아닐 것이다. 우리는 서로가 서로의 꿈을 짓밟으며 살아가고 있기 때문이다. 문학이 하는 일은 우리 모두의 꿈을 짓밟아버리는 이토록 독한 삶 자체를 고발하는 일이다. 그렇다면 이 시린 삶을 살아내기 위해 우리가 해야 할 일은 무엇일까. 죽을 힘을 다해 서로의 영혼을 지켜내는 일이 필요하지 않을까. 죽어서도 해코지를 한다는 꽃노루의 혼으로부터 '너'를 지켜내기 위해 너덜너덜해진 채로 '너'에게 당도한 "아비의 혼"을 마지막 장면에 그려낸 이은선은 아마 그 말을 하고 싶었는지 모른다.

　서로 다른 그림자가 앞다투어 오고 있다. 사람의 그림자 하나, 자그마한 꽃노루 그림자 하나. 대가리가 곧 목에서 떨어질 것처럼 들렁거리는 녀석이다. 아비보다 먼저 그것이 너에게 달려든다. 꽃노루 이빨이 네 혼에 박힌다. 서둘러 다가온 아비가 죽은 힘으로 그것을 쳐낸다. 여기까지 오는 동안 녀석에게 뜯겨 너덜너덜해진 아비의 혼이다. 꽃노루가 옆 사람의 몸 위로 떨어진다. 재빨리 아비를 따르며 물 만난 수초처럼 덩실거리는 너의 혼. ✱

— 선정위원 | 조연정

인류 낚시 통신

붉은 원피스는 다시 통로를 따라 걷기 시작했다

임성순

창작 노트 | 장편 하나를 처음부터 다시 쓰기로 결정하고, '으아앙~'과 '으아악!!' 사이의 감정으로 쓰기 시작했습니다.
윤대녕 선생님의 작품이 워낙 훌륭한 덕에 묻어가서 행복해요.

약력 | 2001년 영화 「챔피언」, 2004년 영화 「우리형」 연출부. 2004년 성균관대 국문학 학사 졸업. 2010년 세계문학상 수상 등단. 2012년 1월 장편소설 『문근영은 위험해』 출간.
e-mail:weakness@hanmail.net

인류 낚시 통신

내가 태어나던 1970년 7월 12일 일요일, 아버지는 교회에서 예배를 보고 있었다. 집사였던 아버지는 일요일이면 어김없이 교회에 나갔다. 만삭인 어머니가 산통을 시작했지만 아버지는 절대 예배에 빠질 수 없다고 선언했다. 그리하여 그날 칠월의 무더위 속에서 어머니는 땀을 뻘뻘 흘리며 혼자서 나를 낳았던 것이다.

그날 목사님은 이런 구절을 읽었다고 한다. '말씀하시되 나를 따라오라. 내가 너희를 사람을 낚는 어부가 되게 하리라 하시니.' 아버지는 병원으로 찾아와 강보에 싸인 나를 내려다보고 말했다.

이놈이 크면 함께 교회에 가야지.

나는 그 소리에 잠이 깨 마구 울어대기 시작했다.

나는 속성 재배하는 숙주처럼 쑥쑥 자라 일요일이면 아버지를 따라 교회를 다니곤 했다. 사람 낚는 어부가 되라고 예수님이 말씀하셨다고 성경 공부 시간에 배우긴 했지만 정작 배우고 싶어 하던 이성을 낚는 방법 따위는 배우지 못했다. 주말 저녁이면 노방 전도를 한다고 거리에 나가 찬송가를 부르는 정도가 그곳에서 배운 사람을 낚는 법이었다.

결국 공부를 핑계로 교회 따위는 그만두고 일요일이면 친구들과 놀러 다녔다. 군에 입대해 초코파이를 먹기 위해 종교행사를 다녔던 시절을 제외하고 다시 그곳으로 돌아가지 않았다.

그들이 내게 첫 번째 통신을 보내온 것은 일요일의 늦은 밤이었다.

그것은 내가 살고 있는 주상복합 빌딩의 일층 우편함 속에 들어 있었다. 가을비가 부슬부슬 내리는 저녁, 나는 집 앞의 PC방에서 낚시질을 하고 있던 참이었다. 낚시질이란 인터넷 게시판에 '톱 여배우의 노출 동영상' 따위의 클릭을 유도하는 게시물 제목을 단 글을 올리고, 내용으로는 달랑 물고기를 낚는 짤림 방지 사진 따위를 올리는 일을 말한다. 그런 글을 올리면 당연히 사람들은 댓글에 욕을 달기 마련이었지만 딱히 할 일이 없었던 내게 그것은 거의 유일한 오락이었다. 뻔한 글에 혹해서 들어오는 사람들을 보는 일도, 들어와서 발끈하는 그들을 보는 일도 마치 내가 대단한 존재가 된 듯한 착각을 불러일으켰다. 그렇게 쓸데없는 짓을 하며 시간을 죽이고 돌아가는 길, 우편함에 꽂혀 있는 흰색 청첩장 봉투를 발견했던 것이다.

'인류 낚시 통신' 겉봉 좌상귀에는 컴퓨터 프린트 글씨체로 이같이 씌어 있었다. 그 외에 주소나 받는 사람의 성함 따위는 없었다. 아무도 편지는 보내지 않는 시절이므로 나는 그것이 당연히 광고지 이리라 생각했다.

금융 위기로 투자사에서 잘린 후 백수가 되지 않았다면 바로 쓰레기통으로 직행했을 봉투였다. 하지만 집에 가봐야 달리 할 일이 없었으므로 광고지라도 읽어보자는 심정으로 봉투를 주머니에 넣었다. 현관 천장에서는 CCTV 카메라가 24시간 꺼지지 않으며 내 행동을 감시하고 있었다.

나는 우선 담배 냄새에 절은 옷을 벗어 세탁기에 던져 넣은 다음 전자레인지에 편의점 도시락을 돌렸다. 그리고 컴퓨터를 켜 내 페이스북과 트위터를 확인했다. 회사에서 잘린 한가한 백수 따위에 관심이 있는 인간은 어디에도 없었다. 예전에 가까운 척했던, 혹은 가까웠다고 믿었던 사람들은 모두 잘 지내는 것 같았다. 상황이 이렇게 된 이 마당에 연락조차 하질 않는 그들이 원망스럽기도 했지만, 동시에 어떤 안도감을 느끼기도 했다. 정말 그들이 연락해오면 얼굴을 마주보며 할 말도 없었던 것이다. 이혼한 아내의 페이스북에는 애인이 추가되어 있었다. 그녀의 애인 페이스북으로 넘어가자 친구 공개로 되어 있었기에 어떤 인물인지 확인할 수 없었다. 오직 나보다 잘생긴 프로필 사진만 볼 수 있을 뿐이었다. 나는 반사적으로 컴퓨터를 껐다.

컴퓨터를 끄자 할 일이 없었다. 그래서 방에서 뒹굴거리며 스마트폰의 음악들을 확인했다. 다운로드한 음악들 중 지금 내 상태를 표현해줄 것은 없었다. 물론 우울함이니, 외로움이니 하는 것을 그럴 듯하게 채색해 줄 음악들이 없지만은 않았다. 하지만 이혼한 남자가 전처의 새로운 애인의 페이스북을 본 후 느끼는 거지 같은 심경을 적절하게 표현해줄 음악은 없었다. 알 수 없는 일이었다. 결혼한 부부의 3분의 1이 이혼하는 시대에 그런 시장을 공략하지 않는 대중 음악계의 무신경함을 믿을 수 없었다. 하긴 음악 따윈 마음만 먹으면 공짜로 다운받는 시대였다. 벨소리로 쓸 수 없는 음악 따위는 전혀 팔리지 않았다. 이혼 남녀의 감성을 표현한 노래를 착신음으로 쓸 인간은 어디에도 없는 것이다. 위로조차 시장이 되지 않으면 사장되는 세상이었다.

그렇게 휴대전화를 만지작거리고 있을 때 액정 화면 속에서 귀여운 아이돌들이 노래하기 시작했다. 컬러링으로 넣어둔 여자 아이돌 그룹의 노랫소리였다. 나는 잠시 멍하니 전화기를 내려다보았다. 일련의 여자아이들이 귀여운 춤을 추는 동영상 착신음 때문만은 아니었다. 회사에서 잘린 후, 지난 두 달간 전화가 걸려온 일은 없었기 때문이었다.

한데 내가 여보세요, 하고 난 다음에도 상대방은 꽤 긴 사이 아무런 대꾸가 없었다. 역시나 중국에서 걸려온 피싱 전화인가 싶어 통화 종료를 누르려 할 때서야 아득한 액정 화면 저쪽에서 저…… 하는 소리가 가늘게 전해져왔다. 당연히 이어 나올 연변 말투를 기대하며 슬그머니 수화기를 귀로 갖다 대고 가족의 납치와 우체국, 국민은행 중 어느 피싱 메시지를 전해줄 것인지를 집요하게 기다렸다. 두 달간 백수로 지내면 일상을 벗어난 모든 사건이 모험으로 느껴지기 마련이다. 약 십 초의 시간이 흐르는 동안 혹시 이미 국제 전화 사기에 걸려든 것이 아닌가 싶어 끊으려 할 때서야 웬 낯선 여자의 표준어 말투가 툭 튀어나왔다.

"나이에 걸맞지 않으시게 착신 대기음이 여자 아이돌 노래군요."

"……"

달리 할 말이 없었다. 잘 나가던 펀드 매니저로 지내다 실직과 이혼의 원 투 펀치를 맞은 후, 나는 자신에게 좀더 솔직해지기로 결심했었다. 물론 한 달 동안 아무에게도 전화가 오지 않았기에 어차피 듣는 사람도 없을 거란 심정으로 유일한 위안이던 우리 애기들이 음원 차트에서 1위 하는 걸 돕기 위해 벨소리를 바꿔놓았었다. 그러므로 수화기 너머, 그녀의 지적은 갑작스런 불의의 습격이나 다름없었다.

　"심야 전화라서 놀라신 모양이네요. 용건을 말씀드리자면……."
　수화기 너머의 목소리는 정말 경멸스럽다는 말투였다.
　"저희 인류 낚시 모임에서 보내드린 우편물은 받아보셨는지요."
　"인류 낚시 모임이요?"
　이렇게 반문하자 그녀는 한심하다는 듯 한숨을 쉬었다.
　나보다 나이가 몇 살 더 많을까? 전처가 떠올랐다. 그녀는 나와 이야기를 하면 늘 저런 식으로 한숨을 쉬곤 했다. 그녀가 나긋나긋했던 날은 오직 보너스가 입금된 날뿐이었다. 그래서 난 카드를 들고 룸살롱에 놀러 갔던 것이다. 그녀들은 저런 한숨을 쉬지 않았으니까. 나는 광고지라고 생각하고 뜯어보지 않았던 흰색 봉투를 집어 들고 그녀에게 물었다.
　"이건 무슨 새로운 광고 기법인가요? 마치 피싱 전화처럼 신선하네요."
　"저희 인류 낚시 모임에서 선생님께 보내는 초대장입니다."
　나는 고개를 갸웃거렸다. 요즘 세상에 우편물로 초대장을 보내는 낚시 모임이라니. 청첩장을 빼고는 사적인 우편물이라는 걸 받아본 게 몇 년 만인지 기억조차 나질 않았다. 게다가 나로 말하자면 인터넷 게시판에서 소일거리로 하는 낚시질을 빼면 낚싯대조차 잡아본 일이 없는 사람이었던 것이다.

"학생회 시절 강의동에서 하던 학회 기억하시죠? 그때 멤버들이 마지막으로 헤어지며 약속했던 그 모임을 다시 만들었습니다. 우편물을 보시면 아시겠지만 아무튼 선생님을 저희 모임에 모시고 싶습니다."

"글쎄, 뭐 어쨌든 읽어보기는 하죠."

"안에 지정된 장소와 시간이 적혀 있으니 아무쪼록 그날 참석해주시면 감사하겠습니다. 그럼 이만 끊겠습니다. 참, 착신 대기음은 좀 나이에 맞는 걸로 바꾸시죠."

나잇살이나 먹고 뭐하는 짓이냐는 듯, 그녀는 내가 뭐라고 하기도 전에 이렇게 호들갑을 떨며 냉큼 전화를 끊어버렸다. 사실 스스로 생각해도 한심하긴 했지만 자신의 한심함을 남의 입을 통해 듣는 일이 전혀 달갑지 않았다. 하지만 참았다. 두 달 만에 걸려온, 이미 끊어버린 전화라면 그래, 참을 도리밖에.

아무튼 문제의 그 봉투를 뜯어보지 않을 수가 없었다. 책상 서랍에서 가위를 꺼내들고 나는 침착하게 봉투의 가장자리를 오려내고 안에 들어 있는 내용물을 꺼내 보았다.

그것은 성화를 복제 인쇄해서 만든 한 장의 엽서였다. 앞면의 성화를 살펴보니 뜻밖에도 그것은 두초의 「베드로와 안드레아의 부르심」이란 작품이었다. 어디서 이런 성화 엽서를 구했는지 모르겠으나 아무튼 반갑기도 하고 놀랍기도 했다. 아버지는 매해 교회에서 달력을 받아오셨는데 그곳에 실려 있던 그림들 중 하나였다. 하고 많은 달력 그림들 중 유난히 이 그림을 기억하고 있는 이유는 생일이 있는 달이었기 때문이었다. 아버지는 내가 태어나던 날 했던 목사님의 말씀과 함께 이 그림에 대해서 자세히 설명해줬었다. 나는 휘적휘적 소파로 돌아가 앉으며 나도 모르게 이렇게 중얼거렸다.

"사람을 낚는다는 말이지……. 그래, 그런데 생뚱맞게 우편이라니 잘못 온 게 틀림없군."

아니나 다를까. 엽서 뒷면에 촘촘히 박혀 있는 글자들을 읽어가는 동안 나는 서서히 잘못 온 엽서라는 확신을 갖기 시작했다. 급기야는 황당하다 못해 께름칙한 기분에 빠져버리고 말았다.

말하자면, 88년 귀하가 속해 있던 학회, '민중민족역사학회'의 일원 중 한 사람으로서 귀하를 우리 모임에 참석시키기로 결정했습니다. 귀하는 당시 학회에서 민주주의와 군사 독재 타도를 위해 투쟁하신 경험이 있으실 겁니다. 우리가 누구인지는 이 엽서를 보신 귀하께서 짐작하실 일이고 또 지금 저희로선 밝힐 수가 없습니다. 만일에 그 시절, 우리가 나눴던 이상을 기억하시고 더불어 만나고 싶으시다면 아래에 적힌 날짜와 시간에 지정된 장소로 나오시기 바랍니다. 한 가지 덧붙여 말씀드리자면, 저희는 사명을 실행하는 방식으로 활동하고 있는 익명의 비밀 결사입니다. 귀하가 최근 정계에서 활약하고 있는 활약상을 듣지 못했다면 우리는 당신을 초청할 생각을 하지 못했을 겁니다. 젊은 시절 꿈이었던 저희 이상의 실현을 위해 우리의 계획에 귀하가 동참해주시면 더없는 기쁨이 되겠습니다. 그렇지 않더라도, 나중에 아시게 되겠지만 귀하와 우리는 진작부터 밀접하게 연결돼 있는 관계라는 점 마지막으로 말씀드리고 싶습니다. 아래 9월 셋째 주 토요일 18:00 광화문 역 지하로 세 번째 '관계자 외 출입금지' 문.

　추신: 이것은 비밀 통신이므로 소각하여주시기 바랍니다.

　나는 내가 들고 있는 엽서를 이물처럼 내려다보며 거푸 코를 팠다. 하루 종일 모니터를 보며 뻘글을 써다 날랐으므로 둔한 두통이 계속되고 있었다. 나는 한 번 더 엽서를 주의 깊게 읽어본 다음 코딱지를 둥글게 말아 튕겼다. 누가 이런 소환장 같은 엽서를 잘못 보낸 것일까. 셋째 주 토요일이면 이번 주를 말함이 아닌가. 또 광화문 역 지하로의 세 번째 '관계자 외 출입금지' 문은 또 뭐란 말인가. 나는 소파에 길게 드러누워 「베드로와 안드레아의 부르심」을 바라보았다. 이 엽서 자체가 하나의 낚시질은 아닐까?

　그들이 찾고 있는 사람은 동명이인의 학교 선배가 틀림없었다. 내가 법대 1학년인 시절 법학과 학생회에 동명이인의 4학년 선배가 있었다. 당시 남자답고 멋질 뿐 아니라 진보적인 사상에 투쟁적이기까지 했던 선배는 여학생들에게 무척이나 인기가 있었다. 따라서 투쟁에 불타오르는 여학우들이 은근슬쩍 흠모의 마음을 담은 편지를 보내곤 했었다. 하지만 학내 우체국은 꽤나 형편없었으므로 나에게 잘못 전달되곤 했었다. 자신의 이름으로 적힌 은근히 달달한 편지들을 읽는 기분이 나쁘지만은 않았다. 하지만 집으로까지 편지들이 잘못 배달되기 시작하자 점점 불편해지기 시작했다. 특히나 모르는 편이 좋은 내용들까지 실려 있는 편지들이 간헐적으로 배달되면서 결국 우체국에 찾아가 항의했다. 학내 우체국에서는 보내는 사람들이 착각을 하며 보내므로 어쩔 수 없다고 항변했다. 받는 사람의 이름대로 보내줬으니 자신들은 상관없다나. 아무려나.

시간이 갈수록 엽서에 대한 생각은 희미해져 소파에 누운 채 그대로 잠들어버렸다. 들고 있던 엽서 위로 침이 줄줄 흐르는 것도 모를 정도로 푹 잠들었다.

어느 날 '인류 낚시 모임'이라는 괴상한 명칭의 익명의 비밀결사로부터 난데없이 배달된 「베드로와 안드레아의 부르심」. 내가 그들과 밀접하게 연결된 관계라니. 착각도 유분수지. 엽서 하나 제대로 배달하지 못하는 비밀결사의 한심함이 놀라울 지경이었다.

새벽 두 시쯤 됐을까. 나는 몽유병 환자처럼 소파에서 일어나 추위에 부르르 떨며 침에 젖은 엽서를 집어들었다.

동명이인의 선배와 얽혔던 좋지 않던 기억이 떠올랐다. 이제는 너무나 희미해 흔적도 남지 않았던 굴욕감 말이다.

오래전 어느 날 그는 나를 쓰레기 대학생이라고 부른 적이 있었다. 세상에 아직도 그와 나를 착각하는 사람이 존재하고 있다니!

벌써 20년 전 일이다. 그 시절 알던 사람들과는 이제 거의 만나지 않는다. 아무튼 그해 가을에 나와 이름이 같은 선배는 내 앞에서 영화의 한 장면처럼 우뚝 서서 손가락으로 날 가리키며 쓰레기라고 말했었다. 영화의 한 장면이란 표현을 쓸 수밖에 없는 것은, 그것이 실제로 하나의 연기였기 때문이다. 사실 그는 겉과 속이 매우 다른 사람이었다. 잘못 온 편지 속에서 유추해볼 수 있는 그의 모습은 사실 정의감 넘치는 학생회장과는 한참이나 거리가 있었다. 다양한 과의 실로 다양한 여성들과 다채로운 만남을 유지하고 있는 그는 사실 내게 약간은 부러운 존재였다. 물론 사생활이 이상과는 무관한 문제인지도 모르겠다. 하지만 정확히 10년 후 그는 자신이 경멸하던 사람들의 일원이 됨으로써, 그 시절 내게 말했던 모든 말이 일종의 연기였다는 걸 제대로 증명했다. 그는 이른바 사회 저명인사가 되어 그 시절 학생들에게 외치던 똑같은 목소리로 TV에 나와 정반대의 가치관을 피력했다. 그를 알던 동기나 선후배들은 그를 변절자라 불렀지만 내가 보이기에 그는 시종 일관된 삶을 살아온 것처럼 보였다. 지금은 그저 위선의 가면을 벗었을 뿐.

대학교수 아버지를 뒀다는 그는 들리는 소문으로는 초등학교 시절부터 단 한 번의 학생회장 자리도 놓치지 않았었다고 한다. 그리고 이른바 교육자 집안 출신답게 항상 바른 말투와 바른 태도를 뽐냈다.

당시 복학생이던 그는 나보다 나이가 일곱 살이나 많았다. 틈만 나면 수배가 떴다 풀렸다 했으므로 동에 번쩍 서에 번쩍 했고, 때문에 늘 학교에 착실히 나왔던 내게 그에게 보냈던 편지가 올 수밖에 없었다. 편지만이 아니었다. 심지어 교양 수업을 듣고 있던 중간에 그를 찾는 형사들이 나에게 온 적도 몇 번이나 있었다. 대부분 경우 주민등록증을 보여주는 것으로 무난히 해결됐지만 한 번은 젊은 형사가 신분증을 위조했다고 우기는 바람에 경찰서까지 끌려갔다 온 적도 있었다. 사실 그는 내게 민폐 그 자체였던 것이다.

그리고 그해 가을 법학과 전체 MT가 있었다. 당시 좋아하는 여자아이가 과에 있었기에 참여하기로 했지만 썩 내키는 일은 아니었다. 여름에 전대협에서 임수경 씨가 세계청년학생 축전에 참가하는 일이 있었고, 평민당 김대중 총재는 서경원 의원의 밀입국 사건으로 구인되고, 중대 안성 캠퍼스 총학생회장의 변사체가 발견되는 등 가을 학기가 시작되기 전부터 학내 열기는 후끈 달아 있었다. 아니나 다를까, 개강과 동시에 매주 집회와 시위가 있었고, 학교 수업은 거의 정상적으로 진행되지 않았다. 수업을 하고 있으면 과대표가 뛰어 들어와 "지금 민주주의가 위기에 빠졌는데 너희가 이럴 때냐." 호통을 쳤고, 그러면 학생들이 우르르 빠져나가 결국 수업은 휴강해야 했다. 누가 뭐라 해도 판검사가 되어 떵떵거리며 살고 싶었던 내게 제대로 된 수업을 들을 수 없다는 건 크나큰 문제였다.

학생들은 노태우 물러가라, 노태우는 군사 독재다, 노태우는 죽어라, 등의 구호를 외쳤지만 사실 어찌됐건 국민투표로 당선된 인물이었고, 그의 당선에 일등공신은 다름 아닌 민주진영의 분열 탓이었다. 선거가 조작이라느니 원천 무효라느니 독재라느니 하는 집회들의 구호는 내 눈에 보기에 애들 투정이나 다름없었다.

따라서 나는 집회에 나가지도 않았고, 수업도 제대로 하지 않는 학교에 불만이 많았다. 꿋꿋하게 수업을 하는 교수들이 없지 않았지만 그들은 다른 학생들로부터 어용이니, 꼴통이니 하는 수모를 당해야 했다. 결국 이 무렵에 나는 슬슬 해외로 유학해야 하는 것이 아닌가 진지하게 고민하기 시작했다. 그해부터 시작된 해외여행 자율화로 유학의 길이 예전처럼 좁지도 않았고, 아버지도 진지하게 미국으로 나가 회계 쪽을 공부하고 돌아오는 게 어떠냐고 얘기했다. 당시 은행에서 일하고 있었던 아버지는 점차 주식시장이 커가며 투자 쪽 전문가의 수요가 폭증하리라 예상하고 있었고, 데모질이나 하는 학교는 때려치우고 미국으로 건너가라고 말씀하셨다.

미국이라는 사회에 대한 동경도 없지 않았고, 수업이 휴강하는 날이면 수업도 제대로 진행 되지 않는 학교에 남아서 어물쩍거리다가 사법고시도 망치고 나이 먹어 군대에 끌려가는 최악의 상황이 눈앞에서 아른거렸다.

하여간 이런 복잡한 심경을 안고 나는 용문산에서 있었던 법학과 전체 MT를 따라 나섰던 것이다. 물론 지금은 이름조차 기억나지 않는 어떤 여자아이 때문에.

처음 도착하고 여인숙과 여관의 경계가 모호한 숙소의 휑하게 큰 방에 짐을 풀고 나자 족구니, 축구니 하는 운동을 시작했다. 고3 내내 책상머리에만 앉아 있었던 데다가 대학에 들어와서도 도서관 밖을 벗어난 일이 없었던 탓에 몸이 생각처럼 움직이진 않았지만, 몇 번 뛰다 보니 예전처럼 제법 잘 달릴 수 있는 자신을 발견하고 선선한 기분이 들었다. 이때까지만 해도 여자아이와 어찌되건 간에 MT에 온 것은 잘한 것 같다는 생각이 들었다. 사실 대학에서 너도나도 운동을 하고 있었지만 진정한 스포츠를 즐길 기회는 거의 없었던 것이다. 하지만 동기들과 2학년 선배들과 운동을 하는 사이 속속 3, 4학년 선배들이 도착했고, 저녁을 먹은 이후 숙소 옆 마을 회관 같은 생경한 장소 지하에 모여 시국에 대한 세미나와 무슨 문화 활동이라 불리는 투쟁가와 율동을 배우는 시간이 시작되면서부터, 점점 앞으로의 2박 3일간이 뭔가 잘못될 것 같다는 예감이 들기 시작했다.

예상은 한 치도 어긋나지 않았다. 그날 저녁에는 3학년 선배들이 1, 2학년들이 짜놓은 조에 들어와 평가와 반성이란 이름의 조별 친목의 시간을 가지며 거의 일대일로 한바탕 시국과 역사와 민족과 사상과 정치에 대한 열변을 토사물처럼 쏟아내었다. 저녁 내내 들이킨 소주와 선배들의 설교와 선동, 연설 사이를 오가는 말들이 뒤섞여 내가 토한 것인지 그들이 토해낸 것인지 알 수 없는 토사물들이 숙소 마당 주변에 지뢰밭처럼 널려졌고, 여기저기서 균형감을 상실한 영혼들이 널브러지기 시작했다.

일련의 행사들이 진행되는 동안 그들의 좋은 의도와 정의감은 잘 알 수 있었다. 하지만 그들이 무슨 권리로 내 삶의 방향을 결정하려 하는지 이해할 수 없었다. 약자를 위하고, 민주주의를 위하고 정의를 위하는 빛나는 삶. 멋지고 훌륭했다. 원한다면 언제든지 박수를 쳐줄 수 있었다. 하지만 왜 그것들을 아무것도 모르는 우리, 대학 1, 2학년생들을 모아놓고 강요하는 것인지 납득할 수 없었다. 그들이 말하는 문제를 해결할 사람들은 지금 이 자리에 있는 사람들이 아닌, 그들의 아버지, 그들의 삼촌, 그들의 형이었다. 따라서 그들은 우릴 붙잡고 일장 연설을 할 것이 아니라 각자 집에 돌아가 그들의 부모를 설득해야 했다. 이건 아무것도 모르는 애들을 데려다가 피라미드를 만드는 것과 다를 바 없었다. 나는 이 거대한 탁상공론이 이해가 되지도 않았으며, 마음에 들지 않았다.

물론 그런 반감에 불을 붙였던 것은 이 원치도 않는 MT에 따라오게 만들었던 동기이자 원인이었던 여자아이가 느지막이 나타난 복학생 선배에게 반해 지난밤 사라졌다는 것도 크게 한몫했다. 그들은 아침나절 아무 일도 없었다는 듯, 용문사 은행나무를 보고 왔다고 나타났지만, 그녀가 새벽 세 시에 이미 그 선배와 단 둘이 사라졌다는 것은 숙소 전체를 뒤지며 확실히 확인했던 바였다. 무슨 일이 있었던 것인지 생각하고 싶지도 않았지만 어쨌든 돌아온 그녀는 열렬한 투사가 되어 있었다. 차라리 당시 내가 놀러 가던 클럽의 여자아이들처럼 원 나잇 스탠드를 한 것이라면 쿨하게 넘어가줄 수도 있었다. 하지만 투사라니, 피라미드 판매에 빠진 신규 회원과 다를 바 없지 않은가.

그리고 그날 저녁 그가 나타났다. 나와 동명이인인 그는 정말이지 번개처럼 나타났다. 일군의 형사들이 그를 찾아 이미 한차례 날 만나고 갔으므로, 나는 그가 수배 중이라는 걸 잘 알고 있었다.

실제로 그가 나타나기 직전까지 MT를 하는 우리 주변을 사복형사들이 얼쩡거리고 있었다. 솔직히 그들의 모습은 한심하기 그지없었는데 MT 온 대학생만 북적거리는 용문산 자락에서 중년 남자 두셋이 흰 운동화를 신고 점퍼 쪼가리를 입은 채 한낮에 어슬렁거리는 모습은 누가 봐도 영락없는 사복경찰이었다. 어쨌거나 해가 지고 그들이 떠나고 나자 나와 이름이 같은 학생회장이 나타났다. 그가 등장했다는 사실만으로도 학생들 전체가 술렁거렸다. 그렇다. 그 무렵 학생회장은 마치 어둠의 히어로와 락스타를 합쳐놓은 전설이었던 것이다.

어쨌거나 너무나도 당연히, 혹은 불행하게도, 바람처럼 나타난 그는 역시나 지난밤 선배들이 했던 일을 반복했다. 하지만 아무도 지루해하지 않았다. 그는 훨씬 은근하고 부드러운 동시에 설득력 있는 목소리로 어린양들을 교화시키고 있었다. 학과의 특성에 맞게 헌법과 그것에 담겨 있는 법정신, 그리고 민주주의에 대한 그의 말들은 무척이나 감동적이었다. 나조차 어린 시절 교회에 다니지 않았더라면 껌뻑 넘어갔을 정도로 그의 연설은 꿀을 바른 듯 달콤했다. 유감스럽게도, 혹은 다행스럽게도 나는 아버지 탓에 지겹게 교회에 다녔었고, 사람을 낚는 은근한 화술에 대해서는 겪을 만큼 겪어봤었다. 자식에게 교회를 물려주고 헌금 횡령으로 소송에 휘말렸던 교회의 담임 목사님도 그처럼 설교했었다. 심지어 한술 더 떠서 설교를 들으며 우는 아줌마들도 적지 않았다. 목사님과 비교하면 그의 연설은 정말이지 아이들 장난이나 다름없었다. 더구나 그의 사생활은 이미 내가 파악하고 있지 않은가.

한차례의 폭풍 같은 연설이 끝나자 질문이 있으면 손을 들라고 했다. 어렸던 나는 쓸데없는 공명심에 사로잡혀 있었다. 그의 정체를 학생들 전체에게 까발리고 싶었다. 또한 뜬금없이 민족, 민주 타령을 하는 여자아이를 정신 차리게 할 수 있는 마지막 기회라 판단했다.

"방금 하신 말씀은 잘 알겠습니다. 하지만 대학생들이 모여서 뭘 바꿀 수 있다고 그런 소릴 하시죠. 또한 민주, 민주화에 대해 말씀하시면서 왜 자신의 삶을 살겠다고 결정한 사람들을 그토록 비난하시는 거죠?"

그는 아주 천천히 믿을 수 없다는 표정을 지었다. 너무나 연극적이고 과장된 표정이었기에 웃음이 나올 뻔했지만 그런 생각을 하는 사람은 나뿐인 것 같았다.

"자네처럼 쓰레기 같은 생각을 하는 대학생이 있으니까 나라가 이 모양인 거야. 시국이 지금 어느 때인데 그런 막말을 하나. 자네가 그런 헛소리를 하는 사이에도 민중들은 독재자의 압제에 신음하고 있다는 걸 자각하길 바라네."

그는 손가락으로 날 가리키며 이렇게 말했다. 사람들의 눈빛이 싸늘하게 변했다. 그녀 역시 나를 한심하다는 표정으로 바라보았다. 할 말은 많았다. 하지만 무언가 말을 할수록 상황이 나빠지리라는 건 불을 보듯 뻔했다. 그의 사적인 비밀들을 이 자리에서 밝힐 수도 있었다. 하지만 침묵하기로 했다. 뭘 말해도 통하지 않을 것이었다. 그는 사람을 낚는 어부였고, 나를 제외한 모든 사람들은 이미 퍼덕거리고 있었다.

모두가 행복하고 민중이 주인이고, 아무도 고통 받지 않는 하나 되는 삶에 대한 약속, 그리고 그 지상천국을 이루는 데 당신도 한몫할 수 있다는 미래, 그것은 나 한 사람이 어쩐다고 해서 막을 수 있을 것이 아니었다. 그것은 이미 운동이 아니라 종교와 다름없었다.

그 MT 이후로 나는 학교에서 경멸 혹은 교화의 대상으로 자리잡았다. 누군가는 나를 경멸했고, 또 누군가는 나를 무시했으며, 누군가는 날 교화하려 했다.

"무서운 사람."

과 엠티를 따라가게 만들었던 그녀는 내게 이렇게 말했다. 이해할 수 없었다. 나는 내가 보편타당한 정서와 사고를 지녔다고 생각했었다. 그런 내게 다들 다른 무언가가 되라고 강요하고 있었다. 결국 나는 이듬해 미국으로 떠나버렸다.

미국에서 나는 CPA에 합격했고, 한 투자사에서 자리잡았다. 그동안 한국에도 많은 변화가 있었다. 때때로 여전히 한국에 남아 있던 고등학교 동창들을 통해서 가끔씩 내가 그만두었던 대학의 소식을 들었다. 어느 날 갑자기 그가 한국의 한 정당에 국회의원의 보좌관이 되었다는 소식을 스쳐 지나가듯 들었다. 그가 모시던 국회의원은 3당 합당의 시기 자연스럽게 여당의 일원이 되었고, 그 역시 몇 년 뒤 선거에서 예전의 그가 독재의 하수인이라 부르짖던 사람들의 지원사격을 받으며 화려하게 국회의원이 되었다는 소식도 들었다. 여당의 젊은 기수라 불리는 그의 등장을 보고 동기와 선후배들은 배신감에 치를 떨었다. 나로서는 이해할 수 없었다. 그는 애초에 그런 사람이었던 것이다. 그해 뉴욕에서 나는 결국 이혼하게 될 내 아내를 만났고, 그녀가 원했으므로 잘 다니던 투자사를 그만두고 한국행 비행기를 탔다. 내 경력은 화려했고, 날 부르는 회사는 많았다. 나 역시 금융계에 화려하게 데뷔했고, 이듬해 결혼까지 성공했다. 그때까지만 해도 내 앞에는 탄탄한 황금 길이 펼쳐 있는 것만 같았다. 가끔 뉴스에서 나와 동명이인의 그를 보긴 했지만 그 무렵 내게 그는 아무런 감흥도 불러일으키질 못했다. 이제 그는 내게 영영 잊힌 사람이었던 것이다.

나는 서성거리고 있었다. 광화문의 대형 서점 안에서 책을 뒤적이고 있었지만 책의 내용 따위는 이미 보고 있지 않았다. 자꾸 시계를 힐끗거렸고, 광화문역으로 향하는 통로를 멍하니 바라보곤 했다. 서점 직원은 아까부터 탐탁지 않은 눈으로 날 바라보고 있었다. 사지도 않을 책을 계속 만지작거리고 있었던 것이다. 여섯 시 오 분 전. 이제 광화문역을 향해 갈 시간이었다.

아침나절 나는 소파에 앉아 그들이 보낸 엽서를 재떨이에 불태웠다. 딱히 그럴 필요까지는 없었지만 나는 매뉴얼에 충실한 삶을 살았다. 리스크를 관리하고 숫자 속에 불안 요소들을 배제하는 삶을 꾸려왔다. 그리고 그런 삶이 미국 주택시장에서 불어온 바람에 쓰러져버리기 전까지 잘 통하는 것처럼 보였었다. 「베드로와 안드레아의 부르심」은 정말 내 재떨이 속에서 순식간에 재로 변하고 말았다.

그러고 나서 예기치 못한 일이 벌어졌다. 아침나절까지만 해도 나는 결코 광화문에 나가지 않으리라 마음먹고 있었다. 잘못 온 편지였고, 내가 나갈 이유가 없었다. 하지만 재가 된 엽서를 물끄러미 바라보고 있자니 견딜 수 없이 비밀결사의 정체가 궁금해지기 시작했다. 그것은 서서히 무서운 갈증으로 변해 나를 충동질하더니 급기야는 광화문 인근 대형 서점으로 발길을 옮기게 만들었던 것이다.

여섯 시 정각이 되자 나는 초조해지기 시작했다. 경복궁역의 세 번째 관계자 외 출입금지 문을 찾을 수 없었던 것이다. 두 개의 출입금지 문 사이를 오가며 헤매고 있다가 역무원을 붙들고 물었다.

"세 번째 관계자 외 출입금지 문은 어디 있나요?"

"성함이 어떻게 되시죠?"

나는 내 이름을 말했다. 그러자 그는 고개를 끄덕거리곤 따라오라고 말했다. 그가 날 데리고 간 곳은 광화문역 인근에 있는 한 지하로 앞이었다. 그곳에는 붉은색 원피스를 입은 한 여성이 날 기다리고 있었다.

"생각보다 젊어 보이시는군요."

나는 달리 할 말이 없었다. 사실 그들이 오해하고 잘못 엽서를 보냈으니까. 나는 대답 대신 어색하게 웃어 보였다.

지하로로 내려가자 통로 가운데에 철문이 있었다. 그녀는 그 문을 열고 안으로 안내했다.

"박통시절에 정부종합청사와 청와대 안가의 비상 탈출용 출구로 만들었던 문들 중 하나죠."

"대단하네요. 이런 게 있으리라곤 상상도 못했는데."

콘크리트로 된 통로였다. 습한 공기가 밀려왔고 천정을 따라 띄엄띄엄 등이 달려 있었다. 전체적으로 조명은 어두웠지만 지난 세기에 만들어진 공간이라고는 믿어지지 않았다. 아무런 장식이 없는 살풍경한 공간이었지만 관리를 잘 받아왔는지 전체적으로는 깔끔한 느낌이었다. 콘크리트로 된 어둡고 긴 통로와 회랑들을 지나는 동안 온갖 상념이 꼬리를 물었다. 내가 그들이 속한 비밀 결사의 일원이 아니라는 사실이 밝혀지면 과연 어떤 일이 벌어질까? 조금쯤 두려운 생각도 들었다. 국회의원이라는 선배의 현 위치와 박통이 만들었다는 통로가 합쳐져 어쩌면 와서는 안 될 공간에 온 것인지도 모른다는 생각에 심장이 두근거렸다. 폐소공포증을 불러일으킬 듯한 지하의 답답함 탓에 붉은 원피스를 따라가는 일은 마치 끝나지 않는 악몽 같았다.

"이곳에 아이돌 음악을 듣는 사람이 오긴 처음이에요."

건조한, 어쩐지 냉소가 느껴지는 말투로 그녀가 말문을 열었다. 그녀가 내게 전화를 걸었던 목소리라는 걸 깨달았다.

"저도 무덤 속으로 들어가 보긴 오늘이 처음입니다."

나도 따라 빈정거리는 수밖에 없었다. 그녀는 입을 닫았다. 긴 통로 속에서 그녀의 하이힐 소리만이 또각또각 울렸다. 나는 그 규칙적인 반복을 견딜 수 없었다.

"두초의 그림이라니 정말 의외군요."

"우리 모임에 적지 않은 수가 교회에 다니고 있거든요."

"그렇다면 인류 낚시 통신은 종교 모임인 건가요?"

그녀는 웃었다. 나는 태연한 얼굴을 가장했다.

"「베드로와 안드레아의 부르심」을 보시면 베드로와 안드레아는 초록색 호수에 있고, 세 사람은 황금빛 하늘 속에 있죠. 두초는 그 색들이 의미하는 바를 깨달은 몇 안 되는 화가 중 하나였죠. 하지만 종교적인 의미의 해석은 결코 아니에요. 그것은 성화처럼 보이지만 우리가 돌아갈 본질에 대한 것이죠."

그림 속 장면은 예수님이 베드로와 안드레아에게 "나를 따라오너라. 내가 너희를 사람 낚는 어부로 만들겠다"고 말씀하시는 순간을 그린 것이었다. 예수님이 서 있는 육지는 반석 같은 구원을 초록색 바다는 죽을 수밖에 없는 인간 세상을, 갈색의 배는 교회를, 황금색 하늘은 성스러운 하느님 나라를 상징하고 있다고 아버지는 이야기 해주었다.

"미술관에서 근무하시나 보죠? 본질에 대한 해석이라는 게 뭔지 궁금하네요."

"별거 아니에요. 황금색은 그저 황금이고, 초록색은 달러의 색이 죠. 물고기들은 돈 속에 살고 있고요. 우리는 그것을 낚을 뿐이며, 구원은 황금에 있다는 의미이죠."

이건 또 무슨 소린가. 머리가 아파왔다. 두초의 그림은 성화였다. 그런 식의 세속적인 해석은 말도 되지 않는 억지였다. 나도 모르게 말도 안 돼, 하고 반사적으로 중얼거렸다.

"그렇죠. 베버에 와서야 기독교가 자본주의와 화해했다고 착각하 는 분들은 그런 해석이 억지라고 생각할 수 있죠. 당시 성화들이 후

원자의 의뢰를 받아 그린 그림이라는 건 알고 있으신지요?"

"예."

"미술사를 잘 아시는 분들도 두초를 후원했던 시에나의 교회와 권력자들이 세계 최초의 은행을 만들었다는 것은 잘 모르시더군요. 뱅크란 단어는 그들이 사용하던 탁자인 방카에서 유래된 것이죠. 두초는 돈을 받고 낚시질을 한 겁니다."

그녀는 발걸음을 멈춘 채 돌아서서 이렇게 말했다. 나는 맹하게 풀어진 눈으로 그녀의 얼굴을 쳐다보았다. 순간 그녀의 표정에 한 줄기 의심이 맴돌았다.

"학회는 기억하시는지요?"

내 맹한 눈빛 탓이었다. 선배라면 절대 하지 않을 눈빛이었다. 학회 따윈 당연히 기억할 턱이 없었지만 지금 이 상황에서 할 수 있는 답은 하나뿐이었다.

"예."

"그렇다면 우리가 마지막에 했던 약속과 선언도 기억하시는지요?"

"약속은 어렴풋이 기억나는데 선언이라니요."

"세계 인권 선언이요. 일테면 우리에게도 헌법이 있다는 거예요."

"……계속 해봐요."

"모든 사람은 태어날 때부터 존엄성과 권리에 있어 평등하다. 서로에게 형제애로 대해야 한다. 모든 사람은 생명과 신체의 자유와 안전에 대한 권리를 가진다. 모든 사람은……."

"현실과는 동떨어진 이야기군요."

나는 부러 목소리를 낮게 깔며 말했다. 아마 선배라면 이렇게 말했으리라.

"흥, 현실을 바꾸기 위해 이상이 중요하다는 말도 못 들어보셨나요. 나나 당신이나 이 이상을 위해 청춘을 몸 바쳤단 말이에요. 아시겠어요?"

붉은 원피스는 신경질적으로 이렇게 말했다. 문득 그녀의 목소리가 그토록 낯익던 이유를 깨달았다. 그녀는 여당의 대변인을 했던 우리 과 3년 선배였다. 각종 실언으로 그녀는 한동안 쉴 새 없이 뉴스 머리를 장식했었다. 줄을 잘못 타 지금은 사람들의 기억 속에서 잊혀져가고 있었다.

"자, 그럼 지금부터 문제를 내죠."

나는 드디어 내 운명의 종착점에 도달했다는 걸 깨달았다. 틀림없이 정체가 탄로 날 것이었다. 그녀가 묻고 있는 질문에 답을 하지 못할 것이 뻔했으므로. 그럼 어떻게 될까? 이 존재조차 모르고 있던 비밀통로에서 소리 없이 사라지는 건 아닐까. 내가 증발한다 해도 누구하나 알아주지 않을 것이었다. 심장이 두근거리기 시작했다.

"우리가 목표로 하고 있는 이상은 과연 무엇일까요?"

나는 머리를 굴렸다. 세계 인권 선언은 사실 강제성이 없는 선언이었다. 하지만 법을 배웠다면 세계 각국의, 특히 2차 대전 이후 독립한 나라들의 헌법에 지대한 영향을 미쳤다는 게 상식이었다. 1년을 다니고 만 법대였지만 그 정도는 알고 있었다. 인권선언이 표방하고 있는 바는 아주 단순했다. 더 말할 필요도 없는 한 단어였다.

"휴머니즘."

"역시 기억하고 있군요."

"우리는 학회를 해체하며 맹세했었죠. 이념이니 파벌이니 하는 것들을 초월해서 각자 사회로 돌아가 세상을 바꿀 힘을 얻은 후 이상에 부합하는 삶을 살자고요. 그 목적에 충실하기 위해 다시 비밀결사를 부활시킨 겁니다."

멋졌다. 세상을 바꾸기 위해 그들은 기꺼이 호랑이 입안으로 들어간 것이었다. 그렇다면 정당 대변인을 하며 보여줬던 그녀의 어처구니없을 정도로 당황스러운 언행과 태도는 이 비밀결사를 위한 일종의 낚시였단 말인가? 실언들 역시 여당의 지지율을 떨어뜨리기 위한 일종의 고육지계였단 말인가.

"당신이 우리의 이상을 기억하지 못했다면 지금까지 세상에 보였던 당신의 태도를 저희도 변절로 받아들였겠지요. 하지만 기억하고 있는 이상 당신이 했던 일들도 우리와 같은 목표였다고 이해하겠습니다. 우리가 이 비밀결사를 만든 건 2년 전부터입니다. 하지만 선배가 너무 훌륭하게 활동하신 나머지 변절한 것인지 아니면 우리 이상에 부합하기 위해 노력하시는 건지 확신할 수 없었습니다. 그래서 이렇게 2년 만에 연락을 드리게 된 거죠."

나는 동명이인 선배가 정계에서 보여준 최근의 행보를 돌이켜보았다. 그는 부자들의 세금을 적게 내게 하기 위해 정신없이 뛰어다녔고, 각종 사회보장 제도를 철폐하기 위해 불철주야로 노력했다. 사실 당시 돈을 잘 벌던 내 입장에서 선배의 활약은 눈부시다 못해 눈을 뜰 수 없을 정도였다. 과거 그가 내게 저질렀던 극적인 모욕조차 아무렇지도 않게 느껴질 만큼 그는 내가 내야 할 세금 수천만 원을 아껴준 사람이었다. 하지만 막상 직장을 잃고 엄청난 위자료를 물고 나자 선배가 없애버린 각종 그물망 덕분에 나는 바닥까지 수

직으로 떨어져 내려야 했다. 물론 예전으로 돌아갈 여력이 없는 것은 아니었다. 하지만 날 원하는 회사들은 전에 있던 곳의 연봉 5분의 1도 주지 못했다. 의욕이 날 턱이 없었다.

어쨌거나 선배가 휴머니즘에 기여하기 위해 노력했다는 것이 과연 무엇인지 감조차 잡을 수가 없었다. 그가 했던 행위가 변절이 아니라면 그조차 이들이 했던 인간을 위한다는 약속의 실현이란 말인가? 이해할 수 없었다. 그가 했던 노력은 늘 소수의 지갑을 향해 있었던 것이다.

"몇 년 전 소수의 대학교수, 정치가, 법조인, 기업인들이 한 호텔의 스카이라운지에 모여 이 모임을 시작했지요. 당시 그들은 모두 예전 그 학회이었으며 저마다 방식은 다르겠지만 다들 이 사회에 자리를 잡은 사람들이었어요. 그들은 자주 만나 옛날에 나눴던 이상을 이야기하며 은밀한 방식으로 잃었던 이상과 성공이 주는 권태를 달래가며 모임을 키워나갔어요. 그 후 건축업자, 의사, 언론인, 금융인들이 더 들어왔고 집단의 동일성을 확보하자는 뜻에서 동문 출신으로만 모임을 제한했어요. 물론 그들은 겉으로는 아무 이상이 없는 사람들처럼 살아요. 하지만 역시 삶에 이상을 가슴에 품고 있는 사람들이죠. 아무튼 우리는 두 달에 한 번쯤 은밀히 모였다가 헤어지곤 해요. 어떻게 보면 이중적인 삶을 살고 있는 사람들이지요. 현실에서 휴머니즘은 더이상 용납될 수 없으니까, 그게 불가능한 것처럼 보이니까, 말하자면 지하에다 우리가 힘을 모을 은밀한 세력을 세운 거예요. 우리가 인류를 문장으로 한 것도 다른 뜻이 아니에요. 말하자면 우리는 여기서 인류를 구하기 위한 힘을 모아요. 이상을 현실화하는 법을 배운단 말이죠."

붉은 원피스는 다시 통로를 따라 걷기 시작했다.

그녀가 날 데리고 간 곳은 거대한 원탁이 있는 회의실이었다. 뱅크라는 단어가 원탁에서 유래했다는 말이 떠올랐다. 얼굴 높이에 장막 같은 것이 드리워 있었고, 각 사람 자리마다 칸막이가 있어서 상대편 얼굴을 제대로 볼 수 없게 되어 있었다. 나는 흐릿한 장막에 앉아 내가 방금 떠나온 세상을 떠올려보았다. 너무나 아득했다. 지금 내가 있는 곳이 어디인지 분간이 가지 않았다. 장막 속에서는 각자의 사람들이 자신의 일에 열중하고 있었다. 한 중년의 사내는 반라의 교복을 입은 소녀의 몸을 탐하고 있었고, 누군가는 코를 테이블에 박고 흰 가루를 빨아들이고 있었다. 매캐한 연기가 테이블 위를 맴돌고 있었고, 나는 그것이 유학 시절 파티에서 흔히 맡던 냄새라는 걸 알아차릴 수 있었다. 욕망이 철저히 무장해제하고 있었다. 미국의 명문대를 다니는 동안, 동양인이라는 이유로 결코 갈 수 없었던 백인 기숙사의 사교 클럽의 파티와 판박이라는 사실을 깨닫는 데는 그리 오래 걸리지 않았다. 몇몇의 얼굴을 알아볼 수 있었다. 선배 또래의 이른바 사회 지도층이라는 이름의 저명인사들이었다. 바로 옆에서 신음 소리와 함께 칸막이가 격렬하게 흔들리고 있었다. 나는 홀로 구석 자리에 앉아 어떤 태도도 취할 수 없었다. 잠시 후 강렬한 시선을 느꼈다. 맞은편에서 자신보다 스무 살은 어려 보이는 여자아이의 가슴을 빠는 사내의 시선도, 마리화나의 연기를 탁자 위 허공에 뿜는 사내도, 스무 살 남자아이의 무릎 위에 앉아 있던 중년 여인의 시선도 모두 나를 향해 있다는 걸 깨달았다. 잠시 후 그들의 팽팽하던 시선이 긴장감을 잃고 다시 뒤엉키기 시작했을 때 나는 그게 나에 대한 그들의 묵인과 동조의 표시임을 깨달았다. 그들은 그저 내가 적이 아님을 확인하고 싶었을 뿐이었던 것이다. 그들 중 누군가가 나를 향해서, 그러나 쳐다보지 않은 채 뜻 모를 소리를 중얼거렸다.

"세계는 이쪽과 저쪽으로 나누어져 있지. 자넨 지금 저쪽으로 와버린 거야."

나는 앉아 있던 의자의 손잡이를 움켜잡았다. 진정 나는 '저쪽'으로 와버린 것인가. 잠시 내 눈에서 사라졌던 붉은 원피스가, 어느새 자신이 달러의 색이라 말했던 연두색 옷으로 갈아입고 술병을 들고 나타났다. 나는 내 정체가 드러날 경우 무슨 일이 닥칠까 하는 두려움을 이기려고 거푸 두 잔을 받아 마셨다.

"그냥 그대로 있어요. 이제 시작될 테니."

이렇게 말하고 그녀는 나를 놔둔 채 부스스 일어나더니 다른 쪽 칸막이로 넘어가버렸다.

그때부터 누구도 더이상 나를 눈여겨보거나 말을 걸어오는 사람이 없었다. 그들은 아까처럼 각자의 칸막이에서 자유롭게 하던 일에 집중했다. 나는 주제넘게 내가 속하지 않은 세계에 왔다는 생각으로 마른침을 삼켰다.

나는 「베드로와 안드레아의 부르심」을 생각하고 있었다. 그녀의 말대로라면 돈 속에 허우적거리는 물고기들을 낚는 사람들의 그림을. 그 구원이, 존재의 시원이 정녕 황금이라면 물고기들에게는 꽤나 서글픈 광경이 아닐 수 없었다. 그렇다면 지금 펼쳐지는 이 광경과 휴머니즘은 도대체 무슨 상관이란 말인가.

그때 그들의 제의가 시작되었다. 테이블의 한쪽 끝에 드리워져 있던 커튼이 열리며 팬티 한 장만 걸친 아름다운 사내가 들어왔다. 뮤직 비디오에서 몇 번 봤던 낯익은 신인 배우였다. 그러자 칸막이에 있던 사람들의 눈빛이 순간 번득였다. 사내는 천천히 원탁의 가운데로 나와 회전초밥집의 초밥처럼 테이블을 따라 돌았다. 무언가약을 했는지 그의 동공은 풀려 있었다. 사내가 테이블의 가운데 멈춰 서자 칸막이 속의 사람들은 바쁘게 손가락을 펼쳤다. 천장에 달려 있던 전광판에 숫자가 들어왔다. 가락동 농수산물 시장 경매장풍경이었다. 나는 사람을 파는 경매가 이뤄지고 있음을 깨달았다. 한 거구의 남자에게 젊은 사내는 팔렸다. 칸막이에 사내가 들어오자 거구의 사내는 그가 입고 있는 팬티에 손을 넣었다. 붉은 원피스가 말했던 휴머니즘을 떠올렸다. 도대체 이 경매의 어디에 휴머니즘이 있다는 것인가. 육체가 육체를 탐하는 것이 휴머니즘이란 말인가? 사람들이 나로 착각하고 있는 선배 역시 사람들의 목을 조르는 정책들만을 만들었다. 어떤 휴머니즘이 이 행위에 정당성을부여할 수 있을까. 나는 테이블 언저리를 돌고 있는 아름다운 여체를 바라보며 울컥하는 구역질을 참았다. 건너편 칸막이에 있던 그녀는 내 표정을 보고 이렇게 중얼거렸다.

"구원을 하기엔 너무나 많은 거예요. 그대로 방치하다간 영영 기회가 없을지도 몰라요."

그 순간 깨달았다. 이들이 하고 있는 짓의 의미를.

너무 많은 사람이 있었다. 인간은 공기만큼이나 희소성이 없었다. 사람의 목숨을 무엇과도 바꿀 수 없다고들 사람들은 말했지만 목숨을 대신할 수십억의 인간들이 지구상에서 바글거리고 있었다. 마치 베드로의 그물이 찢어지도록 가득찬 물고기처럼. 다들 그것을 알고 있으므로 하나같이 사람 목숨을 함부로 대할 수 있었던 것이다. 쉽사리 전쟁을 일으키고, 사람이 먹을 음식을 속여 팔고, 환경을 오염시키고, 사람 목숨을 앗아갈 정책들을 추진하고, 타인의 죽음 따위엔 눈 하나 깜짝 안 하고 살아갈 수 있었다. 결국 인간 가치를 회복하기 위해서는 희소하게 만드는 수밖에 없었다. 인류 낚시통신은 모여서 가치 없는 인간들을 솎아내고, 욕망을 자극하는 존재들은 사고팔고 있었다.

"하지만, 어떻게 그럼 솎아낼 사람들을 고르는 겁니까?"

"무슨 바보 같은 소릴 하는 거예요. 인간의 가치가 사물보다 떨어지는 세상이니 당연히 돈의 흐름에 거치적거리는 존재들은 이 세상에 존재할 이유가 없는 겁니다. 그건 휴머니즘으로 구할 인간에 범주에도 들지 못하는 잉여일 뿐이지요."

그들은 변절자가 아니었다. 원시 공산사회에서 공산주의가 성립할 수 있었던 것은 그들이 획득하는 어떠한 사물들보다 사람이 훨씬 희귀한 존재였기 때문이었다. 상부구조를 지배하는 건 하부구조였고, 그 하부구조의 정점은 바로 인간의 수였다. 인간의 수를 원시시대 수준으로 낮춘다면 공산 유토피아는 절로 이뤄지는 것이었다. 나는 후기 자본주의와 공산주의가 같은 목표를 향해 가는 두 개의 바퀴와 같다는 깨달음에 번개를 맞은 것처럼 전율했다.

소비자가 되지 못한 존재들을 잉여로 만들고 그들을 죽음으로 몰아붙여 폐기처분함으로써 인간의 가치를 드높이는 소비자의, 소비자에 의한, 소비자를 위한 휴머니즘을 실현하고 있었던 것이다. 이제 소비자가 아니라면 더이상 인간이 아니었다.

이제 나는 바닥에 있었다. 폐기처분되어도 어쩔 수 없는 존재였다.

경매가 진행될수록 나는 뼈아픈 마음이 되어갔다.

경매가 끝난 후 나는 차가운 원탁에 홀로 남겨졌다. 누군지 짐작할 수 있지만 얼굴을 볼 수 없는 그들이 나가는 동안 나는 내게 닥친 암담한 현실이 주는 비릿함을 천천히 음미했다.

이제는 달러와 같은 색의 옷을 입은 붉은 원피스는 원탁에 남아 멍하니 입을 벌리고 있는 내게 찾아와 이렇게 말했다.

"회의는 끝났습니다. 이제 돌아갈 시간입니다."

나는 깨달았다. 돌아가야 했다. 살아남기 위해서는 원래 있던 부르주아의 자리로 돌아가야 했다. 정말 지금 나는 내가 있어야 할 장소가 아닌 다른 곳에 있었다. 이를테면 시장의 외곽에서, 존재의 잉여에서.

지금부터 돌아가고 싶다고 나는 간신히 그녀에게 말했다.

"그래요. 당신이 살던 원래 세상으로 돌아가세요. 원래 당신의 자리로 돌아가세요."

눈물을 참는 동안 그녀의 모습이 수초처럼 흔들렸다. 그 촌음의 순간 나를 소비자로 있을 수 있게 했던 수많은 명품 브랜드의 이름과 투자했던 종목들의 이름이 아스라이 떠올랐다.

내가 돌아갈 곳은 돈이 없으면 존재 가치가 없는, 잉여들은 인권을 지키기 위해 솎아내져야 할 차디찬 세상이었다. 나는 발을 끌며 차가운 콘크리트 통로를 거슬러 광화문 지하로의 철문으로 나왔다. 양옆에서 노숙자들이 박스를 덮고 자고 있었다. 나는 아직 충분히 거슬러 올라오지 못했다는 걸 깨달았다.

나는 광화문 지하로 노숙자들 사이에서 벽에 머리를 기댄 채 흐느끼기 시작했다. 직업이 없다는 현실이 비로소 사무치게 다가왔다.

나는 이혼이 준 상처에서 빠져나와 인터넷 폐인 생활을 접고 어떻게 펀드 매니저로, 인간이 될 수 있는 소비자의 끄트머리로 어떻게 돌아갈 것인지 고민했다. 상처 입은 지느러미를 끌고 내가 다시 거슬러 올라가야 할 상류로 향하는 피라미드의 꼭대기를 바라보았다. 그것은 황금색으로 찬란했다.

긴 흐느낌의 시간이 흐른 후, 나는 가까스로 새벽의 차가운 냉기만이 남아 있는 광화문 지하차도의 바닥을 짚고 일어섰다. 비밀은 없었다. 허위와 속임수와 껍데기뿐인 알량한 취향과 미감, 자존심, 도덕 따위는 벗어던지고 우리가 거슬러 올라갈 곳은 하나였다. 이 시대의, 이 세상에서 존재의 시원이란 결국 돈이었다.

그러나 그 먼 소비자라는 이름의 돈을 쓸 수 있기 위한 최소의 재산, 잔고, 브랜드, 말하자면 내가 원래 있어야 할 그곳으로 돌아가기 위해서는 보다 많은 밤과 낮을 필요로 했다.

코스피에 사이드카가 뜨고 거래가 정지된 날, 나는 그들이 보낸 두 번째 통신을 수신했다. ✴

태초에 자본이 있었다

"원래 당신의 자리로 돌아가세요." 윤대녕의 「은어 낚시 통신」에서 묘령의 여인이 주인공에게 던진 말이다. '은어 낚시', '통신' 이 두 개의 키워드는 90년대적인 문화 아이콘('통신')과 존재의 회귀(은어의 습성)라는 초월적 성찰을 압축한다. 중요한 것은 지금 여기가 어디인가라기보다는, 우리가 돌아가야 하는 곳은 어디인가,에 있다. 즉, 궁극의 시초를 고민하게 만드는 여인의 말은 먼 저곳을 상상하기 위해서 지금 이곳의 의미에 대한 질문을 촉발시킨다는 말이다. 이곳의 의미를 질문하는 이유는 결국 인간 존재의 시원은 어디인가라는 지향성을 묻기 위한 필수적인 예비 질문일 터. 여인의 메시지는, 인간이 미래에 도래할 시원의 지점을 떠올리면서 "삶의 사막"으로 비유되는 각박한 현재를 견뎌야 한다는 시대적 진단을 담고 있다.

90년대 발표된 「은어 낚시 통신」과 2011년에 발표된 임성순의 「인류 낚시 통신」 사이의 낙차는 원본과 패러디 사이에서 촉발되는 해석적 유희만을 남기는 것이 아니다. 중요한 차이는 우선 질문의 순서를 바꾸었다는 데서 기인한다. 90년대 윤대녕의 질문이 미래적인 의미를 성찰하기 위해 현재로부터의 탈출과 시대적(현재적) 진단을 필요로 했다면, 2000년대 임성순의 질문은 우리에게 미래가 존재하는가, 라는 보다 극단적인 질문에서 출발하기 때문이다. 갈 곳이 있다면 여전히 우리는 행복을 꿈꿀 수도 있을 것이다. 그러나 돌아갈 곳이 없다면? 현재 자체가 미래의 기원이며, 현재 살아남는 것 자체가 기원을 만드는 궁극의 행위라면?

「인류 낚시 통신」은 '인류'와 '낚시'라는 두 개의 키워드를 바탕으로, 소비사회의 '휴머니티'의 의미를 재구성한다. 이 과정에서 우리가 생각한 자유(free)가 공짜(free)의 동의어가 아니라는 사실이 폭로된다. '휴머니티'란 사실은 "소비자로 있을 수 있게 했던" 자본이라는 담보를 통해 간신히 유지되는 것이다. 소비자로서의 자격을 부여받지 못한 인간은 그저 무용한 '잉여'일 뿐이다. 비밀결사들이 모인 지하세계에서 그는 "사람을 파는 경매"를 통해 잉여인간을 처분하는 현장을 목격한다. 유통시장에서 폐기된 인간들을 '돈'으로 처분하는 것이야말로 이 시대의 '휴머니즘'을 가장 잘 구현하는 행위라는 말이다.

임성순의 소설에서는 '낚시'라는 인터넷 용어가 종교적으로 패러디된다. '사람을 낚는 어부'라는 성서적 상징이 신자들의 "사람을 낚는 은근한 화술"과 연결되고, 다시 그것이 소비자를 '낚는' 소비시장의 메커니즘과 유비된다. 신은 자본이 되었고 자본은 신과 합체되었다. 신격화된 자본, 자본화된 신은 소비적 욕망을 부추기고 신자들은 그 욕망을 위해 자신의 삶을 규율하는 실천을 만들어낸다. 소비자의 반열에 오를 수 없는 인간은 게으름, 즉 죄악의 상징이 된다. 이 사회에는 실패가 만연해 있으나, 실패를 위해 예비된 장소는 존재하지 않는다. 루저들이 머물 수 있는 장소는 없다.

'나'는 애초에 초대되었던 동명의 선배 대신 비밀 의례에 참석한다. 그 선배는 운동권에 투신했다가 지금은 정치권에서 기반을 닦고 있는 비밀결사의 회원이자 권력자이다. 무직자이자 백수인 주인공은 누군가의 '실수'로 세계의 음모를 엿듣게 된 셈이다. 자기와 같은 처지에 놓인 사람들이 신속하게 시장으로 재흡수되지 않을 때, 어떠한 결말에 처하게 될지를 의도하지 않게 알아버린다. 자본의 시장은 무참하고 무심한 정글이기 때문에 두려운 것만이 아니다. 그것은 신적인 속성을 가지고 있다. 풍요를 통해 구원을 얻는다고 믿는 보통 사람들의 믿음은 종교적 신앙심과 다른 것이 아니다. 그러한 정념적 기반을 통해, 자본은 위험사회에서 가족의 안전과 발전을 보증해주는 울타리처럼 느껴질 것이다. 그렇다면 인간을 '낚는' 자본의 능력이란, 스스로 미끼를 무는('낚이는') 인간의 실천을 통해서 가능해진다고 말할 수 있겠다.

일터에서 퇴출된 사람들이 노동력을 완전히 상실하고 '쓰레기와 같은 존재'로 추락하는 데에는 그리 긴 시간이 소요되지 않는다. 가난이라는 죄악의 그림자를 후방에 둘 때, 풍요의 얼굴은 빛을 발한다. 인물의 입을 빌어 작가는 말한다. "비밀은 없었다. 허위와 속임수와 껍데기뿐인 알량한 취향과 미감, 자존심, 도덕 따위는 벗어던지고 우리가 거슬러 올라갈 곳은 하나였다. 이 시대의, 이 세상에서 존재의 시원이란 결국 돈이었다."고. 자본이 지켜줄 때에만 성립되는 휴머니티란 '휴먼 없는 휴머니티'이고, 그것은 거대한 '유머(humor)'일 수밖에 없다. 우리가 믿는 휴먼은 무능하기 짝이 없다.

윤대녕의 소설이 90년대적 감수성을 싸안으면서도 (인)문학적 희망 혹은 긍지를 확인하게 하였다면 임성순의 소설은 자본의 신적 위력에서 영원히 벗어날 수 없을 것이라는 씁쓸한 결론을 제시한다. 그렇다면 우리는 무엇을 할 수 있을까. 그러니까 이제는, 우리가 무엇을 할 수 있는가에 대해 고심할 때인 것이다. ✻

— 선정위원 | 양윤의

2012 젊은 소설

사랑해서 그랬습니다

내 모든 것을 지금 멈추겠다

정용준

창작 노트 | 사랑이라면 모든 것이 가능할 것이라고 믿었던 시절이 있었다.
하지만 지금은 그 믿음을 의심한다.
사랑에 대한 의심이 아닌 사랑의 방식에 대한 의심이다.
사랑해서 그랬습니다……는 사랑에 대한 고백이 아니다.
그것은 차라리 사랑을 포기한다는 선언에 가깝다.
사랑의 방식이 아무리 다양하더라도
사랑은 불가능한 방식으로 끝이 난다.

어쩔 수 없었다. 혹은, 그럴 수밖에 없었다.

그러니까 사랑을 아름다움으로 배운 우리들의 어리석음이다.

약력 | 1981년 광주 출생. 조선대문예창작학과 석사과정 졸업. 2009년 『현대문학』 신인상에 단편소설 「굿나잇, 오블로」가 당선되어 등단. 소설집으로 『가나』가 있음. '루' 동인으로 활동 중.
e-mail:sfcyjlove@naver.com

사랑해서 그랬습니다

다음 달이면 만 스물세 살이 되는 사라의 배가 조금씩 부풀어오르고 있다는 사실을 사라와 그의 가족들은 아직 모르고 있다. 그들은 미처 예상하지 못했을 것이다. 쉬지 않고 바람을 불어넣고 있는 빨간 풍선처럼 사라의 배가 점점 커지게 될 것이라는 것을. 터지기 직전의 표면이 갖는 날카로운 긴장처럼 이제 곧 모든 것이 얇아지고, 팽창하고, 위태로워지리라는 것을.

*

사라의 어머니는 최근의 사라가 어딘가 모르게 이상했다. 그 느낌은 그녀를 불안하고 초조하게 만들었다. 불쑥 떠오른 모종의 어떤 예감은 그녀의 의식을 사로잡았고, 오직 하나의 장면만 상상하며 그것을 주시하게 만들었는데, 그것은 딸 가진 어머니로서는 감당기 어려운 종류의 이미지였다. 그녀는 그렇게 하면 생각을 물리적인 힘으로 떨쳐낼 수 있다는 듯 목에서 소리가 날 정도로 세게 고개를 젓곤 했다. 하지만 자석에 달라붙은 까만 철가루처럼 생각은 징그러울 정도로 빽빽하게 그녀의 머릿속을 채웠다. 때문에 그녀는 그것이 아무 효력이 없다는 것을 이미 알고 있는 이가 무력하게, 그러나 집요히 반복적으로 외우는 주문처럼 중얼거렸다. 아닐 거야, 아닐 거야. 그러다 그녀는 입술을 달싹거리고 있는 자신을 거울에 비쳐보며 흠칫 놀라곤 했다. 거울에 반영된 모습은 분명 자신을 닮았지만 어딘지 모르게 조금씩 비껴나 있는 사람처럼 어색해 보였기 때문이다.

그녀는 믿었다. 그 누구보다 딸을 잘 알고 있다고. 하지만 그녀는 깨달았다. 그 믿음의 기반이 조금씩 흔들리고 있다는 것을. 눈에 잘 띄지도 않던 하얗고 예리한 실금이 모든 것을 붕괴시킬 수 있을 만큼 빠르게 뻗어나가고 있는 과정을 그녀는 멍한 표정으로 바라보고 있다. 평소와 조금씩 달라져가는 사라의 모습을 발견할 때마다 그녀는 사라가 남의 집 아이처럼 낯설게 느껴졌다. 사라는 자정이 되기 전에 잠이 들었다 아침 연속극이 시작할 때쯤 일어났다. 사라는 낮잠이 없는 아이였다. 그런데 어느 날부터 사라가 낮잠을 자기 시작했다. 시험을 준비하는 다른 수험생들처럼 사라 역시 만성적인 피로와 가벼운 스트레스는 있었다. 하지만 그녀가 보기에 사라에게 특별한 고민이나 심적인 고통은 없어 보였다. 때문에 불면증도 없이 규칙적으로 잠드는 사라가 오후에 두세 시간씩 꼬박꼬박 낮잠을 자는 것은 분명 이상한 일이었다. 식성이 바뀌었다. 남편 외에는 누구도 손대지 않았던 김자반과 파래무침에 젓가락을 대기 시작했다.
사라는 그냥 갑자기 맛있어졌다고 했다. '그냥'과 '갑자기'는 변화
의 근거도 적절한 동기도 될 수 없기에 그녀는 그것을 이상하게 여
겼다. 반대의 경우도 생겼다. 그렇게 좋아하던 닭볶음탕을 먹지 않
으려 한 것이다. 이것은 식성의 변화가 아닌 급작스런 거부였다. 아
이는 티를 내지 않으려고 애를 썼지만 그녀는 보았다. 구역질을 참
기 위해 입을 앙다물고 숨을 고르고 있는 딸의 모습을. 그러면서도
사라는 아무렇지도 않다는 듯 요즘 이상하네, 라고 말할 뿐 전과 똑
같은 표정으로 생글생글 웃으며 그녀를 바라봤다. 까맣고 맑은 사
라의 눈동자에는 그 어떤 혐의도 없어 보였다. 그녀는 그것이 더 불
안했다.

　불안했던 그녀의 예감이 절망스런 확신으로 바뀐 것은 사라와 함
께 목욕탕에 다녀오고 나서였다. 딸과 함께 목욕탕에 가는 것은 그
녀가 가장 기다리고 좋아하는 일들 중 하나였다. 다 자란 딸과 옷을
벗고 함께 씻는 행위가 주는 기쁨을 무엇과 비교할 수 있을까? 사
라의 뽀얀 몸을 보고 있으면 언제나 마음이 뿌듯했다. 몸매가 뛰어
나게 좋다고 할 수는 없지만 사라의 몸은 아름다웠다. 매끄럽고 하
얀 피부는 작은 점이나 흉터 하나도 찾을 수 없을 만큼 건강했고 내
밀히 감추고 있는 유방은 작고 단단했다. 큰 키는 아니지만 전체적
인 비율이 좋아 사라의 몸은 날씬하고 단정한 선을 가지고 있었다.
목욕탕에서 만난 이들은 하나같이 딸이 예쁘다는 말을 아끼지 않았
고, 진심으로 예쁜 딸과 함께 목욕탕을 다니는 그녀를 부러워했다.
그럴 때마다 그녀의 마음은 풍선처럼 부풀어 올랐고 멋진 딸을 낳

고 기른 자신이 자랑스러웠다. 이토록 딸의 몸을 잘 알고 있는 그녀의 눈에 사라의 작은 변화가 눈에 띄지 않을 리 없었다. 매끈하고 평평했던 사라의 아랫배가 볼록하게 튀어나와 있었던 것이다. 그녀는 떨리는 목소리를 감추기 위해 일부러 목소리를 낮게 누르며 물었다.

사라야. 요즘 너 배가 좀 나온 것 같은데?

응. 속상해 죽겠어. 집에서 공부만 해서 그런가봐. 다이어트 좀 해야겠어!

사라는 망설임 없이 대답하며 그녀의 겨드랑이에 손을 집어넣고 웃으며 말했다.

그런데 내일부터!! 오늘은 배고파 죽겠어. 엄마 오늘 반찬은 뭐야?

사라의 손을 잡고 집으로 돌아가는 그녀의 손바닥에 자꾸 땀이 났다. 그녀는 사라의 손을 놓고 팔짱을 끼며 한 번 더 물었다.

그런데 사라야. 너 최근에 언제 생리했더라?

사라는 걸음을 멈추고 잠시 생각에 잠겼다가 대답했다.

글쎄, 잘 기억이 안 나는데. 나 원래 불규칙하잖아.

그 밤, 그녀는 한잠도 못 잤다. 머리가 복잡하고 마음이 산란해 초저녁부터 아무것도 집중할 수 없었다. 그녀는 설거지도 빨래도 모두 밀어놓고 일찍부터 안방에 틀어박혀 그 어떤 일도 하지 않고 벽을 보고 모로 누워 사라에 대한 생각만 했다. 많은 가정과 상상들이 위아래로 대류하며 끓는 물처럼 뒤섞였다. 몇 가지는 분명해졌다. 더는 사라와 함께 목욕탕에 갈 수는 없다. 내 딸은 임신을 했다.

그리고 이 사실을…… 누구도 알아서는 안 된다. 온갖 지저분한 추측과 소문으로부터 내 딸을 지켜야 한다. 하지만 몇 가지, 도무지 이해가 되지 않는 것들이 있다. 우선 사라의 태도다. 다 큰 여자애가 제 몸의 적지 않은 변화를 느끼지 못한다는 것은 말이 되지 않는다. 사라는 이미 알고 있을 것이다. 그렇다면 그것이 무엇을 의미하는지도 알 것이다. 그런데 왜 그렇게 행동하는 걸까? 마치 아무것도 모른다는 듯이 행동하고 있지 않은가. 변화를 숨기려고 하지도 않고 사실을 왜곡하려 들지도 않는다. 이상한 점은 또 있다. 임신을 했다면 사라에게 남자가 있다는 말인데, 반년 전 시험 준비를 이유로 학교를 휴학한 이후 사라가 외박을 했던 적은 한 번도 없었다. 또 평소에 남자와 연락을 한다거나 누군가를 가족들 몰래 만나는 것 같지도 않았다. 그녀는 윗니로 아랫입술을 꾹 물고 손가락으로 머리카락을 잡아당겼다. 혹시, 나는 그동안 딸을 잘 안다고 믿고 살아왔던 순진하고 어리석은 중년 여자에 불과한 것은 아니었을까? 그녀는 몸을 일으켜 자리에 똑바로 앉았다. 일단 확인이 필요하다는 생각이 들었다.

다음날 그녀는 이른 아침 약국에서 구입해온 임신테스터를 사라에게 조심스럽게 내밀었다. 사라는 그녀의 손에서 그것을 받아들더니 물끄러미 쳐다본 후 빙긋 웃으며 말했다.

이게 뭐야?

이렇게까지 했는데도 여전히 모른 척을 하는 사라에게 순간 화를 낼 뻔했지만 그녀는 마음을 가다듬고 차분하게 말했다.

음, 임신여부를 확인하는 테스터인데, 소변 좀 묻혀서 엄마에게 보여줘봐.

엄마는…… 누가 그걸 몰라? 그런데 왜 이걸 나에게 주는 거냐고.

사라는 황당하다는 표정을 지었지만 얼굴은 여전히 웃고 있었다.

끝까지 엄마를 속이려 드는 딸에게 더이상 참을 수 없어진 그녀는 와락 소리를 지르고 말았다.

시끄러! 변명 그만하고 빨리 화장실 다녀와.

웃음이 사라진 사라는 겁에 질린 얼굴로 뒷걸음질쳤다.

엄마……

빨리 들어가!

그녀는 사라의 손목을 잡고 억지로 화장실에 밀어 넣고는 문을 닫았다. 그녀는 문밖에서 사라를 기다리면서 뜨거웠던 마음이 일순간 빙벽처럼 얼어붙는 것을 느꼈다. 실망과 분노보다는 딸에 대한 걱정이 앞섰다. 정말 사라의 말처럼 단지 살이 찐 것이길 바랐다. 보란 듯이 테스터에 한 줄만 나타난다면, 그래서 펑펑 울면서 딸에게 미안하다고 사과를 한다면 얼마나 좋을까. 잠시 후 사라가 멀뚱한 표정을 지으며 화장실에서 나왔다. 사라는 망설이지 않고 그녀에게 테스터를 건넸다. 붉고 선명한 두 줄. 그녀는 말없이 사라의 얼굴을 바라봤다. 사라는 입을 꾹 다물고 그녀를 쳐다보더니 어이없다는 듯 픽, 웃으며 말했다.

엄마, 이거 이상해. 불량인가 봐. 내가 임신이라니. 말이 안 되잖아.

그녀는 눈물을 뚝뚝 흘리며 임신을 부정하는 사라에게 당분간은 아무데도 나가지 말고 누구도 만나지 말라고 소리를 지르고는 안방으로 들어왔다. 복잡했던 머릿속이 명료해졌다. 확인을 한 이상 더이상 주저할 필요가 없었다. 누구의 아이인지, 명백히 밝혀진 사실을 왜 부정하는지, 그동안 어떤 일이 있었는지 그녀는 알지 못했다. 사라는 끝까지 아니라고 부정했다. 자신은 남자와 잔 적도 없고 최근에 누굴 만난 적도 없다는 것이다. 하지만 사라의 말은 더이상 귀에 들어오지 않았다. 이제 그녀의 머릿속에는 뱃속의 아이가 사람의 형상을 갖기 전 최대한 빨리 지워야 한다는 생각뿐이었다. 그녀는 알고 있었다. 감상에 빠져 괴로워할 시간도 없다. 낳을 수 없는 아이를 갖는 것이 여자에게 어떤 것인지, 그것에는 그 어떤 이유도 누구의 잘잘못도 필요 없다는 것을, 모든 책임과 통증은 여자 혼자 다 감당해야 한다는 것을, 경험상 그녀는 누구보다 더 잘 알고 있었다. 그녀의 마음은 급해졌다. 어쨌든 사라는 계속 부정을 하고 있다. 진위를 따지고 이유를 묻는 동안 남편이 알고, 아들이 알고, 소문이 나고, 이런저런 사람들이 모여 수군거리는 동안에도 내 딸의 자궁을 차지한 아기는 크고 통통하게 자라날 것이다. 그녀는 알고 있었다. 진정 사라를 위한 것이 무엇인지를, 딸을 사랑하는 엄마가 취할 수 있는 가장 현명한 방법이 무엇인지. 그것은 딸의 마음을 풀어주고 말을 잘 들어주는 것이 아니라, 받게 될 피해를 최소화시키는 것이었다. 그녀는 중얼거리기 시작했다.

내 딸, 사랑하는 내 아이. 내 속에서 난 하나뿐인 딸…… 딸을 지켜야 해.

전화기를 들고 한참 동안 수첩을 뒤적거리던 그녀는 마침내 산부인과의 전화번호를 찾아냈다.

*

    사라의 아버지는 운전석에 앉아 시동도 걸지 않고 주먹을 꽉 쥐었다 펴기를 반복하고 있다. 그것은 견딜 수 없는 분노나 화가 치밀어오를 때마다 뜨거운 감정이 아무 일도 만들지 않고 그냥 지나가도록 노력하는 그의 오래된 습관이었다.

    근무시간이 바뀌어 그가 일찍 퇴근한 날 아내와 사라는 거실에서 다투고 있었다. 아내가 사라의 팔목을 꽉 붙잡고 현관문 쪽으로 끌고 있었고 사라는 바닥에 주저앉아 버티며 울고 있었다. 무슨 일이냐는 그의 질문에, 아내는 당신은 알 것 없다, 아무것도 아니니 상관하지 말라고 했다. 아내의 목소리가 평소와 달리 워낙 단호하고 날카로워 더이상 아무 말도 하지 않았지만 '상관하지 말라'는 말이 입술을 꿰뚫고 들어온 낚싯바늘처럼 그의 마음을 날카롭게 건드렸다. 사라가 아내의 손을 뿌리치고 그의 품에 안겨들어 울면서 말했다.

    아빠, 엄마 좀 말려줘. 엄마가 이상해. 아빠 나 정말 임신 같은 거 안 했어. 아빠는 나 믿지? 제발 아빠.

    아내는 한동안 말없이 사라를 노려보다 안방으로 들어가버렸다. 그는 울고 있는 사라를 진정시켜 일단 방으로 보낸 뒤 안방으로 들어와 아내에게 물었다.

    무슨 말이야? 임신이라니.

    얼굴을 감싸고 주저앉아 있던 아내는 한참 동안 그의 말에 대꾸 없이 방바닥만 쳐다보고 있었다. 그는 기어코 대답을 듣겠다는 듯

아내의 곁에 서서 움직이지 않았다. 아내는 마침내 움켜쥐고 있던 것을 천천히 그에게 내밀었다. 그것은 두 줄이 선명한 임신테스터였다. 그 역시 그것의 용도와 두 줄의 의미를 알고 있었다. 뭔가가 돌이킬 수 없게 이상한 방향으로 틀어졌다는 것을 느끼며 그는 차분한 목소리로 말했다.

확실한 거야? 사라는 아니라잖아. 병원에서 제대로 검사는 해봤어?

아내는 그의 손에서 테스터를 빼앗으며 말했다.

당신은 이 일에 상관하지 마요. 내가 알아서 할 테니까. 여자들의 일이에요. 애가 지금 마음이 복잡할 테니까 사라에게는 아무 말 하지 마시고요.

또다시 상관하지 말라는 말, 하마터면 그는 아내의 뺨을 칠 뻔했다. 그는 말없이 주먹을 꽉 쥐었다 펴기를 반복하며 아내의 정수리를 내려다보다 방에서 나왔다. 그는 이제까지 느껴본 적 없는 종류의 이상한 감정에 휩싸여 사라의 방문을 쳐다봤다. 사라가 뭐 어떻게 됐다고? 그는 식탁 의자에 잠깐 앉아 안방 문과 사라의 방문을 번갈아 쳐다보다 차 키를 들고 밖으로 나갔다.

그는 차에서 내렸다. 계속 앉아 있다가는 운전석에 불이 붙을 것 같았다. 그는 천천히 동네를 돌며 흥분을 가라앉히고 차분하게 생각하려 애썼다. 그럴 수도 있지. 요즘 세상에 그런 게 뭐 별일이라고 이렇게 호들갑을 떨다니. 아내와 결혼 전에 만났던 여자가 떠올랐다. 그녀 역시 자신의 아이를 가졌었다. 당시 그녀는 병원에서 아이를 떼어낸 후 몸도 추스르지 못하고 곧장 퇴원했었다. 미역국에

밥을 말아 먹으며 그녀는 씩씩하게 말했었다. 맹장수술보다 간단했
어. 아무것도 아냐. 신경 쓰지 마. 그는 생각했다. 남녀가 만나고,
좋아하다보면 그럴 수 있지. 별거 아니야. 하지만 그의 생각과 상관
없이 몸은 난로 위에 놓인 알루미늄 주전자처럼 빨갛게 달아올랐
다. 혈관 속의 피가 다 말라붙을 것처럼 그의 몸은 점점 뜨거워져만
갔다. 그런데 도대체 누굴까? 학교에서 만난 사람일까? 아니면 최
근에 공부 때문에 알게 된 사람일까? 최근에…… 최근에…… 문득
그는 딸이 최근에 무슨 생각을 하고 누구를 만나고 다녔는지 자신
은 아는 것이 전혀 없다는 것을 깨달았다. 시험 준비를 위해 휴학했
다는 것과 공부는 집에서 한다는 것, 일주일에 한 번 집에서 아들과
아들의 친구에게 영어를 가르친다는 것 외에는 아무것도 아는 것이
없었다. 그러다 그는 고개를 흔들었다. 아니야. 사라가, 속 한 번 썩
인 적 없던 내 딸이 거짓말을 할 리 없어. 부모 몰래 남자를 만나고
다녔다는 것은 상상도 할 수 없는 일이지. 벌써 동네를 세 바퀴째
돌고 있는 그의 걸음은 점점 더 빨라졌다. 그런데…… 진짜 누굴
까? 어떤 자식이 내 딸에게 그런 짓을 한 걸까? 그는 머리털 끝까
지 뻗치는 흥분을 이기지 못해 독백처럼 욕을 내뱉기 시작했다.
아…… 씨팔. 개새끼. 진짜 어떤 놈일까? 어떻게 생긴 녀석이길래
내 딸이…… 그는 사라의 어린 시절을 떠올렸다. 아빠 같은 사람하
고 결혼할 거라며 하얀 원피스를 입고 그의 팔에 매달려 결혼해달
라고 보채던 장면이 생각났다. 그는 쓸쓸히 웃었다. 아냐. 사라가
눈물을 흘리며 말했잖아. 아니라고. 아빠는 믿어달라고. 테스터에
두 줄이 분명하게 생겼는데도 아니라고 한다는 것은…… 그는 우뚝
멈춰 섰다. 치명적인 상상이 그의 의식과 발목을 붙잡은 것이다. 그

래, 사라는 누구도 만난 적이 없어. 그러니까 누군가와 잔 적도 없겠지. 그렇다면 이유는 그것밖에 없어. 그는 잠시 하늘을 쳐다보며 숨을 크게 들이마셨다가 쿠- 하고 내뱉었다. 누군가 사라를 강제로 범한 거야. 순하고 연약한 사라는 저항할 수 없었겠지. 어쩔 수…… 없었겠지. 그는 오른 주먹으로 왼 손바닥을 탁탁 치며 이를 꽉 물고 웅얼거렸다. 누굴까. 누굴까. 발걸음을 집으로 돌리며 그는 생각했다. 모르는 사람에게 당한 걸까? 아니면 아는 사람이 그런 걸까? 성범죄는 대부분 아는 사람들의 소행이라는데, 때문에 사라가 말할 수 없는 것일 수도 있지. 그는 위아래 어금니를 꽉 맞물어 갈며 다짐했다. 그 남자가 누구라도 상관없다. 내 딸을 범하고 그 위에서 땀을 흘렸을 그 남자가 누구라도 나는 그 새끼의 성기를 잘라내고 가죽을 벗길 테다. 아, 사라. 그 착한 애가 그동안 말도 못하고 얼마나 힘들었을까. 그는 충혈된 눈을 손바닥으로 거칠게 문지르며 대문을 열고 집으로 들어갔다.

그는 목소리를 부드럽게 가다듬고 사라의 방문을 노크했다.

사라야. 뭐 하니? 아빠야. 들어갈게.

방문은 잠겨 있었다. 그는 조급해진 목소리로 말했다.

사라야, 사라야. 문 좀 열어봐. 아빠가 할 말이 있어. 사라야, 문 좀 열어봐.

문은 열리지 않았고 사라도 아무런 대꾸를 하지 않았다. 그는 거의 매달리다시피 방문에 딱 붙어 말했다.

사라야, 어서. 문 좀 열어봐. 아빠랑 얘기 좀 하자. 걱정할 필요 없다. 아빠는 다 이해해.

지금은 아무 말도 하고 싶지 않아요.

사라의 목소리가 방문 안쪽에서 아주 작게 들렸다. 그 소리를 듣자 더 견딜 수가 없어졌다. 제 잘못이 아닌데도 죄책감과 두려움에 문을 잠그고 숨어버린 자신의 소중한 딸이 미치도록 안쓰럽게 느껴졌다. 그는 포기하지 않고 사라의 방문을 두드렸다.

사라야, 괜찮아. 아빠잖아. 아빠에게 다 말해봐. 힘들어하지 말고. 어서. 문 열어!

그는 이제 거의 주먹으로 방문을 때리는 것처럼 세게 두드리기 시작했다. 간혹 잠겨 있는 문을 완력으로 열어보겠다는 듯이 문고리를 잡고 흔들리기도 했다. 사라는 더이상 아무 말도 하지 않았고, 문도 열어주지 않았다. 울음을 참으며 흐느끼는 사라의 미세한 소리는 그의 마음을 송곳처럼 후벼 팠다. 그는 소파에 걸터앉아 허탈한 표정으로 주먹을 쥐었다 펴기를 반복했다. 그때 아내가 방에서 나와 그에게 말했다.

여보. 일단 진정해요. 그렇게 해결할 문제가 아니잖아요.

당신은 상관하지 말고 방으로 들어가.

아내의 얼굴을 쳐다보지 않고 그가 낮게 말했다. 아내는 누구보다 남편을 잘 알고 있었다. 그래서 이 일을 될 수 있으면 그에게 알리고 싶지 않았던 것이다. 드득드득 손목을 돌리며 뭔가를 참고 있는 그의 오른손에 들려 있는 리모컨이 부들부들 떨리고 있었다. 겁에 질린 아내는 조용히 방으로 들어갔다. 그는 눈을 감고 생각했다. 누굴까, 누가 사라를 저렇게 만들었을까? 그는 꽉 쥐고 있던 주먹을 쫙 폈다. 하얗게 눌렸던 손바닥이 다시 붉게 변했다. 도저히 더참을 수가 없었다. 순전한 사라의 몸을 만지고 그 몸을 천천히 쳐다봤을 얼굴을 모르는 그 남자의 얼굴이 미치도록 궁금했다. 사라의 몸을 만졌던 손목을 잘라내고 욕정에 들끓었을 새까만 두 눈동자를 당장이라도 뽑아내고 싶었다. 그는 거실장 서랍을 뒤져 사라의 방문 열쇠를 찾아들고 사라의 방으로 향했다. 그는 사라의 방문을 열쇠로 열었다. 침대에 등을 기대고 바닥에 웅크리고 앉아 울고 있던 사라는 열쇠로 방문을 따고 들어오는 그를 보자 놀라 소리를 질렀다.

악! 아빠, 지금 뭐 하시는 거예요?

그는 자신을 쳐다보는 사라의 눈이 겁에 질려 있다는 것을 느끼고 최대한 부드러운 목소리로 사라를 달래기 시작했다.

사라야. 괜찮아. 아빠잖아. 잠깐 이야기 좀 해. 말해봐. 괜찮으니까 아빠에게 말해보렴. 누구니? 누가 너에게 그런 짓을 한 거야. 응?

도대체 무슨 소리예요? 아니라구요. 임신이 아니라구! 아빠까지 왜 그래?

사라는 울음을 터뜨리며 소리치기 시작했다.

왜 내 말을 아무도 믿지 않는 거야? 뭘 말하라는 건데! 도대체 뭘!

사라는 그의 가슴을 손바닥으로 밀어내며 말했다.

나가요. 내 방에서 얼른 나가! 아빠도 똑같아!

사라가 자신의 가슴을 완력으로 밀어내자 이제까지 힘겹게 억누르고 있던 감정이 순간적으로 폭발했다. 그는 사라의 손목을 잡아 거칠게 뿌리치며 아이의 뺨을 때렸다. 손에서 놓쳐버린 종이인형처럼 사라는 아무 저항 없이 침대로 나가떨어졌다.

그는 아내의 곁에 누워 밤새 뒤척였다. 뭔가를 말하면서 답답함을 해소하고 싶었지만 아내는 그에게 등을 보이고 누워 아무 말이 없었다. 가능하다면 평생 말을 하지 않겠다는 의지가 강하게 느껴지는, 벽처럼 보이는 등이었다. 그는 방에서 나와 어두운 거실 소파에 앉았다. 주머니에서 담배를 찾아 빼물었다. 사라의 간곡한 부탁에 몇 년째 집에서는 담배를 피우지 않았던 그는 오른손을 펴고 물끄러미 쳐다봤다. 사라의 뺨을 때렸던 손이었다. 화를 잘 참지 못하는 그는 본의 아니게 가족들에게 손찌검을 했다. 말다툼 끝에 아내도 때렸고 그의 말에 반항하고 버릇없이 행동하는 아들의 뺨도 때렸었다. 그때마다 그럴 수밖에 없었던 이유가 있었고 때로는 그런 행동이 꼭 필요했다는 생각도 들었기 때문에 후회하지는 않았다. 하지만 이번엔 달랐다. 딸에게는 단 한 번도 손을 댄 적이 없었다. 기분이 이렇게 더럽고 비참한 적이 없었다. 마음에 한 컵의 염산이 뿌려진 것처럼 내벽이 천천히 녹아내리는 것 같았다. 도대체 왜 이런 일이 일어났을까? 사라의 뺨을 때리다니, 미친개를 쳐다보듯 두려움에 떨며 자신을 바라보는 딸의 눈빛, 그는 정말 미칠 것 같았다. 이런 비극이 왜 일어난 걸까? 도대체 왜! 그는 두 손으로 머리를 쥐어뜯으며 괴로워했다. 하지만 나는 딸을 사랑해. 대신 죽으라고 하면 죽을 수도 있어. 그는 주먹을 꽉 움켜쥐었다가 서서히 펼쳤다. 그래, 사라에게 우선 사과를 하자. 그리고 사라와 내가 이렇게 고통스러운 시간을 보내리라고는 짐작도 못하고 무책임하게 사라를 범한 녀석을 빨리 찾아내자. 내 정녕 그 새끼에게 이 모든 책임을 물으리라. 그는 소파에서 일어났다. 인조가죽 소파의 외피가 펴지는 소리가 어둡고 고요한 거실에 크게 울렸다. 그는 딸의 방 문을

향해 느리게 걸어갔다. 그는 천천히 노크하며 조용하고 부드럽게
말하기 시작했다.

　사라야, 아빠야. 문 좀 열어봐. 아빠가 할 말이 있어.

*

　사라는 최근 자신에게 일어난 모든 일들이 악몽 속에서 일어난
지독하고 기분 나쁜 해프닝에 지나지 않을 거라고 생각했다. 꿈이
다. 어떤 상황과 조건도 가능하고, 비논리적인 서사일지라도 충분
히 자신이 주인공이 될 수 있는 세계, 그곳은 현실의 것들을 모방하
고 실제의 사건과 기억을 이용하여 교묘하게 만들어진 곳이지만 공
간은 비어 있고 시간은 갈라진 벽처럼 온통 균열투성이라, 잠에서
깨고 나면 아무것도 만질 수도 기억해낼 수도 없다. 사라에게 있어
임신은 곧 사라지게 될 꿈과 같은 것이었다. 사라에게는 모든 것이
제자리로 돌아가게 될 것이라는 믿음이 있었다. 사라는 생각했다.
나는 남자와 잔 적이 없다. 남자를 알지 못하는 여자가 어찌 임신을
할 수 있겠는가. 완력으로 누군가에게 성폭행을 당한 적도 없고, 취
해서 집이 아닌 아무데서나 허술하게 잠든 적도 없다. 아니, 휴학
후 몇 개월 동안 집밖을 나간 적도 거의 없다. 임신이 감기처럼 공
기를 통해 쉽게 전염되는 병이 아닌 이상 내가 임신을 할 가능성은
없는 것이다. 그것을 곁에서 지켜봤던 아빠와 엄마가 어떻게 내게
그런 말을 할 수가 있지? 사라의 이런저런 복잡한 생각들이 끝으로
향하면 결국엔 억울하고 서럽다는 감정만 남았다. 사라는 밤마다
책상에 얼굴을 묻고 울었다. 나를 사랑한다면서, 믿는다면서, 임신

이 아니라는 내 말은 왜 믿지 못하는 걸까? 무엇을 고백하라는 건지, 일어나지도 않은 일을 어떻게 사실대로 말하라는 건지, 그러면서도 나를 이해한다니. 하지만 사라 역시 불안한 마음이 들긴 했다. 실제로 배가 불러오고 있었기 때문이다. 생리가 끊겼고, 연속극에서 여배우가 음식을 앞에 두고 헛구역질을 해서 모두에게 임신 사실이 알려지는 것처럼 사라 역시 입맛이 급격하게 변했고 어떤 음식 냄새는 견딜 수 없게 됐다. 모든 상황이 자신이 임신을 했다는 것을 순순히 인정하기만을 말없이 종용하는 불량배처럼 위협적이었다. 자신의 편은 아무도 없다는 것을 알게 된 사라는 산부인과를 찾았다.

　임신이에요. 벌써 십육 주나 되셨네요.
　그게 무슨 축하할 일이라고 활짝 웃으며 손을 내미는 의사의 손을 잡지 않고, 사라는 물었다.
　확실한가요?
　의사는 의아한 표정을 지으며 그러나 얼굴에는 미소를 잃지 않고 화면에 나타난 초음파 사진을 보여주며 친절하게 설명을 했다. 그 것은 재능 없는 화가 지망생이 서툴게 끄적거린 형편없는 데생처럼 보였다. 도대체 그것이 무엇을 증명할 수 있는지 따지고 싶었지만 사라는 환자가 의사에게 느끼는 모종의 권위에 짓눌려 아무 말도 할 수 없었다. 진찰실을 빠져나오기 전 사라는 의사에게 조용히 물었다.
　남자와 자지 않았는데 임신이 되는 경우도 있나요?
　의사는 얼굴에서 미소를 서서히 지우며 대답했다.

이 정도 크기면…… 아이를 지우기엔 너무 큽니다. 너무 많이 자랐어요.

사라는 실로 말도 안 되는 이 악몽 같은 상황이 거짓이 아니라는 것을 인정하기 직전까지 이르렀다. 그것은 압력에 의해 있지도 않은 죄를 거짓으로 자백해야 하는 이가 느끼는 감정과 비슷했다. 억울하고 치욕스러웠다. 사라는 이제 거의 포기하는 마음으로 이런저런 상상을 해보았다. 가령, 혹시 내가 상상임신을 한 것은 아닐까? 정말 임신한 것처럼 배도 나오고, 입덧도 하고, 생리도 끊겼지만 결국엔 아무것도 없는 헛배라는 것이 밝혀질 수도 있다. 하지만 초음파검사에서 의사가 지시봉으로 콕 찍으며 이것이 아기입니다, 라고 말했으니 그럴 가능성은 없었다. 이런 상상도 했다. 내가 영화에서처럼 외계 생명을 잉태한 것은 아닐까? 손가락 크기의 정체불명의 생명이 은밀히 기어와 자고 있는 내 입을 열고 쑥 들어가 자궁에 달라붙어 기생하고 있을지도 모른다. 하지만 사라는 곧 쓸쓸히 웃고 말았다. 이런 종류의 생각들은 사라를 지치게 만들었다. 싸워야 할 대상도 실체도 확인하지 못하고 포기하는 마음이 생겼다. 그래, 이유야 어쨌든 그냥 없애버리자. 결국엔 내 뱃속에 뭐가 됐든지 생겨버린 것이고, 그것을 없애버리는 것이 가족 모두가 원하는 것이라면 그렇게 하자. 내가 이것을 지켜야 할 이유가 없다. 사라는 드디어 결심을 했다. 오랫동안 열지 않았던 방문을 열고 부모님을 대면하기로 마음을 먹었다. 아빠와 엄마에게 진실을 알릴 수 있는 방법은 아무것도 없다는 것을 무력하게 깨닫게 된 것이다. 엄마의 손을 잡고 말없이 병원에 가자, 그리고 아무렇지도 않게 떼어내자, 라고 생각하며 문손잡이를 움켜잡은 그 순간, 사라는 헉 소리를 내며 바닥에 주저앉고 말았다.

사라는 문손잡이를 잡고 있던 손을 자신의 아랫배로 살며시 가져갔다. 잠깐의 시간이 흐르고 사라는 다시 아, 소리를 내며 배에서 손을 뗐다. 무엇인가 조심스럽고도 분명한 움직임으로 사라의 뱃속에서 똑, 똑 노크하고 있었다. 사라는 멍한 표정으로 자신의 볼록한 배를 내려다봤다. 사라는 다시 배에 손을 대보았다. 손바닥 밑으로 방금보다 더 명징하고 힘찬 움직임이 툭툭 느껴졌다. 이번에는 배에서 손을 떼지 않았다. 사라는 천천히 침대에 바로 누웠다. 그리고 파티에 초대한 손님을 기다리는 마음으로 뱃속의 움직임을 기다렸다. 똑, 똑, 똑, 그것은 다시 노크했다. 처음으로 태동을 느낀 사라는 신경이 끊어진 짐승처럼 침대에 누워 꼼짝하지 못했다. 누워 있는 사라의 가슴이 가쁜 호흡 탓에 위아래로 빠르게 오르고 내렸다. 뱃속에서 사라의 내벽을 두드리는 움직임은 일정한 간격으로 계속 이어졌다. 그때마다 사라는 자신에게 내밀고 있는 손을 잡는 심정으로 아랫배에 손을 댔다. 숨을 쉴 때마다 작은 숯불이 붉은 빛을 보이는 것처럼 은밀한 열기가 뱃속에서부터 느껴졌다. 사라는 인정하게 됐다. 내 뱃속에 뭔가가 자라고 있구나. 그것이 살아 있고, 움직이고, 지금 내게 말을 걸고 있구나. 사라는 경건한 마음으로 똑바로 누워 그것의 움직임을 예민하게 느끼려고 노력했다. 사라는 눈을 감고 상상했다. 따뜻한 양수에 잠겨 물고기처럼 부드럽게 유영하며 입술을 열어 호흡하고 뭔가를 우물우물 말하는 모습. 사라의 몸에 잠복하고 있었지만 한 번도 사용해보지 못했던 아가미 같은 결이 일어나 뱃속에서부터 전해지는 자극을 흡수했다. 스위치가 움직여 전극이 완전히 뒤바뀐 것처럼 사라의 마음은 돌아섰다. 그동안 그것에 무관심했고 모른 척했던 시간들이 미안했고 살아 있는 그것을 떼어내려 했던 생각이 소름 끼치게 무서웠다. 사라는 배를 감싸 안고 울었다. 나는 내 뱃속에 무엇이 들어 있는지 모른다. 모두의 예상처럼 아이일 수도 있고 처음부터 내 속에 살고 있었지만 그동안 잠들어 있었던 쌍둥이 형제일 수도 있다. 그것이 무엇이든 사라는 뱃속에서 자라고 있는 이것을 아주 오래전부터 사랑하고 있었다는 확신이 들었다. 사라에게 더이상 의문은 생기지 않았다. 그동안의 모든 종류의 회의가 의미 없고 중요하지 않게 느껴졌다. 분명한 것은 지금 뱃속에서 느껴지는 이 생생한 움직임이었다. 그것이 모든 것에 우선한다는 생각을 하며 사라는 침대에서 일어났다. 너를 뭐라고 부르면 좋을까? 너는 내게 무엇일까? 사라는 그것이 무엇이 되었든 지켜야겠다고 생각했다. 뱃속에서 또다시 태동이 느껴졌다. 사라는 힘없이 웃으며 말했다. 지키겠어. 사라는 배를 천천히 쓰다듬으며 말했다. 누군가 너를 죽인다면 나도 죽을 거야.

*

  사라의 연년생 남동생은 누나의 방문 앞을 가로막고 서서 아버지와 어머니를 노려보았다. 아버지의 손에는 누나의 방문 열쇠가 들려 있었고 아버지의 등뒤에 서 있던 어머니는 아들의 갑작스런 행동에 당황하며 그를 타일렀다.
  너까지 왜 이래? 그러지 마. 엄마 힘들어.

그는 어머니의 말에 아랑곳하지 않고 한 발짝도 움직이지 않았다. 그는 거칠게 숨을 몰아쉬며 손가락으로 현관을 가리키며 말했다.

우선, 저 사람들부터 보내. 집에서 빨리 나가라고 해!!

두 명의 구급대원들이 현관문을 등지고 뭘 어떻게 해야 할지 모르겠다는 표정으로 서 있었다. 그들은 어이없다는 듯 입술을 비틀어 웃으며 지금이라도 우리는 당장 집에서 나갈 수 있다는 듯 부모님을 쳐다봤다.

병원에 가지 않고 아이를 낳겠다는 사라의 강경한 선포 이후 집 안에는 내전이 일어난 시내의 오후처럼 팽팽한 긴장감이 감돌았다. 부모님은 사라를 대하는 데 완전히 지쳐버렸다. 사라는 부모님의 끈질긴 설득에 아무 대꾸도 하지 않았고, 모든 종류의 질문과 요구에 침묵했다. 그러는 와중에도 사라의 배는 눈에 띄게 불어만 갔고 그것이 폭탄이라도 되는 양 가족들의 촉각은 시한을 정해놓은 시계의 초침소리를 듣는 것처럼 말없이 하지만 미치도록 불안하게 사라의 배를 향하고 있었다. 더이상 아버지는 참지 못하고 119에 전화를 걸어 내 딸이 아픈데 병원까지 갈 수가 없는 상황이라며 다급하게 구조를 요청했다. 완강하게 거부하는 사라를 억지로라도 병원에 데려가야겠다고 생각한 것이다. 집에 도착한 구급대원들은 처음에는 사태 파악을 못해 우왕좌왕했지만 사정을 이해하고 나서는 이 상황이 어떻게 마무리될 것인지 흥미로운 마음으로 기다려보기로 했다. 완력으로라도 사라를 끌어내려고 하는 아버지와 그 앞을 막아선 장성한 아들. 화가 난 아버지는 망설이지 않고 곧장 아들의 멱살을 잡았다. 하지만 이미 아들의 키는 아버지보다 한 뼘 이상 컸고 몸도 청소년의 부드러운 그것과는 달랐다. 그는 아버지의 손목을 강하게 움켜잡고 저항했다. 아들이 전력으로 힘을 쓰자 아버지는 그를 조금도 이동시키지 못했다. 중년이 된 아버지는 뼈와 살이 단단하게 무르익은 스물한 살의 그에 비하면 너무도 약한 사내였다. 구급대원들은 두 남자의 대치를 흥미롭게 지켜보다 아버지의 말보다는 아들의 말을 들어야 한다는 판단을 내렸다. 구급대원들은 아버지에게 이런 식은 곤란하다고 점잖게 불만을 토로하고 현관문을 열고 밖으로 나갔다. 어머니는 말없이 안방으로 들어갔고, 아버지는 괴성을 지르고는 현관문을 발로 걸어차고 밖으로 나갔다.

누나가 임신했다는 것을 알게 된 그는 처음에는 가족들의 행동이 이해가 되지 않았다. 물론 누나의 임신이 충격적이긴 했지만 그것은 깜짝 놀람, 그 이상도 이하도 아니었다. 남녀가 만나서 섹스를 하고 재수가 없으면 임신을 하는 것이다. 착실하게 콘돔을 사용해도, 남자가 순발력을 발휘해 질외 사정을 해도, 여자가 착실하게 피임약을 복용해도 임신할 사람은 임신하는 거다. 성년인 누나가 남자를 만나 잠을 잔 것이 뭐 대순가. 그런데 누나의 임신이 마치 초등학생 딸이 강간당한 것처럼 비약하는 부모님의 태도가 촌스럽고 맘에 들지 않았다. 혹시 부모님은 아직도 누나가 순수하게 처녀라고 믿고 그것을 뿌듯해하는 것은 아니겠지? 누나도 이해가 되지 않았다. 물론 쪽팔리긴 하겠지만 그래서 그 사실을 숨기고 싶겠지만, 배가 저렇게 빵빵하게 불러와 밥상 앞에서 헛구역질을 꺽꺽 하면서 자신은 임신이 아니라고 남자를 만난 적이 없다고 발뺌을 하는 건 또 뭔가 싶었다. 그러면서도 기어이 낙태를 하지 않으려는 누나…… 정말로 애를 낳아 기를 셈인가. 임신시킨 남자가 어떤 사람이길래 누나가 저렇게 아이에 집착할까? 정말 사랑하는 사람이야, 결국 이런 종류의 것인가. 그런 여자들에 대해 들은 적이 있다. 사랑한다는 이유로 남자의 아이를 몰래 낳아 기르는 미혼모들. 하지만 아이들을 키우는 것이 지겹고 버거워지면 아이를 안고 그 남자에게 찾아가 아버지 노릇을 요구하며 그의 모든 조건들을 박살내는 것. 뻔하고 지저분한 사례들. 그는 누구의 편도 들지 않고 가족들이 서로를 물고 물리며 구겨져가는 것을 관망했다. 하지만 자신의 책상 세 번째 서랍을 열어보고 난 후, 모든 것이 전복됐다.

서랍에 얌전하게 놓여 있어야 할 두 개의 물건 중 하나가 없어진 것을 알게 된 그는, 왜 그것이 사라졌을까를 골똘히 궁리해보다 치명적인 생각 하나가 떠올랐다. 순간, 그는 현기증에 비틀거려야 했다. 어렵게 구한 물건이었다. 어렵게 구한 물건인만큼 쉽게 사용하지 않아야겠다고 다짐했던 물건이었다. 함부로 사용해서도 안 되는 물건이었고 장난삼아 지인들에게 성능을 시험해보는 것도 절대로 안 되는 물건이었다.

이게 그거야?
친구의 눈은 반짝거렸고 목소리는 떨렸다. 그는 말없이 고개를 끄덕거리며 손을 대보려는 친구의 손을 저지했다. 그는 그것을 세 번째 서랍에 넣고 문을 닫았다.
나중에 진짜 몰릴 때, 그때 써먹자.

그의 회상은 비틀거리며 계속 이어졌다. 그로부터 일주일이 지난 금요일 밤, 그는 친구와 늦게까지 술을 마셨다. 그날은 친구가 좀 우울해 보였고 때문에 그는 친구의 맘을 위로해주기 위해 평소 주량을 초과해 마셨다. 그는 집에서 한잔만 더 하자며 들어가려는 친구를 끌고 집으로 들어왔다. 평소에 자주 집에 드나드는 친구가 그의 방에서 자는 일은 특별한 일이 아니었다. 경찰시험을 준비하는 그는 친구와 함께 성적이 잘 오르지 않는 영어를 일주일에 한 번씩 사라에게 배웠다. 중학교 때부터 동생과 알아왔던 친구를 사라는 친동생처럼 여겼다. 친구는 입버릇처럼 그에게 말했었다. 사라 누나는 정말 편하고 좋아. 어떤 때는 엄마 같기도 하고. 정말 천사 같은 여자야. 진짜 내 누나였으면 좋겠어. 친구는 그와 가족에게는 그만큼이나 익숙한 사람이었다. 하지만 그날의 기억이 그에게 유독 불편하게 떠오르는 이유는, 오후 세 시쯤 잠에서 깨어난 뒤 멍하니 집 안을 둘러봤을 때 평소와 달랐던 몇 가지 이상한 점 때문이다. 결국 치명적인 상상은 그 이상스러웠던 인상 몇몇이 소환해낸 것이었다. 우선 집 안에 사라 외에는 아무도 없었다. 친구는 급한 일이 생겼는지 먼저 일어나 집으로 돌아갔다. 의식도 없이 잠든 그는 어렴풋이 친구가 먼저 간다고 말하는 소리를 들었던 것도 같았다. 부모님은 아침부터 일찍 집에서 나가 부부동반으로 등산을 갔다가 밤 늦게 들어왔다. 자주 있는 일은 아니지만 충분히 그럴 수 있다. 이상한 것은 오히려 사라였다. 사라는 오후에 잠들어 있었고, 배고프다고 저녁 좀 차려달라는 그의 채근에도 꿈적도 하지 않고 계속 잤다. 꼭 죽어버린 것처럼 잠들어 있었다. 그때는 몸이 아프거나 피곤하겠거니 쉽게 여겼던 기억이다. 사라는 부모님이 들어오기 직전에 일어났는데, 그때 그는 거실에서 티브이를 보고 있었다. 사라는 숙취를 호소하듯 관자놀이를 손가락으로 꾹 누르고 비틀거리며 방에서 나와서는 화장실에 들어가 계속 구토를 했다. 그는 사라에게 어제 술을 많이 마셨냐고 크게 소리쳤는데, 그러고 보니 그때도 그것은 좀 이상했다. 이상하네. 누나는 술을 못 마시는데. 그는 괴로워하는 사라를 부축해 거실 소파에 뉘었다. 사라의 얼굴은 창백했다. 사라는 손등을 이마에 대고 인상을 찌푸렸다. 그는 사라에게 물었다.

왜 그래. 어디 아파?

사라는 이유를 모르겠다고 했다. 아까 점심에 일찍 일어나 소파에 앉아 있는 친구와 주스 한 잔 마시고 잠깐 이야기했는데 좀 피곤한 것 같아서 방에 들어왔다고 했다. 그때부터 기억이 하나도 안 난다는 것이었다.

기억이 하나도 안 난다는 누나에게 그날에 대해 자세히 물어보는 것은 힘든 일이었다. 아니, 두려운 일이었다. 아무리 기다려도 일어나지 않길래 심심해서 일찍 갔다는 친구에게 뭔가를 추궁하는 것도 힘든 일이었다. 그것 역시 두려웠다. 심증 외에는 아무것도 확인할 수도, 확인한다고 해도 아무것도 해결할 수 없는 상황이었다. 아니라고 하면 아닐 수밖에 없는 종류의 일이라는 것을, 그는 누구보다 잘 알고 있었다. 그 어쩔 수 없는 이유 때문에 구입한 물건이었다. 그날부터 그는 사라를 볼 때마다 알 수 없는 죄책감에 시달려야 했다. 아무리 스스로 그것은 말도 안 되는 일이다, 라고 마음을 다독여도 소용없었다. 그것은 날카롭게 마음을 뚫고 나와 불쑥 고개를 치켜들고 그를 똑바로 쳐다봤다. 하나가 없어졌는데 너 혹시 몰라? 친구에게 슬쩍 물어본 적도 있었다. 친구는 아무렇지도 않게 모른다고 했다. 그때 네가 서랍에 집어넣지 않았냐고 되레 묻는 친구의 얼굴에 주먹을 날리고 외치고 싶었다. 너지? 네가 그랬지? 누나가 엄마 같다며? 천사 같다며? 씨팔 새끼! 너는 니 엄마랑도 하고 천사랑도 할 수 있는 말 그대로 개새끼야. 하지만 그는 그렇게 말하지 못했다. 상자 안에 무엇이 들어 있는지 모르는 사람이 그것을 열지 못할 때는 그것이 무엇인지 알 것 같거나 그것이 예상했던 그것이면 도저히 견딜 수 없을 것 같을 때다. 그에게 친구와 없어진 물건의 행방은 일종의 판도라의 상자였다. 열면 감당이 안 될 것 같아서 부들부들 떨며 껴안고 있는 치명적인 진실. 처음에는 그도 부모님의 원대로 사라가 병원에 가서 그것을 떼어냈으면 했다. 그로서는 당연한 바람이었다. 하지만 그는 누나가 부모님 때문에 힘들어하고 괴로워하는 것을 지켜보았다. 지치고 피로한 사라의 얼굴은 금방이라도 손목을 긋거나 망설임 없이 목에 수건을 걸 수 있는 사람처럼 불안정해 보였다. 오랫동안 방에서 나오지 않는 사라가 방에서 무엇을 하고 있을지 불안한 마음을 견딜 수 없어 몇 번이나 사라의 방에 귀를 대봤다. 무엇보다 임신이 아니라고 굳게 믿고 있는 남자와 잔 적이 없다고 주장하는 누나에게 낙태를 강요하고 싶지 않았다. 그럴 수 없었다. 그것은 불합리한 계약서에 무력을 사용해서 강제로 찍게 만드는 지장처럼 폭력적으로 느껴졌다. 생각이 복잡해 머리가 터질 것 같던 그는 우선 위태로운 사라의 편을 들어주는 쪽을 선택했다. 누나의 미래보다 지금 현재가 더 불안해 보였다. 그는 생각했다. 더이상 상상하지 말고 가정하지 말자. 증거도 없고 심증만 있는 말도 안 되는 생각은 그만하자. 우선 누나를 지켜야 한다. 누나의 원대로 해주자. 위태로운 벼랑에 서 있는 누나를 우선 내가 지켜주자. 그는 전에는 한 번도 느껴보지 못한 누나에 대한 동정과 사랑이 샘솟는 것을 느꼈다. 누나의 편에 서면 설수록 이상하게 그는 맘이 편해졌다.

＊

사라의 깊숙한 곳에서 살아왔던 나는 사라를 잘 알게 됐다. 노크를 통해 서로가 서로를 확인한 이후부터 내 마음은 사라의 결심과는 다른 방식과 방향으로 자라났다. 나는 알고 있었다. 내가 사라에게 어떤 존재인지, 무엇이 사라를 위한 것인지, 또 무엇이 서로에게 최선인지. 나는 사라의 감정과 기분을 공기처럼 호흡하고 물처럼 흡수했다. 사라의 말은 거짓이었다. 괜찮아, 괜찮아, 배를 쓰다듬을 때마다 사라의 혈관을 통과하는 피는 뜨겁고 빠르게 돌았다. 사라의 웃음도 거짓이었다. 사라가 아랫배를 내려다보며 힘없이 짓는 미소 이면에 고통스럽게 일그러져가는 사라의 진짜 표정을 나는 보았다. 너를 지켜줄게. 침대에 누워 잠들 때마다 중얼거렸던 사라의 고백 뒤에 숨은 두려움을, 자신의 뱃속에 자라고 있는 정체불명의 생명을 무서워하는 어린 여자의 진심을 누구보다 나는 잘 알고 있었다. 내가 사라의 좁고 좁은 산도를 통과하고, 빛을 보고, 사라의 가족을 만나게 되면, 나와 사라가 어떤 일을 겪게 될지, 나는 어쩐지 알 수 있을 것 같았다.

안다는 것은, 누군가를 가장 많이 또 깊이 안다는 것은 얼마나 슬
픈 일인가, 많이 생각한 마음이다. 내 모든 것을 지금 멈추겠다. 사
라를 사랑하기 때문이다. ✶

슬프지 않은 자는 사랑할 수 없다

　'사랑해서 그랬습니다.' 우리는 어떤 상황에서 이 말을 쓰게 되는가. 자신의 행동으로 인해 예상치 못한 결과가 초래되었을 때, 그러나 그 결과에 대해 충분히 책임질 수는 없는 상황일 때, 그래서 외부로부터 우려와 비난의 목소리를 피할 수 없을 때, 우리는 저 말을 쓴다. 통속적인 여러 장면을 가정해볼 수 있다. (주로 한국 사회에만 해당되는 이야기이겠으나) 가령, 혼전임신을 하게 된 두 젊은 남녀가 당혹감과 실망감을 감출 수 없는 부모 앞에서 저 말을 하기도 한다. 서로 사랑해서 그랬다는 것. 타인에게 그들이 원치 않는 어떤 선택을 종용할 때에도 누군가는 저 말을 쓴다. 당혹감과 실망감을 감출 수 없는 부모가 젊은 자식에게 자신의 주장을 강요할 때 어김없이 저 말을 쓰지 않는가. 너를 사랑해서 그런다는 것. 그런데 '사랑해서 그랬다'라는 말을 할 때, 우리는 정확히 누구를 사랑했다고, 아니 사랑하고 있다고 말하는 것일까. '사랑해서 그랬다'라는 낯간지러운 말을 비장하게 내뱉고 있는 누군가는 어쩌면 자기 자신만을 사랑하고 있는지 모른다. 그럼에도 불구하고 '사랑'이라는 무구한 감정을 앞세우면서, 게다가 그것을 타인에 대한 사랑이라는 일종의

도덕 감정으로 포장함으로써, 어떤 비난도 쉽게 피해간다. 이 말은 자신의 행위에 대한 사후적 과대평가이며 동시에 자기애를 이타심으로 뒤바꾸는 속임수일 수 있다. 저 말이 발설되는 순간의 진심까지야 전부 의심할 수는 없지만 '사랑해서 그랬다'라는 말이 자신도 타인도 쉽게 속일 수 있음은 분명하다.

혼전임신을 하게 된 스물세 살 사라와 그녀의 가족에 관한 이야기인 정용준의 「사랑해서 그랬습니다」는 사랑의 (불)가능과 (무)책임을 분명하게 보여주는 소설이다. 임신의 당사자인 사라에게 자의로도 타의로도 남자와 관계를 맺은 기억이 없다는 황당한 설정을 제외한다면, 혼전임신이라는 소재 자체도 특별하지는 않거니와 이 소설에서 묘사되는 부모의 반응은 다분히 통상적이다.

딸의 몸에 나타난 변화를 가장 먼저 눈치챈 엄마와 뒤늦게 그 사실을 알게 된 아빠는 우리 딸이 그럴 리 없다는 충격과, 소중한 딸을 "범한 녀석"에 대한 분노와, 주변 사람들에게 알려질까 하는 불안과, 어린 딸에 대한 안쓰러움 사이에서 엄청난 혼란을 느끼며 폭력적으로 "낙태"를 강요한다. 성인이 된 딸의 임신을 철저히 "당한 것"으로 여기고, "하지만 나는 딸을 사랑해"라는 믿음으로 딸의 몸에 일어난 변화를 없던 일로 되돌리려는 부모의 태도는 충분히 예상 가능한 것이다.

정용준은 이러한 통속적인 감정들을 섬세한 문장으로 묘사해낸다. 한편, 딸의 몸에 대해 소유권을 주장하는 듯한 부모의 태도를 촌스럽게 여기며 사태를 관망하던 사라의 남동생은 누나의 임신에 일말의 책임을 느끼게 되면서 아이를 지키려는 누나의 편에 서기로 한다. 자신의 서랍에서 사라진 환각제와, 평소 자신의 집에 자주 드나들던 친구와, 그 친구가 자고 간 어느 날 죽은 듯이 자고 일어나 엄청난 숙취를 호소하던 누나를 한꺼번에 떠올리며, 남동생은 임신한 적이 없다는 누나의 해괴한 말을 비로소 이해하게 된다. 누나는 자기 친구에게 강간당한 것이다.

사라의 엄마, 아빠, 사라, 그리고 남동생으로 초점 화자를 옮겨가는 이 소설은 각자 나름의 방식으로 사라에 대한 사랑을 증명하는 가족들의 태도를 묘사한다. 그러나 엄밀히 말하면 이들이 사라를 경유해 확인하고 있는 것은 결국 철저한 자기애에 불과하다. 사라의 임신에 대해 과도한 분노와 수치를 동시에 느끼는 부모는 지금 어린 딸의 임신을 일종의 '훼손'으로, 나아가 스스로의 불명예로 이해하고 있다. 그 불명예를 해결하는 유일한 길은 "낙태"를 통해 사라의 훼손을 봉합하는 일뿐이다.

"누나의 원대로 해주자"라며 사라의 편에 서는 남동생이 진정으로 바라는 것은 어쩌면 죄책감으로부터 자유로워지는 일인지 모른다. 그녀에 대한 남동생의 "동정과 사랑"의 맨얼굴은 바로 스스로를 보호하려는 마음이다.

여기까지 본다면 이 소설은 "사랑해서 그랬습니다"라는 말의 맹점을 그저 통속적으로 보여주는 소설에 그치고 만다. 다시 말해 '사랑해서 그랬습니다'라는 말을 '나를 사랑해서 너에게 그랬습니다'라는 말로 번역해내는 소설에 머물게 된다.

그러나 정용준의 「사랑해서 그랬습니다」가 보여주려는 것은 이 지점이 정확히 아니다. 사라가 자신도 모르는 사이에 임신을 했다는 설정으로부터, 그럼에도 불구하고 "내 뱃속에 뭔가가 자라고 있구나"라는 사실을 인정하고 받아들이는 순간에서부터 이 소설은 한

단계 도약한다.

　나는 내 뱃속에 무엇이 들어 있는지 모른다. 모두의 예상처럼 아이일 수도 있고 처음부터 내 속에 살고 있었지만 그동안 잠들어 있었던 쌍둥이 형제일 수도 있다. 그것이 무엇이든 사라는 뱃속에서 자라고 있는 이것을 아주 오래전부터 사랑하고 있었다는 확신이 들었다. 사라에게 더이상 의문은 생기지 않았다.(…) 사라는 배를 천천히 쓰다듬으며 말했다. 누군가 너를 죽인다면 나도 죽을 거야.

　나로부터 비롯되지 않았음에도 불구하고 나에게 일어난 상황을 기꺼이 인정하는 마음, 원인을 의심하기보다는 결과를 확신하는 마음, 결국 뱃속에서 자라고 있는 존재와 자기 자신을 동시에 지켜내려는 마음, 이 마음에 대한 묘사가 「사랑해서 그랬습니다」가 보여주는 사랑의 첫 번째 도약이다. 진정한 사랑은 의문과 무관한 믿음의 결과라는 것 말이다. 의도치 않은 결과를 자신의 책임으로 받아들이는 이 같은 숭고한 태도에서 '사랑'과 '윤리'는 한 몸으로 결합한다. 사라는 자기 육체의 소유권을 주장하면서 사랑의 주체로, 동시에 윤리적 주체로 거듭난다. 그러나 이 소설이 보여주는 사랑의 도약은 여기서 그치지 않는다. 정용준은 소설의 마지막 부분에서 "사라의 깊숙한 곳에서 살아왔던 나"를 화자로 내세운다. '나'는 말한다.

　안다는 것은, 누군가를 가장 많이 또 깊이 안다는 것은 얼마나 슬픈 일인가, 많이 생각한 마음이다. 내 모든 것을 지금 멈추겠다. 사라를 사랑하기 때문이다.

"괜찮아"라는 "사라의 고백 뒤에 숨은 두려움"을 알아챈 '나'는 사라를 위해 "내 모든 것을 지금 멈추겠다"고 결심한다. 이제 겨우 잉태된 생명이 자신을 품고 있는 엄마를 위해 죽기를 결심하는 불가사의한 장면을 보여줌으로써, 정용준은 "사랑해서 그랬습니다"라는 말이 진심이 되는 유일한 순간을 보여준다. 자신이 세상으로부터 삭제되는 것을 두려워하지 않을 때, 즉 다른 누구보다도 스스로를 더 많이 사랑하는 인간이 그 사랑을 포기하고자 할 때, 우리는 비로소 "사랑해서 그랬습니다"라고 말할 수 있게 된다는 것이다. 이처럼 한갓 명예가 아닌 생명을 담보로, 상징적 죽음이 아닌 실제적 죽음을 무릅쓰며, 타인에 대한 사랑을 실천하는 일은 과연 가능한 일일까. 정용준의 소설은 "사랑해서 그랬습니다"라는 말이 '나를 사랑해서 너에게 그랬습니다'라는 의미로부터 '너를 사랑해서 나에게 그랬습니다'라는 의미로 도약하는 그 불가능한 순간에 주목한다.

아니, 어쩌면 이 소설은 자신보다 타인을 먼저 생각하는 사랑의 윤리보다도, 이러한 윤리적 사랑의 가능과 불가능보다도, 진정한 사랑의 '슬픔'을 말하려 했는지도 모른다. 내가 사라져야 완성되는 사랑은 불가능한 일이기 이전에 슬픈 일이 아닐 수 없다. 내가 사랑하는 당신이 나의 사라짐을 진정으로 바라고 있다는 사실을 인정하는 일은 어찌 슬프지 않을 수 있을까. 나를 사랑하지 않는 당신에게 수치와 분노를 먼저 느끼는 우리는 스스로를 포기함으로써만 완성되는 이 같은 숭고한 사랑을 이해하기도 실천하기도 힘들겠지만 적

어도 저 슬픔에 공감할 수는 있어야 한다. 슬프지 않은 자는 사랑할 수 없기 때문이다. ✴

— **선정위원** | **조연정**

2012 젊은 소설

팽

― 부풀어 오르다

얼마나 복잡한 생각을 해야 저런 등을 가질 수 있을까

천정완

창작 노트 | 당신이 죽은 지 7년이 지났다. 당신을 나무 아래 두고 오던 날에는 당신이 그늘을 만들 수 있다는 생각을 절대 하지 못했다. 하지만 이제 우리는 아무렇지 않게 당신이 만든 그늘 아래 앉아서 아이스크림을 먹는다. 키우는 개 이야기를 하고 죽어가는 사람들에 대해 이야기한다.

모든 일에는 징조가 있다. 하지만 이제는 사람의 말을 잊은 당신. 당신이 할 수 있는 것은 조용히 잣을 만드는 일 뿐. 우리는 어떤 딴청을 부려야 당신의 잣을 집으로 가져갈 수 있을까.

약력 | 1981년 경북 문경 출생. 2011년 한국예술종합학교 서사창작과 전문사 졸업. 2011년 제14회 창비신인소설상 수상. e-mail:wrongseason@gmail.com

팽
— 부풀어 오르다

   형은 체조 선수였다. 그가 은퇴를 결심한 날, 나는 형과 처음이자 마지막으로 술을 마셨다. 비가 내리다가 느닷없이 맑게 갠 7월의 어느 날이었다. 체육관 앞 포장마차에서 형은 주문한 안주가 나올 때마다 아이처럼 웃었다. 그날, 형은 술을 많이 마셨고, 많이 울먹였고, 망가진 손을 주제로 계속 같은 농담을 했었다. 그가 체조를 시작한 것은 중학교 때부터였다. 체조를 시작하고 처음 출전한 대회에서 2위로 입상했을 때, 철봉에서 사뿐히 내려서는 형의 모습을 지켜본 사람들은 그를 신동이라고 불렀다. 당시 형을 가르친 코치의 말을 빌리자면 형은 체조를 위해 태어난 사람이었다. 그러나 형이 대회에 입상한 것은 그때뿐이었다. 형은 은퇴할 때까지 대회가 끝날 때마다 운이 나빠서 혹은 컨디션이 좋지 않았다는 위로를 받는 유망주였다. 하지만, 정작 그는 경쟁은 전혀 안중에 두지 않은 사람처럼, 은퇴를 결심하는 순간까지 단 한 번도 좌절하지 않았다.

누가 내게 형과 형의 체조를 동시에 말해보라고 한다면, 나는 고요했다고 말하고 싶다. 형은 산을 옮기는 사람처럼 조용하고, 치열하게 체조를 했다. 내 생각엔, 그는 체조를 사랑했다. 하지만 나는 단 한 번도 형에게 직접 그 말을 듣지 못했다.

형이 죽었다. 나는 신축한 지 세 달도 되지 않은 빌딩의 누수를 탐지하고 있었다. 천장에서 샌 물이 건물 외벽을 타고 흘러 곰팡이가 피어버린 벽을 바라보며 나는, 담담한 목소리의 형수를 통해 형의 부음을 전해 들었다. 모든 누수는 징조를 동반한다. 형의 갑작스러운 죽음도, 분명히 징조가 있었을 것이다. 아마도 징조가 있었을 것이다. 나는 그렇게 생각했다.

나는 그렇게 생각할 수밖에 없다. 분명히 우리가 감지해내지 못한 징조가 있었다. 상조회사에 전화를 하고, 형의 사망진단서를 떼는 동안에도 나는 형의 죽음이 믿겨지지 않았다. 장례식장에 왔는데, 형수가 울고 있었다. 형수는 아직 상복을 채 다 입지도 못하고 위에는 검은색 저고리를 아래에는 무릎이 늘어난 바지를 입고 상태였다. 병원 관계자로 보이는 사람이 두 손을 정중하게 모으고, 입술을 굳게 다문 채로 형수가 우는 것을 지켜보고 있었다. 조카는 놀이기구를 타듯 상 아래를 기어 다니며 놀았다. 안으로 들어선 나를 발견한 형수가 급하게 눈물을 닦았다. 나는 채 묶지 못한 형수의 저고리 고름에서 눈을 떼지 못했다.

— 무슨 일이에요?

형수는 대답 없이 고개를 흔들었다. 직원으로 보이는 내 쪽으로 몸을 돌린다. 형수와 그 남자 사이에 단단한 벽이 생긴다.

— 사모님께 음식에 관해 말씀을 드렸는데, 식사를 10인분만 주문하셔서요.

직원이 사무적으로 말했다. 친절하지만 감정이 배어있지 않은 말투였다.

— 저희는 오십 명이 넘지 않아요.

형수가 반발했다. 형수는 죽음을 감지한 동물처럼 목을 쑥 빼고 씩씩 거렸다.

— 병원 규정상 한 번에 음식이 50인분 단위로 들어가야 합니다. 아까 설명 드렸듯…….

— 저희는 문상객이 오십 명이 넘지 않는 다구요. 스무 명도 안 올 거야, 아마.

형수가 다시 울기 시작했다. 직원의 얼굴에 당황스러운 기색이 보였다. 그 순간 형의 얼굴이 떠올랐다. 술에 취해 집으로 찾아와 자꾸 우는 형수를 어떻게 해야 될지 모르겠다던, 혼자서만 간직한 비밀을 토해내는 듯한 그 얼굴. 화가 났다.

— 가만히 계세요. 제가 알아서 할게요.

형수가 잠깐 나를 보더니, 아직 영정도 도착하지 않은 접견실로 들어갔다. 직원은 두 손을 모은 채 형수가 들어간 곳을 안타깝게 바라봤다.

— 50인분으로 해주세요.

내가 말했다. 그럼 일단 50인분으로 하겠습니다. 직원이 기다렸다는 듯 내 쪽으로 몸을 돌리며, 서류들을 내밀었다. 몇 가지 사인을 받은 직원이 돌아가고, 상조회사에서 보냈다는 도우미라는 여자 두 명이 도착했다. 그녀들은 음식이 도착하기 전에 커피를 마셔야겠다고 말했다. 그리고 능숙하게, 비치된 커피믹스와 종이컵의 포장을 풀어헤치기 시작했다. 장내는 철지난 해수욕장같이 몇 사람만 천천히 움직였다. 그날 형은 우는 형수가 두렵다고 했다. 언젠가, 그렇게 될 거라고 예상은 했지만 이렇게 힘들지는 몰랐어. 형은 고장난 녹음기처럼 같은 말만 되풀이했다. 형수가 상복을 갖춰 입고 나왔다.

　— 도련님은 아무것도 몰라요.

　형수는 머뭇거리다 끝내 입을 다물었다. 그녀가 숨을 골랐다. 꼭 오랜 시간을 달려온 사람처럼.

　형의 특기는 철봉 운동이었다. 형의 유해는 번데기처럼 수의에 싸여 관에 들어갔다. 관은 어린 시절 방학숙제로 내던 국기함만큼이나 싸구려였다. 형은 체구가 엄청나게 컸으므로, 관은 보통의 그것 보다 훨씬 넓어서 꼭 합판으로 만든 벽돌처럼 무뚝뚝했다. 그래도 관이 빈틈없이 꽉 찼다. 장의사가 능숙하게 염을 하는 동안 형수가 곡을 했다. 장의사의 군더더기 없는 동작처럼, 형수는 딱 그 정도의 곡을 했다. 형의 이마에 형광등 불빛이 고요하게 고여 있었다. 거대한 몸으로 관에 누워, 얼굴만 내놓은 형은 죽은 사람처럼 보이지 않았다. 평소에 보던 그 모습, 침대에서 자고 있던 형을 그대로 옮겨 놓은 것 같았다. 흔들어 깨우면 눈을 뜨고는 배가 고프다고, 배가 고파서 못 살 것 같다고 말할 것 같았다. 형은 죽은 지 16시간 만에, 형수와 내가 보는 앞에서 관 속으로 들어갔다. 관 뚜껑이 닫히고, 나무못이 박혔다. 형이 입관하자, 형수의 곡이 멈췄다. 여진처럼, 형수가 숨을 골랐다.

— 태극기, 넣어줄 걸 그랬어요.

형수의 한숨 섞인 말이 들렸다. 나는 눈을 감았다. 무슨 생각이든 골몰하기 시작하면 마음이 부풀어, 터질 것 같았다. 장의사가 손을 가지런히 모은 채로 우리를 봤다.

— 염은 마음에 드세요?

형수가 갈라진 목소리로 감사하다고 말했다. 형수는 관을 한 번 쓸어봤다. 형수가 손을 거두자 관을 옮기기 시작했다. 관이 시야에서 사라지자, 형수가 내게 말했다.

— 올라가서 점심 먹어요.

형수가 검은 상복을 추스르고, 눈가에 고인 눈물을 닦았다. 나는 그러자고 대답했다. 우리는 형을 냉장고에 넣어두고, 긴 복도를 빠져나와 엘리베이터 앞에 섰다.

— 고생했어요.

형수가 말했다.

— 아니에요. 그런데, 정말 저 관으로 괜찮겠어요?

— 화장하는데요 뭐.

— 배고프네요.

내가 마땅한 말을 찾고 있는데, 엘리베이터의 문이 열렸다. 엘리베이터가 지하로 내려가는 동안 형수는 내내 울었다. 언젠가 그럴 거라고 예상은 했지만, 형의 목소리가 머릿속에 맴돌았다. 지상 1층과 지하 3층 사이, 그 짧은 시간 동안 형수는 세상 모든 것을 잃은 사람처럼 울었다. 엘리베이터가 멈출 때까지 나는 형수를 위로하지 않았다.

— 요즘 어때?

형이 마지막으로 참가했던 대회를 앞둔 어느 저녁, 내가 형의 속옷을 합숙소로 가져다 줬을 때 형이 물었다. 요즘 어떠냐고. 나는 그 질문에 깊이 생각하는 것처럼 형을 바라봤다. 그리고 나는 별일 없어 라고 말했다. 중복이 얼마 지나지 않은 한여름, 나는 형의 속옷이 든 종이가방을 쥔 채로 땀을 흘리며 앉아 있었다. 형이 미소를 지었다.

— 형은 어때?

형이 웃었다. 그의 이마에서 굵은 땀줄기가 흘러내렸다. 괜찮아. 형은 내 어깨에 손을 올렸고, 자리에서 일어나 몇 걸음 걸었다. 나는 가만히 앉아 형의 등을 바라봤다. 나는 형이 체조에 열중하느라, 하나밖에 없는 동생의 사생활을 한 번도 물어보지 못한 것에 죄의식을 가졌을 것이라고 생각했다. 형은 속옷을 가져온 나를 둔 채로 한동안 그렇게 말없이 서 있다가 합숙소로 들어갔다. 얼마 지나지 않은 저녁에 형이 불쑥 집으로 찾아왔다. 나는 오랜만에 집으로 돌아온 형에게 학교에서 있었던 일들을 이야기했다. 별로 재밌는 이야기가 아니었기 때문에 형의 눈치를 보고 있었는데, 형이 내 이야기를 전혀 듣지 않고 있다는 것을 알았다. 내가 이야기를 얼버무리자 형이 깊은 숨을 토해냈다. 그러더니, 우울한 얼굴로 나를 바라봤다.

— 대회가 얼마 안 남았어. 무서워.

— 이번에는 우승할 수 있을 거야.

— 아니. 그게 아니라.

나는 이해하지 못했다. 형은 아무 말도 하지 않았다. 한 번도 대회가 무섭다는 말을 해본 적 없는 형이 그날 잘라놓고 간 말이 도마뱀 꼬리처럼 내 속에 남아 꿈틀거렸다.

형수가, 국에 밥을 말았다. 빨간 육개장에 새하얀 쌀들이 섞였다. 형수가 숟가락을 들어, 밥알들을 천천히 입속으로 넣었다. 도우미들은 안주로 내놓을 땅콩을 까먹으며, 영안실 한쪽에 등을 기대고 있었다. 그녀들은 뒤늦게 통보를 받은 파업현장의 인부 같았다. 조카는 젓가락으로 식은 수육을 찢는 장난을 하고 있었다. 형수가 찢어 놓은 고기 한 점을 얹은 숟가락을 아이 입 앞에 내밀었다. 조카가 세차게 고개를 흔들었다. 나는 숟가락을 내려놓은 채로, 형수 너머에 있는 빈 테이블을 바라봤다. 시간이 하염없이 느렸다. 우리는 이렇게 무료하게 형이 떠난 여백을 몸으로 다 받아내고 있었다. 조카가 형수 옆에서 하품 했다. 조카는 장난이 벌써 질린 눈치였다. 아이의 길고 느린 하품, 무료한 표정 속에 품고 있는 지루한 눈, 조카의 장난은 거기서 끝났다. 형수는 숟가락을 내려놓고, 어린 딸을 바라봤다.

― 음식이 너무 많이 남았는데, 어쩌죠?

도우미 중 한 명이 다가와 말했다. 그녀가 입에 땅콩껍질을 붙이고, 걱정스럽게 서 있었다.

― 냉장고에 넣어두세요.

― 냉장고도 꽉 차서, 그래요. 홍어 무침은 아직 한 접시도 안 나가서, 다 상할 텐데.

형수가 먹다 만 육개장 그릇을 들고 자리에서 일어섰다.

― 뒀다가 상하면 버리세요.

— 아이고, 아까워라.

　도우미가 자리로 돌아갔다. 장례식이 끝나면 삼 킬로는 찌겠다는 시답지 않은 농담을 하고, 그녀는 육개장을 설거지통에 쏟아버렸다.

　나는 전화를 걸고 오겠다는 핑계로 지상으로 올라왔다. 겨우 두 층을 올라왔을 뿐인데, 모든 것이 완전히 달랐다. 바깥은 바람이 조금 불었고, 연약한 나무들이 바람에 휘청였다. 상복을 입은 사람들이 담배를 물고 재떨이 앞을 서성이고 있었다. 주차장 너머로 잘 가꾼 잔디밭이 펼쳐져 있었고, 가로등 아래, 소리를 죽여 가며 웃는 연인들이 보였다. 대학병원만이 가질 수 있는 풍경이었다. 모든 것이 명징해 보였다. 형이 죽었다는 것을 내가 실감할 즈음 이 풍경은 뚜렷한 기억으로 내게 찾아올 것이다. 형이 수백 명의 관중들 앞에서 철봉으로 힘차게 뛰어오르던 그 모습과 함께 불현듯, 떠오르겠지. 은퇴 후 형의 몸은 평상시 유지하던 몸무게의 두 배로 불어났다. 마지막으로 내가 그를 찾았을 때, 그는 침대에 비스듬히 누워 숨을 쉴 때마다 부풀어 오르는 배의 느낌이 좋다고, 이마에 흐르던 땀을 닦으며 말했다. 형은 느릿한 말투로 최근에 있었던 일들을 수다스럽게 이야기했다. 체조에 대한 모든 감각을 잊었는데, 유일하게 잊히지 않는 느낌이 있다고 말했다. 체조부에 들어 처음 백덤블링에 성공했을 때, 그는 이것에 몰두하고 싶다는 생각을 했다고 했다. 두 발이 땅에서 떨어지고 일 초도 되지 않는 시간 동안 보이는 것들, 그게 말로 설명할 수 없이 좋았다고. 내가 그때 형이 무엇을 견디고 있는지 알았더라면, 어쩌면 점점 뚱뚱해지던 형을 이해했을

것이다. 그러나 나는 형이 체조를 그만둔 상실감에 대해서만 걱정
했다. 그냥 형수에게 형을 다이어트 센터에 보내라고 종용했다. 그
러나 형수는 형의 요구를 차분히 들어줄 뿐이었다. 나 또한 그 이상
아무것도 하지 않았다. 그날 저녁, 형이 잠들고 난 후 나는 형수와
마주 앉았다. 그녀는 형이 점점 더 많은 먹을 것을 찾는다고 말했
고, 도저히 감당할 수 없을 지경이라고 말했다.

— 사실은 그게 편하죠?

형수는 커피 잔을 쥔 채로 소파 끝에 앉아 대답을 하지 않았다.

— 실컷 먹으면 짐승처럼 굴지 않으니까, 차라리 주는 게 편하죠?

— 아니요.

형수가 말했다.

— 그럼 왜 저렇게 될 때까지 됐는지 모르겠어요. 형이 왜 저러는
지 아직 모르겠죠?

내가 물었다. 그녀가 천천히 커피를 마셨다.

— 혹시, 형이 완성한 기술에 대해서 이야기하던가요?

— 아니요. 전혀.

— 저한테는 늘 그 이야기를 해요.

그녀가 나는 형을 절대 이해할 수 없을 것이라는 듯, 나를 보며
말했다.

그게 형의 마지막 모습이었다. 그 다음날 오후에 형이 죽었다. 연
락을 받고 형의 집으로 갔을 때, 구급대원 네 명이 간신히 형을 들
것에 얹어 놓고, 크레인을 불러야 하는 것 아니냐며 회의를 하고 있
었다.

익숙한 무리가 식장으로 들어섰다. 일행 맨 뒤에 근조 화환을 든 남자가 땀을 흘리며 서 있었다.

— 저 이거 어디다가 둘까요?

이마가 번들거리는 그가 내게 말했다.

— 눈치껏 해. 인마. 보고 적당히 둬.

한 남자가 신경질적으로 말했다. 형의 선배였다. 나는 그에게 간단히 묵례를 했고, 그가 슈트 단추를 채우며 내게 손을 들며 신발을 벗었다. 입구에 모여 있던 나머지 일행들은 느리게 신발을 벗으면서 서로의 눈치를 보고 있었다. 그들은 모두 같은 표정을 하고 갈팡질팡했다. 형의 선배는 내 손을 잡았다.

— 상심이 크겠네. 몸은 챙겨. 산 사람은 건강해야지.

나는 감사하다고 말했다. 뒤에 서 있던 나머지가 내 손을 잡아야 할지 말지, 고민하고 있는 듯했다. 내가 그들에게 감사하다고 말하자, 그들은 미팅에 나온 고등학생처럼 내 시선을 피하며 싱겁게 웃었다. 형의 선배가 분향실로 들어서자, 그들이 따라서 우르르 몰려 들어갔다. 나도 함께 들어가 형수 옆에 나란히 섰다. 조카는 분향실 한쪽에 담요를 덮고, 자고 있었다. 형의 선배는 영정 앞에 서서 얼굴을 한 번 쓰다듬더니 곡을 하기 시작했다. 국화를 들었다가, 뭔가 생각난 듯, 담배를 꺼내 불을 붙여 영정 앞에 뒀다.

— 형 담배, 안 피웠어요.

내가 말했다.

— 아냐, 담배 좋아했어.

그는 콧물을 마시며 자신 있게 말했다.

— 그 사람, 담배는 안 피웠어요.

형수가 끼어들자 그때야 그는 그래요? 하고 무안한 듯 서둘러 담배를 거뒀다. 그가 이미 불을 붙인 담배를 어떻게 처리할지 고민하는 동안, 분향실에는 적막이 흘렀다. 종이컵이라도 하나 가져와 새 끼야. 누군가 뒤에서 속삭였다. 우당탕 소리가 나고, 종이컵에 담배를 비벼 끈 후에, 그가 다시 슬픈 얼굴을 했다. 그리고 그가 선배가 다시 곡을 이었다. 그가 분향하는 동안, 나머지는 뒷짐지고, 그 광경을 보고 있다. 그가 돌아서자, 한 명씩 식권 내듯 국화를 얹고, 몇은 절을 하고, 몇은 묵념을 했다. 그리고 형의 선배가 우는 소리가 들렸다. 그는 형의 이름을 부르면서 형의 영정 앞에서 큰소리로 울었다. 정해진 분량의 대사를 소화하는 배우처럼 명료했다. 형수는 그 앞에서 그의 손을 잡고, 함께 울었다. 나머지 일행은 다시 뒷짐을 진 채로, 그 광경을 바라보고 있었다.

— 어떻게 이렇게 갑자기 가는지 무심한 사람.

형의 선배가 형수의 손을 잡은 채로 말했다.

— 고집이 있었죠? 선수 시절부터 그랬어. 대회가 코앞인데 자꾸 어려운 걸 연습하더라고. 체조 선수생활이 얼마나 짧은 데.

형은 오랜 시간 동안 하루도 운동을 거르는 일 없었기 때문에 자신의 몸 상태를 완벽하게 알 수 있었다. 자신의 몸이 어떻게 변하고 있는지, 어떤 모양으로 변화하고 있는지 정확하게 표현할 수 있었다. 형의 말대로라면 그의 몸은 복부부터 지방이 덮여 팽창하기 시작해, 가슴과 얼굴로 살들이 번지고 있었다. 그는 은퇴를 발표한 후, 석 달 만에 9킬로가 불었다. 나는 누수를 탐지하고, 차단하는 일을 하고 있기 때문에 어떤 변화 같은 것에 민감한 편이었지만, 형의 몸은 징후를 감지할 수 없을 정도로 빨리 변했다. 형은 나보다 네 살이 많았다. 그는 실제로 그때까지의 인생에서 운동을 제외한 다른 일을 전혀 해보지 않았다. 그래서 종종 나를 찾아와 숙제 검사를 받는 아이처럼 자신의 변화에 대해 이야기하는 것을 즐겼다.

— 몸이 변한다는 것, 그다지 나쁘지 않은 것 같아.

하고 그는 말했다. 나는 걱정스럽게 형의 몸을 봤다. 형이 즐겨 입던 옷들은 이미 몸에 맞지 않아, 형은 늘 커다란 훈련용 운동복을 입고 다녔다. 형은 은퇴 후 녁 달이 지나고서야, 간신히 자신을 돌아볼 수 있었다. 그렇지만 자신이 바라본 것은 온전한 자신이 아니었는지도 모른다. 그는 뒤늦게 자신이 철봉에서 내려온 것을 실감한 것 같았다. 그때야 그는 알았을 것이다. 자신이 감당하기 어려웠던 한 부분을 어딘가에 의탁하고 있었다는 것을, 그리고 시작한 것이 생활체육을 가르치는 작은 체육관이었다.

— 몸이 불어나면 많이 무겁다는 말들이 있지? 때로는 그 반대로 가는 거야. 나는 가벼운 채로 너무 오래 살았어. 한번 시점을 바꿔보는 것만으로도 꽤 기분이 괜찮아.

밥을 먹는 동안 형은 말을 멈추지 않았고, 밥그릇도 일반인보다 훨씬 빠르게 비웠다. 물론 그런 기계적인 식사만 아니라, 느긋이 시간을 갖고 착실한 식사를 즐기는 일도 있었다.

— 운동을 시작하고 한 번도 마음껏 먹은 적이 없어?

— 아니, 대회가 끝나면 회식이라는 걸 해. 합숙하면서 먹고 싶었던 것들을 마구 시켜서 먹는 자리지. 합숙을 하면서 먹고 싶은 음식을 이야기하는 게 일종의 낙이거든. 그런데 잔뜩 시켜만 놓고, 먹는 둥 마는 둥 해.

하고 형은 다소 의외라는 듯이 말했다.

— 나는 그들과 아주 친밀한 기분으로 살았어. 설명하자면 가족적인 기분으로. 하지만 가족적이라는 것도 단순한 경쟁의 일부였어. 거기서 마음껏 먹는다는 것은 일종의 포기였으니까. 곧 동정과 걱정 어린 시선을 받거든.

형은 허풍을 떨면서 자신의 훈련을 과장한 적이 한 번도 없었기 때문에, 나는 그의 말을 그대로 믿었다. 식사하는 내내, 입으로 먹을 것을 가져가는 형은 손을 봤다. 하루에 열 시간 넘게 철봉에 매달려 있었을 손은, 복잡한 굴곡을 가지고 있었다. 물이 새기 전, 어떤 징후를 드러내는 천정처럼. 반드시 징후를 동반하는 것들이 있다. 징후는 보통 사실과는 다른 근육을 가지고 있다. 햇살이 맑은 날 꼭 우산을 챙기고 싶은 마음, 그게 적중하지 않더라도 그 당시에는 꼭 무엇인가를 예감했을 것이다. 문제는 이런 징후는 결코 설명할 수 없다는 것, 타인에게 이례를 요구할 수도 없다는 것이다. 그래서 징후를 예감하는 사람은 외롭다. 실제로 형이 내게 전화를 했을 때, 나는 어떤 징후를 예감했다. 말로 설명할 수 없는 느낌. 형의 체육관으로 찾아갔을 때, 형은 두 방향이 거울로 된 벽 귀퉁이에 선 채로 천장을 유심히 바라보고 있었다. 형은 내가 체육관에 들어선 것도 전혀 모르고 굳은 얼굴로 몇 초에 한 번씩 얼굴을 찌푸렸다. 형의 몸은 더욱 부풀어 이제 한눈에 봐도 뚱뚱하다는 느낌을 받을 수 있었다. 길을 가는 사람에게 저 사람이 한때는 체조 선수였다고 말하면, 단번에 믿을 수 없을 정도로.

— 물이 떨어지기 시작했어.

나는 그의 얼굴을 빤히 쳐다봤다. 형의 얼굴이 일그러졌다 펴지기를 반복했다. 나는 얼마간 시간이 지나서야 그 패턴이 물이 떨어지는 속도와 같다는 것을 알았다. 남자의 얼굴에 불안한 기색이 역력했다. 나는 형은 30대라고 하기에는 너무 늙었다, 라고 생각했다. 형의 숨소리가 우리가 사는 여기, 가장 깊은 곳에서부터 쏟아져 나왔다. 그 미세한 떨림이 내게 전해졌다. 어디서 무엇이 조용히 흔들렸다.

— 여긴 원래 사무실이었어. 그런데 개조를 해서 아이들을 위한 체육관으로 만든 거야.

그는 입을 아주 적게 벌려 말했고, 목소리도 작았기에 나는 그의 말을 놓치지 않기 위해 그에게 다가갔다. 그에게서 땀냄새라고 하기에는 조금 복잡한 냄새가 풍겼다.

— 그런데 얼마 전부터 물이 떨어지기 시작했어.

— 내가 알아볼게.

그는 시선을 천장으로 천천히 옮겼고, 천장에서는 여전히 물이 뚝뚝 떨어지고 있었다.

— 문제가 심각한 걸까?

— 누수는 노후화된 건물에서 자주 생기는 문제니까.

사실이었다. 그를 안심시키기 위해 한 말이기도 했지만, 누수는 오래된 건물이라면 어쩔 수 없는 부분이었다. 상식적으로 사무실에 물이 샌다고 이렇게 걱정할 일은 없었지만, 나는 여전히 물이 떨어지는 지점에서 눈을 떼지 못하는 형을 안심시켜줘야만 할 것 같았다. 물은 고요하게 맺혀 바닥으로 떨어지기를 반복했다. 이상한 점이 있었다면 형이 그 물을 받을 무엇도 준비하지 않았다는 것이다.

— 뭔가 계시하는 것 같아.

— 응. 무슨 징조가 있었는데, 발견하지 못했을 거야.

징조라. 징조. 형이 내 말을 되새김했다. 그의 얼굴에 복잡한 것이 지나갔다.

— 징조. 기분 나쁜 단어네. 사실은……

형은 말을 하다말고 생각에 잠겼다.

— 저 물이 떨어지기 시작하면서부터 너무 배가 고파졌어. 허기가 사라지지 않아.

— 몸이 더 많은 칼로리를 필요로 하는 몸이 되어가는 거야. 살을 좀 빼.

운동이라. 운동. 그가 그러더니 고개를 끄덕였다.

— 도면을 볼 수 있을까.

— 건물주에게 부탁해볼게

이해하기 힘든 점은 있었다. 낡은 10층 건물 1층에서 누수현상이 생기는 것은 흔하지 않고, 도면의 배관도를 확인 해봐야겠지만 내가 둘러본 바 물이 떨어지는 곳 바로 위는 화장실이 아니라 일반 사무실이었기 때문이었다.

일곱 시 삼십 분 개장인데 우리는 여섯 시에 도착했다. 서류 접수를 하려면 한 시간을 기다려야 했으므로, 사람들은 버스에서 내려 약속이나 한 듯 넥타이를 풀었다. 형의 선배는 다리를 꼬고 앉아 가져온 진미포를 씹었다. 그 주변으로 흰 장갑을 낀 일행들이 스트레칭을 하고 있었다. 하나같이 잠에서 들깬 얼굴이었다. 언덕을 올라온 차들은 개장시간을 기다리고 있다. 시간이 남아 관들이 어선처럼 정박해 출렁였다. 차가 벽제에 도착하자마자 형수가 토악질을 했다. 조카가 그런 형수 옆에 서서 울었다. 형수가 입을 닦으며, 내게 조카를 부탁했다. 형수가 화장실에 간 사이, 조카를 데리고 자판기 앞으로 갔다. 아이는 경계심을 풀지 않았다. 아이는 사방을 두리번거리며, 동전을 넣고 있는 내 바지 한 켠을 세차게 붙들고 있었다.

조카에서 오렌지 주스를 뽑아 주고, 조카를 데리고 다시 버스 근처로 왔다. 아이는 한 모금, 주스를 마실 때마다 나를 보고 웃었다. 유치원에서 배운 것을 보여 주겠다고 말하며, 손을 머리에 얹어 토끼 흉내를 내보기도 하고, 깡충깡충 뛰어 보기도 했다. 아이는 본능인 듯, 내 시선을 단 한 번도 놓치지 않는다. 그리고는 자신이 좋아하는 만화 캐릭터를 내게 설명하기 시작했다. 공룡, 펭귄, 심지어 자동차까지 모두 명확한 발음이 힘든 이름이 붙어있는 것들이었다. 조카는 그중 하나를 내게 사줄 수 있냐고 물었다. 나는 꼭 그러겠다고, 약속했다.

― 그럼 마트에 가요.

조카가 내 손을 잡아끌었다. 힘이라고 하기엔 연약한 것이 느껴졌다. 나는 지금은 안 되니까 내일 가자고 말했다. 조카는 그럼 약속을 하라고 했다. 나는 하나둘씩 언덕을 넘어 올라오는 버스들을 바라보며, 아이와 새끼손가락을 걸었다.

― 찾았니?

내가 형의 체육관에 다녀온 지 삼일 만이었다. 형의 목소리는 비에 젖은 듯 눅눅했다. 나는 그때 오랜만에 만난 친구와 집 앞에서 술을 마시고 있었다.

— 자세한 건, 공사팀을 데리고 가서 어느 정도 조사를 해봐야 알아.

내가 말했다. 수화기 건너편에서 침묵이 전해졌다.

— 어떤 계시가 있는 것 같아.

— 그런 게 아니야. 단지 건물이 노후해서 생기는 흔한 현상이야.

흔한 현상, 형이 내 말을 따라했다.

— 체육관 원생들이 다 그만뒀어. 물이 흘러서 나무 바닥이 모두 썩었거든.

나는 체육관 나무 바닥에 고이던 이 물방울들을 생각했다. 더하고 더해져서 흘러넘치는 형 같은, 그것들.

— 덕호 알지? 덕호가 그러더라, 같이 연습을 하다가 자기는 못할 것 같다고 그랬어. 어느 날인가, 자기가 이걸 왜 하고 있는 생각이 들기 시작했다는 거야.

나는 그때 덕호 형의 장례식장에서 말없이 울고만 있던 형을 떠올렸다. 그는 접견실 한구석에 버려진 화분처럼 우두커니 앉아 테이블 위에 휴지 조각을 찢어 놓고 있었다.

— 니가 그랬잖아. 무슨 일이든 반드시 무슨 징조가 있다고. 이게 징조일까?

— 형 취했지?

— 모르겠어. 마음속 어딘가가 부풀고 있는 느낌이야.

— 그만 들어가 자.

형이 알았다고, 말했다. 그리고 전화를 끊었다.

일곱 시 사십 분 화덕으로 관이 들어갔다. 카세트에서 회심가가 나왔다. 나는 카세트 소리보다 좀 크게 옆 사람에게 마음을 들키지 않을 정도만 눈물을 흘렸다. 문이 완전히 닫히고, 유리 건너로 유니폼을 입은 남자가 우리에게 인사를 했다. 형수가, 자리를 박차고 일어섰다. 막을 내린 공연처럼 주변을 둘러싸고 있던 사람들은 조카를 데리고 지하식당으로 밥을 먹는다고 내려갔다. 형수는 커피 캔을 두 개 들고 들어왔다. 그녀가 내 맞은편에 앉아 내게 커피 캔을 내밀었다.

— 고생했어요.

— 형수님이 고생하셨죠.

형수가 신발을 벗었다. 벗어놓은 구두의 뒤축이 많이 닳아 있었다.

— 저 요사이 많이 울었죠? 내가 형한테 해줄 수 있는 게 그것밖에 없었어요. 잘 해주지는 못해도 많이 해주는 것.

얼마 전 형이 말했던 기억이 뼈아프게 떠올랐다. 마지막 저녁 잠들기 전 형은 누수가 시작되기 전, 천장에서 물이 몇 방울 떨어지는 것을 본 적이 있다고 고백했다. 그는 그 당시는 대수롭지 않았다고, 하지만 그때 조치를 취했으면 많이 달라졌을 것이라고 말했다.

— 은퇴하기 얼마 전이었나? 평생 연습한 기술이 거의 다 완성되어 간다고 하더라고요.

— 예. 알아요. 형은 대학 때부터 그 기술을 해보고 싶어 했어요.

내가 대답했다. 그리고 거기에 대해서 생각했다. 형수가 말없이 시선을 돌린다.

— 덕호 씨 기억하죠?

— 예. 형이랑 제일 친했잖아요.

— 둘이 그 기술에 미쳐 있었던 거 알죠?

— 알고 있어요.

— 덕호 씨가 먼저 그 기술을 시도했었나 봐요, 큰 대회에서. 거의 성공했는데, 아무도 몰랐대요.

유리창 건너편으로, 옆방에서 누군가의 이름을 부르는 소리와 함께 울음소리가 섞인다.

— 뭐가 뭔지 모르겠다는 말을 했었어요.

형수가 말했다.

— 무서웠다고, 그러더라고요.

— 뭐가요?

— 완성되고도 아무 일도 벌어지지 않을 수도 있다는 생각이 들었대요.

내가 형의 전화를 받고, 체육관으로 갔을 때, 체육관은 숨이 막힐 정도로 고요했었다. 깊은 밤의 실내체육관은 그래서 그런지 잔잔하면서 서글펐다. 그 적막 속에 앉아 있는 형이, 정확하게는 형의 등이 보였다. 형은 꼭 노을을 구경하는 사람처럼 마룻바닥에 앉아 철봉을 올려다보고 있었다. 얼마나 복잡한 생각을 해야 저런 등을 가질 수 있을까, 나는 형에게 걸어가며 생각했다. 내가 형의 어깨에 손을 올렸을 때, 진동이 느껴졌다. 폭우가 내리는 들판에 선 나무 가지처럼, 형이 흔들리고 있었다.

— 왔니?

형이 얼굴을 부비며 자리에서 일어섰다.

— 보여줄 게 있어서.

형은, 내게 앉으라고 말하고, 철봉 앞에 섰다. 기도를 하는 사람처럼 숙연한 얼굴로 그가, 힘껏 뛰어 철봉에 매달렸다. 형의 매달린 형은 입을 꽉 다물었다. 그의 팔은 겨울을 견디고 있는 고목같이 단단하고, 고단해 보였다. 형이 몸을 몇 번 흔들다가 철봉과 직선으로 섰다. 그리고 몇 바퀴 돌더니, 양팔을 꼬아 반대 방향으로 돌았다. 모든 동작들은 정교하고 군더더기 없이 진행됐다. 숨막히게 고요한 체육관은 형이 매달린 철봉이 진동하는 소리로 작은 틈이 만들어지는 것 같았다. 형은 몇 초에 한 번씩 자세를 바꾸며, 철봉에 매달려 있었다. 형이 괴로웠을 수도 있다는 생각이 들었을 때는, 그때가 처음이었다. 한 번도 지상에 발을 닿은 적이 없는 사람처럼, 철봉을 오가던 형이 갑자기 동작을 멈췄다. 그러더니, 사뿐히 철봉에서 손을 놓고 바닥에 내려섰다. 그는 무덤덤한 찬 표정으로 철봉에서 내려와 손에 묻은 송진가루를 털어냈다. 말없이 나를 지나쳐, 라커룸으로 뚜벅뚜벅 걸었다. 샤워도구를 챙겨 라커룸에서 나온 형이 내게 현관에서 기다리라고 말했다. 샤워를 마치고, 로비에서 기다리는 내게로 다가왔다. 그가 조용히 내 어깨에 손을 얹었을 때, 그 손을 뚜렷하게 기억한다. 오랜 가뭄을 겪은 땅처럼 균열로 가득찬, 단단해서 더 연약해 보이는 손이었다. 내가 좋았다고 말했을 때 그의 미간이 움직였다. 찰나, 내가 형의 동생이 아니었으면 절대로 포착하지 못할 어떤 것이 지나갔다.

내 차가 주차장에서 빠져나올 무렵 형이 입을 열었다. 그날 내가 본 것이 10년간 단 하루도 빼놓지 않고 10시간 씩 연습한 기술이라는 것을. 그리고 그날이 마침내 단 한 번의 실수도 없이 처음 해낸 날이라는 것을. 깊을 대로 깊어진 여름밤, 창문을 반쯤 열어 놓은 차안에서, 형은 단 한 번도 내 눈을 마주치지 않고 이야기를 해나갔다. 형은 그의 인생 가운데 세워진 철봉에 매달려 있다가 이제 막 내려왔고, 자신이 너무 무거워졌기 때문에 다시는 매달리지 못할 것 같다고 말했다. 형은 그날 내게 은퇴하겠다고 말했다. 내가 대답을 찾지도 못한 사이 그래, 정말 해야겠어, 라고 형이 다짐하듯 말했다. 나는 열어놓은 차창으로 들어오는 눅눅한 바람이 선명한 그날을 기억한다. 포장마차에서 취한 형을 부축하고 집으로 돌아오던 날, 현관 앞에서 나는 정말 은퇴해도 괜찮겠냐고 물었다. 그는 대답 대신 낡은 운동화를 벗었다. 좀 자고 싶다는 말과 함께. 왜 그랬는지는 모르겠지만, 그는 문을 닫지도 못한 채로 뚜벅뚜벅 거실로 걸어 들어갔다.

형수는 팔짱을 끼고 분골을 구경했다. 유리 건너편에서는 도자기를 빚듯 신중하게 형의 유골을 차곡차곡 유골함에 담았다. 형의 선배는 알 수 없는 말과 함께 한숨을 쉬며 되새김질하듯 껌을 씹었다. ✸

슬픔에 부풀어 오르다

천정완의 「팽-부풀어 오르다」는 인간의 삶이 내재한 근원적인 슬픔이 터지기 직전의 풍선처럼 팽팽하게 부풀어 오른 작품이다. 터지기 직전까지 부풀어 오른 풍선의 아슬아슬한 긴장은 존재론적 층위와 사회적 층위 양쪽에 모두 걸려 있다. 이 작품의 주제는 젊은 나이에 요절한 형의 죽음을 중핵으로 형성되어 있다. 형의 죽음이 지닌 의미에 대한 탐구는 누수 탐지 전문가인 동생, 즉 '나'에 의해서 이루어진다. 주인공이 탐지하는 누수란 바로 형의 죽음의 전조와 깊이 관련되어 있다. 체육관의 누수를 형은 하나의 "징조"로서 받아들였던 것이다.

이 작품은 형의 장례식을 배경으로 하고 있다. 문상객이 스무 명도 오지 않을 거라면서 10인분의 식사만 주문하며 울먹이는 형수가 지키는 장례식장의 쓸쓸한 분위기가 이 소설을 일관되게 지배한다. 형수는 장례식의 처음부터 끝까지 울음을 그치지 않는다. 그러고 보면 형수는 형이 "우는 형수가 두렵다"고 말할 정도로 그 이전부터 울음이 많았다. 이러한 울음은 인간의 존재론적 비극과 동시대의 사회적 현실에서 동시에 발원하는 것이다.

먼저 존재론적인 차원에서 형의 죽음이 지닌 의미를 살펴보자. 형은 체조 선수였다. 산을 옮기는 사람처럼 조용했던 형은 치열하게 체조를 했고 누구보다 체조를 사랑했다. 그런 형이 체조 선수생활을 은퇴한다. 형이 마지막으로 참가했던 대회를 앞 둔 어느 저녁 주인공을 만난 형은 무섭다고 말한다. 이러한 두려움이 대회에서 거둘 성적에 대한 걱정 때문이라고 생각한 '나'는 "이번에는 우승할 수 있을 거야."라며 형을 격려한다. 그러자 형은 "그게 아니라"고 말한다. 이후에 밝혀지는 것이지만 형은 자신이 평생에 걸쳐 얻고자 했던 기술을 드디어 성취했기 때문에 두려웠던 것이다. "대회가 코앞인데 자꾸 어려운 걸 연습하더라"는 형의 선배 말처럼, 형은 어느 순간부터 대회의 성적을 뛰어넘어 자신이 완성하고자 하는 기술에 전념했던 것이다.

드디어 형은 '나' 앞에서 자신이 10년간 단 하루도 빼놓지 않고 10시간 씩 연습한 기술을 보여준다. 그날은 마침내 단 한 번의 실수도 없이 그 기술을 해낸 날이다. 그 순간에야 형은 비로소 은퇴하겠다고 말한다. 상식적이라면 10년의 시간을 들여 무언가를 성취했을 때 뒤따를 반응이란 너무나 기뻐하며 그 일에 더욱 전념하는 모습일 것이다. 그러나 형은 이러한 일반적인 태도와는 달리 오히려 괴로워하며 나아가 체조를 그만두고자 한다. 이러한 사정은 주인공과 형수가 나누는 다음의 대화에 잘 나타나 있다.

— 은퇴하기 얼마 전이었나? 평생 연습한 기술이 거의 다 완성되어 간다고 하더라고요.
— 예. 알아요. 형은 대학 때부터 그 기술을 해보고 싶어 했어요.

(중략)

— 무서웠다고, 그러더라고요.

— 뭐가요?

— 완성되고도 아무 일도 벌어지지 않을 수도 있다는 생각이 들었대요.

형수는 형이 괴로워한 것이 바로 자신의 인생을 바쳐 완성한 일이 결국 세상에 아무런 영향도 발휘하지 못하는 상황이었음을 보여준다. 그렇다면 형이 하루에 10시간씩 10년의 시간을 바쳐 완성하고자 한 기술이란 자신의 무력함과 세상의 무의미함을 감추기 위한 하나의 스크린(환상)에 불과했는지도 모른다. 그런데 바로 그 기술이 완성됨으로 해서 환상의 스크린은 더이상 기능하지 못하고, 개체로서의 인간이 지닌 근원적 왜소함이 전면에 드러나게 된 것이다. 이제 형에게 남는 것은 죽음이라는 또 하나의 존재방식밖에는 없었을 것이다.

또한 형의 죽음은 사회적 측면에서도 그 의미를 발견할 수 있다. 형은 은퇴하자 몸이 이전보다 두 배로 불어나고 생활에도 제대로 적응하지 못한다. 형은 점점 더 많은 것을 먹기 시작했고, 나중에는 형수가 도저히 감당할 수 없는 지경에까지 이른다. 은퇴 후 형은 생활체육을 가르치는 작은 체육관 일을 시작한다. 그러나 별다른 돈도 벌지 못하고, 체육관에는 심각한 누수 현상이 발생한다. 누수 현상은 점점 심해져 나중에는 나무바닥이 썩고 결국 체육관 원생들이 모두 그만두는 일까지 발생한다.

은퇴 뒤에 따르는 이러한 곤란함을 형만의 문제로 한정시키기에 오늘날 우리 주위에는 조기 퇴직자들이 너무나 많이 존재한다. 마땅한 사회적 안전망 없이 사회에 던져진 많은 이들이 조그만 자영업에서 노점상으로 다시 빈민으로 나앉고 있는 것이다. 인생을 체조에만 바쳤지만 별다른 대책 없이 그 세계로부터 벗어난 형이 겪는 곤란과 괴로움은 오늘날의 현실에 적지 않은 의미를 지닌 것으로 보인다. 천정완의 「팽-부풀어 오르다」는 어떠한 대상도 인간에게 온전한 의미를 부여할 수 없기에 끝내 번민할 수밖에 없는 인간의 존재론적 비극과 이전의 삶으로부터 폭력적인 방식으로 내던져진 이 사회의 수많은 조기 퇴직자들의 슬픈 사회적 존재조건을 환기시키는 작품이다. ✗

— 선정위원 | 이경재

2012 젊은 소설

부산말로는 할 수 없었던
이방인 부르스의 말로

당신이 표현할 수 있는 언어의 세계가, 당신의 세계

최민석

창작 노트 | 1993년 문민정부가 들어서자 '학실히(확실히)' '새개화(세계화)'의 바람이 불었다. 새가 개가 될 정도의 전 사회적인 개혁 속에서 우린 대학에 입학했고, 역시 새가 개가 될 정도로 글로발한 생존경쟁체제에 돌입했다.

그러나 그 와중에도 선배들은 0.6의 방어율을 구축한 선동열과 학점으로 경쟁하고 있었고, 그걸 시대의 자랑으로 여겼다. 나도 물론 학풍을 이어받아 선동열과 학점으로라도 경쟁해서 이겨보려 했다. 사실 그건 전국가적인 세계경쟁 체제의 돌입에 항거하고자 하는 우리들의 몸부림이었다. 는 건 거짓말이다. 당시의 우리는 글로발 경쟁에 동참하기엔 너무나 게을렀다.

……물론, 게으른 청춘이 할 일이라고는 입대밖에 없었다. 입대를 했고, 시간이 지나면 누구나 하는 게 제대이므로 제대를 했다. 그런데! 맙소사. 선동열과 경쟁을 했던 선배들은 모두 실업자가 되어 있었고, 후배들은 똥을 싸면서도 화장실에서 영어 단어를 외우고, r̆ 발음을 연습했다. 대통령이 안쓰러운 발음으로 그토록 외쳤던 글로발 경쟁이 IMF로 단 한번에 실현되고 있었다. 그 시절 나도 후배들처럼 화장실에 영어 단어장을 들고 들어갔고, r̆ 발음을 하려고 혀를 꼬고 다녔다. 하루에 단어를 300개씩 외우고, 자고 일어나면 200개를 잊고, 또 다시 300개를 외우고, 알탕도 r̆탕으로 발음했다.

……당연히 영화에선 외계인도 영어를 했고, 그에 대해 의문을 제기하는 이는 아무도 없었다. 모두가 살아남기 위해 기꺼이 자발적 식민의 상태에 돌입했다.

……다행히 나는 살아남았다. 몇몇 선배와 후배의 '시체를 넘고 넘어 앞으로 앞으로 나간 덕'에 살아남았다. r̆ 발음을 할 수 있게 됐고, 글로발 체제 속에서 겨우 호흡할 수 있게 됐다. 물론, 부끄러운 세월이었고, 어느 날 모든 게 싫어졌다. 그래서 소설을 썼다.

그리고 이 소설은 '세계화 시대'에 살아남기 위해 그 시절 전투를 함께 벌였던 선배와 후배에게 바치는 소설이다. 부디, 안녕하시길.

약력 | 서른을 넘었고, 마흔을 넘지 않았다. 북부 유치원을 졸업했고, 몇 군데의 학교를 다니며 맞춤법을 배웠으나 잘 기억나지 않는다고 한다. 띄어쓰기는 여전히 서툴다. 2010년 단편소설 「시티투어버스를 탈취하라」로 제13회 창비 신인소설상을 수상했다. e-mail:searacer@naver.com

부산말로는 할 수 없었던
이방인 부르스의 말로

1장. 불시착

'분명 어디선가 본 것 같은데, 기억이 나지 않는다.'

저 반지르르한 윤기. 모기가 앉는다면 바로 미끄러질 듯이 매끈한 정수리. 쌍라이트 형제[1]를 능가하는 저 두피. 어디선가 봤는데……기억이 나지 않는다.

내 기억이 가물가물한 것은 **그날**에 겪은 초자연적 현상 때문이다. 우리는 실수로 태양에 너무 가까이 갔고, 기체 내부는 요동하듯 흔들렸다. 그 순간, 우리 모두 기체에 심하게 부딪쳤고, 아마 내 기

---

1) 조춘, 김유행으로 이뤄진 민머리 개그 콤비. 〈유머 일번지〉, 〈영구와 땡칠이〉, 〈밥풀떼기 형사와 쌍라이트〉 등에 겹치기 출연을 하며 파문을 일으켰다. 1990년대 초, 학생들 사이에 영웅이었으며, 혹자는 몸개그의 창시자로 추앙한다. 아버지는 이들이 TV에 등장하면 강력한 반사력 때문에 콘트라스트를 매번 조정하시곤 했다.

억은 그때 빠져나간 것 같다.

그날 함께 했던 우리가 몇 명인지, 많았는지 적었는지, 지금 내 눈앞에 있는 대머리가 있었는지도 기억나지 않는다. 그날에 관한 아주 사소한 것이라도 기억하려하면, 뇌가 쪼여오듯 머리가 아프다.

나는 줄곧 고향에서 기록을 담당해왔기 때문에, 모든 일을 문자로 남기는 일에 익숙하다. 머릿속에 얽혀 있는 생각들도 손끝을 통해 문자로 쏟아낼 때, 명료해진다. 그제야 비로소 버려야 할 생각들은 버려지고 남아야 할 생각들만 남는다. 하지만 어찌된 영문인지 이곳에 온 후로는 한 자도 쓸 수 없다. 여간 곤혹스러운 일이 아닐 수 없다.

말하자면 나는 글을 쓸 때 명료해지는 사람이기 때문이다.

앗, 사람이라고 하기엔 무리가 있다.

비록 인간의 형태를 하고 있지만, 사실 사람이 아니다.

그러니까, 당신들, **사람들의 표현 방식**에 따르자면, 나는 외계생명체이다.

그렇지만, 내가 외계인이라는 사실을 믿는 사람은 아무도 없다.

*

그건 내가 외계어를 말할 줄 모르기 때문이다.

*

"그러면 부르스 씨는 한국어를 부산에서 배우신 겁니까?"라고 TV 스튜디오의 모든 조명을 온 두피로 반사하고 있는 대머리 사회자가 물었다. 그의 둥그런 두피는 마치 태양계에 존재하는 모든 형태의 빛을 한몸에 받는 위성 같았다.

나는 원래 TV 토크쇼 같은 걸 좋아하지 않는다. 사람들 앞에 나서기보다는 오히려 조그만 방에서 혼자 글 쓰는 것을 좋아한다. 내가 오늘 이 똥싼 바지 같은 쇼에 출연한 이유는 단 하나다. 추락했던 날에 잃어버렸던 친구들을 찾기 위해서다. 동료들을 찾아야 고향별로 돌아갈 수 있다. 그 외에 다른 방법이 떠오르지 않는다.

TV 쇼에까지 출연하기로 결심한 것은 사람들의 반응 때문이다. 내가 외계인이라는 사실을 몇 번이나 밝혔지만, 누구도 믿지 않았다. 대개 썰렁한 농담으로 치부하거나, 정신병자로 취급했다. 커밍아웃을 하기 전까지는 아무렇게나 둘러댔다. 어느 고등학교를 졸업했냐, 어디서 군복무를 했냐, 2002월드컵 이탈리아 전을 어디서 봤냐, 등의 질문에는 거짓말을 할 수밖에 없었다. 내가 지구에서 한 말은 모두 지어낸 말이다. 거짓말도 자꾸 하다보면, 어느 순간 완벽히 앞뒤가 맞는 새로운 한 인격체를 창조하게 된다. 나는 허구의 나를 창조했고, 그 허구의 나를 들키지 않기 위해 떠벌려 놓은 거짓을 실천하며 살았다. 말하자면, 가짜가 커지고 커진 끝에 어느 순간 진짜를 압도했고, 진짜는 점점 위축되어 하나의 점이 돼버렸다.

하지만 내게도 진실이 있다. 내가 품고 있는 단 하나의 진실. 내가 외계인이라는 사실이다. 물론 어느 누구도 진실을 진실로 받아들이지 않았다. 오히려 나의 무수한 거짓들을 진실로 받아들였다.

사람들은 그들이 이해하고 싶은 말들만 진실이라 했다. 그들에게 받아들일 수 없는 사실은 듣기 전에 이미 거짓이 되어 있었다. 자신들의 경험과 가치관에 부합하면 그것은 진실이고, 불편하면 거짓이다. 간단한 이해 방식이다.

삶이란 내게 있어 시간의 강 위에 몸을 떠우는 것과 같다. 그리고 조용히 흘러가는 것이다. 나는 강에 몸을 맡긴 채 떠내려 왔다. 그저 소소하게 신음하고, 감탄하고, 투정해왔다. 생산자라기보다는 소비자였고, 정치가라기보다는 유권자였고, 혁명가라기보다는 군중이었고, 유세자라기보다는 찬동가였다. 그것이 지난 5년간 내가 이곳 지구에서 살아온 모습이었다.

그러나 나는 오늘, 이곳에서 중요한 실천을 하나 하려 한다.

그것은 말을 하는 것이다. 선언을 하는 것이다. 그리고 나의 존재와 진실을 찾는 것이다.

나는 오늘 선언을 하고, 우리를 찾을 것이다.

내가 '내가 되고', 온전히 진실 되게 살 수 있는 고향으로 돌아갈 것이다.

방송은 선언에 가장 유용한 수단이다. 지구인들은 방송에 나와서 하는 말들은 간단하게 진실로 믿어버리는 경향이 있다. 아마 한 정치인이 실제로 공중부양을 한다는 내용의 특집 다큐멘터리를 방송하면 사람들은 '뭐야. 이 어처구니없는 프로그램은……' 이라고 하다가, 목격자들의 증언을 보고, 박사들의 인터뷰와, 공중부양의 친척쯤 되는 화면을 본다면 '어. 어……뭐야. 진짜였잖아.' 라며 수긍

해버리고 만다. 중요한 것은 그것의 진위 여부가 아니다. 사소한 부분에서 매력을 느껴버리면, — 가령 정치인의 그럴싸한 가발 매무새라든가, 고혹적인 콧구멍 크기 따위 — 이미 마음 한구석은 황당한 주장에 대해 관대해져버리고 만다. 다만 이성의 고개가 *끄덕*이는 데 시간이 걸릴 뿐이다. 그 시간 동안 사람들은 다양한 시각의 화면과 다양한 사람들의 증언을 요구한다. *스스로 이성적이라고 믿는 존재일수록*, 황당한 사실을 믿게 된 이성적 동료들의 증언과 화면을 변명거리로 삼을 뿐이다.

게다가 방송만한 확성기가 없었다. '우리' 중 누군가가 이 방송을 본다면 나에게 연락을 할 것이다. 아니면 소문이라도 퍼질 것이다. 언젠가는 '우리' 중 누군가의 귀에 나의 생존 사실이 닿을 것이다.

■

사회자는 다시 한 번 물었다.

"한국어를 부산에서 배우신 건가요?"

나는 그렇다고 짧게 대답했다. 사실이다. 우리가 초자연적 현상을 겪은 후에 불시착한 곳이 부산 달음산이었다. 의식을 차려보니 혼자였다. 처음 지구에서 눈을 떴을 때 혼자였고, 이후로는 줄곧 혼자였다. 때로는 함께 있기도 했지만, 혼자 있을 때와 차이가 없었다. 지구인들은 같이 있을 때도, 전화기만 쳐다봤기 때문이다.

불시착한 그날, 기묘하게도 나는 모든 기억을 잃어버렸다. '우리' 라는 존재만 기억할 뿐, 우리가 몇 명이었는지, 우리를 구성하는 실체들의 얼굴이 어땠는지, 우리는 왜 지구에 왔는지, 이곳이 불시착한 곳이라면, 우리는 어디로 가고 있었는지.

무엇보다도……, 나는 언어를 잊어버렸다.

실로 참담한 일이었다. 글을 써야 하는 내게, 언어를 잊는다는 것은 거의 모든 것을 잃는 것과 같았다. 머릿속이 엉망이 돼버렸다. 쓰레기를 수거해 가지 않는 골목처럼 지저분해졌다. 무엇을 버려야 할지, 무엇을 남겨야 할지 알 수 없었다. 내게 있어 언어는 호흡과 같다. 산소를 마시고 이산화탄소를 내뱉듯이, 나라는 존재는 들이마신 경험을 언어로 내뱉어야 살 수 있다.

그러므로 내가 한국말을 배우기로 결정한 것은 어찌 보면 당연한 것이었다.

나는 살아야 했다. 고로 나는 책을 보았다.

물론 무슨 말인지 알 수 없었다. 도저히 알 수 없었다. 나는 피라미드의 상형문자 앞에 선 관광객의 심정으로 하염없이 책을 바라보았다. 멍하니 보다가 눈에 힘이 풀리면 노려보았다. 눈에 힘이 잔뜩 들어가면 다시 멍하니 보았다. 나는 혼자였고, 말할 상대가 없었다. (물론 말을 할 수도 없었다) 그렇기에, 줄곧 책만 바라보았다. 나는 카프카의 『변신』을 보았고, 마르케스의 『백년 동안의 고독』을 보았다. 제인 오스틴의 『설득』과 『오만과 편견』을 보았고, 빅토르 위고의 『레미제라블』을 보았다. 언제나 오랜 시간 동안 책을 펼쳐놓고 바라보았다. 해가 뜨면 책장을 펼쳤고, 해가 지면 책장을 덮었다. 외롭고 긴 시간이었다.

말이라는 걸 할 수 없었으므로, 사람들의 말소리를 마냥 들었다. 바람이 부는 소리, 낙엽이 바스락거리는 소리, 새가 지저귀는 소리,

강아지가 짖는 소리처럼 그저 흘러가는 사람들의 이야기를 들었다. 문학의 고전들을 다 보고 난 후, 매일 아침마다 공원에 나가 앉아 있었다. 아이들의 이야기를 들었고, 노인들의 이야기를 들었고, 부부싸움을 들었다. 이런 생활을 계속하고 있자니, 언젠가는 새들의 언어도 이해할 것 같은 기분이 들었다. 같은 식으로, 연인들의 약속을 들었고, 청년들의 좌절을 들었다.

활자들은 뇌리 속에서 혼란스럽게 춤추며 나를 괴롭혔다. 두 문자가 서로 손을 맞잡고, 하나가 발을 내밀면 다른 하나가 발을 빼내듯 춤을 추었다. 시간이 지날수록 문자들의 움직임은 현란하게 빨라졌고, 그럴수록 머릿속은 복잡해져갔다. 거리에서 들은 언어가 눈을 감고 누워도, 귓속에서 웅웅 울렸다. 연주자의 손가락은 멈췄지만 앰프에는 살아 있는 전자기타의 잔음처럼 신경질적으로 울려댔다. 그 울림들이 서로 춤추듯 뒤섞여 새로운 울림을 만들어냈다. 사이키델릭한 울림이었다.

매일 울림과 혼돈의 스텝들이 나를 채워가는 사이, 나는 지구인들(그러니까 한국인들)의 언어를 조금씩 이해하게 되었다. 끝이 보이지 않는 기다란 계단을 하나씩 밟고 올라가는 느낌이었다. 한 계단씩 오를 때마다 ─ 귀는 웅웅거리고 뇌는 혼란스러워졌지만 ─ 하나씩 이해하게 되었다. 그 계단을 오르는 데는 아주 오랜 시간이 걸렸다. 하나의 우주가 탄생하고, 하나의 행성이 생성되고, 소멸되는 길이의 시간이었다. 나의 기준으로 보자면, 3천 년이라는 시간이 걸렸다. 지구인들의 기준으로 보자면 그것은 3년의 시간이었지만, 내게는 영겁의 세월 같은 시간이었다. 그 시간 동안 나는 오로지 언어를 깨닫는 데만 온 힘을 쏟아부었다. 그리고 그때야 깨달았다.

비트겐슈타인이 말했던 것처럼 '당신이 가지고 있는 언어의 세계가, 곧 당신의 세계'라는 것을.

지구인들의 언어를 말할 수 있게 되어서야, 비로소 지구에 왔다는 느낌이 들었다. 그리고 나의 몸 일부가 지구인이 되었다는 느낌을 받았다. 물론, 한국어에 국한된 이야기다.

그런데 나는 이 한국어를 공부하며 놀라운 사실을 두 가지 깨달았다.

1) 이들은 쓰는 문자와 말하는 언어가 다르다.
2) 그리고 이들이 입에 담는 언어가 '부산 사투리'라는 것이다.

∴ 간단히 말하면, 나는 부산사투리를 배운 것이다.

게다가 이것이 내가 할 수 있는 유일한 언어다.
즉 현지 식으로 말하자면,
이…… 이…… 이, 이, 머, 우째, 우찌 된 겁니꺼. 예에에——→에.

■

"그거 참 흥미로운 말씀입니다."
머리 위를 비추는 조명이 태양처럼 뜨겁다. 사회자의 머리는 여전히 태양광선을 온몸으로 반사시키는 위성처럼 빛나고 있다.

"부르스 씨처럼 이국적인 외모를 가지신 분이 부산 사투리를 쓰신다니 말이죠. 부르스 씨의 부산 사투리는 이제 곧 화제가 될 것 같습니다. 어쩌면 이 방송이 나갈 때쯤이면 실시간 검색어에 '부산 사투리 외국인'이 등장할지도 모르겠네요."

사회자는 말을 빠르게 쏟아냈다. 나는 잠자코 있었다.

"그런데, 여기 대본에는 국적이 안 나와 있는데요. 어느 나라에서 오셨습니까? 제가 보기에는 큰 키에 구릿빛 피부, 알맞게 부푼 입술, 서양인의 건강한 체구에, 동양인의 눈빛을 가지신 걸로 보아……."

그의 말은 듣기만 해도 숨이 차다. 뇌 운동이 활발하게 일어나고 있다는 것을 증명이라도 하려는가 보다.

그는 이어서 "마치 다니엘 헤니처럼, 혼……."까지 말을 내뱉고선, 뭔가 생각났다는 듯이 이내 헛기침을 하고선, "부모님의 국적이 서로 다른 것 같군요."라고 정정했다. 사회자는 신중하게 어휘를 고르는 늙은 고위공직자처럼 말했다. 방청객들을 의식해, 혼혈이라는 단어를 피하려 한 것 같다. 하지만 방청객들은 세상사엔 온통 무관심한 노인처럼 앉아 있다. 호흡을 하기에도 벅차 보인다. 아니, 수십 명의 혼이 빠지기 직전의 인간들이 겨우 호흡기에 의지한 채 앉아 있는 것 같다.

분위기야 어찌 됐든 간에, 나는 연습한 대사를 했다.

어차피 세상은 자기들만의 템포로 꾸역꾸역 흘러가는 것이고, 무언가를 이루기 위해서는 그 속도를 인위적으로 틀어놓지 않으면 안 된다. 훌륭한 연설가가 강조하기 전에 말을 멈추거나, 뛰어난 작곡가가 방점을 찍고 싶은 부분에 변박자로 구성하듯이 말이다.

나는 세상의 템포를 뒤집어놓을 말을 한다. 아니 세상을 뒤집어
놓을 말을 한다. 한 음절씩 힘주어 또박또박 말한다. 물론, 연습한
대로다.

"저.는.외.국.인.이.아.닙.니.다."

사회자는 나의 대답에 약간 당황한 듯하면서도, 새로운 호기심이
발동했다는 표정을 띠며 다시 물었다.

"그럼 한국인이신가요?"

"아니요."

나는 짧게 대답했다.

"이국적인 외모지만 외국인이 아니다…… 그렇다고 해서 한국국
적도 아니다……." 사회자는 명탐정이라도 된 듯이 엄지와 검지를
Y자로 펼쳐 턱에 괸다. 그러고선 굉장한 사안이라도 발표하듯 말했
다. 그 목소리에 잔뜩 힘이 들어갔다. 이 사람은 지금 자기가 무슨
올림픽이나 월드컵의 개최지를 발표하는 위원장쯤 되는 줄로 착각
하고 있는 것처럼 보인다. 간단히 말하자면, 멍청해 보인다.

"아…… 그럼 부르스 씨는 우주에서 온 외계인이시군요."

사회자는 척추 없이 흔들리는 오징어처럼 웃어댔다.

혼이 없던 수십 명의 방청객들도 갑자기 생기를 회복했는지 미친
듯이 웃어댔다.

스튜디오는 신장개업한 가게 앞의 풍선인형처럼 흔들어대는 사
회자와, 좀비처럼 사회자를 따라 하는 방청객들의 경박한 웃음소리
로 가득찼다.

나는 그들의 눈동자를 진지하게 바라보며 대답했다.

"네, 실은 지가 외계인이라예."

■

"카메라 꺼!"

감독이 짧고 신경질적인 외침을 내뱉었다. 그 외침은 방청객의 웃음소리를 모두 베어버렸다.

"이 사람이 지금 장난하나? 시청률 뽑을 사차원 캐릭터 한 명 나오나 싶어 기다렸는데. 이건 너무하잖아. 외계인이라니……." 감독은 울분에 차올랐는지 고개를 젖히더니, "믿을 수 있는 말을 해야지, 이 사람아."라고 타이르듯 말했다. 그러고선 대본을 말아 쥐고 있는 손으로 카메라 감독에게 다시 가자, 고 신호를 줬다. 누가 보더라도 지금 화를 억누르고 있다는 것을 알 수 있었다. 나는 그럴 분위기가 아니라는 것을 잘 알았지만, 다시 한 번 감독에게 진지하게 말했다. 나로서도 더이상 물러설 수 없는 심정이었다.

"조감독님. 지 진짜 외계인 맞는데예."

"하아……!" 하며 감독은 길게 탄식했다.

몸속에 있는 삶의 허무를 모조리 내뱉는 것 같았다.

"이 사람이! 진짜 왜 그래! 장난도 유분수지. 아, 그리고 조감독이라고 부르지 말랬잖아."라고 조감독은 세상에 존재할 만한 모든 짜증을 입속에 응축시켜 말했다.

"그야, 감독님이 조가 아입니꺼?"라고 나는 되물었다.

"자네 진짜 외계인이야?"

"네, 그런데예"

"그럼 영어 해봐."

"예? ……영어예?"

"그래. 영어 말야. 영어! 영화 보면 외계인들은 항상 영어만 하잖아. 그러면 미군들이 발포하겠다고 경고하고. 외계인들은 그것도 다 이해하잖아. 우리는 외계인들이 말한 영어, 자막 보면서 이해하고."

젠장. 이게 무슨 아마존 한복판에서 웰던 촙 스테이크에 송이버섯 얹어달라는 소린가.

"지는 영어는 못하는데예."

나의 억울함은 맨틀에서 이글대는 마그마처럼 뜨겁게 끓어올랐다. 내 혈관 속을 타고 흐르는 억울함과 분노는 짧은 순간에 내 온몸을 몇천 바퀴 휘감고 돌며 뜨겁게 데웠고, 더이상 억누를 수 없는 열기가 눈 밖으로 튀어나올 지경이었다. 나는 실핏줄이 불거져 나오는 눈으로 감독을 똑바로 쳐다보며 "으— 아— 어—. 내 이 몸 한국어 배우는 데도 3천 년 걸렸는데, 무신 영어 타령이란 말이오!"라고 말하려 했으나, 그러면 더 이상한 사람 취급받을 것 같아, 그냥 속으로 삼켰다. 으으으—. 물론, 내 속은 분노의 마그마로 이글이글 끓었고, 그럴수록 내 속은 타들어갔다.

그러나 감독은 붉어져가는 나의 눈빛 따위에는 아랑곳 않고 말했다.

"누가 얘 섭외했어. 이놈 '사짜' 같아. 외계인이라고 괜히 허풍 떨어서 어떻게 이목이나 끌어보려 그러고. 혼혈인지 외국인인지 모르겠지만, 암튼 영어도 한마디 못하고. 애 안 되겠어. 애 빼고 해."

감독 역시 붉으락푸르락 하고 있었으므로, 나는 얼떨결에 입을 다물고 말았다. 내 눈은 충혈되고 분노의 눈물이 치밀어 올랐다. 게다가 나는 말을 하지 않고 울먹거리고 있었으므로, 그 광경을 처음 본 사람에겐 겁에 질려 울먹이는 초등학생처럼 보였을지도 모른다. 그 생각을 하면 나는 더욱 슬퍼진다. 나는 이대로 물러설 수 없어 목구멍을 타고 흐르는 콧물을 삼키고, 폭풍처럼 진상眞相을 쏟아내려 했으나, 조감독 두 명에게 팔짱을 끼인 채 끌려 나왔다. (아, 헷갈릴까 봐 말하는데, 그 둘은 조감독趙監督 밑에 있는 진짜 조감독助監督들이다.)

그날 나는 방송 데뷔를 하기도 전에 방송 퇴출을 당했다.
그날의 상황을 정리하자면, 다음과 같다.

1) 나는 외계인이라는 말을 했다가 퇴출을 당했다.
2) 그러나 내가 외계인이라는 사실을 믿는 사람은 아무도 없다.

∴ 그건 내가 영어를 모르기 때문이다.

2장. 글로벌 생존 어학원

모델 에이전시 사장은 어이없다고 말했다. 설마 했는데 방송에서 그런 말을 할 줄은 전혀 몰랐다는 것이다. 그는 내가 외계인이라는 사실을 믿지 않는다. 지금도 내가 심술궂은 농담을 해댄 것으로 알고 있다. 사장 덕분에 나는 판매부수가 현저히 떨어지는 잡지 화보를 몇 번 찍었고, 간혹 브로슈어 광고 사진도 찍곤 했다. 그 덕에 생활을 유지할 수 있었지만, 사장은 좀더 큰 뜻을 품고 방송에 진출하자고 했다. 사장은 별 볼일 없는 광고모델 에이전시 생활을 청산하고, 폼 나는 연예인을 키우겠다는 꿈을 가지고 있었다. 나 역시 거짓된 생활을 청산하고, 방송에 나가 진실된 삶을 시작하고 싶었다. 나는 당연히 '진실'을 말했고, 조감독과 진짜 조감독들에게 퇴출을 당했다.

'진짜' 말 몇 마디로 나는 '사짜'가 되었고, 덕분에 진짜로 살기 어려워졌다.

지구에서의 삶은, 진짜 무슨 말을 어떻게 해야 진짜로 살 수 있는지 여전히 헷갈린다.

■

"그러니까. 서울말을 배워야 한다."

"예? 서울말예?"

"그래. 몰랐나? 여(기)는 서울 공화국 아이가. 서울이 다 지배한다 아이가."

역시 식민은 지배계급의 언어를 배워야 하는 것인가…… 라고 자문해보았지만, 사장이 그런 것을 알 턱이 없었다.

사장은 그저 전략을 바꾸었을 뿐이다. 방송 데뷔 날 멋지게 치러낸 '방송사고' 때문에 나는 토크쇼나 버라이어티 프로그램에는 발을 붙일 수 없게 됐다. 나는 그렇게 끝났다고 생각했다.

그러나 사장은 새길을 찾아냈다. 내게 연기를 하라고 했다. 정극 연기 말이다. 그러려면 사투리가 아닌 표준어를 쓸 줄 알아야 한다, 살길은 이제 연기밖에 없고, 그러기 위해서는 표준어를 써야 한다고 했다. 사장은 몹시 심오한 표정을 하고 있었다. 입을 약간 벌린 사장을 그대로 해질녘 다리로 이동시키면, 뭉크의 「절규」[2]가 될 것 같았다.

"니, 여서 살아남을라카문 서울말 단디 해야 한데이."

■

"여러분. 언어 능력이 바로 생존 능력입니다. 그리고 지금은 바야흐로 웰빙 시대입니다. 웰빙이 뭡니까? 잘 살자는 것 아닙니까. 언어의 능력이 생존의 능력이므로, 제대로, 잘, 살기 위해서는 언어를 제대로, 잘, 구사할 수 있어야 합니다."

'21세기 글로벌 생존 어학원'은 대림동에 있었다. 정확히는 대림동 906번지 우리시장 초입의 개복보신탕 2층이었다. 학원에 가라는 사장의 말을 들었을 때는, 어째서 그런 학원이 존재한단 말인가, 라고 의심했지만, 실제로 보신탕집 위층에 있는 학원 건물을 보고서는, 하…… 정말로 이런 세상이 존재한단 말인가, 라고 실감하고

---

2) ▨ 이 그림이다. 보고 있으면 먼 곳에서 삶의 허무가 밀려온다.

야 말았다.

학원은 오래된 중국영화의 인민회관을 연상시켰다. 벽지는 오묘한 색을 띠고 있었다. 어찌 보면 욕창에 걸린 노인의 엉덩이 같기도 했고, 어찌 보면 서부개척시대의 황무지 같기도 했다. 원래 흰색이었다는 사실을 깨달은 것은 학원에 다닌 지 여섯 달 뒤였다. 바닥은 시멘트 칠이 돼 있었는데, 울퉁불퉁하고 군데군데 발자국도 있었다. 공사를 한창 하던 업자가 깜빡한 장비를 챙기러 갔다가, 영원히 돌아오지 못한 상태로 굳어버린 것처럼 보였다. 움푹 팬 발자국에는 먼지와 머리카락이 뒤엉켜 자리를 틀고 있었다. 바닥에서는 아기 턱받이 수건 냄새 같은 비릿한 냄새가 났다. (그것이 침 냄새였다는 것은 며칠 후에 쉽게 알 수 있었다)

무허가 학원장의 말투에서는 신흥종교의 교주가 내뿜는 기운이 밀려왔다. 그의 말은 부산 사투리에 빠져 빛 없이 방황하던 시절을 회개하고, 하루 속히 광명의 표준어를 내려받아 영원한 복락을 누리라는 설교같았다. 서울말을 쓰는 사람이 본다면 얼토당토않게 느꼈을지 모르겠지만, 당시의 나는 몹시 절박했다. 그러므로 원장의 말은 내 귓속에 진리의 말씀처럼 살아서 움직였고, 내 혼을 흔들어 놓았다. 내면의 일말에는 불법 무허가 학원까지 와서 비싼 수업료를 내면서까지 이렇게 배워야 하는가, 하는 의구심이 있긴 했으나, 선생의 말을 듣고 나니 어느덧 의심을 떨쳐내는 것은 물론 감복까지 하고 말았다. 정말이지, 선생의 말씀은 감탄을 아니 할 수 없었다.

"여러분, 유엔이 공식 국제연합기구이면서 왜 국제사회에서 영향력이 없는지 아십니까? 왜 미국이 이라크에 있지도 않은 대량살상 무기 운운하면서 석유 캐내는 전쟁을 하는데도, 기껏해야 성명만 발표 하는지 아십니까. 왜 군사지원까지 하는지 아십니까? 코트디부아르에서 선거로 대통령이 엄연히 선출되었는데도 왜 물러나지 않는 독재자에게 그저 '유감'이라고 말하고 맙니까?"

대림동 906번지 우리시장 초입 개복 보신탕 2층에 위치한 '21세기 글로벌 생존 어학원'은 거대한 침묵의 파도에 덮여버린 듯이 조용했다. 오직 힘없는 노인의 기침 같은 선풍기 소리만이 털털거리며 간간이 침묵을 깰 뿐이었다.

"그게 모두 유엔 사무총장들의 형편없는 영어 발음 때문입니다. 미국이 볼 때 얼마나 같잖겠습니까. 미국이 아니라, 영국이 볼 때도 형편없는 겁니다. 반기문 총장은 충청도 영어를 쓰지요. 인권 해방 운동의 대명사라 불렸던 코피 아난도 촌스러운 남아프리카 발음을 혹처럼 달고 다녔습니다. 아이비리그에서 요트클럽에 가입해 상표가 보이지 않는 옷을 입는 것이 근엄한 것이며, 학자건 금융인이건 군살이 없어야 육체적 설득력을 지닌다는 것을 배우고, 상대가 아무리 마음에 안 들어도 눈앞에서는 인공적인 미소로 응해주는 것을 배운 이들이, 말투에는 또 얼마나 공을 들였겠습니까. 캘리포니아 출신들이 왜 서부 영어를 버리고, 바득바득 동부 영어를 배우겠습니까. 동부 영어가 바로 미국 정치, 경제, 학계에 입문하는 코드이기 때문입니다. 영국 출신 앵글로색슨 족이 영국 영어를 쓴다면 금상첨화지요. 하지만 영국 출신도 아닌 미국인들이 영국 영어를 쓰는 것은 지적 허영으로 보인다 이겁니다. 그러니까, 그들만의 동부

지식인 영어를 만드는 것 아닙니까. 그 정도로 세계를 움직이는 브레인들은 언어에 신경을 씁니다. 오죽하면 말 한마디만 들으면 그 사람의 계급을 알 수 있다고 하겠습니까. 아무리 『USA 투데이』 대신 『뉴욕타임스』나 『월스트리트』 저널을 보고, 미소니나 아르마니 대신 던힐을 입어도 소용없습니다. 언어를 '제대로, 잘' 구사하지 못하면, 교육받지 못하고, 교양 없고, 무신경한 인간으로 찍혀버리는 겁니다!"

원장은 실내를 한 번 쓰윽 둘러보았다. 누구 하나 토를 다는 사람은 없었다.

"그러니 아이비리그에서 동부 영어를 배우고, 케임브리지에서 귀족 영어를 습득한 이들에게 유엔 최고 수반의 한마디 한마디가 얼마나 안쓰럽고 어처구니없이 들렸겠습니까. 그런 겁니다. 모두가 말은 안 하지만, 여러분이 말을 하는 순간, 여러분의 권위와 지적 능력, 그리고 삶의 등급이 매겨지는 겁니다. 여러분이 제아무리 신문을 읽고, 사자성어를 입에 담고, 논어를 인용하더라도, 언어를 '제대로, 잘' 쓰지 못한다면, 소용이 없습니다. 차라리 그저 고급스러운 넥타이를 매고, 결이 좋은 양복을 입고, 고개만 끄덕이는 게 낫습니다. 입은 꾹 다문 채로요."

모두가 입을 꾹 다물고 있었다. 침묵의 감탄은 21세기 글로벌 생존 어학원을 압도하고, '우리시장'을 압도했다. 대림동 906번지 전체를 압도하는 듯했다.

수강생들은 모두 고개를 끄덕였다. 부산 사투리를 쓰는 외계인인 나 부르스, 심한 중국어 억양으로 상인조합에서 무시를 당하는 조선족 상인 리 씨, 일본어 억양 탓에 팀 내에서 차별을 당하고 있는 재일교포 야구선수 키무 상, 그리고 명동에 입성했으나 심한 벌교 사투리 때문에 교양 없어 보인다며 정치인들에게 소개받지 못한 어깨 여섯이 고개를 끄덕였다. 글로발 생존 어학원의 실내를 가득 채운 침묵 속에는 그야말로 글로발하게 살아남아야겠다는 의지가 가득차 있었다. 모두들 '입을 꾹 다문 채' 있었지만, 마음속으로는 수천 장에 달하는 결의문을 써내고 있었다. 벌교 어깨들, 조선족 리 씨, 재일교포 키무를 통해 그 결의는 한국을 넘어, 중국과 일본에까지 퍼지는 듯했다. 아니, 나도 합세했으니 서울말 한번 제대로 배워보자는 의지가 전 우주적으로 퍼지는 밤이었다.

길고 오랜 침묵이었다. 리 씨가 대륙 전체를 누비며 후회를 하고, 키무가 열도 전체를 헤집으며 한탄을 하고, 어깨들이 남도 전체를 때려눕히고 과거도 바로잡을 만큼의 시간이었다. 지구인들의 기준으로 본다면 짧을지 몰라도, 나로서는 화성에서 밥을 먹고 금성에서 소화를 시키고 수성에서 똥을 쌀 만큼의 시간이었다. 그 시간 동안 우리는 '제대로, 잘' 해내지 못했던 과거의 언어생활을 청산하고 있었다. 그리고 굴욕적이었던 우리의 기억들을 떨쳐내고 있었다.

"아…… 노…… 그라라무노. 우째케 아…… 노…… 칸베키나 하는 소우루 마를 구사하루 수 이쑤니까(아, 그러면 어떻게 완벽한 서울말을 구사할 수 있습니까)?"라고 키무가 물었다.

'과연 무시당할 만한 한국어 실력이었다.'

순간, 나는 나 자신에게 경악하고 말았다.

이런, 내가 키무가 무시당할 수 있다는 것을 '납득이노, 하고노'

말았다니. 내 안에도 언어로 사람을 판단하고, 무시하는 정서가 존재했던 것이었다.

정말, 제대로, 서울말을 잘, 구사해야 한다.

그래야 연기를 할 수 있다. 인기가 높아지면 방송에서는 어쩔 수 없이 나를 찾을 것이다. TV를 좌지우지하는 존재는 시청자다. 시청자들이 원하면 나는 다시 방송에 나갈 수 있고, 그때는 제작자들도 어쩔 수 없을 것이다. 잘만 하면 생방송에 나갈 수도 있다. 그렇다면 지난번처럼 나의 중대발표가 녹화 도중에 잘리는 일은 없다. 어쩌면 방송을 본 동료들이 나를 찾아올지 모르고, 그러면 동료들을 다시 만나 고향별에 돌아갈 수 있다.

생각이 여기까지 미치자, 더욱 열과 성을 다해 서울말을 배워야겠다는 의지가 샘솟았다.

"자. 그럼 다 같이 볼펜을 입에 물어볼까요."

우아하고, 근사한 말투였다. 교양 있고, 학식 있는, 국립대학 박사학위 소지자라 해도 좋을 만큼 부러운, 무허가 학원장의 말투였다.

글로벌 생존 어학원생들은 문자 그대로 살아야겠다는 의지로 볼펜을 입에 물었다. 그리고 연습을 시작했다.

"밥,먹,었,어,요?"

내가 "밥- **무- 아- 았- 어-** 요-?"라며, 침을 흘리며 따라 했다. 호수 위를 미끄러지듯 유영하는 선생의 백조 같은 억양과는 달리, 나의 억양은 칼부림을 하며 미쳐 날뛰는 망나니 같았다.

어깨도, 리 씨도, 키무도 다 같이 외쳤다. 동시였다.

"밥-무-었-어-요-?

머-읐-오-요-?

마-았-우-용-?

처참한 광경이었다. 리 씨는 통한의 눈물처럼 침을 흘렸고, 키무는 눈물 섞인 침을 흘렸고, 어깨들은 그냥 대놓고 울었다. 글로벌 생존 어학원의 바닥에는 살고자 하는 이들의 침과 눈물이 뒤섞였다. 끈적끈적한 신체의 반응이자, 질퍽질퍽한 생존의 몸부림이었다.

부산말을 처음 배울 때도 힘겨운 시간을 보내기는 했지만, 서울말을 배우는 것은 차원이 달랐다. 부산말은 백지상태에서 오랜 시간을 들여 꼼꼼하게 내 의지대로 배운 것이었다. 거기에는 그 어떤 정취 같은 것이 있었다. 말하자면, 누구도 시키지 않았지만, 가슴이 시켜서 시를 쓰는 것 같은 일종의 낭만이 있었다. 하지만 서울말은 달랐다. 그것은 애써 채워놓은 나를 다시 비워내는 일이었다. 애써 붙여놓은 살들을 다시 잘라내는 것이었고, 애써 붙여놓은 근육을 다시 떼내야 하는 것이었다. 흡사 너는 출생지가 잘못됐으니 뉴욕에 가서 다시 태어나라는 명을 받은 것 같았다. 그야말로 환골탈태였다.

우리는 아침 드라마를 보며 볼펜을 물었고, 일일 드라마를 보며 볼펜을 물었고, 미니시리즈를 보며 볼펜을 물었다. 마찬가지로 「모닝 와이드」를 보며 볼펜을 물었고, 「여섯 시 내고향」을 보며 볼펜을 물었고, 「나이트 라인」을 보며 볼펜을 물었다. 때로는 뉴스속보를 보며 물었다. 놓칠 수 없다는 듯이 물었다. 그리고 물 때마다, 우리는 울었다.

물고, 울고, 물고, 울고.

파블로프의 개가 된 심정이었다.

바닥에는 침이 고였고, 눈물도 따라 고였다.

건물이 녹말로 지어졌다면 건물 전체를 녹여버릴 만큼의 아밀라아제가, 침에서 쏟아져 나왔다. 역시 염전을 차려도 손색없을 정도의 염분이, 눈물에서 쏟아져 나왔다.

달력은 한 장씩 찢겨나갔고, 몸에서 아밀라아제와 염분은 줄줄 빠져나갔다.

어느 날, 우리는 더이상 울지 않게 되었다.

리 씨는 눈물샘이 말랐기 때문이라 했다.

키무는 침도 흘리지 않았다. 신체의 수분이 모두 빠져나갔기 때문이라 했다.

어깨들은 심지어 살마저 빠졌다. 화보 촬영을 할 태세의 날씬한 근육질 몸매로 변했다. 수분이 모두 빠지고, 엄청난 칼로리를 소모한 덕이라 했다.

나는,

이미,

눈물과 침이 마르고, 수분이 빠지고, 군살이 빠지고 난 후였다.

글로벌 생존 어학원에서의 8개월을 겪으며 나는 완전히 다른 사람이 되어 있었다.

리 씨가 와서 말했다.

"부르스. 정말 축하해. 자네도 이제 제법 근사하게 말을 하는군."

완벽한 서울말이었다.

그와 나는 악수를 나눴다. 우리는 각자 손에 '21세기 글로벌 인재 육성과정 수료증'을 꼭 쥐고 있었다.

눈물이 터질 만한 감격적인 순간이었다.

하지만 눈물은 더이상 나오지 않았다.

■

사장은 입에 거품을 물고 반색을 했다.

"내는 마, 니가 해낼 줄 알았다. 니는 마, 집념의 사나이 아이가. 이제부터 연기하고, 다시 방송하는 기라. 안 그래도, 조趙감독이 니 궁금해하더라. 전에 미안했던 일도 있고, 지도 이제 드라마로 입봉한다고 니만 괜찮다면 니 쓰고 싶다 카더라."

사장 입가의 거품을 살짝 떠서 커피 위에 올려놓으면 카페라테가 될 듯싶었다.

"예능 하다가, 드라마 하는 일이 방송국에서는 흔치 않거든. 조감독도 마, 역사를 새로 쓴다고 입이 째지고 난리 아이가."

입이 째져 있을 조감독을 생각하니 갑자기 슬퍼졌지만, 눈앞에 있는 사장도 당장 손쓰지 않으면 곧 입이 찢어지려 했다.

"니, 조감독 이래 업 돼 있을 때, 함 찾아가라. 가가 이자 헛소리 안 하고 열심히 한다 캐라. 알았제. 안 그래도 내가 연락 다 해놨다. 여의도에 있다 카이까, 지금 가봐라. 이자 시작된다. 부르스의 전성시대. 우리는 마 니 이름처럼 춤출 날만 남았다 아이가."

사장은 이제 할 일이 정말 춤밖에 없다는 듯이 맥락 없는 스텝으로 춤추기 시작했다. 사장의 입이 찢어질까 여전히 염려스럽긴 했지만, 일단은 간단한 인사를 한 뒤 사무실 문을 나섰다.

햇살이 혼곤하게 머리를 데워주는 날이었다. 태양이 나를 미행하듯 쫓아왔고, 9월의 햇살 속에 피어난 아지랑이들이 어지럽게 떠다녔다. 새들은 별다른 목적지가 없다는 듯이 허공 속을 유영하고 다녔다. 그런 풍경을 보고 있자니, 내가 지구에 와서 이때까지 과연 무슨 일을 했는가 싶었다.

여의도로 가기 위해 구로역에 들어섰을 때도 그 느낌은 사라지지 않았다. 기차가 들어왔을 때도, 기차에 올랐을 때도, 기차가 움직일 때도 여전히 생각의 흐름은 지구에서의 지난 시간들을 거슬러 올라가고 있었다.

어디선가 부산의 골목길과 공원에서 뛰어노는 아이들의 소리가 들렸다. 나는 그곳에 약속 없이 앉아서 노인과, 아이들과, 청년과, 노부부의 대화를 듣고 있다. 해질녘 갠지스 강에서 노을을 바라보는 수행자처럼 마냥 앉아 있었다. 지구의 햇볕을 쬐었고, 지구의 공기를 마셨다. 지구인들의 대화에 조금씩 빠져들었고, 내 존재 전체가 지구인들의 대화에 흠뻑 빠져들었을 때 불현듯 지구인들의 삶을 이해하기 시작했다. 그러던 사이, 어느 순간 입안에 지구인들의 말이 불쑥 들어왔다. 마치 누가 입안에 음식을 넣어준 것처럼.

기차는 어느덧 신도림역에 들어섰다.

서울말을 배우며 보낸 긴 시간 동안 눈물을 들키지 않으려 세면대에 수돗물을 틀어놓고 세수하며 울고, 샤워기를 틀어놓고 엉엉 운 것이 몇 번이었던가. 그럴수록 나는 더욱더 열심히 말을 배우려

했다. 서울말을 배우는 것은 돌아가기 위한 수단이었는데, 어느 순간 그것 자체가 목적이 돼버렸다. 고향에 돌아가기 위해 서울말을 배우려는 건지, 이곳에서 살아남기 위해 서울말을 배우려는 건지 나조차도 헷갈렸다. 고향에 가려면 살아야 하고, 살아남아야 하기 때문에 서울말을 배우는 거라고 나 자신을 설득했다. 서울말만 입에 붙으면, 모든 일이 풀릴 거라고 주문을 걸며 지내왔다. 지난 2년을. 물론 지구인들의 기준으로 보자면 2년이지만, 내 입장에서는 2천 년의 시간이었다. 조감독을 만나러 가는 길에는 삼류영화의 엔딩처럼 지난날들이 머릿속을 스쳐 지나갔다. 아니, 좀더 촌스러운 표현이 낫겠다. 그래, 주마등. 37,865만 번은 본 듯한 표현. 지난날이 주마등처럼 스쳐갔다.

　기차가 구로역을 지나, 신도림과 영등포를 지나는 동안, 나의 기억도 빠른 속도로 부산 골목길과 공원을 지나, 대림동 불법 학원을 지나고 있었다. 그리고 이제 나를 버렸던 여의도로 다시 간다. 여의도로 가려면 일단은, 신길에서 갈아타야 한다. 신길에 이르자 사생아처럼 태어나자마자 버려져야 했던 나의 방송이 떠올랐다. 나를 보며 조소를 던지던 사회자. 그 대머리 사회자가 내 앞에서 여전히 웃는 것 같았다. 나는 머리를 흔들었다. 나는 달라졌다. 더이상 웃음거리가 되는 사투리만 쓰는 외국인(아니, 외계인)이 아니다. 지금부터 당당히 연기를 펼쳐 시청자들의 성원을 등에 업고 다시 컴백할 거라고, 되뇌었다.

　그러고 나서 눈을 뜨니, 놀랍게도 그 대머리 사회자가 내 앞에 있었다.

나의 동공은 눈꺼풀을 벗어날 정도로 커졌다.

내 앞에 그가 있다는 사실에 놀랐고, 기억 속에서 미친 듯이 웃어대던 그가 미친 듯이 울고 있다는 사실에 또 한 번 놀랐다. 울고 있는 대머리와 멍하니 서 있는 나 사이로 많은 환승객들이 우르르 지나갔다. 그러다 한참을 바라본 뒤에야 알았다.

그는 대머리 사회자가 아니었다.

어쩌면 대머리 사회자를 처음 보았을 때, 어디선가 본 것 같다는 생각이 들게 했던 당사자. 그 착각의 주인공이라는 생각이 들었다. 그의 입속으로는 여전히 콧물과 눈물이 두 줄기 폭포수처럼 흘러들고 있었다. 그때 그 혼돈의 주인공이 입을 열었다.

"나여. 부르스. 나, 라돈치치. 나 못 알아보겠는감."

심각한 충청도 사투리였다.

3장. 할리우드적 세계관

라돈치치는 대머리 사회자처럼 눈을 똑바로 뜨고는 쳐다볼 수 없을 정도로 눈부셨다. 그 광채는 온 우주의 모든 암흑을 밝혀내고도 남을 만했다. 어쩌면 나는 라돈치치가 뿜어내는 이 눈부신 빛 때문에 내 기억의 눈동자가 실명한 게 아닐까, 라고 생각했다. 그러나 그런 생각의 꼬리를 붙잡기도 전에, 그는 이야기를 들려주었다. 그 이야기는 실로 굉장했다. 정면으로 바라보면 실명해버릴 정도로 압도적이게 눈부셔, 도저히 믿기 어려운 이야기였다.

라돈치치와 나는 '우리'였다.

내가 이 땅에 보내지기로 계획된 것은 3만 5천 년 전.

나는 총 300명의 정예집단에 포함된 한 명이었다. 우리의 선조들은 원래 살던 행성의 극심한 재해로 인해, 고향별을 떠날 수밖에 없었다. 선조들은 수억 광년을 살아온 삶의 터전을 버리고 이웃별인 빨래수타로 이주했다. 빨래수타는 이수라멘 행성인들이 버린 별이었다.

극소수였던 이수라멘 족들은 척박한 빨래수타를 버리고 지구로 떠났다. 초기에 지구인들의 모습으로 미처 성형하지 못한 이수라멘 족들은 몇 차례 발각되기도 했다. 미국 뉴멕시코 주의 로스웰 초원에서 제법 심각하게 발각된 적이 있었으나, 당시 굉장했던 마릴린 먼로의 엉덩이에 묻혀 관심을 돌릴 수 있었다. 물론 우리 빨래수타 선조들도 종종 시찰단을 보내 지구를 탐색하기도 했다. 그러나 우리는 빨래수타라는 버려진 행성에 만족하기로 했다. 선조들은 약 10억 광년 동안 빨래수타에 산소를 주입하고, 인공 산을 쌓고, 바다를 지어 살 만한 환경을 갖추었다. 우리는 자연스럽게 빨래수타를 고향으로 여기게 됐다. 하지만 3만 5천 년 전, 빨래수타를 버리고 떠났던 이수라멘 행성인들이 다시 불쑥 찾아왔다. 우리가 가꿔놓은 빨래수타가 그들의 탐욕을 자극했던 것이다.

지구에 살았던 이수라멘 족은 빨래수타에 대한 향수병을 심각하게 앓고 있었다. 그들은 대부분 북미에 거주하며 할리우드 영화를 만들었고, 석유가 필요하다는 지구인들의 요구에 따라 전쟁을 일으켰다. 지도자가 바뀔 때마다 태도를 바꿨고, 그럴 때마다 철학을 바꿨다. 아니, 철학이랄 게 없었다. 아예 버리고 시작한, 피곤한 이주민의 삶이었다. 이수라멘 족은 빨래수타가 살 만하게 되자, 자신들의 행성 소유권을 주장하기 시작했다. 지구에서 피곤한 이주민의 생활을 더이상 할 필요가 없다고 판단한 것이다. 그 결과, 우리는 지난 3억 광년 동안 그들과 행성 소유권을 놓고 분쟁을 겪어야 했다.

그리고 평화를 사랑하는 우리 선조들이 빨래수타를 떠나, 지구에서 살기로 했다. 3억 5천 년 전의 일이었다. 대대적인 엑소더스였다. 살기 위해 지구인의 모습으로 수술을 했고, 지구의 언어를 습득하기 시작했다. 나와 함께 왔던 '우리'는 지구인의 모습을 한 최초의 빨래수타인 300인이었다.

수술은 대대적으로 실시됐다. 호로쇼비츠 박사는 300명을 차례차례 지구인의 모습으로 바꿨다. 북미에 정착한 이수라멘 족들이 거처를 '양보'하겠다 했으므로, 우리는 그곳으로 갈 생각이었다. 수술의 모델은 당연히……, 앵글로색슨 족이었다.

첫 수술은 대실패였다. 박사는 원숭이와 사람을 구분할 수 없었다. 원숭이 같은 녀석이 만들어졌다. 두 번째도 실패였다. 박사는 원숭이와 사람은 겨우 구분하게 되었지만, 흑인과 백인을 구분할 수 없었다. 그래서 반은 흑인이고 반은 백인인 몰골이 탄생했다. '반흑반백인'이었다. 피아노 건반처럼 한가운데에서 흑과 백으로 나뉜 얼굴이었다. 스티비원더와 폴 매카트니의 「에보니 앤 아이보리(Ebony and Ivory)」[3] 뮤직비디오에 출연하면 딱 맞을 것 같았다.

그제야 박사는 지구인의 색을 너무 쉽게 봤다며, 본격적인 농도 연구에 착수했다. 하지만 박사의 실수는 계속됐다. 앵글로색슨 족이라기보다는 과테말라, 볼리비아, 네팔, 인도인이라 해도 손색없는 까무잡잡한 얼굴들을 빚어냈다. 깜박 졸았다 했다. 그럴 만했다. 박사는 눈만 뜨면 성형수술을 했다. 자면서 해도 모자랄 정도였다.

156번째인 나를 수술할 때, 박사는 어느 정도 감을 익혔다고 했다. 절반의 성공이라는 평가도 들었다. 덕분에…… 나는 어찌 보면 동양인 같고 어찌 보면 서양인 같았다. 박사는 신약 개발에 몰두했고, 그러던 어느 날 탄성을 질렀다. 앵글로색슨 족의 피부 비결을 파악했다는 것이었다.

박사는 개발한 약을 많이 써보기도 했고, 적게 써보기도 했다. 많이 썼더니 밀가루처럼 허연 얼굴이 나왔다. 256번째 실험대상, 라돈치치가 그랬다. 실로 희끄무레했다. 인간 도화지였다. 바라보면 낙서를 하고 싶을 만큼 깨끗했다. 게다가 모발공장의 파업으로 모발 공급까지 부족했다. 라돈치치는 노사 대립의 첨예한 갈등과 박사의 실수가 빚어낸 결과를 한몸에 안고 태어났다.

300명째 실험대상인 마지막 요원 차례에 박사는 가까스로 성공을 거뒀다.

박사는 남자를 수술했고, 남자에겐 그 이름도 정통 앵글로색슨 족다운 마이클이란 이름을 붙여줬다. 그리고 마이클이 홀로 지구인의 모습으로 지내는 게 보기 좋지 않아, 그 아내를 수술해줬다.

---

3) 폴 매카트니가 스티비 원더와 함께 부른 듀엣곡. 사이좋은 피아노 건반처럼 세상은 흑과 백이 조화를 이뤄야 살 수 있다는 가사의 노래로, 인종차별 반대 메시지를 담고 있다.

아내의 이름은 당연하다는 듯이 제인으로 결정되었다.

하얀 도화지 위에 털 몇 개와 눈코입이 대충 그려진 듯한 라돈치치가 말했다.

"거. 뭐여. 그라구 전부 300명이 지구로 온 거여."

실로 엄청난 스토리였다.

"그럼, 제인은 안 온 건가?"

이상하게도 나는 그 따위 질문을 하고야 말았다.

"그려. 마이클은 기러기 아빠여. 아들이 빨래수타에서 과학고를 다니거든."

"음……. 똑똑한 집안이군."

이상하게도 나는 또 이따위 것에 감탄하고 있었다. 그러다가 문득 생각이 들었다.

"그런데, 자네는 왜 충청도 사투리를 쓰는가?"

그와 나 사이에 침묵이 흘렀다. 라돈치치의 얼굴에 연애편지를 한 통 쓰고도 남을 시간이었다. 쓴 편지를 지우고 두 번째 편지를 쓸 만할 때, 라돈치치가 입을 뗐다.

"그날 추락하는 기체에서 탈출할 때, 1소대 애들은 낙하산을 일찍 펴서 경기도 동두천에 떨어졌고, 우리 2소대는 충북 증평에 떨어졌구면."

라돈치치는 이까지 말을 하다, 잠시 쉬었다.

"3소대 애들은 전남 영광에 떨어졌고, 마지막까지 딱 한 놈만 낙하산을 못 폈는디……."

바람이 우리 둘 사이를 지나갔다.

"그게 너여."

바람이 온몸을 관통하는 것 같았다.
"대기권을 통과할 때 모두 기체에 엄청 부딪혔는디, 몇몇은 아예
의식을 잃었구먼. 아마 자네도 그랬나 벼."
그러더니 라돈치치는 갑자기 흐느끼며 울기 시작했다.
"미안혀. 내가 챙겨주지 못혀서. 자네가 우리 훈련받을 때 나 엄
청 챙겨줬는디, 그때 의식 잃은 넘덜이 너무 많어서. 나도 그만 정
신이 없어서. 미, 미…… 안…… 혀…… 친구."라며 얼굴이 흐늘흐
늘해질 듯이 울먹였다.
라돈치치의 말을 듣고 나니 이해가 되었다. 어째서 추락한 기체
안에 충분한 달러가 있었는지, 왜 내가 혼혈인 같은 모습을 하고 있
는지.
내가 잃어버렸다고 생각했던 것과 그것을 되찾기 위해 걸어왔던
길이 생각났다. 결국 나는 실험용 쥐인 것이다. 지구에서 과연 생존
할 수 있는지 실험해보기 위해 보내진 대상이, 바로 우리다.

"그런데, 자네는 대기권을 통과할 때 기억을 잃지 않았나?"
"그려. 나도 그렸어. 나도 뭐에 홀린 것 같았다니께. 근데 딱 한
놈, 그놈만이 제대로 기억하고 있었던 거여. 마이클이여. 그놈이 방
방곡곡을 댕기며 우리를 다 모은겨."
"그럼 지금 다들 어디에 있단 말인가?"
말할 수 없는 기대감이 부풀어 올랐다. 나는 감격에 차서 라돈치
치의 대답을 기다렸다. 라돈치치는 희끄무레한 눈빛으로 말했다.

"여기여. 여기. 신길역에서 내리는 겨."

■

긴 이야기를 해서 지친 탓인지, 라돈치치는 말없이 걸었다.

어디선가 기분 좋은 비가 내리고 있었다. '내린다'는 표현이 무색할 만큼 가는 비였다. 처음에는 눈에 보이지 않을 정도였다. 비라기보다는 오히려 증발하려던 수증기가 뭔가를 잊은 게 있어서 잠시 땅으로 되돌아오는 것 같았다. 어찌 보면 누군가가 거대한 분무기로 하늘에서 옅은 물방울들을 흩뿌리는 것 같기도 했다. 그리고 행인들은 이상하게도 이 이색적인 광경을 반가워했다.

우산을 쓴 사람은 아무도 없었다. 아이들은 이 정체 모를 시원함이 좋았는지 발맞추어 뛰었다. 대학 신입생 정도로 보이는 남녀는 추억이라도 쌓을 생각인지 분무기처럼 흩뿌려지는 빗속에 호기롭게 몸을 맡겼다. 곱게 다려진 양복을 입은 회사원은 아무렇지 않다는 듯이 서류가방을 든 채로 묵묵히 가던 길을 계속 걸었다.

그러는 사이, 비는 아이들과 젊은 남녀와 회사원에게 차츰 내려앉았다.

무심하다면 내리는지조차 모르게, 비는 조금씩 시원한 공기처럼 가라앉았다.

아이와 청춘들과 회사원의 어깨를 적셨고, 몸을 적셨고, 세상 모두를 적셨다. 시원했던 9월의 비는 차가워지기 시작했고, 세상은 어느새 냉랭한 기운에 흠뻑 젖어들었다. 그러나 사람들은 약속이라도 한 듯이 **자신들이 젖고 있다는 것을 몰랐다.**

그리고 어디선가 우산을 쓴 사람 한 명이 불쑥 나타났다. 그제야 사람들은 하나같이 고개를 젖혀 하늘을 보았다. 비는 '갑자기 쏟아져 내려 사람들을 도망가지 않게 하겠다'는 듯이 소리 없이 내리고 있었다. 하지만 시간이 지나고 보니 그것은 상당한 양이었다. 상당한 양의 비가 여전히 야금야금 내리고 있었다. 사람들은 그제야 우산이 필요하다는 것을 깨달았다. 그러나 이미 모두가 흠뻑 젖고 난 후였다.

라돈치치와 나 역시 흠뻑 젖어 있었다. 라돈치치의 머리 위에는 빗물이 눈물처럼 뚝뚝 떨어지고 있었다. 그리고 라돈치치가 고개를 돌려 말했을 때, 그의 얼굴에서 떨어지는 것은 빗물인지 눈물인지 약간 헷갈리기까지 했다.

"근데 자네 부산에 떨어졌다면서 어째 그래 서울말을 잘하는감?"
"아. 나는 학원에서 배웠다네?"
"자네도 학원 다녔는감? 우리도 학원 다니는디. 근디, 학원에서 영어는 안 배우고 웬 서울말인가?"
"응? 영어라니." 나는 놀라서 물었다.
라돈치치는 몹시 태연하게 대답했다.
"아. 내가 아까 말 안 해줬나. 우리 외계인은 영어로 소통하는디."

순간 온몸에서 근력이 빠져나가는 것 같았다. 나도 모르게 주저앉고 말았다. 라돈치치의 말은 바람에 실려 날아갔지만, 그 말에는 강한 자성이 있어 내 몸속의 철분을 뽑아내간 것처럼 나는 무기력해졌다. 빗물이 고인 바닥에 무릎을 꿇은 채 쉰 소리로 물었다.

"그럼. 자네는 뭔가?"

"말했지 않은가. 대기권 통과할 때 초자연적 현상으로 기억을 잊었다고. 자네도 그런 거 아닌가."

그랬다. 나도 언어를 잊었다. 그런데 그게 영어라니.

자세히 보니 라돈치치의 얼굴에 흐르는 것은 빗물이었다.

눈물은 오히려 내 볼을 타고 내리고 있었다.

■

"우리는 다 영어만 쓰는구먼. 지구로 오기로 하고, 3억 5천 년 전부터 영어만 써. 지금 빨래수타 어를 쓰는 동족은 아무도 없구먼. 사실 못 쓰는 거여. 학자들만 알어. 이수라멘 족도, 화성인도, 금성인도 모두 영어를 쓴디야. 모든 외계인의 공용어가 영어란 말이여. 자네는 영화도 안 보는감. 할리우드 영화 말이여. 거 보면 외계인들은 전부 대사, 영어로 하는디."

그 순간, 내가 이때까지 봐왔던 영화들이 정말 필름처럼 스쳐 지나갔다.

미국 영화 다락방의 외계인. 영어를 했다. 할리우드에서 만든 영화에 출연하는 외계인들은 모두 영어로 말했다. 혹은 말을 하지 않았다. 말을 한다면 영어를 했고, 그렇지 않으면 묵묵히 건물을 부술 뿐이었다. 처음 보았을 땐, 외계인이 태연하게 영어로 말하는 게 의

아했다. 하지만 그런 영화들을 계속 보다 보니, 어느 순간 익숙해져 버렸다. 그것을 당연하게 받아들였고, **할리우드의 입장에서 지구를 이해하게 되었다.**

한국 영화 「불청객」도 그랬다. 외계인은 당연하다는 듯이 영어로 말했다. 심지어 주인공은 영어를 유창하게 구사하지 못해 식은땀을 흘리기까지 했다. 주인공의 친구는 영어에 자신이 없다며 외계인과의 대화를 주인공에게 떠넘기기까지 했다. 흡사 미국인이 길을 묻는 장면 같았다.

일본 만화 「간츠」도 그랬다. 거기서도 비록 욕지거리나 짧은 대사뿐이었지만, 외계인은 분명 영어로 말했다. 마치 유창하지 못한 자신의 영어회화 실력에 열등감이라도 겪고 있는 듯이 주눅 들어 보였다.

중국 영화 「장강 7호」. 외계인은 한마디도 하지 않았다. 맙소사. 영어를 하지 못해서 그랬던 거다. 순간, 섬뜩하게 깨달았다. 영어를 하는 외계인들은 항상 주인공들과 소통을 하는 친구이거나 메시지를 주고받는다. 그리고 영어를 하지 못하는 외계인들은 고개만 끄덕이거나, 바보처럼 주인공을 물끄러미 바라보며 웃기만 한다. 안절부절못하는 웃음. 어학연수 간 학생이 첫 시간에 강사의 질문을 이해하지 못해 대답 대신 보내는 억지웃음. 그것이었다.

할리우드 영화를 보다가, 할리우드 식으로 생각하다가, 할리우드 식으로 지구를 이해했다. 그리고 어느 날 나는 그것을 당연하게 받아들였다. 할리우드가 내게는 지구를 이해하는 세상의 창이었던 것이다. 망할, 이수라멘 족들의 승리다. 이수라멘이 이 땅에 적응하기 위해 할리우드를 세우고, 할리우드 영화를 만들고, 할리우드 영화를 전파했다. 할리우드 식 가치관이 지구를 지배하는 것이다. 결국 이수라멘 족의 가치가 지구를 지배하는 것이다. 그렇다면 이수라멘 민족들이 빨래수타로 대이동을 하더라도, 지구는 여전히 이수라멘의 손안에 있다. 이미 모든 지구인들이 이수라멘이 만든 할리우드 식으로 생각하기 때문이다. 나조차도 그랬다니…… 완벽한 패배다.

그렇게 생각하고 보니, 알 수 없는 분노에 휩싸여 말없이 금문교와 엠파이어스테이트 빌딩을 부수는 외계인의 모습은……, 어쩌면 이수라멘 족이 보내는 메시지 같다는 생각이 들었다.

'영어를 열심히 배우지 않으면, 이렇게 난폭하고 무식한 외계인이 됩니다.'

은하계에서 가장 살기 좋은 지구에서 적응하고 지구인들과 사이좋게 지내고 싶으면 어서 빨리 영어를 배우세요. 지금입니다.

그러면서 영어를 하는 외계인들은 지구인들과 친구가 된다. 악수도 하고, 운이 좋으면 금발의 미소녀가 흘리는 우정의 눈물이 당신의 손등에 떨어질지도 모른다. 그러니 영어를 배우세요. 빨래수타는 3억 5천 년 전부터 영어를 배웠답니다. 지금은 모두 영어를 쓰죠. 우리, 이수라멘요? 물론 영어를 쓰죠. 그러니 여기 뉴욕 32번가에서 근사하게 스테이크를 자르는 거 아닙니까. 영어를 배우세요. 어서 빨리. 바로 지금입니다.

홈쇼핑 광고 같다. 그러고 보면 이수라멘 족들이 만든 할리우드의 배출물들은 모두 거대한 광고 같다. 지금쯤 이 긴 광고를 본 화성인이나, 목성인들이 열심히 할리우드 영화를 보면서, 할리우드 식으로 생각하고, 할리우드 식으로 이해하고, 할리우드 식으로 살

아가겠지. 지구에서의 삶을 꿈꾸면서, 아, 어쩌면 리바이스 청바지
를 입고 있을지도 모르겠다.

　자괴감에 빠졌다.
　심각한 할리우드 식 자괴감이었다.
　나는 리바이스도 없고, 뉴욕에서 스테이크를 주문할 줄도 모른
다.
　부산에서 지구 생활을 시작한 나는 뭔가. 왜 하필이면 부산인가.
왜 하필이면 한국이었을까. 햇살 좋고 바다 좋고, 달러를 바꿀 필요
도 없었던 캘리포니아도 있었는데. 플로리다에 추락할 수도 있었는
데. 아니면 영어를 쓰는 런던에 추락할 수도 있었는데. 런던이 아니
더라도…… 필리핀. 그래, 필리핀 정도만 됐더라도 나는 당연하게
영어를 배웠을 텐데.
　감당하기 힘든 거대한 충격과 자괴감 사이에서 허우적거렸다. 눈
물과 침을 흘리며 배운 표준어란 무엇인가. 언어를 '제대로, 잘' 배
워야 한다고 말했던 원장은 뭐였나. 지나간 세월이 무용無用하게 느
껴졌다. 과거를 새로 쓰고 싶어졌다. 새로 태어나고 싶었다. 열심히
땀 흘리며, 눈물 흘리며, 배웠던 부산말과 서울말이 원망스러웠고,
과연 무엇을 위해 살아왔는가 하는 서글픈 회한이 밀려왔다. 거대
한 파도처럼 밀려왔다.
　그것은 온 세상을 삼킬 만한 거대한 파도였다.

　그리고 라돈치치가 안내한 곳의 문을 열었을 때, 그 파도는 나의
온몸을 삼켜버렸다.

300명의 외계인들이 길게 혀를 내빼고 'r' 발음을 하고 있었다.

과테말라, 멕시코, 볼리비아, 아르헨티나, 브라질, 러시아, 우즈베키스탄, 키르기스스탄, 네팔, 몽골, 부탄, 인도, 독일, 이탈리아, 보스니아, 터키, 사우디아라비아, 이라크, 이란, 아프가니스탄, 에티오피아, 케냐, 스와질란드······, **사람 처럼 생긴** 외계인 297명이 길게 혀를 빼고 있었다. 모두 혀가 뽑혀나갈 정도였고, 모두 'r' 발음을 하고 있었다. 원숭이 같은 녀석도 있었고, 반흑반백인半黑半白人녀석도 있었다. 언젠가 텔레비전에서 본 세계 각국의 영어를 배우는 학생과 노동자들의 다큐멘터리 같았다.

'우리' 중의 유일한 앵글로색슨 족. 마이클만이 여유 있는 웃음으로 부드럽게 혀를 굴리고 있었다. 호수 위를 떠다니는 백조처럼 우아하고, 아주 미끈한 혀 놀림이었다. 반면, 나머지 297명의 혀는 백조가 되고자 몸부림치는 오리처럼 절박하고, 아주 촌스러운 발악을 하고 있었다.

이미 놀란 나의 입은 턱이 빠질 듯이 벌어졌지만, 나는 더욱 충격적인 사실을 보고야 말았다. 내 동공은 안구를 뚫고 나올 듯이 확대돼버렸다.

그들 틈에 글로벌 생존 어학원장이 있었다. 과테말라와 볼리비아 사이에 끼어 혀를 길게 빼고 'r' 발음을 하고 있었다. 혀는 부들부들 떨고 있었고, 몸 역시 바들바들 떨고 있었다. 마이클은 원장 옆에서 혀를 더 길게 빼야 한다고 사무적으로 말하고 있었다. 원장은 안간 힘을 다해 혀를 내빼다 급기야 바닥에 침을 질질 흘리고 있었다. 마이클은 여전히 사무적으로 좀 더 빼야 한다고 말했고, 원장은 더이상은 나오지 않는다며 아이처럼 그렁한 눈망울로 마이클을 바라보왔다. 그러면서 입을 열었다.

"설소대[4]를 자르면 될까요?"

나는 화석처럼 굳어버린 채, 그 광경을 바라보았다. 이러지도 저러지도 못하는 굳어버린 표정으로 그 광경을 넋 놓고 보았다. 그러다가 마이클과 눈이 마주쳤다.

마이클이 뭐라, 뭐라, 뭐라, 뭐라, 뭐라, 뭐라, 뭐라, 뭐라, 뭐라, 뭐라, 크게 말했고, 나는 안절부절못한 채 마이클에게 웃음을 지어 보였다. 마이클이 반갑다고 말하는 것 같기도 했고, 나를 찾아 다녔다고 하는 것 같기도 했고, 어디 있다가 이제 왔냐는 것 같기도 했고, 우리 어머니가 죽었다고 말하는 것 같기도 했고, 영어를 배워보지 않겠냐고 하는 것 같기도 했다. 나는 억지웃음을 지어 보였다.

그리고 다음날부터 길게 혀를 내빼는 '우리' 중 한 명이 되었다.

마이클이 말한다.

역시 살려면 어서 배워야 한다는 것 같기도 하고,

별것 아니니 자신감을 가지라고 하는 것 같기도 하고,

어서 다 같이 빨래수타에 돌아가자고 하는 것 같기도 하고,

아니면 지구에서 살자는 것 같기도 하다.

여전히 나는 이해하지 못하고 있다. 지금 내가 이해하는 것은 하나뿐이다.

어서 'r' 발음을 마스터해야 한다.

가족들을 만나기 위해서일 수도 있고,

---

4) 혀 밑바닥과 입안을 연결하는 힘살.

고향별에 한 번이라도 가보기 위해서일 수도 있고,
이곳 지구에서라도 살아남기 위해서일 수도 있다.
어쩌면 그저 'ㅓ' 발음을 근사하게 하기 위해서일 수도 있다.

비트겐슈타인이 그랬다.
'당신이 표현할 수 있는 언어의 세계가, 당신의 세계'라고. ✣

영어도 모르는 자여, 우주를 떠나라!

　최민석의 「부산말로는 할 수 없었던 이방인 부르스의 말로」는 환상성을 동원한 정치적 알레고리로 읽을 수 있는 작품이다. 지구에 외계생명체들이 불시착한다. 외계생명체인 '나'는 추락하던 과정에서 함께 온 동료와 기억을 잃어버리고, 결정적으로 언어를 잃어버린다. 이 작품에서 언어는 비트겐슈타인이 말했던 것처럼 "당신이 가지고 있는 언어의 세계가, 곧 당신의 세계"라는 말에 걸맞을 만큼한 존재의 인식과 행동을 결정짓는 절대적인 대상으로 그려진다.

　이 작품에는 세 가지 언어가 등장한다. 브르스가 처음 배운 부산 사투리와 연기를 하기 위해 기를 쓰고 배운 서울말, 마지막으로 세계는 물론이고 우주 차원의 표준어로 기능하는 영어이다. '사투리-서울말-영어'로 이어지는 언어의 위계화는 '지방-중앙-미국'으로 이어지는 권력의 위계화와 곧바로 연결되어 있다.

　부르스는 기를 쓰고 방송에 나가고자 하는데, 이유는 방송을 보고 찾아올 동료들과 다시 만나 고향별에 돌아가기 위해서이다. 모델 에이전시 사장은 부르스에게 연기를 하기 위해서는 서울말을 배워야 한다고 말한다. 대한민국은 "서울 공화국 아이가. 서울이 다

지배한다 아이가."라는 말이 통용되는 곳이기 때문이다. 부르스는 대림동에 있는 21세기 글로벌 생존 어학원에서 명동에 입성한 벌교 어깨들, 조선족 상인 리 씨, 재일교포 야구선수 키무와 열심히 서울말을 배운다. "말 한마디만 들으면 그 사람의 계급을 알 수 있"는 이 세상에서는 말 배우기에 고통 받는 부르스마저도 "언어로 사람을 판단하고, 무시하는 정서"를 지니게 된다. 8개월 간의 눈물겨운 수련을 겪은 후 부르스는 드디어 '21세기 글로벌 인재 육성과정 수료증'을 손에 넣는다. 드디어 서울말을 완벽하게 구사하게 된 것이다. 부르스는 이제 당당하게 방송국의 조감독을 만나기 위해 여의도로 향한다.

그 길에서 같은 행성에서 온 친구 라돈치치를 만난다. 부르스는 라돈치치에게서 지구에 도착하기까지의 이야기를 듣게 된다. 그들은 본래 살던 행성이 황폐해지자 이수라멘족이 살다가 버린 이웃별인 빨래수타로 이주한다. 이수라멘족들은 빨래수타를 버리고 지구로 떠났던 것이다. 이수라멘 행성인들은 대부분 북미에 거주하며 할리우드 영화를 만들었고, 석유가 필요하다는 지구인들의 요구에 따라 전쟁을 일으켰다. 그랬던 이수라멘 행성인들은 부르스 족이 가꾸어 놓은 빨래수타가 탐나기도 했고 향수병 때문에 빨래수타에 대한 소유권을 주장한다. 이러한 분쟁을 피하고자 부르스가 속한 종족은 지구에서 살기로 결심했고, 사전 작업으로 과연 지구에서 생존이 가능한가를 실험하기 위해 300명의 요원을 선발하여 지구에 파견한 것이다. 그때 지구로 오던 기체가 추락하여, 부르스와 라돈치치가 포함된 300명은 각자 낙하한 장소에서 자신들의 삶을 꾸려나갔던 것이다.

그 300명 중에서 유일하게 기억과 언어를 잃지 않은 생명체가 마이클이고, 그는 곳곳에 흩어진 동료들을 모아서 교육을 하고 있었던 것이다. 교육의 내용은 다름 아닌 영어이다. 그들은 지구로 올 것을 결정한 3억 5천 년 전부터 이미 영어만 써왔다. 그리하여 현재 빨래수타어를 쓰는 동족은 아무도 없다. 어느 사이 이수라멘족, 화성인, 금성인과 같은 모든 외계인의 공용어는 영어가 된 것이다.

「부산말로는 할 수 없었던 이방인 부르스의 말로」에서 가장 흥미로운 점은 외계인이라는 존재 증명을 하기 위해서는 무엇보다 영어 구사능력이 필요하다는 사실이다. TV 예능프로그램에 나간 부르스가 자신이 외계인이라고 주장하자 조감독은 외계인이라면 영어를 말해보라고 말한다. 이러한 사람들의 고정관념을 만든 것은 외계인들이 영어로만 이야기하는 헐리우드 영화들이다. 실제로도 외계인들은 오래전부터 영어를 써왔던 것이다.

외계인이 되기 위해서는 영어를 써야 하는 상황이란, 영어로 상징되는 미국의 슈퍼파워가 우주 전체를 지배하는 상황을 의미한다. 지젝은 오늘날의 우리는 인류 전체의 종말은 쉽게 생각하면서도 자본주의의 종말은 생각하기 힘든 시대에 살고 있다고 말한 바 있다. 이러한 인식은 엄연히 하나의 이데올로기에 불과하다. 이 작품에서는 미국 중심의 세계 질서가 우주 전체를 지배하는 절대적인 체제인 것과 같은 사람들의 공통감각을 날카롭게 비판하고 있다.

라돈치치의 안내를 받고 도착한 곳에는 300명의 외계인들의 마이클의 지도 하에 영어를 열심히 배우고 있다. 그들은 지금 r발음을 하느라 애를 쓴다. 놀라운 것은 그들 틈에서 글로벌 생존 어학원장 역시 필사적으로 r발음을 하기 위해 몸부림 치고 있다는 사실이다.

원장은 심지어 "설소대를 자르면 될까요?"라는 질문을 던지기까지 한다. 부르스는 그 다음날부터 "길게 혀를 내빼는 '우리' 중 한 명"이 된다.

요컨대 지구인은 물론이고 온 우주의 생명체는 모두 "할리우드의 입장에서 지구를 이해"해온 것이다. 할리우드의 영화에서 모든 외계인은 영어로 말하기에 외계인은 당연히 영어를 써야만 하는 것이다. "할리우드 영화를 보다가, 할리우드 식으로 생각하다가, 할리우드 식으로 지구를 이해"한 것이다. 할리우드 영화에서 영어를 하는 외계인들은 지구인들과 친구가 된다. 이러한 상황에서 부르스는 자신이 영어가 가능한 캘리포니아나 플로리다는 말할 것도 없고 하다못해 필리핀에도 떨어지지 못한 것을, 하필 부산에 떨어진 것을 뼈저리게 원망한다. 눈물과 침을 흘리며 배운 서울 표준말이란 외계인도 반드시 배워야 하는 영어에 비한다면 그야말로 아무것도 아니다. 최민석은 「부산말로는 할 수 없었던 이방인 부르스의 말로」라는 작품에서 지금의 세계를 관장하는 대타자라고 부를 수 있는 헐리우드와 영어, 본질적으로는 미국을 유머러스하게 풍자하고 있다. ✶

— 선정위원 | 이경재

2012 젊은소설

선정위원 | 이경재 · 양윤의 · 조연정

1쇄 발행일 | 2012년 2월 15일

지은이 | 김엄지 외
펴낸이 | 윤영수
편집인 | 황충상
펴낸곳 | 문학나무

출판등록 | 제312-2011-000064호 1991. 1. 5.
주소 | 영업부 | 120-800 서울 · 서대문구 남가좌동 5-5 지하1층
전화 | 02-302-1250, 팩스 | 02-302-1251
편집실 | 110-809 서울 · 종로구 동숭4나길 28-1 예일하우스 301호
전화 | 02-3676-4588, 010-9668-5430
이메일 | mhnmoo@hanmail.net
ⓒ 김엄지 외, 2012

값 12,000원
잘못된 책은 바꾸어 드립니다.
지은이와의 협의로 인지는 생략합니다.
무단 전재 및 복제를 금합니다.

ISBN 978-89-92308-67-0 03810